ハヤカワ文庫SF
〈SF2345〉

クロストーク
〔上〕

コニー・ウィリス
大森 望訳

早川書房
8737

CROSSTALK

by

Connie Willis

Translated by

Nozomi Ohmori

Published 2021 in Japan by

HAYAKAWA PUBLISHING, INC.

This book is published in Japan by

arrangement with

THE LOTTS AGENCY, LTD.

through JAPAN UNI AGENCY, INC., TOKYO.

比類のない――そしてかけがえのない――メアリ・スチュアートに、本書を捧げる

「アイルランドでは、必然的な出来事はけっして起こらず、予想外の出来事はつねに起こる」

——ジョン・ペントランド・マハフィ

「どの人混みの中にも、ごく平凡に見えて、驚くべきメッセージを携えている人々がいる」

——アントワーヌ・ド・サン＝テグジュペリ『夜間飛行』

「よく聞いて」

——『オー！　マイ・ゴースト』

本書の執筆に手を貸してくれたすべての人々に、たくさん、たくさん感謝します。

とりわけ、プロットについて計り知れないほど大きな貢献をしてくれた娘のコーディーリアと、ずっと励ましつづけ、心の支えになってくれた友人のメリンダ・スノッドグラスと、COSine（コロラド・スプリングスで毎年開催されているＳＦコンベンション）でのわたしの朗読会に参加して、この題名を考えついてくれたみなさんに。

クロストーク crosstalk【'krostok】名詞

（1）通信機器（無線、電話など）による送受信において、他の通信機器の信号が混じることで生じる障害。信号の交錯、混合、混乱を招く。偶発的な接続によって生じる無用の信号や干渉の存在。混信。混線。漏話。

（2）会議中の、本題からはずれた偶発的な会話。

（3）機知に富んだ、テンポの速い当意即妙のやりとり。ジョークの応酬。

クロストーク

〔上〕

登場人物

ブリディ（ブリジット）・
　　　　フラニガン……コムスパンの社員

メアリ・クレア……ブリディの姉

メイヴ……メアリ・クレアの娘

キャスリーン……ブリディの妹

ウーナ……ブリディの大伯母

トレント・ワース……コムスパンの社員。ブリディの恋人

エセル・ゴドウィン……同。トレントの秘書

C・B・シュウォーツ……同。開発担当

シャーラ……同。ブリディのアシスタント

ロレイン……同。マーケティング部

フィリップ……同。管理部

スーキ・パーカー
アート・サンプスン
ジル・クインシー……コムスパンの社員

グレアム・ハミルトン……コムスパンの役員。トレントの上司

トレイシー・ハミルトン……グレアムの妻

ドクター・ヴェリック……外科医

1

「真実の心と心が結ばれるとき、その両者の間に障害があるなんて認めない」

——ウィリアム・シェイクスピア

『ソネット』116番

コムスパンの屋内駐車場に着いたとき、ブリディの電話には四十二通のＳＭＳ《ショートメッセージ》が届いていた。一通目は——もちろん——スーキ・パーカーから。四通はジル・クインシーからで、どれもおおむね、「どうなったのか死ぬほど知りたい」という内容。スーキのメッセージの文面は、『トレント・ワースに誘われてイリディアムに行ったって噂になってるけど!???』。

そうでしょうとも。スーキはコムスパン一のゴシップガールだ。ということは、いまごろはもう、全社員が知っている。コムスパンが社内恋愛禁止じゃなくてよかった——もしそうだったとしても、トレントとの関係を秘密にしておくことなんか不可能だったから。そうはいっても、ゆうべのことは、せめて親族に打ち明けるまでは、会社の人間に隠しておきたいと思っていたのに。もしまだ親族に知られていないのなら、だけど。

ブリディはほかのメッセージをスクロールした。妹のキャスリーンから五通、姉のメアリ・クレアから八通。そして、ウーナ伯母さんからは九通——どれも、土曜の夜に〈アイルランドの娘たち〉主催でゲール語による詩の朗読会があることを忘れないようにという念押しのメッセージだった。

スマホなんか持たせるんじゃなかった。大伯母がスマホを使いこなすなんて思いもしなかった——ハードディスクレコーダーの録画予約もできないのに。それどころか、目覚まし時計もセットできない。でもあのときは、〈アイルランドの娘たち〉のことでたえずブリディを悩ませたがるというウーナ伯母の飽くなき欲求を計算に入れていなかった。メイヴに使い方を教えてもらって、いまでは一日に二十回もメッセージしてくる。

ブリディは残りのメッセージに急いで目を走らせたが、『まさか《OMG》！　本気じゃないでしょうね！』という書き出しのものは一通もなさそうだ。

よかった。ということは、親族にどう説明するかを決める時間はまだある——ただし、最近のコミュニケーション速度を考えると、持ち時間はそう長くない。

画面をすばやく上向きにスワイプして、トレントからの連絡がないか探した。あった。『愛してる。いますぐ《ASAP》電話して』というシンプルな文面。電話したいのは山々だが、駐車場にいる時間が長くなれば、ジルが——運が悪ければスーキが——出勤してきて、根掘り葉掘り質問される可能性が高くなる。まさにそういう事態を避けるため、けさは早めに出社したのだ。トレントと話をするのは、無事にオフィスにたどりついてからにしよう。

ブリディは車を降りて、足早に正面玄関に向かいながら、だれが出社しているか確認するため、駐車場の車をチェックした。トレントのポルシェは見当たらない。スーキの車も、ブリディのアシスタントのシャーラの車もない。よかった。でも、ジルのプリウスは、C・B・シュウォーツの古いホンダのとなりに駐まっている。

シュウォーツの車はいつも駐車場にある。もしかしたら、彼はラボに寝泊まりしてるのかも——粗大ゴミを拾ってきたみたいなあのおんぼろカウチをベッドにして。ジルはふだん、もっと遅く出勤してくるが、彼女のことだ、わたしを質問攻めにするためにわざわざ早く出社してきた可能性もある。ロビーで待ち伏せしているかもしれない。通用口から入ろう。ブリディはそう思って針路を変更し、途中、だれにも目撃されないことを祈った。

入るところは目撃されなかったし、エレベーターにも、四階にも、だれもいなかった。よかった。そう思いながら急ぎ足で廊下を歩いた。シャーラがまだ来ていないなら、執務室に直行して、ドアをロックしてたてこもり、親族にこの知らせを伝えるうまい方法を考えることができる。「どうしてＳＭＳに返信してくれないの？　どうかしたの？」とみんながひっきりなしに電話してくる前に。

　とくに、ウーナ伯母が問題だ。ブリディの身になにかおそろしいことが起きたんだという結論にいつもすぐ飛びつき、そこらじゅうの病院に電話で問い合わせはじめる。とくに今回は、やっぱり〝虫の知らせ〟が正しかったと思い込むだろう。そう考えながら、ブリディは角を曲がってオフィスの前の廊下に出た。

「ブリディ！」ジル・クインシーが廊下の端から叫んだ。

　あと一歩だったのに。ジルにつかまる前にオフィスに逃げ込めるだろうかと考えたが、ジルはもうこっちに向かって走ってくる。「やっと見つけた！　朝からずっとメッセージしてたのに！　いつ来たの？」

　ブリディの前で急ブレーキをかけると、「ロビーで待ってたのに」と息を切らしていう。「すれ違ったみたいね。ゆうべ、トレント・ワースとイリディアムでディナーだったんでしょ。で、どうなった？」

いえないのよ、と心の中で答える。先に親族に話さないと。でも、しゃべれないと門前払いするわけにもいかない。そんなことをしたら、数秒のうちにこのビル全体に噂が広まってしまう。「こっちに来て」といって、廊下を通る人に話を聞かれないよう、ジルをコピー室にひっぱっていった。

「で？」ブリディがドアを閉めるなり、ジルがいった。「プロポーズされたんでしょ？　うわっ、やっぱそうよね、だと思った。超ラッキーじゃん！　トレント・ワースと死ぬほど婚約したがってる女が何人いると思う？　それをまんまとかすめとったんだから！　たったの六週間で！」

「かすめとったりしてない」とブリディはいった。「それにプロポーズもされてない」でも、ジルは聞いていない。

「指環見せて！」と叫ぶ。「きっと、超ゴージャスでしょ！」ブリディの左手をつかみ、指環がないのを見て、「どこにしまってるの？」とたずねた。

「だから、婚約してないんだって」

「どういう意味よ、婚約してないって？　だったら彼、どうしてイリディアムなんかに誘ったの？　それも木曜日に？　うわっ、そういうことか！　ＥＥＤを受けてくれっていわれたのね？　そっちのほうが婚約よりもっといいじゃない！」ブリディをハグして、「ほんとによかった！　早くみんなに教えなきゃ！」と、コピー室のドアのほうに歩き出す。

「だめ、待って」ブリディはジルの腕をつかんだ。「おねがい！」

「なんでだめなの？」ジルは疑り深げに目を細くして、「まさか、断ったんじゃないでしょうね！」

「断ったりしないわよ。ただ――」

「ただ、なに？　結婚相手としてはコムスパンでベストの男よ！　その男があんたに惚れてる。でなきゃＥＥＤを受けてくれなんていうもんですか！　それに、あんただって彼が好きなんでしょ。でなきゃイエスと答えるわけがない。だったらなにが問題？」

　探るような視線をこちらに向けて、

「わかった。ＥＥＤを受けてほしいといわれずにプロポーズだけされたから、それでがっかりしてるのね」

　今度はその噂がコムスパンじゅうに広まってしまう。「違うってば。ぜんぜんそうじゃない」とブリディ。「婚約するのは、ふたりでＥＥＤを受けるまで待ちたい、そうすれば、求婚したとき、彼がどんなにわたしを愛しているかを感じてもらえるから、って」

「ありゃま、いままで聞いた中でいちばんロマンチックな話！　信じられない！　彼はゴージャスで、結婚の約束に前向きで、しかもロマンチック！　それがどんなにレアなことかわかる？　あたしがデートした男はみんな、約束恐怖症か、嘘つきか、その両方だったのに。あんた、超ラッキーよ！　その髪の毛のおかげね。男はみんな赤毛が大好きだから。あたしも赤毛に染めようかな」眉間にしわを寄せて、「どうしてだれにもいっちゃいけないのか、まだ理由を聞いてない」

「うちの親族のせいよ。この件をどう打ち明けるか、まだ決心がつかなくて」

「歓迎されないと思ってるってこと？　でも、パーフェクトな相手じゃない！　最高の仕事に最高の車。あんたの妹のキャスリーンがつきあってるダメ男どもにくらべたら……それともＥＥＤの件？　みんな、百パーセント安全だっていってるけど」

「そのとおりよ。でも、うちの親族は、なんていうか――」

「過保護？」

　いいえ、おせっかいで口うるさい。「ええ。だから、わたしから話すまで、だれにもいわないで。いい？」

「生々しい現場の状況を事細かにぜんぶ教えてくれたらね！　ＥＥＤをいつ受ける予定なのか、それに――」

　ブリディの電話が鳴った。トレントの番号に設定した着信音だが、彼からとはかぎらない。このまえ親族が集合したとき、メイヴが彼女の電話の設定をいじって、番号の半分はトレントの着信音が鳴るようにしてしまい、いまだに直しかたがわからない。

でも、とにかくいまは、ジルの追及を逃れる口実になる。「ごめん、だれからか確かめないと」ブリディはそう断ってポケットから電話をとりだし、画面に目をやって、「おっと、出なきゃまずいみたい」コピー室のドアを開けて廊下に出ながら、「約束してくれる？」

「口にチャックしとく」とジル。「でも、ぜんぶ話すって約束してくれなきゃだめよ」

「約束する」ブリディはジルに背を向け、見られないようにして着信を切ってから、電話を耳にあてて、「もしもし」といいながら足早に廊下を歩き出した。

ジルに見えないところまで来て電話をポケットにしまい、その瞬間に後悔した。管理部のフィリップが近づいてくる。「噂で聞いたんだけど、トレント・ワースとEEDを受けるんだって？」

こんなのありえない。ジルと別れたのはほんの十秒前なのに。

「すごいな！　トム・ブレイディ（NFLニューイングランド・ペイトリオッツのクォーターバック）みたいだ！」とフィリップ。

「おめでとう！　すばらしい！　ただ、できればきみのトレントが、新製品のもっといいアイディアを思いついてからにしてほしいんだけど。メモリを増やすのと、画面を割れないようにするのだけじゃなくて。噂では、アップルが今度出す新機種は、ほかのスマホをぜんぶまとめて蹴散らすようなすごいやつらしい。だとしたら、トレントに、病院でのんびり寝てるような余裕は――」

「ＥＤはそんな大手術じゃなくて」といいかけたが、フィリップも聞いていなかった。

「気をつけないと、コムスパンは次のノキアになりかねない」といって、フィリップはスマートフォン・メーカーの失敗の歴史を語りはじめた。「うちのような小さい会社が競争力を維持しようと思ったら、まったく新しいコンセプトの革命的なモデルを開発する必要がある。それも、できるだけ早く考え出さないと――」

どうしたの、ウーナ伯母さん。ブリディは心の中で叫んだ。いつもは五分おきに電話してくるくせに。ほんとに必要なとき、どこにいるの？

ブリディの電話が鳴った。ありがとう、と心の中で感謝し、フィリップに向かって、「オフィスでこの電話に出なきゃ。じゃあまた、十一時の会議で」といって歩き出した。

しかし、救いの神はウーナ伯母ではなく、メアリ・クレアだった。彼女からの着信を留守録にまわしたとたん、メイヴからショートメッセージが入った。『あたしなら大丈夫だから。ママのことは無視して』

ということは、バレてない。助かった。もっとも、メイヴはかわいそうだ。今度はなんだろう？　ビデオゲーム？　過食症？　ネットいじめ？　メアリ・クレアは娘のことでいつもヒステリーを起こしている。メイヴは完璧にノーマルな九歳の女の子なのに。

それどころか、うちの親族で唯一のノーマルな人間かもしれない、とブリディは思った。

母親のメアリ・クレアは、まちがいなくノーマルじゃない。娘のことをつねに過剰に気に病んでいる。宿題や成績、アイビーリーグの大学に入れるかどうか、友だち、食習慣（メアリ・クレアはメイヴが拒食症だと信じている）、『若草物語』と『不思議の国のアリス』を読みなさいと口を酸《す》っぱくしていっているのに（おそらくはそのせいで）メイヴの読書量が足りないという事実。

先週は、メイヴがスマホでメッセージを打ち過ぎると心配していたし、その前の週は、砂糖を使ったシリアルを食べ過ぎると（拒食症に対する心配とは両立しないはずなのに）心配していた。きょうはたぶん、自撮りヌードだろう。それともハンタウイルスか。

メイヴのためを思えば、メアリ・クレアに電話して、まあ落ち着いてと説得すべきだが、その前に、ＥＥＤの件をどう切り出すか考えなければならない。時間はもうあんまりない。コムスパンの全社員の半分には、たぶんもう知られている。そのうちのだれかが、きっとウーナ伯母の前でＥＥＤのことに触れるだろう。次に彼女が――アイリッシュ・ダンスの新しい衣裳がメイヴによく似合うのを見せるためか、〈アイルランドの娘たち〉の退屈な会合にブリディを誘うために――メイヴを連れてオフィスに〝ちょっと寄ってみた〟ときに。

うわ、まずい、あれはスーキだ。コムスパンのゴシップガールその人が、人事部のオフィスから出てきた。ブリディは礼儀も忘れて安全な自分のオフィスへダッシュした。ドアを開けて中に入り——文字どおり、アシスタントの腕の中に飛び込んだ。

「もう来ないのかと思いましたよ」シャーラがブリディの体を支えながらいった。「伝言が山ほどあります。それに、ゆうべのことをぜんぶ聞かせてもらわないと！　ＥＥＤを受けられるなんて、ほんとラッキーですね！」

弾丸よりも速い、とブリディは思った。コムスパンが革命的な通信手段を求めているなら、この噂話ネットワークを基盤にした電話を開発すべきだ。

「駐車場に車がなかったけど」

「ネイトに送ってもらったんです。彼を説得してＥＥＤを受けられたらいいんだけど。愛されてるかどうかわかったら最高。もう心配しなくて済むんだから、ほんとにラッキーですよ。あたしなんか、愛してるって彼にいわれるたびに、それが本心なのか、それともただ寝たいだけなのか、えんえん考えてばかりで。ゆうべなんか——」

「伝言があるって？　だれから？」

「ほとんどはお姉さんのメアリ・クレアから。あとは伯母さんと、妹さんから。ぜんぶパソコンに入力してあります。仕事場に連絡しないように伝えたっていってませんでした?」

「伝えたわよ」とブリディ。でも、耳を貸してくれない。いつものように。

「じかに話した?」と声に出してたずねた。シャーラの答えを聞くのが怖かったが、シャーラは首を振った。

助かった。「また電話があっても、EEDのことは一言も口にしないで。ただの一言も。チャンスがなくてまだ話してないけど、このニュースは自分で伝えたいから」

「聞いたら大興奮ですね!」

賭けてみる? 「ほかの伝言はだれから?」

「トレント・ワースから、出社しだい連絡がほしいって。トリシュ・メンデスと、ラフール・デシュネフのアシスタントからも同様の伝言。それと、アート・サンプスンが、部署間コミュニケーションの改善に関する彼の提案書にいますぐ目を通して、なにか気がついたことがあれば教えてほしいそうです。提案書はパソコンに入れてあります。で、話を切り出されたときはうれしかったですか?」

「ええ」とブリディ。「もしだれか訪ねてくるか、電話してきたら、会議が終わるまで話はできないって伝えて」ブリディは執務室に入ってドアを閉めると、トレントに電話した。

出なかった。

電話がほしいとメッセージを送り、ラフール・デシュネフのアシスタントに電話してみたがやはり応答がなく、トリシュ・メンデスに電話した。「トレント・ワースとEEDするってほんと?」とトリシュ。

「ええ」部署間コミュニケーションに改善の必要なんかなさそうね。

「すてき!」とトリシュ。「いつやるの?」

「さあ。トレントはドクター・ヴェリックに頼みたいといってて――」

「ドクター・ヴェリック? わあ、すごいじゃない! ブラッド・ピットとアンジェリーナ・ジョリーを担当した人でしょ?」

「ええ。だから、すごく長い待機リストがあって。EEDのスケジュールを決めるどころか、いつ面談できるのかもわからない」

「ケイトリン・ジェンナー(十種競技の元世界記録保持者。性同一性障害を公表し、ブルースから改名した)のEEDも彼よね?」とトリシュ。「それにキム・カーダシアンも。もっとも、彼女の場合はうまくいかなかったけど。ほら、べつの人と恋に落ちちゃったから。だれだっけ。『アヴェンジャーズ』の最新作に出てた人」

この調子だと一日じゅう電話が切れない。ブリディはスマートフォンをデスクに近づけると、こぶしで二回、コンコンと天板を叩いた。「どうぞ」といってから、電話を耳にあてて、「ごめん。来客なの。あとでかけ直すから」

電話を切り、〝前門の虎、後門の狼〟気分を味わいながら、まだバレていないことを確かめようと、親族からのメッセージ二十二件を——訂正、三十一件を——チェックした。最初はメアリ・クレア。もしかしたら、今度はメイヴが悪魔にとり憑かれたと思い込んで悪魔祓《ばら》いを予約したりしているかも。

だいじょうぶだった。映画で描かれる性的役割分担が女の子に与える悪影響についてのウェブ記事を読んだらしく、メイヴがネットで映画を見るのをやめさせるべきかどうか、意見を求めている。

やれやれ。まあ、がんばってね。そう思いながらキャスリーンのメッセージをチェックすると、どれもこれも、「チャドのことで話があるの」という内容だった。チャドというのは、キャスリーンのダメ男遍歴の最新サンプル。ウーナ伯母のメッセージは——「どこにいるんだい、マヴァニーン（アイルランド語で「いとしい人」の意味）」という質問三通をべつにすると——どれもこれも、〈アイルランドの娘たち〉の次の会合はショーン・オライリーが「ゲール人の離散」（エスナ・カーベリーの詩）を朗読する予定だから、くれぐれも忘れないようにという念押しだった。一族みんなで参加することになっているから。

つまり、一族みんながわたしのアパートメントに押し寄せて、EEDを受けるのをやめさせようと説得を試みていなければの話。EEDの件が親族に知られたとたん、きっとそうなる。親族はトレントを気に入っていないし、先週の土曜日、ウーナ伯母の家のディナーに参加したとき、彼らはそのことをこれ以上ないほどはっきりと示した。

メアリ・クレアは、トレントがスマートフォンに時間を使いすぎだ（そしてメイヴに関する自分の悩みをちゃんと聞いてくれない）と思っている。キャスリーンは、あんなに裕福でハンサムなのにまだ独身だというのは、なにかよからぬ隠しごとがあるからだと思っている。親族のあいだで議論になるといつもブリディの肩を持ってくれるメイヴでさえ、顔をしかめて、「髪の毛がきれいすぎ。あたし、くしゃくしゃの髪の男が好きなの」といった。

そしてウーナ伯母は、もちろん、アイルランド出身ではないという理由でトレントを却下した。彼女自身、生まれてこのかた、ただの一度も〝祖国《オールド・ソド》〟の土を踏んだことはないというのに。もっとも、彼女の姿を見ても、そうとはわからない。あるいは、言葉を聞いても。ウーナ伯母は「アンジェラの灰」――または古いビング・クロスビー映画――から抜け出したようなアイルランド訛《なま》りでしゃべり、白髪の交じる赤毛をほつれたお団子ヘアにまとめ、夏も冬もたっぷりしたツイードのスカートにアランセーターといういでたちだ。しじゅう開かれている〈アイルランドの娘たち〉の会合に参加するときは、頭にショールを巻く。「この百年、アイルランドではだれもそんな格好してないわよ」と大声で叫びたかった。「それに、伯母さんはアイルランド人でもないのに！　泥炭の火にいちばん近づいたのは、TCMチャンネルで『静かなる男』を観たときでしょ！」

でも、そんなことをしても無駄。ウーナ伯母はふくよかな胸の前でロザリオの数珠《じゅず》を握りしめて、罰当たりな言葉をお許しくださいと、聖パトリックおよび天に昇ったブリディの母に祈り、ブリディを〝すんばらしいアイルランド人青年《フォイン・アイリッシュ・ラド》〟とめあわせようとする努力を倍にするだけだ。たとえば、ショーン・オライリーとか。四十歳、禿げ気味で、いまだに母親――やはり〈アイルランドの娘〉――と同居している。

ショーン・オライリーも、ウーナ伯母が推薦するほかの老けた〝青年〟たちも願い下げだ。キャスリーンのダメ男たちも。だからわたしは、トレントとつきあっている。だから彼とEEDするのよ。伯母さんがなんといおうと。

もう一度トレントに連絡してみたが、まだ電話中らしい。留守録が満杯だったから、メールを送った。

まちがいだった。送信ボタンをクリックしたとたん、画面に十九通の新着メールが表示された。三通をのぞくすべての表題が、『EEDだって！　びっくり！　おめ！』で、残る三通はウーナ伯母からだった。『故障してないか電話を調べてみて。調子が悪いみたい』と『なにか事故にでも遭ったのかい?』そしてメイヴから、『ママと話して。「おどる12人のおひめさま」も「アナ雪」シリーズも観ちゃダメだっていうの。それに「塔の上のラプンツェル」も。「ゾンビ軍団」の次に大好きな映画なのに!』

　メアリ・クレアが知らなくてさいわいだ。メイヴがゾンビ映画を観ていると知ったら、卒倒するかも。そう思ったとき、電話が鳴った。

「どこにいるんだい?」トレントがいった。「さっきからずっと――」

「よかった!」ブリディは勢い込んでいった。「声が聞けてどんなにうれしいか。ゆうべはほんとに素敵だった」

「うん。きみがぼくをどんなにハッピーにしてくれたことか」

「ふたりとも、もっとハッピーになれるわね、EEDを――」

「ああ、その件で連絡したんだけど。あいにく、悪い知らせなんだ。ドクター・ヴェリックのオフィスに連絡したら、看護師の話だと、夏の終わりまで予定が空かないって」

「でもまあ、待機リストがあることはわかってたし――」

「一年待たされる人もいるから、そんなに早く予定が入れられるのはラッキーだっていうんだけど」

「いいのよ。待つのは平気だし――」

「ぼくは平気じゃない！　予定がめちゃくちゃだ！」と爆発する。「ごめん。きみに怒鳴ることじゃないよね。ただ、きみと早くつながりたいんだよ。ぼくが――きみにぼくの気持ちがわかるように――」

「いまのあなたの気持ちなら当てられる。欲求不満ね」

「ああ！　五月までにやってもらえる方法がないか、いろいろ当たってみてるところなんだ。それまでのあいだに、予備的な書類を準備する必要があって――ごめん、仕事の電話だ。ちょっと待って」しばらく無音になり、それからまた声がした。「どこまで話したっけ？」

「予備的な書類を準備する」

「そう。看護師から、病歴とかを書く問診票が送られてくるから、それに記入して、できるだけ早く返送してくれ。順番が早まったとき、いつでも処置を受けられるように。それまでに、ぼくはぼくでやることがある。対策を考えておかなきゃいけないんだ、シュウォーツがしくじった場合の」

「C・B・シュウォーツ？」

「ああ。きょうの会議でぼくがプレゼンする新機種のアイディアを出すことになってるんだけど、この二日間、メールにまったく返事がないし、電話にも出ない。どうなってるのかさっぱりわからない。話をしてても、半分はこっちのいうことを聞いてないし。べつの世界にいるみたいだ。彼は天才だ、次世代のスティーヴ・ジョブズだってハミルトンはいってるけど、精神が不安定なだけじゃないかな」

「不安定じゃないわ」とブリディ。「ちょっとエキセントリックなだけ。それに、すごく頭がいいし」

「ユナボマーだって頭はよかった。とにかく、殺人鬼じゃないことを祈ろう。それと、彼がほんとに天才で、ぼくが担当している新機種のデッドラインまでに、この難局を乗り切れるアイディアを出してくれることをね。じゃないと、うちはおしまいだ。アップルがiPhoneの新機種を出すまでに、新製品を開発しておく必要がある。きみが——」

声が途切れた。またべつの電話が入ったのかと思ったが、ほんの二、三秒でまた彼の声がした。「ごめん。きみに愚痴ってもしょうがないのに」

「いいのよ。気持ちはわかる。今度の件はいろいろたいへんなのね」

トレントは皮肉っぽい笑い声をあげて、「わかるもんか。もし今回の——」また声が途切れた。

「トレント？　聞こえてる？　どうしたの？」

「電波が悪くて。ぼくがいいたかったのは、すべてが――新機種も、ＥＥＤもぜんぶ――ぼくらにとって完璧にうまくいってほしいってこと。きみとほんとの意味でいっしょになれるチャンスなのに、待たされるのは我慢できない。そのくらいきみを愛してる」

「わたしも愛し――」

「ごめん、また電話が入った。会議で会おう。それまでに、メールを見といて。送ったから」

トレントが送ってきたのは、金色の薔薇のつぼみのバーチャル花束だった。瑞々《みずみず》しい黄色の花が開き、蝶に変わる。

なんてやさしいの！　「オールウェイズ・ラヴ・ユー」のメロディにのせて蝶が羽ばたくのを見ながらブリディは思った。

蝶の群れがまたモーフィングして文字になり、『きみがイエスといったから、ぼくらの悩みはもう解決！』という文章をつづった。

わたしがうちの親族にどう伝えるかという悩み以外はね。いますぐ方法を考えなきゃ。メッセージにどうして返信しないのかと、彼らが直接ここに質問しにくる前に。

ドアにノックの音がした。うわっ、来たか。でも、それはありえない。親族なら、ノックなんかしないでずかずか入ってくる。ということは、きっとシャーラだ。「どうぞ」ブリディがいうと、シャーラがドアを開けて、おもしろがるような表情で顔を覗かせた。

「アート・サンプスンとスーキ・パーカーが、できるだけ早く電話をほしいそうです。それと、C・B・シュウォーツからメッセージが」

　新型スマホのアイディアだったらいいんだけど。「PCに入れといてくれた？」とブリディ。

「いえ、伝言《メッセージ》なんです」シャーラは、毒蛇にでもさわるみたいに、畳んだ紙切れの端をつまんでかざした。「手書きの。いまどき、手で字を書くなんて」

「彼は天才だから」うわのそらでそういいながら、ブリディはメモに目を走らせた。

「ほんとに？　確かですか？　メールにもぜんぜん返事をくれなくて」

　メモには、『話がある。C・B・シュウォーツ』と書かれていた。新型スマホの案がまとまらないという話だとしたら、会議の前に事情を聞いておいたほうがいい。トレントに前もって警告できるように。

　シャーラにラボの内線番号を訊いて電話してみたが、だれも出ないし、伝言も残せない。

「彼の携帯の番号を教えて」とブリディはシャーラにいった。

「無駄ですよ」とシャーラ。「ラボがある地下二階は、電波が通じないから」

「うちの音声テキスト化システムは？」

「地下では使えません」

不合理な話だ。電波状況が悪いエリアのために開発されたシステムなのに。「とにかく、番号を教えて。ラボにいないときなら通じるかも」

「四六時中ラボにいますよ」

「じゃあ、ＳＭＳを送る」ブリディがいうと、シャーラはしぶしぶ番号を教えてくれた。

「無駄だと思いますけどね。携帯を持ち歩かないから。スーキの話だと、電源も入れてないそうですよ」シャーラは顔をしかめた。「伝言を届けにいけなんていいませんよね？地下二階はすごく寒いし、ほかにだれもいないんですよ。あんなところに潜んでだれとも話をしないなんて、気味が悪くて。ほら、あの映画の、ダンジョンに住んでる男みたい。『ノートルダムの鐘《ノートルダム・ド・パリ》』」

「それを言うなら『オペラ座の怪人』でしょ」とブリディ。「ノートルダムの鐘つき男《ハンチバック》が住んでるのは、ダンジョンじゃなくて鐘楼。それに、ＣＢの背中は曲がってない」

「ええ。でもやっぱり気味が悪い。頭がおかしいんだと思います」

「おかしくなんかないわよ」

シャーラは納得しない顔で、「彼、腕時計してるんですよ。いまどき、だれも腕時計なんかしてないのに。それに、ホームレスみたいな格好だし」

それについては否定できない。まったくそのとおりだ。コムスパン社員のドレス・コードは、ネルシャツにジーンズ、スニーカーと、シリコンバレー流にカジュアルだが、その基準に照らしても、ＣＢの服装はひどかった。格安中古衣料店からでたらめにひっつかんできた服を着て、しかもその服のまま寝起きしているみたいに見える。後者については、じっさいそのとおりかもしれない。

「スーキの話だと、彼はメールに返信するのも部署間会議に出席するのも意味がないと思ってて」とシャーラ。「いつも耳にはめてるイヤフォンは、なにともつながってないんだそうです。ひとりごといってる現場を見かけたこともあるし。もし彼が連続殺人鬼で、ラボに死体を隠していたら？　すごく寒いから、だれにもバレない」

莫迦《ばか》なこといわないで。ブリディは思った。ここはコムスパンよ。ナノ秒でバレる。

「とにかく、連続殺人鬼だろうがなんだろうが、彼と話をする必要があるし、はるばるラボまで降りていきたくない。連絡がとれないか、何度でも試してみて」といって、ＣＢにメッセージを送るべく、執務室にもどった。

机を離れていた五分間に、さらに九通の「おめ！」メールと十二件の伝言が入っていた。一件はＩＴ部のダレルからで、ＥＥＤを受けるのは「最高にすばらしい！」ことだという内容。もう一件は、ラフール・デシュネフのアシスタントから、なる早《ASAP》で折り返してほしいとのこと。会議が延期されたという連絡じゃないかと期待して折り返してみたら、電話に出た彼女は、「ＥＥＤ受けるのね、ほんとにおめでとう！　あたしもこないだグレッグと受けたばかりだけど、効果は宣伝以上よ。あたしたちの関係は、いまや全面的にオープンで誠実。ふたりのあいだに秘密はひとつもないし、喧嘩もしなくなった。それに、セックスが最高なの！　グレッグは――」

「ごめん。九時四十五分の来客がいま着いたみたい」といってブリディは電話を切った。もしかしたら、ＣＢに会いにいくというのは悪くない選択肢かもしれない。ここにいたら、一瞬たりとも心の平安が保てない。地下二階に電波が届かないという事実は、そこにいれば電話もＳＭＳも受けられないことを示している。シャーラはＣＢのことをホラー映画に出てくる怪物みたいに思っているから、伝言を携えて追いかけてくる可能性も低い。

　なにより好都合なのは、携帯を持たず、メールもチェックしない以上、ＣＢはＥＥＤの件をなにも知らず、したがってＥＥＤについてのやりとりに無駄な時間をとられる心配がないこと。ＣＢの用件を聞いたら、あとは地下二階の物置かどこかにこもって、だれにも邪魔されずに、親族にどう伝えるかをじっくり考えることができる。

　戸口に歩き出したブリディは、あやうくシャーラと衝突しそうになった。「スーキ・パーカーからまた電話がありました」とシャーラ。「それに、ウーナ伯母さんからも。詩の朗読のことで話があるとか。それと、お姉さんのメアリ・クレアがいま、外線一番に」

「会議中だと全員に伝えて」とブリディ。「いまからちょっと、C・B・シュウォーツのラボまで行ってくる」

「でも、どうやって連絡をとればいいんですか？」

とれないわ、と心の中でいってから、「十時半にはもどるから」

「わかりました」シャーラは疑り深げな口調で、「ほんとに自分で行ったほうがいいと思うんですか？」

「殺されそうになったら、つららでぶん殴るわ」それから、シャーラが追いかけてこないことを確実にするために、「あれから考えたんだけど、確かにあなたのいうとおりね。彼、ノートルダムの鐘つき男にちょっと似てる。あと、『SAW《ソウ》』シリーズに出てくる男にも」

「でしょ。ほんとにだいじょうぶですか？」

もちろん。だれにも呼び止められずに地下二階までたどりつくことさえできれば。ブリディはオフィスのドアを開け、用心深く外を覗いた。きっとスーキが待ち伏せしているにちがいないと思ったが、このときばかりは、ウーナ伯母がいつも頼りにしている〝アイルランド人の幸運〟に恵まれていたらしい。廊下もエレベーターも無人で、だれと出会うこともなく無事に地下二階まで降りられた。

　エレベーターのドアが開いた先は、コンクリート打ちっ放しのがらんとした空間で、業務用冷凍庫の冷たいにおいがつんと鼻を刺した。だれも降りてこないのも当然だ。まさしく氷河。ＣＢのラボの金属扉には氷の結晶が張りついていた。その上には、『危険――入室禁止――実験中』と印刷された貼り紙。さらに手書きで、『立入禁止――おまえのことだ』と書いてある。扉のワイヤメッシュ入りガラス窓からラボを覗くと、ＣＢはピーコートを着込み、ウールのマフラーに指なし手袋をつけていた。それに、カーゴパンツとビーチサンダル。ハンダごてを手に作業台にかがみ込み、基板をいじっている。

　シャーラがいなくてよかった。きょうのＣＢはふだんにましてひどい格好だ。二日分の無精ひげと、いつも以上にくしゃくしゃの髪の毛。メイヴなら気に入るかもしれない。

　この部屋でまたひと晩過ごしたみたいに見える。だとしたらもっけのさいわいだ。けさ、ここに来る途中でだれかにＥＥＤの件を聞いた可能性も消える。そう思いながら金属扉をノックした。もっとも、ふつうに出勤してきたとしても、シャーラが言及したイヤフォンをいつもはめているから、噂を耳にしたとはかぎらないけれど。

　ＣＢは顔を上げない。もう一度ノックしたが、それでも反応がないので、ドアを開けて中に入り、作業台のほうに歩いていって、彼の顔の前で二本の手を振った。「ＣＢ？　もしもーし？　留守ですか？」

CBが顔を上げ、ブリディを見て、両耳のイヤフォンをはずした。「いまなんて？」

「お仕事中、邪魔して申し訳ないけど」とにっこり笑って、「わたしになにか用事があるって？」

「ああ」とCBはいった。「EEDを受けるって、まさか本気じゃないよね？」

2

「みんなが他人のことに口出しせずに、自分のことだけ考えていれば」公爵夫人が荒々しいうなり声でいいました。「世の中はいまよりずっとすいすい動くだろうに」

――ルイス・キャロル『不思議の国のアリス』

「な、なんで……どうやって？」ブリディは驚きのあまりもつれる舌で訊き返した。「ＥＤのこと、だれに聞いたの？」

「冗談だろ」ＣＢはハンダごてを置いて、「コムスパンじゅうがその話で持ちきりだよ。ぼくの意見をいわせてもらえば、頭がおかしいと思うね。いまだって、大量すぎるくらいの情報の洪水に呑まれてるじゃないか。メールだのＳＭＳだのツイッターだのスナップチャットだのインスタグラムだの。なのに、わざわざ脳手術までして、もっと情報を聞きたいって？」

「ＥＥＤは脳手術じゃない。ささやかな強化処置で――」

「ドリルで頭に穴を開けて、感情がぜんぶ洩れ出すようにする。ただし、そんな処置をしなくたって、もうとっくにきみの感情が洩れてることは明白だけどね！　ＩＥＤがどんなに危険かわかってる？」

「ＥＥＤよ」とブリディは訂正した。「ＩＥＤは手製爆弾のことでしょ」

「じゃあ、目の前でＥＥＤが爆発するまで待ってればいい」とＣＢ。「メスがすべって、外科医がまちがった神経を切断したら？　麻痺が一生残るかもしれない。それとも植物――」

「百パーセント安全な処置よ。ドクター・ヴェリックは数百人にＥＥＤを施術して、失敗は一度もない」

「彼にとってはね。おたがいの心が読めるようになるとカップルに信じ込ませることで大金を稼いでるんだから。アルマーニのスーツにイタリア製のローファーを履いたインチキ医者が保証したからといって――」

「ドクター・ヴェリックは、脳神経強化処置の分野では世界的な名声がある立派な外科医です。それに、他人の心が読めるようになるわけじゃない。ＥＥＤは、パートナーと感情的につながる能力を増強するだけ」

「感情的につながる？　キスはどうした？　セックスは？」

「あなたとそんな議論をするつもりはありません」ブリディは硬い声でいった。「関係ないでしょ」

「あるとも。この会社でぼくが話せる相手はきみだけなんだ。もしきみが植物――」

「新しいスマートフォンの企画書を書いてるはずじゃなかったの？　部署間会議は一時間後に――」

「やってるよ」

「あら。もしかして、それが試作品？」ブリディは、CBがハンダ付けしていた基板を指さした。

「いや。これはコントロール・パネルだよ、そこのヒーターの」と、背面から何本もコードがぶら下がっている金属製の大きな箱を指さした。「南極みたいなこの気温からわかるとおり、また故障してる。修理してるんだけどうまくいかなくて。そういえば、ジャケット要らない？」服や毛布が山積みになっているカウチのほうに歩いていって、服をひっかきまわしはじめた。

「いえ、だいじょうぶ」と答えたものの、体がぶるぶる震えはじめていた。

ブリディはラボの中を見まわした。壁にはいろんなものがところせましとベタベタ貼ってある。回路図やリスト、各種の〈立入禁止〉貼り紙、「スキャナーに生きがいはない」の映画ポスター、だれだか知らない一九四〇年代の映画女優のピンナップ。作業台の上は壁と同じくぎゅうぎゅう詰めで、ラップトップ・コンピュータやハードディスク・ドライブや分解されたスマートフォンがいくつも散乱している。古風なダイヤル式のチューナーがついたピンク色のプラスチック製ラジオが、さらに古そうなテレビの上に載せてあり、床は蛇のようにのたくるワイヤや電源ケーブルの迷路だった。死体は見当たらないが、それをいうなら、大量のファイル・キャビネットの中になにが入っているか知れたもんじゃない。

ＣＢは色褪せた小汚いカーキ色のアーミー・ジャケットをかざして、「これどう？」

「いえ、けっこうです」ブリディはいった。「それで、電話の件だけど。会議までに企画書はできるの？　無理なら無理で、トレントにそう伝えて——」

「トレントのことはいいから。脳外科手術で年間、何人の患者が死ぬか知ってる？」

「いったでしょ、脳手術じゃないって。ささやかな強化——」

「わかった。じゃあその」とＣＢは両手の指で引用符をつくり、「〝ささやかな強化処置〟で、一年に何人の患者が死ぬか知ってるかい？　ゴシップサイトのＴＭＺによく出てるだろ、鼻の位置がずれちゃった女優の卵の写真が。見出しは、『美容整形の失敗か？』

「EEDは美容整形じゃない」

「じゃあどうしてハリウッド人種が先を争ってEED処置を受けるんだい？　それに、二次感染の危険もある。ブドウ球菌とか、人食いバクテリアとか。病院はそういう病原体の温床だからね。ひどい場所だよ——おまる、カテーテル、背中開きの患者用ガウン。ぼくは可能なかぎり病院には近づかないようにしてる。きみもそうすべきだよ」

「わたしは——」

「それとも麻酔薬の過剰投与とか。手術が完璧にうまくいって、効能どおりの効果が得られたとしたら、さらに悲惨なことになる。というのも、テレパシーというのは最低だからね」

「テレパシーなんかじゃなくて——」と反論しかけたが、CBは口をつぐまず、

「知りたくないことばかりわかってしまう。信じてくれ。とくに、男が考えることときたら、最悪の汚水溜めだ。ネット上の最低な落書きよりまだひどい。そう聞けば、どんなにひどいかわかるだろ」

「いま話さなきゃいけないのは、企画書ができてるかどうか——」

「それを話してるんだよ。コムスパンは同じことを約束している——もっとコミュニケーションを。でも、求められてるのはそれじゃない。コミュニケーションの量はいまのまま

でも多すぎる——ノートPC、スマートフォン、タブレット、ソーシャル・メディア。つながりが限界を超えてる。つながり過ぎが問題なんだよ。とくに、人間関係では。人間関係については、コミュニケーションを減らす必要がある。増やすんじゃなくて」

「ナンセンス」

「賭けるかい？　だったらどうして、『話し合う必要があるね』ではじまる会話がいつも最悪の結果を招くのか？　生物の進化の歴史は、いかにして情報を遮断し、伝達されることを防ぐかの歴史だった——擬態、保護色、イカの墨、パスワード暗号化、企業機密、嘘。とくに嘘だ。もし人間がほんとにコミュニケーションを望んでいるなら、真実を口にすべきなのに、人間はそうしていない」

「そんなことない」と反射的にいってから、自分の行状を思い出した。親族には会議中だといい、ラフール・デシュネフのアシスタントには九時四十五分のアポイントメントのある客が来たといった。

「人間はしじゅう嘘をついている」とCB。「フェイスブックで、マッチングサイトで、面と向かって。『ええ、報告書はできてますよ。いま最後の仕上げをしてるところ』とか、『うん、そのドレス、ぜんぜん太ってなんか見えないわよ』とか、『もちろん行きたいと思ってるけど』とか。〝もちろん〟というのは、嘘をついている明白な証拠。『もちろん彼女とは一線を越えてない』『もちろんあなたの家族のことは大好きよ』とか『もちろん信じてくれていいとも』とか」

「CB――」

「しかも、人間はだれに対していちばん嘘をつくと思う？　自分自身に対してだよ。人間は自己欺瞞《ぎまん》の天才だ。だとしたら、IEDを受けてトレントの思考が聞こえるようになったとして、なんの意味がある？」

「他人の思考が聞こえたりしない」ブリディはいらいらしながらいった。「いったでしょ。EEDはテレパシーじゃない！　パートナーの気持ちを感じとる能力を強化するだけ」

「気持ちなんか、思考よりさらにあてにならない！　人間はありとあらゆる妙な気持ちを抱く――復讐心、嫉妬心、憎しみ、怒り。だれかを殺したい気持ちになったことはないかい？」

ええ、ありますとも。まさにいま、そういう気持ちよ。

「しかし、殺したいと思うからといって、じっさいに人を殺すわけじゃない。立派な心を抱くからといって、聖者だというわけでもない。ヒトラーだって、愛犬のことを考えるときは、あったかくてほんわかした気持ちになったと思うね。その瞬間にたまたま彼の感情を拾い上げたら、なんていい人なんだと思うだろう。プラス、人間は、自分がどんな気持ちになるのか自分でわからない。恋をしていないときでも、恋をしていると自分に思い込ませて――」

「はるばるここまで降りてきたのは、あなたの恋愛論だのヒトラー論だのを聞くためじゃないの。新しい電話の企画書に関して、なにかわたしに伝えることがあるんだろうと思ったからよ」

「だからその話をしてるんだよ。新しい電話の企画。ほんとうに必要とされているのは、コミュニケーションを増やすことじゃなくて減らすこと」一九四〇年代の映画女優のピンナップに歩み寄り、「そうじゃないかい、ヘディ？」

トレントのいうとおりだ、とブリディは思った。彼は精神的に不安定だ。

「ヘディ・ラマー」ノックするようにこぶしでコツコツと写真を叩き、「第二次人戦中に活躍したハリウッド・スターだよ。彼女は、映画を撮影していないあいだの暇な時間を利用して、周波数高速切替《ホッピング》装置の開発にとりくんだ。こちらの魚雷を無線誘導する電波をドイツ軍から隠すために」

作業台のほうに戻ってきて、「実際に成功して、ちゃんと特許もとってる。残念ながら、当時はそのアイディアを実用化する技術がまだなかった。ようやく実現したのは五十年後。彼女の発明を使って携帯電話がつくられたときだった。でも、彼女の発想は正しかった」

「発想って？」

「メッセージを送信するんじゃなくて、隠すこと。恋人といい関係を築きたいと本気で思うなら、ＥＥＤじゃなくて、反ＥＥＤを――」

「ＥＥＤのことはいいから」とブリディはいった。「わたしに見せるものはあるの？」

「あるよ」ラップトップに飛びついてタイプしはじめた。画面いっぱいのコードがあらわれる。「話をしたくない相手がいるとしよう。それとも、やらなきゃならない仕事があって、だれにも邪魔されたくないとき」

けさのわたしみたいに、と、つい思ってしまう。

「むかしは、離れた場所にいたから電話がとれなかったとか、伝言が届かなかったとか言い訳できた」とＣＢ。「でも、通信テクノロジーが進歩したおかげで、そういう言い訳はもう通用しない。そこで、この電話は、望まない相手から連絡があった場合、あらかじめ警告してくれる。元恋人とか、会社の上司とか」

うちの親族とか。

「しかも、さまざまな選択肢から対応を選べる。着信をブロックして『おかけになった電話は、つながりませんでした』というメッセージを表示するか――デッドゾーン機能と呼んでる――もしくは、センテンスふたつで切れるようにすることもできる。あるいは、ぜったい話したくない相手に対しては、ボイコット機能を設定して、電話を自動的に陸運局とかコムスパンの自動応答メニューにまわすこともできる。『なにがどうなっているかわからない相手と話したいときは1を、どのボタンを押すか悩んで一日過ごしたいときは2を押してください』」

　CBはラップトップの画面を切り換えた。「それと、この機能は——SOSアプリと呼んでる——電話の側面にこっそり触れることで着信音を鳴らして、急な電話が入ったから出なきゃいけないと言い訳することができる」

　ジル・クインシーやフィリップと話しているときにその機能があれば。

「名づけて聖域電話《サンクチユアリ・フォン》」とCB。「ノートルダムの鐘つき男とか呼ばれてる人間にふさわしく（sanctuaryには聖堂の「内陣」の意味がある）」

　ブリディは顔を赤らめた。「どうしてそれを——」

「わかるだろ？　コミュニケーション過剰の結果だよ」コンピュータ画面を叩き、「で、どう思う？　電話のことだよ。ぼくが鐘つき男かどうかじゃなく」

　すばらしいアイディアだと思う。CBの電話があれば、親族との関係がずっと楽になるだろう。でも、コムスパンが求めているのはそれじゃない。「トレントが求めているのは、コミュニケーションを抑制する電話じゃなくて、強化する電話」

「そんなことじゃないかと思った」とつぶやいて、ＣＢはまた基板の上にかがみ込んだ。

「じゃあ、そういう企画はないってこと？」

「いや、まさにぴったりのがある。しゃべったことを、なんでも相手が聞きたいように翻訳するアプリ。『どんな理由があろうと、脳手術を受けるなんて大バカだよ。まして、真実の愛が得られるなんて子どもじみた考えにだまされるなんて』とＳＭＳを送ったとする。そしたら、実際に相手に届くのは、『わお！　ＥＥＤを受けてほしいとトレントに頼まれたんだって？　めっちゃロマンチックだね！』になる。名づけて、丸呑みアプリ」

「もういい。話はおしまい」ブリディはそういって戸口に歩き出した。「ほかに企画が――まともな企画が――あるなら、会議がはじまるまでにトレントに送ってちょうだい。ないなら、トレントにそう伝えて。会議は十一時から。あと一時間ある」

「ないよ」ブリディがばたんとドアを閉めるのと同時にＣＢの声がした。「もう十時二十分だ」

うわ、会議まであと四十分しかない。親族になんというかを考えるチャンスはいましかない。帰宅したら、アパートメントのビルの玄関前で親族たちがキャンプを張って待ちかまえているだろう。それとも、アパートメントの中で。

鍵を換えなきゃ。それに、ＥＥＤの件をどう伝えるか、今度こそ決めないと。それを考えるには、やっぱりこの場所がいちばんだ。たとえCBがいたとしても。ブリディは廊下をUターンして、エレベーターの前を素通りして次の廊下を歩きながら、使える空き部屋がないか、ひとつひとつドアを確かめた。

五、六回ためして、施錠されていないドアが見つかったが、段ボール箱が山積みになっていて、ほとんどドアを開けるスペースもない。しかし、スペースは必要ない。必要なのはプライバシーと――。

「やっと見つけた！」キャスリーンがいった。「ほうぼう捜しまわったのよ」

「キャスリーン！」ブリディはあわててドアを閉めると、そのドアを背にして、「こんなところでなにしてるの？」

「みんな心配してたのよ。メッセージに返信がないし、ウーナ伯母さんが電話してきて、〝虫の知らせ〟があったっていうもんだから、いったいどうしたのか、ようすを見にきたの」

「連絡があったなんて知らなくて」とブリディは嘘をついた。「朝からずっとここにいたから。この階は電波が入らないのよ。ここにいるってどうしてわかったの？」

「シャーラに聞いた。ノートルダムの鐘つき男と話をしにいったって。それって、髪がもじゃもじゃの人でしょ。さっき向こうで会ったけど」と、自分のうしろの、CBのラボがある方向を指さした。「でも、あたしだったら雪男って呼ぶな。ここって死ぬほど寒いから。そういえば、姉さんからトレントに渡してほしいって、これを預かってる」キャスリーンはメモリスティックと畳んだメモをさしだした。「彼、つきあってる人いる？」

「ＣＢが？」ブリディはメモを開いた。「冗談でしょ？」

メモにはこうあった。

さっきはバカ扱いして悪かった。これは会議用のもうひとつの企画案。心配ない、きみの恋人はきっと気に入るよ。コミュニケーション中毒者の夢だから。ＣＢより。追伸。ＥＥＤについて言ったことは後悔してない。最悪の選択だよ。ちゃんと考えるまで実行しないと約束してほしい。追々伸、ＷＷＨＬＤと自問すること。

ＷＷＨＬＤ？　なんの略なのか考えている暇はない。キャスリーンが会社のだれかと会って話をしないうちに追い出さないと。一階から駐車場に直行すれば、運がよければだれにも会わずに済むかもしれない。

「本気よ」とキャスリーンが話している。「わりとキュートだと思った。とにかく、髪にブラシをかければね」

ブリディは急いでキャスリーンをエレベーターのほうにひっぱっていった。「チャドとつきあってるんじゃなかったの」

「つきあってる。でも、どうかな……」とためいきをつき、「だからけさ電話したのよ。ゆうべ喧嘩して」

そうでしょうとも。キャスリーンがいままでにつきあってきたダメ男の中でも、チャドが最低のはずだ。でも、いまの最優先は、彼女の恋愛問題に介入することではなく、ここから連れ出すことだったから、ブリディはそのまま歩きつづけた。

「どこかの女にセクスティング（sexとtextingの混成語。携帯電話間で性的メッセージを送ることを指す）してる現場を押さえたのよ」とキャスリーン。「あたしのスマホで。それをなじったら、彼、怒り出しちゃって、あたしを置いて車で行っちゃったの。いなくなってから、スマホを彼の車に置いたままだって気がついて」

エレベーターの前まで来た。ブリディは《上》を押した。

「だから、真夜中にたったひとり、車で迎えにきてくれそうな人を呼ぶために電話を探す羽目になったわけ」エレベーターが来て、ふたりは乗り込んだ。「もうどこにも公衆電話なんてないって知ってた？」

ブリディは一階のボタンを押し、エレベーターが上昇しはじめた。「で、どうしたの？」

「セブンイレブンの前に一台あるのをやっと見つけて、でも小銭がなかったから、けっきょく歩いて帰らなきゃいけなくて、そのあいだじゅうずっと考えてたの。別れなきゃ、って」

「ええ」とブリディはいった。「そのとおりね」

「わかってる。でも、問題は、彼がほんとにあたしを愛してるってこと」

ＣＢのいうとおりだ。人間は自己欺瞞の天才だ。エレベーターがチンと鳴って、ドアが開いた。さいわい、一階のホールにはだれもいなかった。「その件でメアリ・クレアと話した？」ブリディは、決然とした足どりでキャスリーンを駐車場に導きながらたずねた。

「話そうとしたけど、メイヴのことで頭がいっぱいらしくて、まともに聞いてくれなくて」

「メイヴがどうしたの？」

「なんでもない。でも、メアリ・クレアは、あの子がネットしすぎだと思ってる。ネット中毒なんじゃないかって心配してるの」

ふたりは戸口にたどりついた。「ねえ」ブリディはいった。「もっと話したいけど、三十分後に会議がはじまるし、それまでにＣＢの企画書を読まなきゃいけないの。だからみんなには、わたしは心配ない、仕事が終わったら連絡するからって伝えといて」ブリディはキャスリーンのためにドアを開けて、「じゃあね」

「待って」とキャスリーン。「ひとつ聞きたいことがあるの。ＥＥＤを受けることにしたって、どうしてみんなに教えてくれなかったの？」

な、なに？　「それは……ゆうべ決まったばっかりなのよ」としどろもどろに答える。

「けさはＣＢと会う約束があったし」

「午前中ずっと、メッセージひとつ、メール一通、返す時間もなかったっていうわけね」キャスリーンが皮肉っぽくいった。「折り返し電話する時間も」

「出られなかったのよ。いったでしょ、ここは電波が入らなくて。だれにも伝えるチャンスがなかった」

「例外はあの鐘つき男だけ——なんて名前だっけ？」

ベネディクト・アーノルド（米独立戦争で米軍を裏切った将軍）よ、とブリディは心の中で苦々しくいった。

「彼の名前はＣＢ。Ｃ・Ｂ・シュウォーツ。ＥＥＤの件は彼に聞いたのね。それともシャーラ？」

「どっちでもない。メイヴが教えてくれた」

「メイヴ？　メイヴはどうやって知ったの？」

「フェイスブックかツイッターかなんかで」

メイヴは確かにネットのしすぎだ。「メイヴはウーナ伯母さんに話してないでしょ？」

「さあ。たぶん。自分のフェイスブックには書いてたけど」

「でもウーナ伯母さんはフェイスブックやってない」

「やってるよ。メイヴがアカウントつくってあげたから」

うわ、勘弁して。ブリディは心の中で絶望のうめき声をあげた。じゃあ、みんな知ってるわけか。「ウーナ伯母さんはなんて？」

「だいたい予想がつくとおりよ。『聖パトリックとアイルランドのあらゆる聖人の聖なる血にかけて、あの娘《ラス》はいったいなにをしでかしてしまったのかしら？』」

「なにもしでかしてない」とブリディ。「ゆうべトレントに、ＥＥＤを受けてくれないかといわれただけ」

「で、イエスと答えたの？　つきあいはじめてたったの六週間で？」

「確かあんた、アレックス・マンキューゾと二回デートしただけで婚約したんじゃなかった？」

「ええ。まちがいだったわ」

まちがいというのは婉曲表現だ。彼には妻がいた。それに、重罪の有罪判決が三度。

「あたしと同じまちがいをしてほしくないの」とキャスリーン。「トレントのことをよく知ってるわけでもないのにそんな大事な約束を――」

「でも、だからこそ、そうしようっていう話になったのよ。おたがいにもっとよく知り合うために。ＥＥＤは――」

「あとにして」とキャスリーン。「夕食の席で話してもらうわ。ウーナ伯母さんが一族全員を集めて、アイリッシュ・シチューと豚足煮込《クルビーン》みを出してくれるから」

それと、アイルランド異端審問ね。「無理よ。トレントが――」

「今夜は十時までずっと会議。ウーナ伯母さんが彼の秘書に電話して確かめたのよ。トレントにディナーに誘われてるからっていう理由で姉さんに逃げられないように。夕食は午後六時」

キャスリーンは立ち去ったかと思うとすぐもどってきて、悲しげな口調でいった。「チャドとはほんとに別れたほうがいいわよね？」

「ええ」

「そうよね。じゃあまた、ウーナ伯母さんのところで。聖パトリックのご加護がありますように、マヴァニーン」キャスリーンは明るくいって、ようやく立ち去った。

時刻は十時五十分。会議の前にＣＢのメモリスティックをチェックして、中身が例のサンクチュアリ・フォンとか、そういういかれた反コミュニケーション・ツールの企画じゃないことを確かめる必要がある。オフィスのほうに歩き出したが、マーケティング部のロレインにつかまって、トレントとEEDを受けるなんてほんとに最高ねとまくしたてられた。「どうやって説き伏せたの？」

「説き伏せてない。トレントのアイディアなのよ」

「冗談でしょ！　どうやって？　たいていの男は自分に感情があることさえ認めないのに。まして、それを他人に見せるなんて。ジーナは――ほら、ラフール・デシュネフのアシスタントの――EED処置を受けさせるためにグレッグを文字どおり脅したのよ。でも、その甲斐はあったっていってた。こんなにしあわせで、こんなにリラックスしたのは生まれてはじめてだって」

それは、彼女がいまこの場にいないからね。そう思いながら、「会議に遅刻しちゃうから――」

「わたしも受けるつもり」といいながら、ロレインはブリディを会議室のほうに先導した。「うまくいかないかもって、ジーナは心配してたの。グレッグに浮気されてるんじゃないかって。ほんとのことというと、わたしもそう思ってた。スーキに聞いた話だけど――」

ブリディは足を止めた。「いま思い出したけど、オフィスに急いでもどってアシスタントに伝えなきゃいけないことがあるの」

「そんな時間ないわよ。もう遅刻なんだから」とロレインがブリディの腕をとった。「で、まあ、わたしたちはふたりともまちがってた。グレッグにはこっそりつきあってる相手なんかいなかったの。というのも、ＥＥＤでつながってみると、なにもかもいままでにないくらいパーフェクトなんだって。言葉を誤解することも、しぐさの意味をとりちがえることも、秘密を持つこともない。うわ、ほら見て、もうみんな来てる」

　そのとおりだった。最初の議題はＣＢの企画だったから、ブリディは中身を見る時間もないまま、メモリスティックをトレントに渡した。さいわいなことに、それは、例のサンクチュアリ・フォン――または丸呑みアプリ――ではなかった。トークプラスという新機能で、それを使うと、二つの会話を同時進行させられる。「電話を保留にして片方の相手を待たせたり、かけ直してくれと頼んだりする必要はもうありません。『悪い、こっちの電話に出ないと』とか、『あいにく、いまは話せないんだ』とか弁解する必要もなし。トークプラスがあれば、すべての人とつねにコミュニケートできます」

　よくいうわね、ＣＢ。ブリディは心の中でぼやいたが、会議の出席者は全員、このアイディアを大歓迎した。トレントもそのひとりで、テーブルの向こうからこんなメッセージをよこした。『これこそまさに必要な企画だよ。ＣＢからしぼりとってくれて助かった。

ドクターVの書類はもう書いた？』

『会議が終わったらすぐ書くね』と返信すると、『いま書いたほうがいい。この会議はかなり時間がかかりそうだから』

そのとおりだった。出席者はただちに、トークプラスのアイディアを実装して、ふたつ以上の会話を可能にするにはどうすればいいかについて、口々に提案しはじめた。議論は二時間近くつづき、途中で会議室にランチを運ばせることになり、ドクター・ヴェリックの最初の問診票に記入する時間ができた。書類は、病歴や食べものの好みから、髪と瞳の色、趣味にいたるまで、ありとあらゆることを記入するように求めていたが、会議中にどうにかすべてを書き終えることができた。

ふたたび会議に注意をもどすと、アート・サンプスンが発言しているところだった。

「トークプラスのアイディアは悪くないと思うが、アップルの新機種にそれだけで対抗できるかな？　つまり、うちは小さな会社だ。新型iPhoneが噂されてるとおりのパラダイム・シフトになるとしたら、同時に多人数と話ができる機能だけじゃ足りないだろう」そして会議は、アップルの新型にどんな機能が搭載されるかに関する推測と、その機能を探り出す方策について出席者がばらばらにしゃべりつづける、まとまりのない状態に陥ってしまった。

どうすればアップルを倒せるか？　スーキを送り込めばいいのよ。トレントにメッセージでそう打とうとしたとき、先に向こうからメッセージが届いた。『ハミルトンが会いたいと言って来てる。後で連絡するよ。愛してる。書類忘れないで』残されたブリディは、いつまでもはてしなく続く憶測の披露をえんえん聞かされる羽目になった。

会議への出席を拒否するというＣＢのポリシーは正しい。そう思いながら、ブリディは二通目の質問票をとりだした。もっとも、これを早く出したからといって効果があるとは思えない。ネットでドクター・ヴェリックを調べてみると、クライアントの一覧には、ハリウッド・セレブだけでなく、スポーツ界の大物や、王族や——ウィリアム王子とケイトのＥＥＤを担当したと報じられている——フォーチュン５００企業のＣＥＯ十数名が名を連ねている。ブリディとトレントが待機リストに入れてもらえただけでもラッキーなのに、デイヴィッド・ベッカムやブルネイのスルタンを飛ばして順番を早めてくれるとはとても思えない。それでもブリディは、万一の場合に備えて第二の質問票に記入しはじめたが、それは、感情の繊細度、共感力、カップルの適合性を測定するための総合テスト一式だと判明した。

こんなの、きょうじゅうに書き終えるのは無理。と思ったが、いつまでも終わらない会議の席で、アップルの新製品がただのはったりだという見込みはあるかとか、アップルがうちをスパイしているか、もしスパイしているとしたら倫理的に許されることではないとか、アップルの情報を得るとしたらだれをスパイにできるかとかの論点が出尽くすまでに、ブリディはテストを完了し、結果をドクター・ヴェリックのオフィスにメールしたあと、親族からのメッセージの山は無視して、受信したメールをチェックしはじめた。

ＣＢから二通。一通は、「ヘディ・ラマーならどうする（What Would Hedy Lamarr Do）?」が件名。

ＷＷＨＬＤはこれの略だったわけか。なるほど。

ＣＢのメールの一通目には、ヘディ・ラマーの周波数ホッピングに関する業績について詳述した長い記事のリンク、二通目には、『アイオワ州の男性、さかむけ手術の合併症により死亡』と題するニュースのリンクが張ってあった。

会議が午後四時にようやく終わると、ブリディはお祝いをいいにくる社員たちに囲まれた。口々に、トレントがどんなにすばらしい相手かを述べ、ドクター・ヴェリックの待機リストにどうやって割り込めたのかと質問してくる。「うちなんか、待機リストに載せてもらうための待機リストにもまだ載せてもらえないのよ」と経理部のララがうらやましそうにいった。品質管理部のベスは熱っぽい口調で、「ＥＥＤは史上最高の発明だわ！」

うちの親族とＣＢにもそういってやってくれる？　オフィスにもどる道すがら、夕食の招待から逃れるどんな口実があるだろうと考えた。報告書の提出期限がギリギリ？　同僚が腕を骨折したので救急センターに連れていく？　ハンタウイルスのアウトブレイク？

どう言い訳するにしても、早くしなければ。すでに午後四時三十分。ウーナ伯母さんのことだ。ブリディが逃げないように、退社時刻を見計らってキャスリーンをコムスパンに派遣するくらいのことはやりかねない。

オフィスの戸口にシャーラが立っていた。「たったいま、トレント・ワースからこれが」と薄いピンクの椿のブーケを指さし、カードをブリディに手渡した。『きみが恋しい』と書いてあった。『そんなこと、言わなくてもわかってもらえるようになる日が待ち遠しいよ。トレントより』

「ほんとにラッキーな人ですね」とシャーラ。「ネイトは花束なんて一度も――」

「なにか伝言は？」とブリディは口をはさんだ。

「いいえ。でもご親族が――」

「折り返し連絡して、なにか突発的なことが起きたって伝えて」シャーラの前を通り過ぎて、「なんでもいい。緊急の会議かなにか。そのせいで、夕食には行けないって」といって執務室のドアを開いた。

そこに、一族が全員集合していた。ツイードのスカートにカーディガン、ひざに編みものを載せたウーナ伯母さんまで含めて、全員。メアリ・クレアとキャスリーンがウーナ伯母の左右にすわり、メイヴは部屋の隅で床にあぐらをかいている。おねがい、おねがいだから、さっきシャーラにいったことを聞かれていませんように、とブリディは祈った。

「緊急の会議ね？」ウーナ伯母はいつも以上にきついアイルランド訛りでたずねた。

「予備の椅子をとってくるわ」といって、ブリディはシャーラのデスクのほうに向かった。

「きょうは予定がびっしりつまっているとお伝えしたんですけど――」とシャーラが口を開いた。

　でも、耳を貸してくれなかった。でしょうね。わたしも同じ問題に悩まされている。

「いいのよ、シャーラ」と声に出していった。

「ご親族にコーヒーかなにかお持ちしましょうか」とシャーラ。

「いいえ」五分後に執務室にやってきて、出かける時間ですと声をかけてくれるように頼もうかと思ったが、それでうまくいくとは思えないし、どのみちいつかは解決しなければならない問題だ。できれば、シャーラが戸口で耳をすましていない時と場所で。そこでブリディは、もう帰っていいと指示してから、自分の執務室にもどり、いさぎよく報いを受けることにした。

「仕事のせいでおまえが夕食に来られないんじゃないかという予感がしてね」執務室のド

アを閉めたとたん、ウーナ伯母がいった。「だから、ここに来て話をするのがいちばんだと思ったんだよ。今度のLEDの件で」

「EEDよ」部屋の隅からメイヴが訂正した。「LEDは電気の照明。EEDがなんの略かというと——」

「そんなこと知るわけがないでしょう！」とウーナ伯母。「本人が自分の親族にさえ伝えなくていいと思ってるんだから。しかも、イングランド人と！」

「トレントとわたしが受けるのは」とブリディがいった。「ごく簡単な医療処置よ。たがいの気持ちを感じとることで、ふたりのあいだのコミュニケーションが円滑になるの」

「なんとまあ！《セインツ・プリザーヴ・アス》」ウーナ伯母が十字を切った。「コミュニケーション？　そんなもののために、アイルランド人がいつから手術を必要とするようになったんだい？　それとも、口に出してしゃべることは、イングランド人相手にはもったいないとでも？」

「いいえ、もちろん違うわ。EEDは、ほかのコミュニケーションにとってかわるものじゃなくて、それを強化するの」ブリディは、EEDが生み出す神経経路によってパートナー同士が相手の気持ちを受容しやすくなる仕組みについて説明しはじめたが、ウーナ伯母さんはまるで耳を貸そうとしなかった。

ふくよかな胸の前で、カーディガンを着た腕を組み、「不自然。つまりそういうことですよ」

「それに、だんぜん古臭いわ」とメアリ・クレア。「男を喜ばせるためにロボトミー手術を受け入れるなんて！　あなたの姪にどんな影響を与えると思ってるの？」

見たところ、影響はゼロね。母親たちの会話そっちのけでスマートフォンをいじっているメイヴを見ながら思った。「ロボトミーなんかじゃないし、トレントのために受け入れるわけでもない。わたしたちふたりのためなの」でも、メアリ・クレアは耳を貸そうとしなかった。

「無力で弱い女性ばかりが出てくるポップ・カルチャーにどっぷり浸かっているだけでもメイヴの教育によくないのに、今度は血を分けた叔母が！　知性と独立心を抑圧するようなものからメイヴを守ろうとして、あたしが必死に努力しているというのに――」

「ママがいってるのはディズニー映画のお姫さまのことよ、ブリディ叔母さん」スマートフォンから目を上げて、メイヴがうんざりしたような口調で説明した。「『塔の上のラプンツェル』も見ちゃいけないっていうの。フリンがラプンツェルを助けにくるからっていうだけで！　でも、だれにだって、時には助けてもらわなきゃいけないことがあるよね？」

「ほらね」とメアリ・クレアがブリディにいった。「この子はもう、女の子がただじっと男の助けを待つべきだという観念に染まって、自分で自分を助けることはできないと思い込んでる」

「それが不可能なときもあるからよ！」とメイヴ。「縛られてるときとか。氷に変えられてるときとか。それに男だって、だれかに助けてもらわなきゃいけない場合がある。たとえば、『塔の上のラプンツェル』で、魔女が――」

「よしよし、もうお黙り、いい子《チャイルディーン》だから」ウーナ伯母がメイヴの腕を叩き、「いまはおとぎ話の時間じゃないのよ。人の生死に関わる問題を――」

「人の生死に関わる問題なんかじゃないんだってば」とブリディ。「EDは百パーセント安全な――」

「あらそう。彼にそう聞かされたんでしょ。イングランド人の口から真実の言葉が出たためしがあるか知りたいもんだわ。あの嘘つきのならず者たちは――」

「トレントは嘘つきのならず者なんかじゃないし、イングランド人でもない。彼の一族は、何世代も前からアメリカに住んでるのよ」

「わたしたちの一族だってそうですよ。だからわたしたちはアイルランド人じゃないといいたいの？」ウーナ伯母はむっとしたようにいった。「次はなにをはじめるのかしらねえ。フラニガンという名字を変えて、赤い髪の毛を茶色に染める？　聖パトリックの聖なる血にかけて、天に召されたわが姪の子どもが自分の出自を否定する日が来るなんて！　あなたはアイルランド人ですよ、娘《ラス》。みずからの血を否定しても無駄です。彼が心の底ではイングランド人であることを否定しても無駄なのと同じこと。そしてその心は、邪悪で、残酷な、嘘にまみれた心です。ごろつきの女たらしよ、イングランド人の多くはね。もしおまえがすんばらしいアイルランド人青年を見つけたら――」

「トレントの先祖がどこの出身だろうと関係ない」とキャスリーン。「問題なのは、どういう人間かよ」

ありがとう、キャスリーン。ブリディは心の中で感謝した。

「そして彼はすごくホットなの」とキャスリーンがつづけた。「プラス、車が最高。彼とデートしてみたいわ」キャスリーンの男性遍歴に鑑《かんが》みると、これはろくな推薦状にならない。

メアリ・クレアはただちにその事実を声に出して指摘し、「まるで結婚の条件みたいに脳手術にこだわるような男にどんな魅力があるのか、さっぱりわからない。そんな男のどこがいいの、ブリディ？」

ひとつには、彼がひとりっ子で、親族の中に、断りもなく職場にやってくるような人間がひとりもいないところね。ブリディは心の中で憤然と答えた。一度も行ったことのない国についてぺちゃくちゃしゃべりまくる人間もいない。他人の問題に口をはさまないことをわきまえている。それにもうひとつ、彼のアパートメントには電子錠とドアマンがついてて、婚約したあとそっちに引っ越したら、とうとうささやかなプライバシーが持てる。あんたたちが気が向いたときに押しかけてきてあれこれ指図するなんてこともなくなるのよ。

しかし、それを口にするわけにはいかない——ウーナ伯母さんが卒倒するだろう。それに、トレントに恋をした理由のひとつは彼がアイルランド人じゃないことだなんて、口が裂けてもいえない。

彼は、キャスリーンがこれまでつきあってきた無責任でだらしなくて粗野なダメ男たちや、ウーナ伯母が押しつけてくる、大家族に悩まされる盛りを過ぎた〝青年《ラド》〟たちとはまるで正反対だった。それに、ブリディ自身がかつてデートしたことのあるろくでなしとも正反対。こぎれいで、ちゃんとした身なりをして、立派な仕事を持ち、彼女のことを誉めて、素敵な店に案内し、花を贈ってくれる。ほかの相手にセクスティングしたためしもない。

真夜中に路上に置き去りにしたりしない恋人を求めるのがそんなに悪いこと？　連絡も招待もなしにしじゅう会社に親族が押しかけてきたりしない生活を求めるのがそんなに悪

いこと？

しかし、それもまた、口にするわけにはいかない――たとえそう訴えたところで、だれも聞いてくれない。メアリ・クレアはスマホの電源を切りなさいとメイヴに注意するのに忙しく、キャスリーンは「トレントってだれかに似てるのよね。でもだれだったか思い出せない」とつぶやき、ウーナ伯母はブリディがEEDを受けるという虫の知らせがあったときのことを物語っている。

いつもいつも虫の知らせがあるくせに。ブリディはいらいらしながら思った。ウーナ伯母さんの虫の知らせは、いつものアイルランド訛りと同じくらい嘘っぽい。ブリディが見るかぎり、ウーナ伯母のサイキック能力、当人が一族に代々伝わっていると主張する〝天《ザ・》眼《サイト》〟なるものは、キャスリーンの恋人が〝ろくでなしのインチキ野郎〟だと予言することにかぎられている。これなら、はずれる心配はまずない。もうひとつは、電話が鳴りそうだと予言すること。「メアリ・クレアが電話をかけてくるわ」とウーナ伯母さんは芝居がかった口調でいう。「骨身に感じますよ。メイヴのことを心配してかけてくるの」

メアリ・クレアはしじゅうメイヴのことを心配して、一日に二十回はウーナ伯母に相談の電話をかけてくるから、予言するのにサイキック能力など必要ない。それ以外の〝虫の知らせ〟と予感と差し迫った破滅の感覚は大はずれ。今回も含めて。「悪い予感がしたのよ、マヴァニーン。おまえがそのDEDを受けると聞いて」

「EED」メイヴがスマホから顔を上げずに訂正した。「DEDは、死んじゃうほどハッピーな状態のこと。ねえ、もう行かない？　おなかがぺこぺこ」

「もちろんそうね、チャイルディーン」とウーナ伯母。「お茶の時間をとうに過ぎてますよ」といって、カフェテリアに降りて、〝ほんのちょびっとの虫おさえ〟を食べることを提案した。いうとおりにしたら、コムスパン社員の半分が聞き耳をたてているなかでこの議論をつづけることになる。スーキと噂話ネットワークがその材料をどうふくらませるかも想像がついたから、ブリディは夕食に参加することに同意した。

「さっきいってた緊急会議はどうするんだい？」とウーナ伯母。

「キャンセルする」ブリディはむっつりいってから、脱出の最後の絶望的なトライとして、現地合流を提案してみた。

　やはり無駄だった。ウーナ伯母はブリディと同じ車に乗ると言い張り、道中ずっと、すんばらしいアイルランド人青年であるショーン・オライリーの美点を並べ立て、メアリ・クレアがメイヴの私生活に過剰に干渉するのはまったく残念な話だと、見たところなんの皮肉もなく、嘆きつづけた。「どうしてあの子はかわいそうなチャイルディーンを放っておけないのかしらねえ。あれじゃ、メイヴは一瞬たりとも気が休まらないわ」

そして到着するなり、一族は夕食のテーブル上で、ＥＥＤに反対する議論を最初から蒸し返した。新しい補強材料もいくつか。いわく、トレントがブリディにＥＥＤ処置を求めるにはなにか秘められた邪悪な目的がある。いわく、それはきっと、教会の基準に照らして死に値するようなおそろしい罪ではないか。いわく、自尊心のあるアイルランド人ならけっしてそんなことはしない――

「そんなことない」とブリディは反論した。「エンヤは婚約者とＥＥＤを受けた。それにダニエル・デイ・ルイスも――」

「エンヤとダニエル・デイ・ルイスが橋の上からシャノン川に飛び下りろといったら、おまえはそのとおりするのかい？」とウーナ伯母。

「やるべきね」とメイヴ。

「橋の上から飛び下りる？」とキャスリーン。

「メイヴ、同調圧力の危険については前にも話したけど――」とメアリ・クレアが口を開く。

　メイヴはそれを無視して、「ブリディ叔母さんがＥＥＤを受けたら、彼の内面がどうなのかわかるから。『アナと雪の女王』で、とっても素敵な人だとアナが思い込んじゃう王子さまがいて、恋に落ちたりとかするんだけど、でも彼はそうじゃなかった。ただ国がほしいだけだったのよ。そして彼は、アナを殺そうとする」

「これもまた、あなたにディズニー映画を見せたくない理由」とメアリ・クレア。「兇暴すぎる！」

「兇暴なんかじゃない！」メイヴは兇暴にいった。「あたしがいいたいのは、人間には、外面と内面が違っている場合があって、ブリディ叔母さんはEEDを受けたら、彼のほんとうの姿がわかって、もう彼のことは好きじゃなくなって、べつの恋人を見つけるだろうってこと——だれか素敵な人を」

「そんなことは、わざわざ手術を受けなくてもわかりますよ」ウーナ伯母はそういって、〈アイルランドの娘たち〉のさまざまなメンバーが経験した〝手術〟の危険について滔々《とうとう》と語りはじめた。「ショーン・オライリーのいとこが脚を悪くして手術を受けたら、まちがっていいほうの脚を切られてしまったのよ！」

例のSOS機能をつけてくれるようにCBに頼んでおけばよかった。いまこそそれが必要な時なのに。

ブリディの電話が鳴った。「お邪魔してすみませんが」とシャーラ。「C・B・シュウォーツがいまさっき、わたしの自宅に電話してきて、けさ送った電話の企画をあなたが受けとったかどうか知りたいと」

ありがとう、CB。とブリディは心の中で感謝した。「よし」とブリディはいった。

「いえ、いいのよ。すぐ行くから」

「コムスパンに行く必要はないんですよ」シャーラはとまどった口調で、「受けとったかどうかを知りたいだけなんですから」

「わかってる。いますぐ」ブリディはそういって電話を切った。「ごめんなさい。でも行かなきゃ」と一族に宣言し、コートに袖を通しはじめた。「会社で問題が起きて、チェックする必要があるの」

彼らはブリディを車のところまで見送るといいはった。「トレントはあんたに、そのEDをいつ受けさせるって？」とメアリ・クレア。

「夏の終わりごろ」とメイヴ。

「どうして知ってるの？」とブリディ。

「フェイスブックに書いてた」

「夏の終わり」ウーナ伯母が考え込むようにいった。「よかった。それなら、おまえもじっくり考え直してみるだけの時間がじゅうぶんあるね」

伯母さんがわたしを折伏《しゃくぶく》して考えを変えさせる時間でしょ、と思いながらブリディは車を走らせた。トレントと結婚したら、こういう査問夕食会にも、もう悩まされなくなる。

トレントの家に引っ越して、親戚や他人を入れないようにドアマンに指示すれば、とうとう平安と静寂が手に入る。

　親族から見えないところまで来ると、ブリディはすぐさま車をとめ、さっきの不自然な応答について釈明しようと、シャーラに電話すべく、スマートフォンをとりだした。親族は、そのわずかな時間も無駄にしていなかった。携帯には、ウーナ伯母から、〈アイルランドの娘たち〉のあるメンバーの甥が静脈瘤の手術がもとで死んだというショートメッセージが届いていた。キャスリーンからのメッセージは、『トレントがだれに似てるかいま思い出した。カートよ』。

　カートは、キャスリーンのひとり前の恋人で、彼女に永遠の愛を誓ったあと、キャスリーンのクレジットカード数枚とともに姿を消した。ブリディは両方のメッセージを削除してからシャーラに電話したが、留守録にまわされた。家に帰ってからまた電話しよう。そう思って、アパートメントに帰りつくなり電話をとりだした。

　とたんに着信音が鳴った。シャーラが着信履歴を見てかけてきたんだ、そう思って通話ボタンを押したが、いまのはトレントの着信音だった。

　まちがい。メアリ・クレアだった。「いまさっき家に帰ったんだけど、メイヴが部屋に閉じこもって出てこないの」

姉さんが母親だったら、あたしだって部屋に閉じこもるわよ、とブリディは心の中でいった。

「自分の部屋のドアに、『立入禁止――ママのことよ。本気だからね』って書いた紙を貼ってるのよ」

CBのラボのドアみたい。「すくなくとも自己主張してるわけだから、抑圧少女症候群じゃないかっていう心配は無用ね」

メアリ・クレアはそれを無視して、「どうすればいいと思う？　部屋でドラッグをやってるのかも。それか、スナッフ・ビデオを観るとか」

「あの子のお気に入りは『塔の上のラプンツェル』よ。スナッフ・ビデオなんか観てないって」

「わかるもんですか。あの子は早熟だし、学校にいるとき以外は、ほとんどの時間、スマホかパソコンを見てる。記事で読んだけど、あの子の世代はコンピュータのスキルが高すぎて、親にはコントロール不可能だし、理解もできないんだって。子ども部屋監視カメラ《ナニー・カム》のつけかた知ってる？」

「知らない」ブリディはきっぱりいった。「もう切らないと。トレントの通話を待たせてるの」

そういって電話を切ると、たちまちまた着信音が鳴った。もしこれがウーナ伯母さんだったら……。

だが、トレントだった。「大ニュース」と彼はいった。「いまさっきドクター・ヴェリックと話したら、パリでやる予定だったEEDがキャンセルになったから、ぼくらの予定をくりあげてくれるって」

「五月に？」だとしてもまだ二ヵ月先だ。ということは、すくなくとも三十億件の電話とメールとショートメッセージ、それに神のみぞ知る回数のアイルランド異端審問。とても耐えられない。

「いや」とトレントがいった。「パリのキャンセルでスケジュールが動いて、ぼくらの予定を来週の水曜に入れられるって！」

3

「もうばらばらに生きるのは止めること。ただ接続する《オンリー・コネクト》……」
——E・M・フォースター『ハワーズ・エンド』

手術の日どりを秘密にしておくことは、ほんの二、三日のあいだでも、たいへんな難題だと判明した。とりわけ、ドクター・ヴェリックのオフィスからブリディのコムスパンのメールアドレス宛てに受付申請書式が届き、それをシャーラに見られてしまったあとは。シャーラはそくざに、EEDの日程が前倒しになったんですかとたずねてきた。

いや、べつにそういうことじゃなくて、保険会社が請求を処理するのにかかる時間を見越して手術の何カ月も前から手続きをはじめなきゃいけないだけよと説明してどうにか納得させたものの間一髪だったし、EEDには一泊の入院が必要らしいが、噂話ネットワークを刺激することなく会社に休みを申請する方法はまだ思いつかない。アップルの新製品発表が目前に迫り、全社員が必死になってそれに対抗できる新しいアイディアを考えているいま、一泊二日どころか、半休をとろうという人間さえひとりもいない。しかし、その件についてトレントにメッセージすると、心配ない、ぼくがなんとかするという返信が来た。

　トレントは実際なんとかしてくれた。しかも、奇跡的に、休暇の件はまったく洩れず、廊下でだれかに待ち伏せされて、どうしてそんなに早くEDが受けられることになったのかと質問攻めにされることもなかった。とはいえ、難問はまだある。だれかに――ブリディの運の悪さから考えると、たぶんスーキあたりに――姿を見られることなく会社を抜け出し、事前の採血のために病院へ行くことと、親族にバレないようにすること。しかし、メイヴが救いの神になってくれた。『塔の上のラプンツェル』視聴禁止に対する反乱がどうやら学校生活にも波及したらしく、『秘密の聖域』シリーズの最新作を授業中に読んでいたことで居残りを命じられたのである。

『大人って大嫌い』とメイヴはブリディにメッセージしてきた。『何にもさせてくれないんだから』でも、本をしまいなさいと先生にいわれたときは、そのとおりにしたほうがよかったんじゃないのとブリディがおだやかにたずねると、メイヴはこう返信してきた。

『ママにも言ったけど、聞こえなかったの』

どうやらメイヴは、聞こえなかった理由が「ほかのことを考えていたせい」だとも母親に伝えたらしく、メイヴの担任教師と、スクール・カウンセラーと、児童心理学者と、聴覚の専門家の四者会談が急遽開かれる騒ぎになった。

そのおかげでブリディは、採血のとき自分の車が病院の駐車場に駐めてある理由を、親族のセラピーがあるからだと説明することができたし、親族一同がメイヴの件に気をとられている隙に、入院用の荷造りをして車のトランクにバッグをしまい、シャーラに留守中の指示を書き、水曜日の午後はダウンタウンでミーティング、木曜の午前はカンファレンスに出ると伝えてから、あとまわしにできないメールに返信した。

キャスリーンは、『これに参加したら、トレントの考えを読むために手術を受ける必要なんかなくなる』というメモをつけて、セドナのライザンドラなる霊能者《サイキック》が教える〝霊的つながり《スピリチュアル・コネクション》〟セミナーの広告を送ってきていた。ウーナ伯母さんからのメールは、〈アイルランドの娘たち〉のリバーダンス鑑賞会（『ショーン・オライリーも参加するのよ！』）に関するものだった。そして、メールを信じていないはずのＣＢから、十二通届いていた。四通は、病院で些細な処置を受けた外来患者がそれによって命を落としたことを報じるニュース記事、七通はＥＥＤの副作用に関する記事、残る一通は、ＥＥＤを受けてもつながることができなかった妻を射殺した男に関するニュースだった。

水曜の朝、ブリディは親族にメールして、きょうから二日間は会議漬けだと伝え――『わたしが電話に出なくても、あちこちの病院に電話して捜しまわったりしないでよ、ウーナ伯母さん』――「ブリジット・フラニガンは、現在、オフィスを留守にしております」という自動応答メッセージをセットしてからスマートフォンの電源を落とした。自分がいったいいくつの嘘をついているのか、考えたくもない。

　とはいえそれも、あしたの午後までのこと。病院から帰宅したらすぐ、手術を受けられるチャンスができたと知らされたのが直前だったから、だれにも話す時間がなかったと、親族みんなに伝えよう。そのころにはみんな、ＥＥＤがいかに無害で、ブリディとトレントがいかにしあわせにしているかを目《ま》のあたりにして、反対する根拠を失っているだろう。きっとそうなる。会社を無事に脱け出すことさえできれば。

　十一時に車でトレントのアパートメントに行き、車をそこに置いてから、彼の車でいっしょに病院に行く計画だったが、ブリディが出勤するときに電話がかかってきて、グレアム・ハミルトンとのミーティングが予定より遅れているから、現地で合流することにしようといわれた。「でも、いっしょに処置を受けなきゃいけないんじゃないの？」とブリディはたずねた。

「溶接するわけじゃないんだよ、スイートハート」とトレント。「ドクター・ヴェリックは、ぼくらのどちらかを最初に処置して、もう片方を次に処置する。いまの予定だと、きみの手術が午後一時、ぼくのが午後二時。たっぷり余裕をもって着けるよ。そうしたら、ぼくらはつながって、心配ごともおしまい。なにもかもパーフェクトになる」

　そのとおりだ。それに、別々に病院に行くほうが、いっしょに行くより安全だろう。ふたりが同時にコムスパンを出たら、だれかに勘づかれるかもしれない。しかし、計画の変更によって、車をどうするかという新たな問題が生じた。タクシーで直行するのはアウト。車をひと晩、会社に置いたままにしたら、鵜《う》の目鷹《たか》の目のスーキに気づかれる。車で帰宅してからタクシーに乗ったら、親族のだれかがうちに立ち寄り、コムスパンで会議だといってるくせに車が置いてあるのを目撃されるかも……。

　しかし、病院の駐車場に置いておくわけにもいかない。運が悪いと、メアリ・クレアがメイヴを専門家に診せにやってきて、ブリディの車に気づくかもしれない。どこか目につかない場所に駐車して、そこからタクシーで病院に向かうしかない。

　ということは、いますぐ出る必要がある。ということは、またなにか嘘をひねりださなければ。なにがいいだろう。駐車違反の呼び出し状？　いや、いつどこで駐車違反切符を切られたのか、シャーラに訊かれる。陪審員の義務？　歯科医の予約？

　ブリディはスマートフォンの電源を切ってから、執務室を出てシャーラのデスクに歩み寄り、「スーキは出社してる？」とたずねた。

「いいえ」

すばらしい。ということは、だれにも気づかれずに会社を出られる確率が指数関数的に増大した。もしスーキが病院に行っているのでなければ。「スーキは病欠じゃないわよね？」

「違いますよ」とシャーラ。「陪審員の義務です」

もうちょっとで同じ口実を使うところだった。あしたからは嘘をつかなくて済むのがありがたい。わたしは嘘がぜんぜん得意じゃないから。

「スーキになにか用ですか？」とシャーラ。

「いえ、そっちはあとでいいの。いまから資料室に行って、ジル・クインシーに手伝いを頼んで、iPhoneの最近の三機種の特許に関する資料を洗いざらい探してきてちょうだい」

といって、シャーラが出ていくなり、手書きでメモした留守中の指示をシャーラのデスクに置いて、外の廊下にだれもいないのを確かめてから、念のため階段を使ったほうがいいだろうかと逡巡《しゅんじゅん》しつつ、足早にエレベーターに向かった。

しかし、シャーラとジルは資料室だし、スーキは安全に法廷に隔離されているし、CBはけっして地上に上がってこない。

ところが、よりによってきょうだけはその例外だった――しかも、最悪なことに、ブリディがエレベーターに乗って《Ｐ》のボタンを押したあと、ＣＢがとつぜんエレベーターの前に出現した。急いでるようすで、ちょっと息を弾ませている。「よかった」とＣＢはいった。「きみをつかまえられて」

「トークプラス機能のことだったら、みんなすごく気に入ってたわよ」

「もちろんそうだろうさ」とＣＢはうんざりしたようにいう。「その件じゃない。それ以外に、きみと話さなきゃいけないことがある」

「あいにく、いまは時間がないの」といってブリディは《閉》ボタンを押した。「十分後にダウンタウンでミーティングだから」

「かまわないよ。いっしょに降りる」といって、ＣＢは閉まりかけたドアの隙間から乗り込んできた。「ＩＥＤについてのメール、読んでくれた？」

「ええ。ＥＥＤの副作用は、坐骨神経痛、短期記憶の喪失、足の裏のいぼ、消化性潰瘍、ランナー膝。それに、『バチェラレット』（独身女性ひとりに二十五人の男性が求婚する米国のリアリティ番組）で振られることだっていうのがわかったから、ぜひとも受けたいって決心したのよ。前からずっと、なにかのリアリティ・ゲーム番組から振り落とされたいと思ってたの」

「そんなことじゃないかと思った。でも、ＵＩＣを引き起こす可能性だってあるんだよ」

UICってなんの略かとわたしがたずねると思ったら大まちがい。CBもおなじ結論に達したらしく、「ほら、意図せざる結果《アンインテンディド・コンシクウェンシズ》」

「意図せざる結果って？」

「神のみぞ知るだよ。それが意図せざる結果の要点なんだから。じっさいに起きるまでどんな結果が生じるか知りようがないし、知ったときには手遅れだ。たとえば禁酒法とか。DDT（かつて広く使用された有機塩素系殺虫剤・農薬。発がん性があるとして、各国で使用が禁止された）とか。すごい名案に思えたのに、その結果ときたら――アル・カポネに、コマドリ大量死だ。あるいはツイッター。ツイッターからISISや#《ハッシュタグ》超絶かわいい猫（#InsufferablyCuteCats）が生まれるなんてだれが予想した？　タイタニック号でアメリカに渡るのはいい考えだと思ったアイルランド移民はどうなった？　もし彼らがあらゆる事態を――」

「じゃあ、EEDを受けたら氷山に衝突するって？」

「かもしれない。なにが起きるかわからない。手術前に頭を剃られたあと、赤毛じゃなくて白い髪が生えてきたら？」

「頭を剃ったりしない。うなじから入れるのよ」

「ギロチンもそうだね。それとも、穴を開ける場所をまちがえて、だれともコミュニケーション不可能になったら？　昏睡状態のあいだに臓器をとりだされてブラックマーケットに売り飛ばされたら？」

「そんなわけないでしょ。ねえ、心配してくれるのはありがたいけど、よけいなお世話よ」

「タイタニックの乗客も、乗船するとき同じことをいったよ。オーケイ、ぼくの心配はよけいなお世話で、手術は無事に成功し、きみたちふたりがおたがいのことをすべてわかりあったとして、その結果が気に入らなかったら？　コミュニケーションはすべてじゃない。賭けてもいいけど、ヒトラーの心の奥底を知ったからといって、彼のことを好きになるとはかぎらないはずだ。きみの恋人の場合も、それと同じだと判明するかもしれない」

「そんなことにはなりません」ブリディはエレベーター・ドアの上の階数表示に焦がれるような視線を投げ、早くＰが点灯することを祈った。

「それとも、ＥＥＤがうまく働かなかったら？　きみたちふたりが感情的な絆を結ぶことがなかったら？　そもそも、〝感情的な絆《ボンディング》〟っていったいなんなんだ？　縛られるのか、『フィフティ・シェイズ・オブ・グレイ』みたいに？　ふたりはたがいに愛し合わなきゃいけないというだけじゃ、どうしてだめなんだ？」

　ＣＢとともにこのエレベーターに永遠に閉じ込められる運命かも。

「もし彼が、だれかべつの相手と〝感情的な絆〟を結んでいたら？」ＣＢはなおもいいつのる。「たとえば、秘書とか」

「エセル・ゴドウィンは六十過ぎよ」

「もっと不釣り合いなカップルが真剣に愛し合ってる例だってたくさんあるけどね。でも、まあいい。もし彼が、給与支払係のジャンと恋をしていたら？　それともスーキと？　いや、例が悪かったな。もしスーキに恋をしてたら、地球上の全員が知ってるはずだから。マーケティング部のロレインと恋をしていたら？　あるいはアート・サンプスンと」

「彼はアートと恋なんか――」

「それとも、きみたちふたりは自分たちが感情的に結ばれていると思い込んでいるだけだとしたら？　ほら、人間は、しじゅう、事実とは違うことを信じるだろ。ヒトラーはたぶん、自分がほんとはいいやつだと思ってただろうし――」

「なんでいちいちヒトラーを持ち出すわけ？」ブリディは爆発した。

「悪い。ネットを見過ぎた副作用だ。ネット上の会話にはしじゅうヒトラーが出てくるからね。要は、たとえＥＥＤがうまくいったとしても、かならずしも問題がすべて解決するとはかぎらないということ。その一方、ＥＥＤが新しい問題を生み出す可能性は山ほどある」

「ありがとう。参考にする」とブリディ。「で、わたしと話したい用件って？」

「話したい用件？」ＣＢがぽかんとした顔で訊き返した。

「ええ」また階数表示に目をやって、「緊急に話したい用件があるっていったでしょ。それとも、ヒトラーは自分自身についてまちがった認識を持ってたっていうのがその用件？」

「いや」とＣＢが答えたとき、階数表示のＰが点灯した。やっと。「サンクチュアリ・フォンに関して、いくつかアイディアを思いついたんだ。たとえば、こんな写真管理機能。赤ん坊の写真とか、超絶かわいい猫の写真とかが送られてきたら、自動的に消去される」

あなたがそうやって消えてくれればいいのに。と思いながら、一歩前に出た。ドアが開いた瞬間に外に出られるように。もし開くことがあれば。

「通話終了アプリのアイディアもある」とＣＢがいったとき、ドアが開いた。

「その話は来週また。シャーラに連絡してアポイントメントをとって」ブリディはそういうなり、駐車場へと飛び出した。

「車まで送るよ」ＣＢが追いついてきた。「古きよき時代には、電話の相手に腹を立てたら、『じゃあな！』と怒鳴って、受話器をガチャンと叩きつけることができた。気分がすっとするだけじゃなくて、相手に気持ちが完璧に伝わる――」

もっとエレベーターの近くに駐車すればよかった。そう思いながらブリディは歩調を速めた。

「でもいまは、できることといったら画面のアイコンをクリックするだけ。感情的にはぜんぜん満足感が得られない。そこで思いついたのが、受話器をガチャンと切る大きな音を鳴らしてくれるアプリ」

ようやく車にたどりついた。バッグを後部座席じゃなくてトランクに入れておいてよかった。

「まだすべての細部を検討したわけじゃない」とＣＢ。「思いもよらない副作用が出ないことをしっかり確認したいからね」

そうでしょうとも。

「それと、通話終了といえば、それもまた、テレパシーの不便な点のひとつ。相手のテレパシーを切る方法がない」

「さんざんいったけど、ＥＥＤはテレパシーを実現するわけじゃないの！」

「わかるもんか。意図せざる結果というのは――」

「ＥＥＤについてももう一度じっくり説明してあげたいのは山々だけど」といいながら車のドアを開け、「もう行かなきゃいけないの。ダウンタウンでミーティングがあって――」

「嘘だね」

ブリディはぞっとしてＣＢの顔を見た。スーキは何キロも離れた法廷にいるというのに、わたしの行き先をどうにかしてつきとめたんだろうか。スーキがＣＢに話したのなら、ほかのみんなにも話している。あと、フェイスブックにも書いている。いまにもこの駐車場にアイルランド異端審問チームが押しかけてくるかもしれない。「ど、どうして――」と思わず舌がもつれる。

「顔を見ればわかるよ。それに、逃げるみたいにして車に乗り込もうとするその態度を見れば。一刻も早くぼくから離れたいんだろ」

ええ、そのとおりよ。ほっとしながら思った。「ねえ。いろいろ意見してくれるのはありがたいけど――」

「いや、きみは、ありがたいなんて思ってないね。関係ない問題にくちばしを容《い》れるなと思ってる」とＣＢ。「でもね、だれかが崖っぷちに向かってまっすぐ歩いていくのを見かけたら、なにもせずに放っておくなんてできないよ」

「わたしは崖っぷちになんか――」

「と、きみは思っている」

「どうして？　わたしが昏睡状態に陥るとでも？　それとも、ランナー膝になる？　ＥＥ

Ｄを受けるべきじゃないもっともな理由をひとつでいいから教えて。臓器のブラックマーケットとかロボトミーとかじゃないやつ。信じられる理由を」

「うん。そこが問題だ」とＣＢが口の中でいった。真剣な表情でブリディの目を見ながら、「いいかい、ブリディ。精神的につながるというのは、評判どおりのものじゃない。ほかの人がなにを考えているか知りたいと思うのと――」

「ブリディ！」シャーラが一枚の紙を振りながら、こちらに向かって駐車場を急ぎ足に歩いてくる。

うわ、やめて。もしあれがトレントからのメールで、病院のことに触れていたら……。

途中でつかまえようと歩き出したが、シャーラはすでに車のところまでやってきて、息をはずませながらいった。「つかまえられてよかった。メアリ・クレアからさっき電話があって。いますぐ連絡がほしいって。緊急事態だそうです」

いつもいつも緊急事態なのよ。「なんの件かいってた？」

「いいえ」とシャーラ。ＣＢのほうを見て、「すみません。邪魔するつもりはなかったんですけど」

「ＣＢの用件はもう済んだから」とブリディ。意味ありげに彼のほうを見て、「そうよね？」

ＣＢは車のドアの上をてのひらで叩き、「ああ」と答えると、耳にイヤピースをはめ、両手をポケットに突っ込んで歩き出した。

シャーラはブリディの耳もとに顔を近づけてささやいた。「つきまとわれてるんですか？」

ええ。と思いながら首を振った。「いいえ」

「なんだ。怒鳴り合ってるのが聞こえたから、セクシャル・ハラスメントでもされてるのかと」

「まさか。新しいスマホのアイディアについて話し合ってただけ」

「へえ」シャーラはＣＢのうしろ姿に疑り深げな視線を投げ、「すごくへん。あの髪の毛――」

「姉には、できるだけ早く連絡すると伝えといて」ブリディはそういって車に乗り込んだ。

ドアを閉め、エンジンをかけてから、シャーラに手を振って、駐車スペースからバックで車を出し、アクセルを踏み込んだ。間一髪、災厄を逃れた気分。しかしまだ、メアリ・クレアに電話するという関門が残っている。

電話しないわけにはいかない。どうせまたメイヴのことで連絡してきたんだろうけれど、万が一ということもある。もしほんとうに緊急事態で、ＥＥＤを延期しなければならなくなったとしたら？　次に予定が入れられるのは何カ月も先。これ以上みんなからやいのやいの反対されたら、そう長くは持ちこたえられない。とはいえ、もしウーナ伯母が心臓発作を起こしたんだとしたら……。

　マリオット・ホテルまでの道中、ずっと気を揉《も》んでいたが、車を駐車してから、ようやく決心してスマートフォンの電源を入れ、駐車場の隅でメアリ・クレアに電話をかけた。ここなら、電波状況がそんなによくないかもしれない。

　あてがはずれた。メアリ・クレアの声はしごく明瞭に聞こえた。「ああ、よかった。電話してくれて。どうしたらいいかわからない。担任の先生にいまさっき聞いたんだけど、メイヴが授業中に読んでた本は、『秘密の聖域』じゃなくて『ダークヴォイス・クロニクル』だっていうのよ！　あの子、どうしてそんな本を読んでるんだと思う？」

「三年生の女の子はみんな読んでるわよ。『アポカリプス・ガール』みたいなもの。『ハンガー・ゲーム』とか。だいいち、メイヴはネットを見過ぎだから、もっと読書の時間を増やしてほしいっていってたのは自分でしょ」

「でも、あんな本！　どんな話か知ってる？　頭の中で声が聞こえる統合失調症のティーンエージャーが主人公なのよ。メイヴは、先生が話しかけてるのが聞こえなかったっていってた。頭の中の声に呑まれて先生の声が聞こえないんだとしたら？」

ああ、もう、勘弁して。「メイヴは、頭の中で声が聞こえたり――」

「わからないでしょ」メアリ・クレアがさえぎった。「インターネットで読んだんだけど、早ければ七歳で統合失調症の症状が出ることもあるんだって。『ダークヴォイス・クロニクル』でヒロインが聞く声は、母親を殺せと――」

「ええ、それに『ハンガー・ゲーム』のヒロインは弓矢で人間狩りをするのよ。メイヴは、そんなこともしてない」

「だったら、あの子はどうして、なにを考えてるか話してくれないの？　なにか起きてるのよ。あたしにはわかる。ねえ、あした学校が終わったら、あの子をピックアップして買いものにでも連れていって、話を聞き出してくれない？」

「無理。あしたとあさっては会議なの。来週だったら――」

「来週だと手遅れかもしれない。精神疾患の進行はすごく早い場合があるのよ。いますぐ診断しないと――」

「メイヴは精神疾患なんかじゃない。難聴でも、神経性無食欲症でもないし、お父さんが帰ってこられるように髪の毛を切ってお金をつくろうと思ってるわけでもない」

「髪の毛を切る？」メアリ・クレアが叫んだ。「どうしてそんなこと――」

「『若草物語』の話。メイヴに『若草物語』を読みなさいってしつこくいってたのは自分でしょ。ただの本なのよ、姉さん。本を読んでることに感謝すべきよ。校舎にスプレーで落書きするとか、放火するとか、テロリストにネットでリクルートされるとかじゃなくて」

「テロリスト？」

「メイヴはテロリストにリクルートされたりしてない。そういったのは、姉さんがどんなに莫迦げたことをいってるかをわかってもらうため。メイヴはだいじょうぶ。ねえ、もう切らないと」

「待って」とメアリ・クレア。「あなた、まだEEDを受ける気でいるんじゃないでしょうね？　ネットで読んだんだけど、EEDは長つづきしないんだって。三カ月ごとに再処置を受けないと――」

「その話はまた今度。なに？」ブリディはべつのだれかと話しているふりをした。「ええ。いますぐ。ごめんね、メアリ・クレア。もう切るわ」通話終了ボタンを押した。

　とたんにSMSの着信音が鳴った。画面を見て、トレントからじゃないことを確認してから――キャスリーンからだった――電源を切り、トランクからバッグを出して、エレベーターでマリオットのロビーに上がると、正面玄関からタクシーに乗って病院に向かい、だれかに目撃される可能性を減らすため、通用口につけてほしいと運転手に頼んだ。

正面玄関から歩いて入っても同じことだった。病院に入ると、ロビーのど真ん中にある入院受付に行くように指示された。せいいっぱいの速度で入院書類に記入してから、職員が保険証をチェックするのをもどかしく待つあいだ、きょろきょろあたりを見まわした。

　ようやく、ブリディの名前を声高に呼びながら、病院のスタッフがこちらのほうにやってきた。ブリディは、ひと目につく場所から早く逃れたくて、彼女のあとについて足早に歩いた。スタッフの先導で階上の検査室に入ると、大柄で快活な看護師から、患者識別用のリストバンドを手首に巻かれた。「わあ、すごくきれいな赤毛！」と感心したように看護師がいう。「ＥＥＤは手順の決まりきった処置だし、ドクター・ヴェリックはとても優秀だから、神経質にならなくてもだいじょうぶですよ」

　冗談でしょ。とブリディは思った。きょう、こんなにリラックスできたのはいまがはじめて。

「ドクター・ヴェリックに手術してもらえるなんて、ラッキーでしたね」看護師がつづけた。「先生はひっぱりだこなのよ」患者用ガウンを手渡すと、これに着替えてといって出ていった。

　ブリディは着替えを済ませてから、携帯の電源を入れ、トレントからのメッセージが届いてないか確認した。届いていた。それにキャスリーンからも、さらに三人のサイキックの名前を記したメッセージ。それにＣＢからは、フェンフェン（心臓弁膜障害の副作用を引き起こしたダイエット薬）、サリドマイド、産業革命の意図せざる結果に関するネット記事へのリンクと、ギロチンに引き立てられてゆくマリー・アントワネットの絵。

　メイヴからもメッセージが来ていた。すべて大文字で、『ママになんて言ったの!?』。激怒に震えんばかりの勢い。ということは、メアリ・クレアはテロリストの話を文字どおりに受けとめたに違いない。

　メイヴ、ほんとにごめん。心の中で謝りながら、トレントのメッセージを読んだ。『向かい中。じゃ、手術のあとで』

　返信を打とうとしたとき、さっきの看護師があらわれて、ブリディの手から携帯を奪い、

「これと服とハンドバッグは、ロッカーに保管しておきます」

　看護師が体温と脈拍を測り、手術承諾書にサインを求めた。承諾書によれば、ＥＥＤが機能しなかった場合、もしくは接続が一時的にしか成立しなかった場合も、ドクター・ヴェリックと病院は一切の責任を負わない。インフォームド・コンセントには、動脈血栓、出血、発作、麻痺、死亡に至るまで、考えうるすべての術後の副作用がリストアップされていた。

　しかし、植物状態になる可能性については一言もない。あるいは、臓器を摘出されるこ

とについても。ほらね、ＣＢ？　と心の中でいいながら、書類にサインした。百パーセント安全なのよ。

「では、ストレッチャーに横になってください」看護師がそういって、ブリディに手を貸してストレッチャーに横たわらせ、白い毛布をかけると、指の先に酸素濃度計をつけ、反対の手の甲に点滴の針を刺し、生理食塩水の袋をスタンドに吊るした。

「トレントはもう来てるかわかる？」とブリディは看護師にたずねた。

「調べてきます」といって、看護師は出ていったが、すぐまた、見栄えのいい男性をともなってもどってきた。「こちらが手術を担当するドクター・ヴェリックです」とブリディに向かっていい、男のほうに向かって、「こちらがミズ・フラニガンです」と紹介した。

　ＣＢがここにいなくてよかった。あるいはメイヴも、とブリディは思った。というのも、ドクター・ヴェリックの高価そうなスーツと黄金のロレックスは、ＣＢが思い描くセレブ御用達の美容外科医像そのままだったからだ。それに、こめかみのあたりにわずかに白いものが混じる頭髪は、トレントよりさらにきっちり整えられている。

　しかし、医師の態度はあたたかで心強く、ブリディとトレントがＥＥＤ処置を受けることを純粋に喜んでいるように見えた。「おふたりの関係にまったく新しい次元が開けることは保証できますよ」といって、手順をおさらいし、具体的にどんな処置を行うのか、Ｅ

EDはどのような仕組みで働くのかを説明した。「まずあなたの処置を済ませてから、ミスター・ワースの処置にかかります。なにかご質問は、ミズ・フラニガン？」

「あの、時間はどのくらいかかるんでしょうか？」

「処置は約一時間ですが、その大部分は画像診断です。手術そのものは――」

「いえ、そうじゃなくて、手術のあとどのくらいの時間で、トレントとわたしはおたがいの気持ちを感じられるようになるんでしょう」

「そのことでしたら心配ありませんよ。あなたとミスター・ワースは、親和性および共感知性テストできわめて高いスコアを示してしますから。では、手術室でお目にかかりましょう」ブリディに笑顔を向け、満足そうな表情で、「すばらしい」というとストレッチャーのへりを軽く叩き、ブリディがまた質問する間もなくその場を離れた。

ブリディはかわりに看護師に質問した。

「一般的に、患者がコンタクトを確立するのには、手術後二十四時間かかります」と看護師。

ということは、あと二日、嘘をつきつづけなきゃいけないことになる。「それより早い場合もある？」と期待を込めてたずねた。

「いえ、まず浮腫が――むくみがなくなって、体から麻酔薬が排出されないと。でも、ドクター・ヴェリックの話だと、あなたはEEDの理想的な候補者だそうだから、心配しないで」

しかし、言うは易《やす》く行うは難《かた》し。とくに、看護師が電気シェーバーをとりだしたときには。「髪の毛を剃るんじゃないわよね？」ブリディはたずねた。あとから生えた髪の毛が真っ白だったらというCBの話を思い出す。

「そのきれいな赤い巻毛を？　まさか。うなじに小さなまるい剃り跡ができるだけですよ」

ギロチンの仕事を楽にするためにね。とブリディは心の中でつぶやいたが、声に出してしまったらしく、看護師がいった。「麻酔医が軽い鎮静剤を投与しますから、気持ちが落ち着きますよ」

でも、すこしも落ち着かなかった。頭に浮かぶのは、CBがURLを送ってきた、手術中に死んだ患者にまつわるウェブ記事のことばかりだった。とりわけ、「これまで麻酔にアレルギー反応を起こしたことはありますか？」と麻酔医に訊かれたときは。

いいえと答えるつもりだったが、そのとき鎮静剤が効いてきたらしく、ブリディはかわりに、わたしは昏睡状態に陥って臓器を摘出されるのかとたずねていた。

「まさか」と麻酔医が笑いながらいった。

「トレントにいつ会える？」とたずねたが、答えは聞こえなかった。ストレッチャーの上でぐっすり眠りに落ちていたからだ。まだそうなる予定ではなかったらしく、スタッフはただちにブリディを起こそうとした。点滴の針を刺していないほうの手を叩き、「ブリジットさん？　ブリジットさん？」と声をかけてくる。

「ごめんなさい」とはっきりしない口調でいった。「うとうとしてしまったみたいで――」

「いま麻酔から醒めたところですよ」と声がいった。さっきとは違う看護師だった。「気分はどうですか？」

「いま何時？」ブリディはたずねた。

「三時ちょっと過ぎです。気分は？　吐き気は？」

「いいえ」

「頭痛は？」

「いいえ」

　ほかにも質問がたくさんあり、ブリディはそれに正しく答えたと見えて、また目を閉じたとき、看護師がいった。「とても順調ですよ。なにも問題がないことを確認するために、まだもうちょっとだけ、この回復室にいてもらいます」そして、ブリディが次に目を開けると、ベッドがふたつと窓がひとつある病室にいた。点滴をチェックしにやってきた看護師に時間をたずねたら、五時ですという返事だった。

　ということは、もうＥＥＤ処置が終わったんだ、とぼんやり思った。でも、手術室に運ばれた記憶はまったくないし、うなじに痛みもない。ささやかな処置だとはいわれたけど、なにか感じるはずじゃないの？　うなじに絆創膏が貼られているかどうか、さわって確かめようとしたが、できなかった。手の甲に刺さっている点滴の針のせいで動きが制限されている。しかし、すくなくとも手を動かすことはできた。ということは、全身麻痺という結果にはならずに済んだわけだ。ＣＢ、あんたはまちがってたわよ。うとうとしながら心の中でいった。手術はうまくいったし、もうちょっとしたら、わたしはトレントと――

　そのとき、ブリディははっと息を呑んだ。なにか聞こえた。

トレント？　そう呼びかけてから、手術後すくなくとも二十四時間経過しないと接続できないはずだということを思い出した。

　きっと、もう片方のベッドに寝ている患者の声が聞こえたんだ。そう思ったが、頭をちょっとだけ持ち上げてナイトスタンドの向こうに目をやると、もう片方のベッドはからっぽで、きちんと折り畳んだリネンが足もとに積んであるだけだった。

　じゃあ、きっと廊下から聞こえたんだろう。でも、そうじゃないのはわかっていた。この部屋だった。それも、すぐ近く。トレントとしか考えられない。〈聞こえる？〉そう呼びかけ、息をつめて待った。

〈ああ〉と声が聞こえた。

でも、そんなはずない、とブリディは思った。ＥＥＤを受けても、パートナーの思念が聞こえるようになったりはしない。相手の気持ちを感じとれるようになるだけ。

でも、確かに聞こえたのよ。ブリディは自分に向かって頑固にいった。でも、聞こえたのが声だったとどうしてそんなにかたく信じているのかを分析するより早く、感情の爆発に襲われた。喜びと心配と安堵が渾然一体となった感情。それは、彼女の中から湧いてきた感情ではなく、明らかにだれか他人の感情だった。

トレントだ。ドクター・ヴェリックの話だと、ふたりの親和性はすごく高かったそうだから、たぶんそのせいで、術後二十四時間という標準よりも早く接続が生まれたんだろう。

〈トレント？〉ブリディは呼びかけた。

感情の爆発が唐突に止まった。

でも、いままで彼とコミュニケートしてたんだ！　ブリディは有頂天だった。安堵の波がどっと押し寄せてくる。なにかまずいことが起きるというＣＢの警告が心の奥底でどんなに大きな重荷になっていたか、いまやっとわかった。〈聞こえる！〉と有頂天で呼びか

けた。〈わたしの声は聞こえる？〉

返事はなかった。もちろんね。言葉じゃなくて、気持ちを送る必要がある。目を閉じて、認知と愛と幸福を送ろうとした。

やはり反応なし。もう一度やってみる前に、看護師がひとりやってきて体温と脈拍を測り、回復室の看護師とおなじ質問をくりかえした。「めまいや吐き気はないですか？」

「ありません」

看護師は血圧帯をブリディの腕に巻いた。「混乱は？」

「いえ。ひとつ訊きたいんだけど……」と口を開いたが、看護師はもう聴診器を耳にあてていた。

次に質問の機会が訪れたのは、看護師の手を借りてローブを着込み、トイレまで歩き――なかなかの苦労で、けっきょくめまいがするのだとさとった――またベッドにもどってからだった。「ＥＥＤが働きはじめるのに二十四時間以上かかるというのは確かなんですか？」

「ええ」と看護師は答え、前の看護師と同じ、浮腫と麻酔薬に関する説明をくりかえした。

「手術が終わってまだ二、三時間。すくなくとも明日にならないとなにも起きませんよ」

「でも、感じたんです――」

「たぶん、夢を見たんですね。麻酔のせいで、ふだんは見ないような妙な夢を見ることがあるから。ミスター・ワースと早く接続したい気持ちはわかりますが、まずは自分の体の回復を待たないと。そのためのいちばんの早道は、ゆっくり休むこと。これがナースコールのボタンです」ブリディの枕にクリップで留めてあるボタンを示し、「なにかあったら、これで呼んでください」

わたしが呼んだら、トレントが応えたのよ。ブリディは心の中でいった。わたしはそれを感じた。トレントと話をして、彼も感じたかどうか確かめなきゃ。彼の病室がどこなのか訊かないと。でも、看護師はもういなくなっていた。ブリディはナースコールのボタンを手探りした。しかし、ボタンを押すより早く、看護師は巨大な薔薇の花束を持ってもどってきた。

看護師はトレントからのメッセージ・カードを見せてくれた。『あとたった一日で、ぼくらは一心同体！』

一日もかからないかも。そう思いながら、窓辺に薔薇を飾っている看護師にたずねた。

「ミスター・ワースの部屋は何号室？」

「調べてきます」といって出ていくと、看護師はすぐもどってきて、「まだ回復室でした」

もちろん。ＥＥＤを受けたのが自分よりあとだということを忘れていた。「彼と話をしなきゃ」

「まだ麻酔から醒めてませんよ。あとでいくらでも話ができますよ。いまは体を休めないと」看護師はきっぱりいって、頭上のライトを消した。

きっとトレントは、数分だけ麻酔から醒めて、また眠ってしまったんだろう。二度めの呼びかけに返事がなかったのはそのせい。

自分でもちょっと眠けがする。いまにも眠り込んでしまいそうだ。看護師のいうとおりだ。体の中にまだ麻酔薬がたくさん残っているから……そして、考えがまとまらないうちに眠りに落ちていた。

次に目を覚ましたとき、部屋は真っ暗だった。何時だろう？　携帯を手探りして、持っていないことを思い出した――ここは病院。この暗闇から――それに、思考がずっとクリアになっていることから――判断するかぎり、何時間か眠っていたらしい。外の廊下がしんと静まり返っていることからも、たぶん深夜だろう。足音も、看護師の話し声も、院内放送もない。フロア全体が寝静まっている。

でも、なにかが聞こえて目が覚めた。前と同じように、声がしたというはっきりした感覚がある。いまごろトレントはもう確実に麻酔から醒めているはず。彼が接触してきたんだろうか。〈トレント？〉と呼びかける。

返事がない。しばらくして、廊下の先のほうでブザーが鳴る音が響き、足音がそちらに向かっていった。物理的な物音を聞いて——ドアが閉まる音とか、患者が看護師を呼ぶ声とか——それで目を覚ましたんだろうか。最初の声も、そういう物音と、想像力と、麻酔の後遺症がいっしょになってつくりだしたものだったのか？

でも、あれはすごくリアルに感じた——それに、彼女が思い描くトレントの気持ちとはまるで違っていた。接続されたときに感じるのは、安堵ではなく喜びだろうと思っていた。トレントは、ＥＥＤについてみじんも心配していなかったから。それに、あの感情の爆発には、べつの気持ちもあった——驚き、疑い、それにおもしろがるような気持ち。ほかの感情も交じっていたけれど、なんなのかわからないうちにすばやく隠されてしまった。でも、驚きと疑いについてはまちがいない。〈わたしみたいに、内心ひそかに、ＥＥＤはうまくいかないんじゃないかと心配してたの？〉心の中で問いかけた。

応答なし。

闇の中でじっと耳をすまして、長いあいだ返事を待った。それから、また呼びかけた。

〈ねえ、聞こえてる？〉

〈ああ〉

　やっぱり聞こえる。そう思ったとき、それがだれの声みたいに聞こえるかに思い当たった。でも、そんなわけない！　こんなことが起きるはずはない。ＥＥＤはテレパシー能力を与えるわけじゃなくて――

〈どうも、与えたみたいだね〉と彼はいった。そして今度は、それがだれの声なのか、疑問の余地はなかった。ブリディはぞっとして片手を口にあてた。

〈だからいっただろ、意図せざる結果を招くかもしれないって〉と、ＣＢがいった。

4

「おれは果てしない深淵から精霊どもを呼ぶことができる」
「わたしにもできますよ。いや、だれにだってできる。でも、あなたに呼ばれて、彼らはやってくるでしょうか」

——ウィリアム・シェイクスピア
『ヘンリー四世　第一部』（3幕1場）

夢だといって、とブリディは思った。だが、夢じゃないことはわかっていた。口もとを覆う手の甲に刺した点滴の針がひっぱられる鋭い痛みを感じるし、ベッド脇の点滴モニターが発するビープ音が聞こえる。

そして、CBの声がブリディの問いに答えて、〈あいにく夢じゃないみたいだよ。ぼくも寝てるならべつだけどね。いや、ぼくは起きてる。いいたくないけど、ぼくらは現実に

話をしている〉

「でも、なんでそんなことがありうるの？」ブリディは声に出していった。

〈ぼくもそれを知りたいよ〉とCBがいった。〈きみはぼくの警告を無視しただろ。橋から飛び下りるなって警告しなかったのは正解だったみたいだね。でなきゃ、その警告もきみは無視しただろうから。あんなにいったのに、それを押し切ってIED処置を受け――

――〉

「IEDじゃない！」

〈うん、まあ、それは見解の相違だね。きみはどこから話してる？　病院？〉

「ええ。あなたはどこから？」

〈ラボだよ。コムスパンの〉とCBはいった。それがほんとうなら、何キロも離れている。ということは、テレパシーで話している。そんなことは不可能だ。

〈どうやらそうじゃないみたいだね〉とCBがいった。〈EEDを受けるというのは最悪の選択だ、意図せざる結果《UIC》を招きかねないといったのに、きみは耳を貸さなかった。で、いまのきみは、こうして、トレントじゃなくてぼくと接続している〉

「あなたと接続なんかしてない！」

〈じゃあ、これをなんと呼ぶ？〉

「知るもんですか！　ドクター・ヴェリックが手術のときに混線させて——」

〈脳に線なんかないよ〉

「じゃあ、シナプスとか、回路とか」

〈そういう仕組みじゃないんだよ〉

「どうしてわかるの？　脳外科医でもないくせに。ドクター・ヴェリックがまちがったシナプスをつないだせいで、わたしがトレントに呼びかけると、あなたに接続してしまうのかも」

〈じゃあ、ぼくはなに——まちがい電話？　それに、トレントといえば、彼はどこにいる？　きみが呼びかけても、彼が応えないのはどうして？〉

「知らないってば！」ブリディは嗚咽《おえつ》した。「ああ、なんでこんなことになるのよ」

〈意図せざる結果を招きかねないと、ぼくは警告した〉

「でも、テレパシーだなんていわなかった」と食い下がる。「そもそもテレパシーなんて実在しないのよ！」

〈ああ、うん、そのことなんだけどね、ブリディ。きみに話さなきゃいけないことがある〉ＣＢの声はすごく近くて、ベッドの足もとに立っているような気がした。

　きっとそう。ブリディはだしぬけにそう確信した。ＣＢはコムスパンにいるんじゃない。

わたしが眠っているあいだにこっそり病院に忍び込んで、この病室のどこかに隠れている。なにもかも、彼の常軌を逸した悪ふざけなんだ。

〈隠れてる？　なんの話？　どこに？〉

　ベッドの下。それともカーテンのうしろ。しかし、ベッドの上の明かりをつけてみると、カーテンは窓の下までしか隠していなかったし、ふたつのベッドをへだてる長い仕切りカーテンは壁ぎわまで引かれていて、そのうしろには幅がせますぎてだれも隠れられそうにない。

　もうひとつのベッドの下や、トイレかクローゼットの中になら隠れられる。でも、もしそうだとしたら、どうして彼の声がすぐとなりにいるみたいに聞こえるんだろう？

〈まさしく〉とＣＢがいった。

「声を投射してるのよ」と責めるようにいった。「腹話術師みたいに」

　ＣＢは笑った。〈腹話術師？　冗談だろ〉

「いいえ」ブリディは体を起こした。両足をベッドの片側に下ろして立ち上がろうとしたが、急な動きのせいでめまいがした。またベッドに横たわる。「いますぐ出てきたほうが身のためよ」枕もとのナースコールのボタンを手探りしながらいう。「でないと看護師を呼ぶから」

〈ぼくだったらそんなことはしないね。午前三時だよ。看護師はきみが起きているのを知って、いい顔をしないだろうし、声が聞こえるなんていったら、本気で心配しはじめる。第二に、看護師はドクターなんとかを呼び、彼は——〉

「どうするって？　ここにやってきてあなたを放り出す？　上等ね」ブリディはボタンを押した。「ぜひ見てみたい」

〈ぼくもだよ〉CBがいった。〈なにしろぼくは、遠く離れた街の反対側で高みの見物だからね〉

「ふうん。そんなこと、一秒たりとも信じないけど、もしそれがほんとうだとしても、ドクター・ヴェリックはなにかがおかしいと気づいて、ここに戻ってきて治してくれる」

〈たぶんね。それとも、きみを精神科病棟に移すかもしれない。どっちにしても、トレントに連絡するだろうね〉

どうしよう。トレント。この件を知って彼がどう思うか、ぜんぜん考えていなかった。ナースコールのボタンをもう一度手探りして、キャンセルする方法がないか探したが、時すでに遅し。看護師はすでにベッドのところまで来ていた。じっさい、迷惑そうな顔をしている。とくに用はないと答えたらますます不興を買いそうなので、「ごめんなさい。悪い夢を見て、ついボタンを押してしまって。この部屋にナイフを持った男がいる夢なの。

トイレに隠れてる」といいながら考えていた。もしトイレを見にいってくれなかったらどうしよう?

　しかし、看護師はトイレに歩み寄ると、ドアを大きく開けて電気をつけ、ブリディに中が見えるようにしてくれた。それから、クローゼットについても同じようにしてくれた。中に入っていたのは、ブリディがトイレに行くときに着たローブだけだった。「ね? だれもいないでしょ」

　看護師がベッドにもどってきて、「ただの悪い夢」ブリディのカルテをとって、なにか記入する。「混乱は、手術のあとのありふれた症状です。麻酔のせい。妙な夢を見ることがよくあるから。それとも、看護助手やスタッフが入ってきたのを見たのかも。トイレに行きたいなら手伝いましょうか?」

　CBがトイレにいないとはっきりしたいまは、行かなくていい。看護師がベッドの下を覗いてくれるように、なにか床に落とせるものはないかとあたりを見まわしたが、手の届くところにはなにもない。「いえ、だいじょうぶ」と答えた。

「なるべく眠るようにしてくださいね」といって、看護師はベッドの電気を消した。

「つけたままにしておいてくれない?」ブリディは震える声をつくって頼んだ。「それとも――戻る前に、この部屋のほかの場所も調べてもらえる? おねがい。ただの夢だとはわかってるんだけど、そのほうが安心して眠れる気がして」

　それに、もしわたしが眠ったら、もうナースコールを押して面倒をかけることもないのよ、と心の中でつけ加える。看護師も同じ結論に達したらしく、また電気をつけてから、両方のベッドの下と向こう側の隅を点検した。

「ほらね？」とブリディのベッドの脇にもどってきて、「だれもいませんよ。おやすみなさい」また電気を消して病室を出ると、ちょっとだけ隙間を残してスライドドアをほとんど完全に閉めた。

「ありがとう」ブリディは看護師の背中に声をかけてから、ベッドに横たわり、自分の身になにが起きたのか理解しようとした。ＣＢはこの部屋にいない。看護師のいうとおりなんだろうか。ＣＢの声は麻酔に誘発された夢だったのか。

　きっとそうに違いない。看護師が病室に入ってきた瞬間から、ＣＢはひとこともしゃべっていない。

〈悪くない仮説だけど、ハズレだよ〉とＣＢがいった。彼の声は前と変わらずクリアに、すぐそばから聞こえた。〈連続殺人鬼かもしれない男が病院に野放しになっているのに、ゆっくり眠ってくださいというなんてね。そんな看護師がいうことなんて、とても信じる気になれないね〉

ＣＢはいったいどんな手を使ってるんだろう。ブリディは絶望的に思った。

この部屋に盗聴器を仕掛けたんだ。マイクとスピーカーをどこかに隠している。

〈盗聴器？〉とＣＢ。〈頭がどうかしてるんじゃないの？〉

いいえ。完璧に筋が通る。だから、看護師が病室にいるときは、ひとこともしゃべらなかった。看護師に聞かれないように。盗聴器があれば、わたしがひとりかどうかもわかる。ブリディは体を起こし、また電気をつけて、隠された盗聴器を探して部屋を見まわした。

〈ブリディ、きみの病室に盗聴器なんか仕掛けてないよ〉

「嘘つき」これですべてに説明がつく。看護師の言葉をどうして知っていたのか――

〈彼女の言葉を聞いたわけじゃないよ〉とＣＢが口をはさむ。〈看護師がいったことに対してきみが考えていることを聞いたんだ。人と会話してるとき、きみは自分がしゃべることを考えるだけじゃなくて、聞いたことも頭に浮かべている。それに、そんな準備をぼくがいつやったっていうんだい？　ほんの数分前まで、きみが手術を受けていることさえ知らなかったのに〉

「方法はわからないけど、でもやったのよ」盗聴器とマイクをどこかに仕掛けた。カーテンの布地の裏か、窓枠か、トレントが贈ってくれた薔薇の花束の中か。ワイヤがはみだしていないかと目を凝らした。

でも、かならずしもワイヤは必要ない。CBは無線機器を仕掛けたかもしれない。彼はコンピュータの天才だから――

〈ありがとう。知ってくれているとは思わなかったよ〉とCBがそっけなくいった。その声は窓のそばから聞こえているわけではなかった。耳の中で聞こえている。

枕の中だ。そう思って体を起こし、不自然なでっぱりがないか手探りした。なにもない。枕カバーをはがして、振ってみた。それから、マットレスの頭の部分の裏側を探った。見つからない。でも、どこかにあるはず――とても小さいもの。ベッドの上の壁パネルかもしれない。それとも、水差しか、カルテか、ティッシュ箱か――

〈膿盆《のうぼん》にも仕掛けてないよ。ぼくは――〉

CBがとつぜん口をつぐんだ。そうなると、彼の声を使って機材の場所を特定することができない。ブリディはそう思いながら、膿盆を手にとった。

この中か、それとも水差しの中か。それに、もし壁パネルの中だったら、ぜったい見つからない。壁パネルにはボタンやスイッチなどの入力装置がいっぱいついていて、どれがマイクでもおかしくない。CBがこの部屋を盗聴していることを証明する唯一の方法は、マイクの可聴範囲から出ること。回復室を出たあとトレントがどの病室に運ばれるか聞いておけばよかった。なにがあったのかトレントに話して、彼にマイクを見つけてもらおう。

そして、ＣＢをくびにする。

でも、トレントがどの部屋にいるかわからないし、またナースコールを押して看護師を呼ぶのは得策じゃない。そこで、廊下に出て、病室の盗聴器に音が届かないと思われる距離まで歩いていくことにした。起き上がり、ベッドの片側から両足を下ろし、しばらくすわったまま、もう部屋がぐらぐらしないことを確認した。だいじょうぶだと判断すると、点滴スタンドを支えにして、慎重に立ち上がった。

しまった、この点滴をどうしよう？　スタンドには車輪がついているから、いっしょにガラガラひっぱっていけるけれど、もしＣＢがマイクを隠しているのがこのスタンドだとしたら、病室を離れても意味がない。

点滴の針を抜かないと。でももし、モニターの警告音が鳴り出して、看護師が駆けつけたら？　ローブを着てスリッパを履いてからにしよう。ブリディはそう思って、点滴スタンドをひっぱってクローゼットに歩み寄った。

薄いコットンのローブは入っていたが、スリッパはなかった。きっとベッドの下だ。そう思いながら、盗聴器が仕掛けられていないか襟と結びひもをチェックしてから、苦労してローブを着込んだ。片腕は袖を通すことができたが、もう片方は、点滴のチューブをはずしてからじゃないと無理だ。ローブをぶかっこうにひきずったままベッドに戻り、かがみこんでスリッパを探した。

点滴スタンドをつかんで体の支えにしていなかったら、そのまま気を失っていただろう。じっさいには、部屋が鋭く傾き、ぐらぐら揺れて、ブリディは必死にスタンドにしがみつき、揺れが収まるのを待ってからベッドのへりを手探りした。

ベッドに腰かけ、息を整える。これ以上、スリッパを探そうとしても意味がない。たとえ見つかったとしても、スリッパを履くだけの時間、かがみこんでいられないんだから。でも、ＣＢのスピーカーの音が届く範囲を出ればいいだけのこと。廊下をそんなに遠くまで歩く必要はない。

その程度の距離なら、スリッパなしでも歩ける。そう心を決めたあと、点滴スタンド問題にとりくんだ。電源スイッチは見当たらないが、てっぺん近くにボタンがある。ビープ音が鳴り出すのを覚悟しつつ、試しにおそるおそる押してみた。

鳴らなかった。モーター音が止まり、緑のランプが消えた。よかった。そう思いながら、手の甲に貼ってある絆創膏を剥がし、点滴の針が刺してある箇所を見た。

こんなのいかれてる。脳の理性的な部分がいった。手術を受けたばかりなのよ。点滴のチューブを引き抜いてふらふら歩き出すなんて、命の危険がある。

でも、ＣＢはきっとそれをあてにしている。わたしが彼のサウンドシステムの圏外に出ないことを。そう思って、点滴の針を引き抜いた。

思ったほど痛くなかったが、出血がひどかった。血を止めようとして、もともと貼ってあった絆創膏をぎゅっと押しつけた。ローブの袖にそちらの腕を通してから、なぜ起きているのかと看護師がようすを見に来ないうちに電気を消し、なにかにぶつからないことを祈りながら、戸口に向かって用心深く歩き出した。

ぶつかりはしなかったものの、戸口にたどりつくまでに永遠の時間がかかった。ドアを開けると、廊下の光がどっとあふれてきて目が眩んだ。片手を上げて光をさえぎりながら、用心深く廊下に目を走らせた。看護師の姿も病院スタッフの姿もない。ほとんどの部屋はドアは閉まり、わずかな隙間がある戸口からも光は洩れていない。やっぱり、いまは深夜だ。

しばらく耳をすましてから、壁に手すりがついていることに感謝しつつ、廊下を歩き出した。廊下はとなりの部屋のすぐ先で左に折れていた。そこさえ過ぎれば……。

スリッパを履いてくれればよかった。タイル張りの床は凍りつくように冷たい。それに、手術のために毛髪を剃られたうなじの一画も、妙な感じがする。痛いわけじゃない。いまはまだ。そう思いながら、先を急ごうとした。

「ロッシ看護師」どこからともなく声がして、ブリディは必死にあたりを見まわしたが、スピーカーから響く館内放送だったと気がついた。「ナースステーションにおいでください」

　ブリディは足を止めて、それに応えて歩いてくる足音に耳をすましたが、なにも聞こえない。ロッシ看護師はべつの廊下にいるに違いない。ブリディはまた廊下を歩き出した。ほんの何歩か歩くだけでこんなにエネルギーを消耗するとは思いもしなかった。それに、こんなに時間がかかるとも。廊下の角まで来たときには、フルマラソンを走り終えたような気分だった。

　だいじょうぶ。自分にそういい聞かせながら、用心深くまわりを見まわした。あとちょっと進めばいいだけ。右手にある次の部屋のすぐ先は待合室で、椅子とソファがある。そこまで行けば休める。

　でもそれは、廊下を横断することを意味する。支えになってくれる点滴スタンドをひっぱってくればよかった。壁を支えにしようと手探りしながらよろよろと歩き出し、点滴の針を抜いた手の甲が血で真っ赤に染まっているのを見てぞっとした。

　絆創膏が剥がれている。ローブのすそで血を拭き取ろうとしたが、途中であきらめた。待合室に着いたら出血は止められる。いまやるべきことは――

〈待合室にたどりつくこと？〉ＣＢの声が割り込んできた。〈どこにいる？　どうしてべ

ッドを出た？〉

うわ、やめて。ブリディは天井のタイルを見上げた。廊下にもスピーカーを仕込んでる。

〈廊下でなにをしてる？〉問いただすCBの声は、病室にいたときと同じくらい大きくクリアに聞こえた。〈手術したばかりなのに――〉

〈消えて！〉闇雲にあたりを見まわしながら、ブリディはいった。廊下にもスピーカーを仕込んでいるなら、待合室にも仕掛けられているかもしれない。ロビーまで行かなきゃ。

〈ロビー？〉CBの怒鳴り声が聞こえた。〈いったいなんのつもりだ？〉

〈あなたが盗聴できない場所へ行くのよ〉そういいながら、待合室のドアの前をよろよろと通り過ぎ、その先に並ぶ部屋のほうに向かった。

〈いっただろ、なんにも仕掛けてないって。ブリディ、聞いてくれ。病室にもどらないと――〉

〈あなたの盗聴器とスピーカーとマイクがある場所に？　いいえ、けっこうよ〉このあたりに、ロビーへ降りられるエレベーターがあるはずだ。

〈ブリディ、そんな状態で病院の中をうろつくなんてもってのほかだ。まいったな、こんなふうに反応するとわかってたら、ぜったいに……どこにいるか教えてくれ！〉

〈なんのために？　盗聴器を仕掛けにこられるように？〉ブリディはそういうと、盗聴器の圏外に出る決意で歩調を速めた。でも、そのせいでめまいがして、頭のうしろの張りつめた感じが痛みへと変わった。

すぐ前方のドアの上でライトが点滅している。中の患者がナースコールのボタンを押したしるしだ。当直の看護師がもうすぐやってくる。ここを離れなきゃ。でも、どこに？エレベーターはあいかわらず見つからない。

「看護師さん！」病室から女性の声がした。前方から足音が近づいてくる。隠れなきゃ。必死に場所を探しながら、めまいを無視して、患者が呼んでいる病室の前を過ぎてとなりの部屋のほうに向かった。そのあいだじゅう、ＣＢの声は耳の中でしつこく叫びつづけている。〈居場所を教えてくれ。頼む〉

となりの部屋までたどりつければ、中に隠れて看護師をやり過ごせる。

「看護師さん！」と女性の声がまた呼び、院内放送が大音量でアナウンスした。「ドクター・ブラック、ナースステーションまでおいでください」近づいてくる足音のリズムが早まり、駆け足になる。ブリディはよろめくようにして隣室のドアに歩み寄った。

病室ではなかった。ドアの案内板には『病院関係者以外立入禁止』と書いてある。ということはたぶん、看護師用休憩室だ。または備品室。でも、賭けてみるしかない。ブリディはドアを開けた。

ドアの向こうは、下りの階段室だった。ブリディは重いドアの隙間に身を滑らせてから、完全に閉まってしまわないように注意してドアの前に立った。ドアが閉まる音が、近づいてくる看護師の注意を引くかもしれない。

看護師はドアの前を小走りに通り過ぎて廊下の先に姿を消した。ブリディはもうしばらくそこに立ったまま、足音が聞こえなくなるのを待った。院内放送のスピーカーが、「ドクター・ブラックはいますぐナースステーションに」とくりかえすのを聞きながら、ドアから手を放した。

ドアが閉まり、アナウンスを途中で断ち切った。閉まるとき、ガチャンと大きな音がしたので、待って正解だったとほっとした。よかった。もしだれかが階段室に入ってきたら、この音ですぐわかる。それに、この階段でロビーまで降りられる。

ブリディは階段を降りはじめた。階段室は廊下よりさらに寒かった。金属製の階段は、はだしの足の下で氷のように冷たい。倒れないために、凍りつくような金属製の手すりをつかむしかなかった。一瞬ごとにめまいがひどくなる。ロビーまでたどりつくのはとても無理。

でも、その必要はない。階段室のドアが閉まったとき、院内放送のスピーカーの音も遮断された。ということは、ＣＢが廊下に隠しているスピーカーの音もここまでは聞こえない。ブリディは踊り場までの最後の二、三段をよろよろと降りて、踊り場から二段目に腰を下ろした。

まちがいだった。薄っぺらいローブは、階段の冷たさをまったく防いでくれない。たちまち体が震えはじめた。きっとこれで声を遮断できたはず、とブリディは思った。

彼に呼びかけようと口を開きかけてまたぎゅっと閉じ、目をかたくつぶった。〈CB？〉と心で呼びかける。〈聞こえる？〉

返事はなかった。

やっぱり。こんなことをして、後悔させてやる。トレントに話したら、きっと彼が――

〈ブリディ？〉CBが耳の中でいった。〈よかった！　どこだい？　だいじょうぶ？〉

嘘！　ブリディは思った。やめて！

〈いま病院に向かってる途中だ〉とCBがいった。〈できるだけ早く行くから〉

5

「もしこれが間違い電話だというんなら、どうしてその電話にお出になったの？」

——ジェイムズ・サーバー
『サーバー・カーニバル』
（ニューヨーカー誌一九三七年六月五日号掲載の一コマ漫画キャプション）

〈どこ？〉そうたずねるＣＢの声はありえないほどクリアで、ありえないほど近い。〈まだ廊下にいるのか？〉

ブリディはその声を遮断するために両手をきつく耳に押し当てたが、そんなことをしても無駄なことはわかっていた。

〈教えてくれ〉とＣＢが懇願する。〈ロビーに降りたのか？〉

ブリディは両手で頭を抱えて、氷のように冷たい階段の上にすわり、考えていた。これは現実なんだ。ＣＢはほんとうにわたしの頭の中にいる。でも、どうしてそんなことが？　この世にテレパシーなんて――

〈その心配はあとだ。いまはとにかく、居場所を教えてくれ。きみを病室に連れ戻せるように〉

〈戻るなんて無理〉と考えてしまったらしい。

〈いいんだよ、だいじょうぶ〉とＣＢがいった。〈泣かないで。そこにいて。ぼくがなんとかするから〉

「泣いてない」怒りの声をあげたが、それは嘘だった。涙が頬を伝っている。手の甲でそれを拭《ぬぐ》った。

〈なにもかもだいじょうぶ。心配ない〉ＣＢがいった。〈約束する〉

どうしてこんなことが？　とブリディは思った。Ｃ・Ｂ・シュウォーツとつながるなんて。そしてまた泣き出した。

頭上のドアがばたんと開き、職員の声がした。「ええ、ここにいました！」それから、一群の医療スタッフが指示を叫ぶ声と、「いったいどうやってこんなところまで来たんだ？　きみたちは患者の居場所も把握してないのか？」と、「まいったな、ヴェリックに知れたらこってり絞られるぞ！」

ドクター・ヴェリック！　うわ、やめて、もし彼がトレントに話したら？

病院スタッフが矢継ぎ早に質問――「転げ落ちたんですか？」「だいじょうぶ？」「頭を打った？」――を浴びせ、ブリディのかたわらにひざまずいてうなじと絆創膏をチェックした。

「転んで頭を打ったんじゃないのは確かですか？」研修医のひとりが、ブリディの頬に触れながらたずねた。手を離したとき、その指先には血がついていた。

涙を拭ったときに血がついたんだ。そう思って、ローブを見下ろした。ローブも血まみれだった。「転んでない。この血は、点滴の針を抜いたときの血」といって手の甲を見せた。

研修医がその手をつかんで、「どうしてこんなことを？」

「さあ。わたし……」もっともらしい理由を考えようとしたが、相手はそれを期待しているふうではなかった。すでに聴診器で心臓の音を聞きながら、看護師に新しい点滴を準備するよう指示している。

看護師は、点滴の針を刺すため、ブリディの手の甲を脱脂綿で拭きはじめたが、おかげでますます手の状態がひどく見えた。皮膚は青いあざができている。看護師がその手をチェックして、新しい点滴は反対の手を使いましょうというころには、ブリディの体は冷え切って、ガチガチ歯が鳴っていた。

「彼女に毛布を」研修医が、すごく若く見える看護助手に向かっていった。「それと、なにか履くものを」ブリディのほうに向き直って、「まっすぐここを見て」といって、自分のひたいの中央を指さしてから、ブリディの右目と左目に交互にペンライトの光をあてた。

「ここがどこかわかる？」

「ええ」とブリディ。「病院の階段」

「どうやってここに来たか覚えてる？」

ええ。ＣＢが病室に仕掛けた盗聴器から逃れようとしてここに来たのよ。ブリディは心の中でそう答え、ＣＢが抗議するのを待った。

だが、ＣＢは抗議してこなかった。向かっている途中だといったのに、階段を駆け下りてくることもなかった。ブリディを見つけたのはＣＢじゃなくて病院のスタッフだった。点滴のチェックにやってきた看護師がブリディの不在に気づいたからかもしれない。その場合、ＣＢが階段室で彼女に話しかけてきたのは、やっぱり麻酔に誘発された夢の一部だったという可能性がある。

あるいは、もっと悪い可能性もある。手術中にドクター・ヴェリックが切ってはいけない神経を切断してしまい、ＣＢの声は、出血とかニューロン損傷とかの結果だとしたら？

ＣＢは合併症について警告してくれたのに、わたしが耳を貸さなかった。そしていま、わたしは脳損傷を抱えている。

研修医は心配そうな表情でブリディを見ている。

「ええ、どうやってここに来たかは覚えてる」といったとたん、まちがいだったと気づいた。ということは、点滴の針を引き抜いてここに降りてきたことに目的があったことを意味している。研修医の次の質問は、「どこへ行くつもりだったんです？」だろう。

「つまり、ベッドを出て……それから……」思い出そうとするように眉間にしわを寄せた。「トイレを探しているうちに、方角をとりちがえてしまったみたいで、そのドアが自分の病室のドアだと思って……」

しかし、研修医はブリディの答えに満足しなかった。「ロビーになんの用だったんです？」とたずねた。「もしかしたらロビーに降りようとしてるんじゃないかって、病院に電話してきたあなたのボーイフレンドがいってたんですよ。電話であなたがロビーがどうとか話していたから、って」

看護師がうなずいた。「もしかしたら階段を降りたんじゃないかって」

麻酔でも脳損傷でもなかった。現実だった。つまり、テレパシー。

脳損傷でも脳内出血でもないとわかってほっとすべきところだけれど、こっちのほうがさらに悪夢だ。もしこの調子で質問に答えつづけていたら、看護師はブリディが携帯電話を持っていなくて、だれとも連絡がとれなかったはずだと思い出すだろう。そして、ブリディのボーイフレンドはこの病院に入院していて、ＥＤ手術から回復する途上にあり、やはり携帯電話を持っていないということも。そうなったら、ほんとうの悪夢だ。

「階段室を調べるように彼がいってくれてよかったわ」看護師が話している。「ほとんどだれも使ってないから。あなたはどうして——」

「さあ」ブリディは研修医の腕に力なく手を伸ばし、「ああ、なんだかちょっとめまいが」

　作戦は図に当たった。研修医は質問を切り上げてスタッフに指示を出し、ブリディは階段を運び上げられて車椅子にすわらせられると、記録的な速さで病室に戻された。病棟看護師と看護助手の手を借りて新しい病院着に着替え、ベッドに横たわった。

　まだ体が震えていた。看護師が毛布をかけてくれるあいだも、「すごく寒い」とつぶやいた。

「無理もないわ」と看護師。「あの階段、凍える寒さだったから」新しい点滴袋をスタンドに吊るしながら、「これが終わったら、すぐに追加の毛布を持ってきますね」

「ボーイフレンドが病院に電話をかけてきてくれてラッキーでしたよ」と看護助手がいっ

た。「でないと永遠に見つからなかったかも。あたしたち、病室にいないことも知りませんでしたからね」

看護師が助手をにらみつけた。「毛布をとってきて」と厳しい口調でいう。

助手はそそくさと病室を出ていった。彼女がいなくなるなり、ブリディはいった。「この件って、ドクター・ヴェリックに報告しなくてもいいのよね。麻酔のせいでぼうっとして、頭が混乱してしまって――」

「ボーイフレンドの人も、電話でそういってました」毛布を持たずにまた戸口にあらわれた看護助手がいった。「すごく怒ってて。いますぐあなたを見つけないと、この病院をめちゃくちゃにしてやる、って」

「毛布をとってきてといったはずだけど」と看護師。

「場所がわかりません」

「毛布は――もういい、あとで教えるから」看護師はブリディのカルテに手を伸ばした。

カルテを見られたら、わたしがＥＥＤ処置を受けたことがわかってしまう。そうしたら、わたしのボーイフレンドも同時に処置を受けているはずだということになる。「なるべく早く、毛布をもらえない？」ブリディは訴えるようにいった。「すごく寒くて」

「いますぐ」看護師はいった。「ナースコールのボタンはこちらに」といって、ブリディの手の近くのシーツにクリップで留めた。「なにかあったらすぐ呼んでください。ひとりになっているあいだに、またふらふらベッドを離れたりしないと約束してください」

　行く場所なんかどこにもない。ブリディは絶望的な気分で思った。どこに行こうと、彼がそこにいる。わたしの頭の中に。「ここを動かない。約束します」

「よかった」看護師はそういって出ていったが、すぐまた、見たことのない看護実習生が入ってきた。水差しを交換するためという風を装っているが、実際はブリディを見張るのが目的だろう。一分後には、やはり見たことのない研修医がやってきて、最初の研修医と同じ質問をした。それにつづいて、モップを持った清掃員。

　しかし、毛布を持った看護助手はあらわれない。ブリディの歯はまたガチガチ鳴りはじめた。「毛布を持ってきてくれない？」と清掃員に頼んだ。

「担当の看護師に伝えますよ」と約束して清掃員は出ていった。

〈永遠にだれかがそばについてるんじゃないかと思ったよ〉ＣＢがいった。〈だいじょうぶ？〉

「ええ、おかげさまでじゃないけど」といって、戸口に不安な視線を投げた。だれかが入ってきて、ひとりごとをいっているのを見られたら、まちがいなくドクター・ヴェリックを呼ばれる。〈消えて〉と心の中でいった。〈もうじゅうぶん面倒を起こしてくれたんだ

から〉

〈なあ、ブリディ、ほんとにごめん。ぼくが話しかけたせいで驚いて病室を逃げ出すとわかってたら、こんなことは――〉

〈EEDを受けたの？〉CBはぽかんとした口調でいった。

〈それしか考えられない。いつ処置を受けたの？　トレントとわたしが受けると知った直後？〉

〈なに？　どうしてぼくがそんな真似を？　やめるようにさんざんいってたのはぼくだよ、ね？〉

〈わたしをひっかけるための作戦だったのかもしれない。自分も処置を受けるとは夢にも思わせないための〉

〈ああ、なるほど〉CBは皮肉っぽくいった。〈ぼくはこう思ったわけだ。頭にドリルで穴を空けて、あったかい気持ちをやりとりできるようにするなんて、すごい名案だ！　ぼくもやってみよう〉

「いいえ」怒りのあまり、ブリディは声に出していった。「わたしをトレントから――」

さっき水差しの水を換えにきた看護実習生が、戸口から顔をのぞかせた。「なにか必要なものでも？」

　また逃げ出さないように、病室の外でずっと見張りに立っていたのね、とブリディは思った。

〈それは名案だね〉とCBがいった。〈きみが自分の面倒を自分でみられそうにないのは明白だから〉

　これで、隠しスピーカーだという一縷《いちる》の希望も消えた。看護実習生は、CBの声を聞いたそぶりをすこしも見せず、心配そうにブリディを見ながら、「だいじょうぶですか？」

　いいえ、とブリディは思った。「ええ。ナースコールのボタンを探してたの。追加の毛布を頼んだんだけど、どうなったかわかるかしら」

「ああ、すぐに」といって看護実習生は姿を消した。

〈ナイス・セーブ。でも、今後はぼくとしゃべるとき声に出さないほうがいい〉

〈そもそもあなたとしゃべる気なんかいっさいない。こんなことするなんて信じられない〉

〈率直にいおう。きみの考えはこういうことだろ。きみとトレントがEEDを受けることを知って、ぼくが彼をだしぬこうとした、と。でも、ドクターなんとかの手術には、ものすごく長い待機リストがあるんだろ？　ぼくはいったいどうやって処置を受けた？　それ

にいつ？　けさもコムスパンで会ったじゃないか〉

〈あのあとダッシュでここに来て、待機リストの患者にお金を払って順番を譲ってもらうか、それとも……〉そのとき、おそろしい考えが頭に浮かんだ。もしＣＢがドクター・ヴェリックの前でトレントになりすましたとしたら？　いまだにトレントの声が聞こえないのもそれで説明がつく。トレントはそもそもＥＥＤを受けてない。そしてＣＢは、コムスパンのラボからじゃなく、この病院の――

〈冗談だろ？　病院は、患者のとりちがえが起きないように細心の注意を払ってる。それとも、ぼくがトレントを縛り上げてラボに監禁し、ＩＤを盗んだとでも？　ぼくがぜったいやめたほうがいいと口を酸《す》っぱくしていった手術を受けるために？　それに、ともかく、ひとつ忘れてることがあるよ。ＥＥＤが効力を発揮するには、カップルのあいだに感情的な絆が結ばれている必要があるんだろ？〉

〈わたしとあなたのあいだに感情的な絆が結ばれているといいたいのなら――〉

〈ぼくがいいたいのは、きみがＥＥＤについて話してくれたことから判断するかぎり、そんな処置を受けてもぼくにとってなんのメリットもないということ。ただし――〉

〈しっ。実習生が毛布を持ってもどってくる〉

〈ぼくの声は聞こえないんだよ、ね？　きみの声もね。またうっかり声に出してしまわな

ければだけど〉

実習生ではなかった。当直の勤務医だった。またべつの看護師をひとり連れている。

「今夜はちょっとしたハイキングに出かけたそうですね」医師はカルテを見ながら快活にいった。「なにかよくない後遺症は？」

〈ええ〉とＣＢ。〈甚大な被害妄想が〉

〈うるさい〉「いいえ」ブリディは医師に向かっていった。

「めまいはもうない？」医師はまた、質問リストをくりかえした。「ものが二重に見えたりしますか？　頭痛は？」

〈不合理な非難は？〉とＣＢ。

〈消えて〉

医師と看護師が好奇の目でこちらを見ている。〈しまった。声に出していっちゃった？〉

〈いや〉とＣＢ。

じゃあきっと、なにか質問されたんだ。ＣＢが口をはさんだせいで聞き逃してしまった。

「すみません、いまなんと？」と医師にたずねた。

「なにかふつうと違う感覚はありましたか？　うずきとか、しびれとか」

「いいえ」しびれは、神経の圧迫を示す徴候だろう。前にいっていた浮腫がなにかを圧迫して、この問題を引き起こしているとか。それとも、ふたつの神経経路が圧迫によってくっついてしまったとか。隣接する電子回路はしばしばクロスオーバーひずみを起こして、信号に干渉が生じ、チューナーを合わせているのとは違うテレビ局やラジオ局の電波を拾うことがある。脳神経回路も同じような仕組みになっていて、ＣＢの声は一種の混線の結果なのかもしれない。

「視界のぼやけは？」医師がたずねている。

「いいえ」

　電子カルテをスクロールし、絆創膏を確かめてから、「いいでしょう。ゆっくり睡眠をとるようにしてください。それと、深夜のお散歩はなし。トイレに行きたいときはナースコールしてください」医師は病室を出ていった。

　いままで黙って立っていた看護師が口を開き、「なにか必要なものはありますか？」

「ええ」ブリディはいった。「毛布を一枚。寒くて寒くて」

〈おっと〉とＣＢ。〈それはいわないほうがよかったんじゃ〉

　そのとおりだった。看護師と医師は心配そうに目を見合わせ、医師のほうがベッド脇にもどってきた。「ずっと寒けが？」と鋭い口調でたずねる。

「いえ。階段にいたときにすっかり体が冷えてしまって、それで――」
納得してもらえなかった。医師は肺の音を聞かせてほしいといった。質問からして、肺炎を起こしていると思っているのは明らかだった。ブリディは必死になって、肺のレントゲン撮影は必要ない、呼吸にはなんの問題もないし、はだしでうろうろすることはもちろん、ベッドを出る気はまったくないし、今夜の件をドクター・ヴェリックに報告する必要はないと訴えた。

医師は、最後にもういちど肺の音を聞いてから、病室をあとにした。看護師も、「担当の看護師に毛布を持ってくるように伝えておきます」といって去った。

ＣＢがそくざに話しかけてくるだろうと思ったが、違った。看護師が毛布を持ってくることもなかった。十分後、毛布は忘れられてしまったに違いないとブリディは判断した。ベッドを離れているところを見つかったらまた大騒動になるとわかっていながら、クローゼットにローブをとりにいこうと決心したとき、看護師が入ってくる足音が聞こえた。助かった。これ以上長く放っておかれたら、ほんとうに肺炎になってしまいそうだ。

ただし、入ってきたのは看護師ではなかった。ＣＢだった。廊下の照明をバックに浮かぶぼさぼさの髪でそれとわかった。「ここでなにしてるの？　帰って」

「無理だよ」とささやいてＣＢがドアのほうを示した。「外の廊下には、モップをかけている清掃員がいる。さっき、あやうくつかまるところだった。真夜中、きみの病室から見知らぬ男が出てくるのを見たという話がトレントに伝わるのは願い下げだろ？」

　ブリディは体を起こした。「どうして――？」

「しいっ」ＣＢが人さし指を唇に当てた。「すぐ外にいる」抜き足さし足で戸口に歩み寄り、しばらく耳をそばだてる。「オーケイ、もうナースステーションのほうに戻っていった」スライドドアを引いて閉めると、ブリディのベッドの足もとにやってきた。

　ブリディはライトをつけた。ＣＢの黒髪はぼさぼさにもつれ、コムスパンにいるとき以上にだらしなく、身なりにかまっていないように見えた。Ｔシャツとスウェットパンツはしわだらけで、ラボのカウチに山積みにした衣類の中から適当にひっつかんできたように見える。ジャケットのフードは半分襟ぐりにはさまっていた。「どうしてここに？」とブリディはささやき声でたずねた。

「きみがだいじょうぶだってことを確かめたかった」とＣＢ。「こんなに時間がかかってごめん。病院に着いたとき、もうきみは病室に戻されてて、おおぜいのスタッフが出入りしていたから、みんながいなくなるまで待ってたんだ。そしたら今度はナースステーションをこっそり突破するのがむずかしくなって。だいじょうぶ？」

「だいじょうぶ」とささやき、眉間にしわを寄せた。ＣＢは彼女に向かって話している。

声に出して。やっぱり夢だったんだ。

〈あいにく、そうじゃないよ〉ＣＢがいった。〈それに、ぼくは腹話術師でもない〉水差しを指さして、〈証拠が必要なら、グラス一杯の水を飲みながら、同時に話しかけてもいい。いや、待って、腹話術師もそれはできる。だからなんの証明にもならないか〉

「ええ」とブリディはいったが、ＣＢは心配そうな表情を浮かべてただじっとそこに立ち、ひとことも言葉を発していないのに、彼の言葉が完璧に聞こえたことがなによりの証明になっていた。

〈ほらね〉といって、ＣＢはベッドのへりに腰かけた。

ブリディは身を縮めてＣＢから離れた。「いったいどういうつもりで——」

〈しいっ。あの清掃員がいるんだよ、ね？〉ＣＢは顔を背け、首筋にかかる髪の毛をかきあげた。〈うなじには剃り跡も縫い目も傷跡もないよ〉

「反対側を見せて」

〈反対側ってことはありえない。ＥＥＤを装着するエリアは脳の——〉

「いいから」

〈いいとも〉といって、ＣＢは反対の方を向き、髪の毛を持ち上げた。そちら側にも剃り跡はない。

　ＣＢは立ち上がった。〈これで信じてくれるかい？　突貫でＥＥＤを受けたわけでも、きみの病室に盗聴器を仕掛けたわけでも、ドクターなんとかが見てない隙にきみの脳に双方向無線を仕込んだわけでもない。ラボですわって、自分の研究のことを考えていたら、きみがぼくに話しかけてきたんだ〉

「あなたに話しかけてたんじゃない。トレントに話してたのよ」

〈だったらもっと具体的に呼びかけるべきだったね。ぼくが聞いたのは――〉

「あと、それはやめて。気味悪い。声に出してしゃべって」

「いいとも」ＣＢは廊下のほうに目をやってから、低い声でいった。「ぼくが聞いたのは、『聞こえる？』という声だった。確かに聞こえたから、返事したんだよ」

「でも、あなたに聞こえるはずなかったのに。それに、いまここでなにをしてるの？　病院は嫌いだといってなかった？」

「嫌いだよ。きみがその理由の証拠品Ａだ。患者の居場所を把握せず、患者が凍死しかけてもおかまいなし」あたりを見まわして、「やれやれ、この部屋はぼくのラボより寒いよ」

「さっきここにいた看護師が毛布を持ってきてくれる」

「賭けるかい？　ぐっとくる小柄なブルネットだろ？」ブリディはその下品な質問に答え

なかった。「彼女なら、十五分前に非番になったよ。残りのスタッフは、この二十分、ナースステーションでおしゃべり中。ドクターなんとかに――」

「ドクター・ヴェリック」

「きみのささやかな逃避行の件を連絡するかどうかで揉《も》めてた」

「結論は？」

「さあね。ぼくがここに来たときはまだ揉めてた。でも、明朝まで待つ案と、彼には黙っておく案とが五分五分みたいだった」

後者に決まりますように、とブリディは思った。しかし、スタッフ全員がナースステーションにいるなら、いつまで待っても毛布は届かない。うっかりその思考を言葉にしてしまったらしく、ＣＢがすぐさまジャケットを脱いで肩にかけてくれた。「ほら。ましになった？」

「ええ」手を伸ばし、体に巻きつけた。

「うわ、なにそれ？」ＣＢがブリディの手の甲を見ながらいった。「あざだらけじゃないか」手をつかんで、「だいじょうぶだっていうから、信じてたのに」

「だいじょうぶよ」ブリディはさっと手を引っ込めた。「なんでもない」

「点滴の針を引き抜いたときのだろ？」

「いいえ。看護師が針を刺すときに苦労したのよ。何回かやり直して」

「テレパシーがあると、嘘をついても無駄。心が読めるんだよ、ね？　なあ、ブリディ、ほんとにごめん。こわがらせるつもりはなかったんだ。まさかきみがこんなことをするくらい怯えるなんてね。つまり、他人と心と心で対話できるとわかったら、確かに驚きはするだろうけど――」

「驚き？」思わず声が大きくなる。「おどろ――？」

「しいっ。外に聞こえるよ」

「聞いてほしいのよ。ドクター・ヴェリックに連絡して、想定外の事態が生じたことを伝えて、彼に――」

「どうしてもらう？　ドリルで頭に新しい穴を開けてもらう？」

「いいえ、これを治してもらうの。回路の交差を解いて、混線《クロストーク》を解消し――」

「これは混線じゃない」CBがいった。「そういう仕組みじゃないんだよ。もっとも……」と口ごもり、顔をしかめる。

「じゃあ、混線かもしれないっていう可能性は認めるのね。だとしたら、ドクター・ヴェリックがなんとかできる。回路の交差を解くなり、シナプスの結合を解除して正しいものとくっつけるなりして」ブリディはナースコールのボタンに手を伸ばした。

「いや、やめたほうがいい」とＣＢ。

「どうして？」

「なぜなら、きみが自分でいったとおり、みんな、テレパシーの実在を信じないからさ。テレパシーが実在したとしても、ＥＥＤは人間にテレパシー能力を与えるわけじゃない。だから、もし仮に、頭の中にぼくの声が聞こえるとドクターに話したとしよう。彼はきみを精神科病棟に移すか、こういうだろうね。『しかし、その種の接続が成立するためには、両者のあいだに感情的な絆が――』」

「絆！」

「なんでもいい。彼はこういう。『もしあなたにミスター・シュウォーツの声が聞こえるのなら、それはつまり、あなたたちふたりのあいだに――』」

「そんなことというもんですか。なにがあったか、わたしが説明して――」

「で、なにがあったんだい？　恋人に呼びかけたら、だれかべつの人間が応えた？　ヴェリックのことはいったん置くとして、その説明を聞いてトレントはどう思う？」

　ＣＢのいうとおりだ。もしトレントに、他人と接続したと打ち明けたら？　それも、よりによってＣＢと――

「ありがとう」とＣＢ。

〈いまのはあなたに聞かせるつもりじゃなかった〉

「わかってる。だからテレパシーは最低なんだよ」

「わたしはただ――」

「いいたいことは完璧にわかってる。心が読めるんだよ、ね？　だいじょうぶだ。自分が、ポルシェに乗ってる前途有望なヤング・エグゼクティヴとはくらべものにならないことくらい重々承知してる。それでも、もっと悪い可能性だってありえた。ありとあらゆる穀潰《ごくつぶ》しや変態、エイリアンにアブダクトされたと信じてる連中とか。そういうだれかとつながる可能性もあったんだ。あるいは、さっきの看護師の前できみがでっちあげた、ナイフを振りかざす連続殺人鬼とか。あるいは、来週の火曜日に世界が終わると信じてる宗教バカとか」

　世界はもう終わってしまったのよ、とブリディは思った。

「まだまだぜんぜんだよ」とCBがつぶやいた。

「それ、どういう意味？」

「なんでもない。きみの話は――」

「あなたのいうとおり。トレントには話せない。なにが原因でこうなってて、どうすれば修復できるかをつきとめるまでは。それに、あなたも彼には話せない。それをいうなら、コムスパンのだれにも」

「話さないよ。だれかにこの件を知ってほしいとも思わないね。ぼくの場合、コムスパン社員の半数からはすでにサイコだと思われてるからね。これ以上、材料を与えたくない」ブリディを見下ろして、「だれにも話してないだろ？　看護師にも？　病室に連れ戻したスタッフにも？」

「ええ――」

「よかった。話さないほうがいい。ぼくのほうは、だれかに見られる前に退散したほうがよさそうだ」戸口のほうに歩き出したところで、ＣＢはまたベッドにもどってきた。「ジャケットを」といって、ブリディの肩からとった。「トレントに見られたら、話がややこしくなるからね」

「確かに」やっとあたたかくなりはじめたところだったが、ブリディはうなずいた。「ありがとう――」だが、ＣＢはすでに姿を消していた。

〈ＣＢ？〉心の中で呼びかけたが、返事はなかった。

すくなくとも、ＣＢがトレントにしゃべることを心配する必要はない。ブリディは両腕で自分の体を抱きしめながら思った。彼はわたしと同じくらいこの件を秘密にしたがっている。だれにもしゃべってないと答えたとき、ＣＢの声には純粋な安堵の響きがあった。

どうしてだろう？　ＣＢはああいっていたけれど、まわりの人間に頭がおかしいと思われることを彼が気にするとは思えなかった。それに、およそガールフレンドがいるタイプにも見えない……。

足音が廊下を歩いてくる。ブリディは急いでライトを消してベッドに横たわり、目を閉じて、寝ていると思われるように、呼吸を浅く一定に保ち、看護師か助手かだれかがライトをつけるのを待った。

ライトはつかなかった。相手は、部屋に入ってくるとまっすぐベッドのところにやってきた。「カバーをめくって」ＣＢがささやき、自分でカバーをはがそうと手を伸ばした。

「いったいなんのつもり？」ブリディは憤然とささやき、カバーをつかんで首もとまでひっぱりあげた。「なに考えてるのか知らないけど――」

「きみに毛布を持ってきたと考えてるよ。それに、電子レンジであたためておいたから、カバーの下に入れたほうがいいと考えてる」

「まあ」ブリディは、患者用ガウンのすそを下にひっぱって脚を隠してから、カバーを剝がした。ＣＢが毛布を体にかけてくれた。

すばらしくあたたかかった。毛布が体に触れたとたん、震えが止まった。「ありがとう」

「どういたしまして」といいながらＣＢがカバーを毛布の上からかけた。「ぼくに襲われると思ったという事実はともかくとして」

「わたしはべつに――」

「思ったんだよ。忘れたのかい、ぼくにはきみの心が読めるんだよ」

「忘れられるわけないでしょ」ブリディは苦々しい口調でいった。「どう思う？　この現象は一時的な……」

　ブリディは口をつぐんだ。ＣＢは戸口のほうを向き、聞き耳をたてるように頭を片側に向けている。「だれか来るの？」とブリディはささやいた。

「いや。でも、そうなる前に消えたほうがよさそうだ。あしたの朝、この件を話し合って、どうするか考えよう」ＣＢはそうささやくと、廊下の左右にすばやく目を走らせてから、ドアの外に出た。〈それまで、ゆっくり寝て。もう歩きまわらないこと〉

　そんなことしない。あたたかな毛布の中に心地よく潜り込む。いつまでも永遠にここにいるつもり。この毛布をとってきてくれるなんて、ＣＢはほんとにいい人だった。そんなに悪くない。

〈それこそまさに、ぼくがきみに伝えたいことだよ〉ＣＢがどこからともなくいった。

〈さっきいったとおり、もっとずっとひどい相手の可能性もあったんだから。毛布のあり

かを知らないだれかと接続していたかもしれない〉
　あるいは、電子レンジのありかも知らないだれかと。そう思いながら、ぬくぬくした毛布のさらに奥深くに潜る。〈さあ、もう行って。眠れっていったでしょ。ぺちゃくちゃしゃべりかけられてたら眠れやしない〉
〈確かにね。おやすみ。朝になったら、また会おう――というかまた話そう〉
　やれやれ、朝になったらこんなことが終わっていればいいのに。ブリディはそう思ってから、いまのを聞かれただろうかと不安になった。しかし、ＣＢは答えなかった。闇の中、沈黙の気配がさっきと少し変わったような気がした。ＣＢが行ってしまったような気配。
　永遠に去ってしまったのならいいのに。もしそうじゃなかったら、どうしよう？　トレントに話したら、ＣＢと恋に落ちたと思われる。でも、嘘をついて、なにも感じていないといったら、トレントはＥＥＤが機能していないと思うだろう。
　トレントは、ＥＥＤ処置のあと二十四時間が経過するまで接続は生じないと思っている。だから、なにか方策を考え出すまで、すくなくともまだ少しは時間があるはずだ。でも、いつの時点から二十四時間後だろう。わたしの手術が――あるいはトレントの手術が――終わったときから？　それとも、麻酔が解けたときから？　ブリディの手術は午後一時開始の予定だった。ドクター・ヴェリックは手術に一時間かかるといっていたから、問題の

〝二十四時間後〟は、いちばん早くてあしたの午後二時ということになる。

ということは、トレントになにをどう話すかを考える時間はあしたの午後二時まで。ドクター・ヴェリックに真実を話すかどうかを考える時間は、明朝の回診まで。なぜなら、ドクター・ヴェリックがまだここに来ていない以上、看護師たちが深夜のこの時間に医師を叩き起こすのはやめようという結論を下したのは明らかだから。

もしかしたら、明朝にはなにもかもかたづいているかもしれない。浮腫がなくなり、ＣＢの声は消えている。たとえそうならなかったとしても、毛布はすばらしくあたたかかったし、太陽の光のもとでは、事態はそれほど絶望的には見えないだろう。もし眠ることができて、ＣＢがまた邪魔してこなければ。ブリディがうとうとしながらそう思ったとき、足音が聞こえた。

まっすぐブリディの病室にやってくる。〈帰って、ＣＢ〉とブリディはいった。だが、ＣＢではなかった。

それは、ドクター・ヴェリックだった。「どうも、ミズ・フラニガン。さて、いったいどういうことなのか、聞かせていただけますかな」

6

「ほんとうのことを言うのがつねに最上の方策だ。ただしもちろん、ものすごく嘘がうまいならそのかぎりではない」

——ジェローム・K・ジェローム
アイドラー誌一八九二年二月号

「ドクター・ヴェリック！」ブリディはあわてて体を起こし、それから、ベッドのほうの角度を変えるのだったと思い出した。あやうく「いったいなにしに来たの？」と口走るところだったので、これはもっけのさいわいだった。ベッドのコントローラーを見つけ出し、ボタンを押して角度を変えているあいだに、「こんなに夜遅くまで病院にいらっしゃるとは思いませんでした」という言葉に変更することができた。

ドクター・ヴェリックは鋭い目でこちらを見て、それからにっこりした。「夜遅くではなく、朝早く、ですな。午前六時から、あるカップルのＥＥＤの予定が入っていまして。外科医の一日は夜明けとともにはじまるのです」

　でも、まだ夜明けじゃない。真夜中だ。それとも……？　手もとに携帯があれば、何時なのか確かめられるのに。ドクター・ヴェリックの外見から判断するのは不可能だ。きのうと変わらない、完璧な身だしなみ。

「その後いかがです？」

　むずかしい質問だ。向こうが失踪騒動の件を知らないなら、「おかげさまで順調です」と答えればいい。でも、もし知っているなら、なんらかの説明をしたほうが――。

〈いや、だめだ〉とＣＢがいった。〈嘘をつくときのルールその２、どうしても必要なこと以外はなにもいうな〉

〈うるさい〉「なんだかまだ眠くて」とブリディは答えた。「それと……その……」

　ドクター・ヴェリックはつづきを催促するように身を乗り出した。

「ぼうっとした感じで」とブリディは用心深くいった。「頭がすっきりしないというか」

「なるほど」とドクター・ヴェリック。「よくある麻酔の後遺症ですな」ラップトップを持ち上げて、電子カルテに目を向ける。病室を抜け出したことが注記されている可能性が高い。

「トレントはもう診察したんですか？」と、電子カルテから注意をそらすためにたずねた。「どんな具合なんでしょう」

ドクター・ヴェリックはさっきよりさらに鋭い目でこちらを見た。ブリディは不安の波に襲われた。もしトレントの身になにかあったとしたら？　だとしたら、呼びかけたとき返事をしなかったのも――こんな真夜中にドクター・ヴェリックがここでなにをしているかも――説明がつく。脳損傷や植物状態についてCBが話したことすべてが脳裏に甦った。

「トレントはだいじょうぶなんですか？」と不安になってたずねる。

「ええ、もちろんですとも」ドクター・ヴェリックの驚いたような口調は本心ぽく聞こえたのでほっとした。「ミスター・ワースが回復室を出た直後に診察しましたが、非常に順調でした。さて、こんどはあなたの番ですよ」白衣のポケットから聴診器をとりだし、ブリディの心臓と肺の音を聴いてから脈をとり、前かがみになるようにいった。「痛みはありますか？」と、切開した箇所のまわりを軽く押しながらたずねる。

ブリディは首を振った。

「よろしい。順調そうです。わずかに浮腫がありますが、問題はありません。めまいは？」

「いいえ」

「吐き気は？」と、すっかりおなじみになった質問リストをくりかえす。「しびれは？　うずきは？」

ブリディはそのすべてにいいえと答えた。

「ジョーダン看護師の報告によると、ベッドを出てトイレに行ったとき、道に迷われたとか」

やっぱりだ。ちくられた。

「廊下を徘徊していたそうですが、具体的にはなにが？」

その答えは、看護師がどこまで話したかしだいで変わってくる。点滴の針を勝手に抜いたことや階段室ですわりこんでいたことまで話したのか、それともただベッドを抜け出したことだけなのか？　他人の心が読めるというのは最低だとＣＢはいったけれど、それは違う。もしいま、ドクター・ヴェリックの心が読めたら、すごく助かるのに。

「はっきり覚えてなくて」ブリディは自分の行動を思い出そうとするように眉間にしわを寄せた。「ベッドを出たことは覚えてます……気がついたら廊下にいて……」

「どこに行くつもりだったんです？」とドクター・ヴェリック。「ミスター・ワースのところ？」

どうしてそれを思いつかなかったんだろう。完璧な言い訳になったのに。トレントのことが心配で、頭がぼうっとした状態のまま彼の病室を探しにいこうとした。この言い訳はいまも通用するだろうか。

〈だめだ〉CBが頭の中でいった。〈嘘をつくときのルールその1、ひとつのストーリーにしがみつくこと〉

〈消えて〉とブリディはいった。

〈力になろうとしてるんだよ。嘘がバレるのは、ひとつのストーリーを守りきれないからだ。ある人にはこういったのに、べつの人にはまた違うことを――〉

〈しいっ〉ブリディは頭の中でいったが、しかしCBのいうとおりだ。病院のスタッフには、トイレを探していて道に迷ったとすでに説明している。いま、ドクター・ヴェリックは興味津々の表情でこちらを見ている。「いいえ。廊下にいることに気づいて、自分の病室に戻ろうとしたんです。でも、どういうわけか、方向をとりちがえて、反対のほうに歩いたらしくて」

「階段を降りたのもそのため？　病室に戻ろうとしていた？」

「ええ。理屈に合わないのはわかってますけど。夢の中みたいな感じ。そのときは筋の通った行動に思えたのに、あとで考えるとぜんぜん筋が通らない」階段にいた理由はそれで説明できるが、もし病院に電話がかかってきたことも報告されていたら？　ブリディの居場所を伝え、ロビーに降りる途中だと説明したあの電話のことをどう説明する？

〈説明しなくていい。そんな電話は知らないと言い張ればいい。でも、看護師が電話の件を報告したとは思えないな。自分の失態をさらけだすようなもんだからね〉

〈だといいけど〉

ドクター・ヴェリックはまた、鋭い目でこちらを見ている。「ただ方向をまちがえただけにしてはずいぶんな距離ですね。階段室は、この病室からかなり離れている。なにかから逃げようとしていたわけじゃないのは確かですか？」

「逃げる？」と訊き返しながら、ドクター・ヴェリックがふと思い立ってまた聴診器をあてたりしないことを祈った。いま、心臓は早鐘のように鳴っている。

「ええ」ドクター・ヴェリックはカルテを見ながら、「看護師のひとりにこういってますね。ナイフを持った男が病室に隠れている、と」

「ああ、その話」安堵の響きを隠そうとしながらいった。「夢を見ただけなんです。まだ麻酔から醒めてなくて」

ドクター・ヴェリックはまだ納得していない表情だった。「施術後、パートナーの感情にはじめて触れたときの反応として、逃げようとすることがしばしばあるのです」

〈あるいは、病室を盗聴していると糾弾するとか〉とＣＢがいった。〈もしくは、腹話術

師だと言いがかりをつけるとか〉

ブリディはそれを無視して、「はじめて触れたとき？」とドクター・ヴェリックにたずねた。「最初の接続が生じるのは、手術後、すくなくとも二十四時間経ってからじゃないんですか？」

「実際はもっと長くかかりますね――患者が麻酔から醒めた時点の二十四時間後」

ああ、よかった、とブリディは思った。だったら、トレントとつながるのはあしたの午後三時以降だ。

「しかし、接続が確立する前に、束の間の、断片的な接触が生じることはありうる。それに関しては、患者の精神の感度や感情的な絆の強さによって、いつ生じるかにかなりの幅があります。わたしの患者のもっとも早い例では、手術の十二時間後に、数秒間の接触を経験しています。あなたの身に起きたのもそういうことかもしれません」カルテを見ながら、「ええ、あなたがナイフの男について訴えたのは、手術後十二時間を経過したすぐあとですね」それでも、麻酔から醒めてすぐにＣＢの声を聞いたことは説明できない。

〈かならずしもそうじゃない〉とＣＢ。〈医者がいってただろ。感情的な絆の強さしだいなんだよ〉

〈黙ってて〉

「そうした初期の、間欠的な接続は、パートナーのどちらか片方だけしか感じない場合もあれば」とドクター・ヴェリックが話している。「パターンもさまざまです――パートナーの存在を一瞬だけそばに感じるとか、触れられている感覚とか、幸福感とか。もっとネガティヴな感覚の場合もあります。恐怖とか、背すじがぞくっとするとか、あるいは心の中に侵入されている感覚とか。そういうものを経験した可能性はありませんか？」

〈まさにそれだ〉とブリディは思った。

しかし、ドクター・ヴェリックの話を聞いていると、やっぱり彼に打ち明けたほうがいいかもしれないという気がしてくる。彼の患者は、ＥＥＤのあと、ありとあらゆる種類の異常な感覚を経験しているらしい。だとすれば、頭の中に声が聞こえるのは、それほど大きな逸脱じゃないかもしれない。もし医師に話したら、この誤接続がなぜ生じたか、どうしたら治るのかを教えてくれるかもしれない。

〈そして、トレントに伝える〉とＣＢはいった。

〈いいえ、そんなことするもんですか。不可能よ。医者なんだから、守秘義務がある。わたしが話したことは、他人には洩らせない〉

〈でも、だからといってトレントにいろいろ質問することまではやめないだろうから、彼に疑念を抱かせることになる。それに、もし秘密が守れたとしても、二度めの手術を受け

ることをトレントにどう説明する？〉

　そのとおりだ。トレントは、いったいどういうことなのかと問い詰めるだろう。

「じっさいに経験したことを具体的に話していただきたいんですが」とドクター・ヴェリックが話している。「その男はどんな外見でした？」

「長身で大柄でした」とブリディ。「ひげもじゃで、片腕にガラガラヘビのタトゥー」

〈いい子だ〉とCBがいった。

「髪の毛はぼさぼさで」

ドクター・ヴェリックは警戒するように目を上げて、「だれか、見覚えのある人物でしたか？」

〈ほら、こうなったじゃない〉ブリディはいった。〈疑ってる〉

〈で、それはだれのせい？〉

〈あなたよ。黙ってて。でないと、だれかと話してるとバレちゃう〉

〈お好きにどうぞ。じゃあね〉

ドクター・ヴェリックはじっとこちらを見ている。「だれか知り合いだったのでは？」

「知り合い？　いいえ……」ブリディは唇を噛み、眉根にしわを寄せた。「待って。いま考えてみると、ああいうぼさぼさの髪の男が、先週見た映画に出てきました。ストーカーで……」はっと息を呑み、「わっ、あの夢の正体がやっとわかった。あの映画だ。ナイフも映画とおんなじ」

「だとすれば、断片的な接触の事例というより、術後の夢のようですね」とドクター・ヴェリックがいった。

助かった。

「さっき説明したような感覚は、どれも経験しなかったんですね？　気配とか、なじみのない感情とか、侵入されているような感じとか」

「いいえ、どれも」

その返事には説得力があったらしく、ドクター・ヴェリックはうなずいて、「ほかはすべて順調のようです。念には念を入れて、あとふたつ検査をしますが、きょう退院できるでしょう。それまでのあいだ、パートナーとの接続を確立するよう、がんばってください」

ええ、なによりもそれが望みなんです。「どうすればいいんでしょう？」

「彼の姿を視覚的に思い描いて、心の手を伸ばす。ＥＤによって、ふたりのあいだを感情が行き来する神経のルートが生まれる可能性が生じました。しかし、そのルートをつくりだすのはあなた自身です。彼に話しかけることでつくるんです。『そこにいるの？　愛してるわ！』と語りかけ、彼の名を呼んで、彼に感情を向けるのです」

　どうしてもっと早く教えてくれなかったの？　彼の名前を呼ぶものだと知っていたら、そもそもこんなことはひとつも起きなかったのに。「ルートとおっしゃいましたけど、それって森の小道みたいな？」かすかな踏み分け道が、だれかが通るたびにすこしずつ歩きやすくなってくるのを想像しながらたずねた。

「いいえ」とドクター・ヴェリック。「むしろフィードバック・ループに近い。送り出す信号それぞれが、向こうから送り返されてくる信号によって増強されるんです。一周するごとに接続が指数関数的に強くなり、恒久的で揺るぎないルートになる」

　ということは、いまみたいにＣＢと話してる場合じゃないってこと。

「反応があってもなくても、送りつづけてください」ドクター・ヴェリックが指示した。「最初のうちは、信号が弱すぎて感知できないことも珍しくないので」ラップトップを閉じ、「なにかご質問は？」

　はい、と心の中でいった。でも、どれも訊けない。「いいえ」

「なにか思いついたら、あるいは、よくわからないけれどもしかしたら接触かもと思うようなことを経験したら、いつでも気軽にお電話ください。番号はこちらに」といって名刺を差し出した。「早く帰れるように、検査は急がせますから」

ドクター・ヴェリックが去ったあと、ブリディはぐったりと枕に背中をあずけた。やっと終わった。助かった。そう思ったとき、医師が戻ってきた。

胸がどきどきしたが、ドクター・ヴェリックの用件は、検査の予定時刻が決まったと伝えることと、ベッドを出たいときはナースコールするようにと念を押すことだけだった。

「ゆっくり休んで。体の回復には、時間と休息が必要です。いちばんいいのは、たっぷり睡眠をとること」

いいえ、いちばんいいのは、トレントとのあいだにフィードバック・ループを確立することよ、とブリディは思った。それに、CBとのあいだのフィードバック・ループが強化されるのを止めること。トレントと接続して、そのルートを使って信号を送り、いまCBとのあいだにできているルートよりも強くする。そうすれば、CBとの接続も弱まってゆくだろう。

〈そういう仕組みじゃないんだよ〉とCBがいった。

〈どうしてわかるの？〉とっさに心の中でそう言い返してから、CBとの接続を強化する結果になると思い当たり、声に出して言い直した。

〈ヴェリックの説が、一から十までまちがってるからさ〉とCBはいった。〈「神経のルートを確立するための時間」だの、「初期の接続は断片的で間欠的」だの。きみとぼくは、コンタクトした瞬間からなんの問題もなく話すことができた。術後二十四時間なんて、ぜんぜん経ってない。だとしたら、いまの話がどうして正しいわけがある?〉

「どうしてかというと、彼が専門家だからよ。何百件ものEEDを施術してるし、脳の働きについてはあなたより彼のほうがずっとくわしい」

〈ああ、まあ、それは見方によりけりだね。そもそも、神経活動は――〉

「そんなのどうでもいい。あなたとはもう話をしないから」といって、がちゃんと通話を切る手段があればいいのにと思った。

〈ほらね。いっただろ、テレパシーは通信手段として最低だって〉

「消えて、ちょうだい」ブリディは決然と横を向いた。〈トレント、愛してる〉と枕に向かっていう。〈聞こえてる? 応《カム・イン》えて、トレント〉

〈そういう仕組みでもない。戦闘機乗りじゃないんだから。「ナイト・ファイターからレッド・バロンへ。応答《カム・イン》せよ、レッド・バロン。十二時の方角に零《ゼロ》戦。了解、そちらどうぞ――」〉

「消えて」とブリディ。「本気でいってるのよ」

〈冗談だよ。いいかい、ブリディ――〉

「いいえ。消えて。二度と話しかけないで」

〈いいだろう。でもその前に、ひとついっておくことが――〉

「いいえ。あなたがいうことで、わたしがほんのちょっとでも関心を持つことなんかひとつもない」

枕をひっつかむと、CBに投げつけてやりたいと思いながら、両端をぎゅっと両耳に押しつけた。〈トレント！〉と呼びかける。〈あなたとコンタクトしたいの。いますぐ！どこなの？〉そして、CBに嘲笑されたのにもめげず、〈トレントへ。応答して。どうぞ〉

反応ゼロ。まったくなんの感覚もない。幸福感はゼロ。説明がつくものも、つかないものも。

でもまだ、二十四時間経ってない。ブリディは自分にそういい聞かせると、体を起こして、ベッドの背後の壁パネルを見た。どこかに時計がないかと思ったが、当てが外れた。スマホを返してもらえないか、ドクター・ヴェリックに訊けばよかった。そうしたら時間がわかるのに――それに、トレントにメッセージして、なにか感じないかたずねることもできるのに。

看護師を呼んで訊いてみようかと思ったが、朝の手術のために来たというドクター・ヴェリックの説明にもかかわらず、フロアにはあいかわらず真夜中の気配があるし、あの大騒動のあとでは、これ以上、注意を引きたくなかった。いま何時なのかはＣＢに訊けばいい。彼は腕時計をしていた。

　でも、彼に話しかけちゃいけないんだった。看護師が来るまで待てばいいだけ。それまでのあいだ、ルートをつくることに集中しよう。〈トレント、聞こえる？　愛してる〉何度も何度も心の中で呼びかけ、なにかコンタクト成立のしるしがないかと必死に耳を傾けた。

　なにも聞こえなかった——トレントの声も、だれかほかの人間の声も、院内放送のアナウンスさえ聞こえないまま、何時間も過ぎたような気がした。それから、また眠り込んでいたらしい。次に気がつくと、フロアはとつぜん、喧騒にあふれていた——声、ストレッチャーの車輪の音、医療機器やトレイの音、そしてコーヒーの香ばしいにおい。ということは、朝食タイムだ。すぐにだれかがやってくるはず。

　しかし、だれも現れなかった。ＣＢさえも。彼の声は、たぶん、浮腫の副作用だったんだ。そう思いながら、うなじの絆創膏におそるおそる手を触れて、腫れが引いたかどうかを確かめた。それとも、トレントに呼びかけつづけたおかげで、問題が解決したのかもしれない。だとしたら、朝食が運ばれてくるまでのあいだに、もうすこし呼びかけをつづけなければ。

朝食は来なかった。それからまた何時間も経ったと思えたころ、ようやく病院のスタッフが現れたが、看護師ではなく、採血に来た臨床検査技師だった。「これはドクター・ヴェリックがオーダーした検査？」とブリディはたずねた。

「ええ、そうですよ」技師はブリディのリストバンドを確認しながら答えた。

「ほかにどんな検査を受けることになってるのかわかる？」

「いいえ。担当の看護師にたずねてください」

「そう。いま何時かわかる？」

技師はラテックスの手袋をはめた手首を返して腕時計に目をやり、「七時八分です」

よかった。どうもおかしいとトレントが思いはじめるまで、まだ八時間ある。それまでに彼と接続できれば……。

「ちくっとしますよ」と検査技師がいって、ブリディの指先に針を刺した。

それとも、トレントがわたしとコンタクトできれば。ドクター・ヴェリックの話だと、最初の接続は一方通行の可能性があるらしい。

もしかしたら、トレントはもう、わたしと接続しているのかもしれない。だとしたら、携帯にメッセージを送ってきているだろう。スマホをとりもどさないと。「携帯電話を返してもらうことってできる？」と検査技師にたずねた。

「確認してきます」

「あと、朝食をとることになってるのかどうかも訊いてもらえる？　きのうの手術から、なにも食べてなくて」

「それも確認してきますよ」検査技師はラテックスの手袋をはずして捨てると、カートを押して歩き出したが、そこで立ち止まり、「いないあいだに、またどこかへ行ったりしませんよね？」

　ということは、この病院にもコムスパンと同じくらい効率的な情報網があり、このフロアのスタッフは全員、ゆうべなにがあったのかを知っているわけだ。トレントの耳にまで入っていませんように。

「ええ、もちろんどこにも行かない」

「すぐ戻ります」

　技師は戻らなかったが、ブリディのリクエストを伝えてくれたらしく、当直の看護師がやってきた。「携帯電話はいまお持ちします。ほかになにか？」

「ええ」とブリディ。「ひとつ質問があるんだけど。聞いた話だと、場合によって、ＥＥＤ接続は長く持続しないことが――」

「だいじょうぶですよ」看護師が安心させるようにいった。「そもそも、あなたの場合はまだ――」

「わかってる。でもEEDの効果が切れる場合、それにはどれくらい時間がかかるものなのかと思って」

「わたしが知るかぎり、そんなことが起きたのは一回だけで、そのときは手術の四ヵ月後でした」

そんなに先だとしたら、役に立たない。

「それに、そのケースはドクター・ヴェリックの患者さんじゃありませんでした」と看護師。「心配ないですって。そんなことは起きませんから。それと、ええ、朝食は召し上がっていただけます。でも、その前に検査が」

だったら早くして。と心の中でいった。おなかがぺこぺこ。

しかし、だれも来ないまま時が過ぎ、また一時間経ったんじゃないかと思ったころになってやっと人が来たが、それはトイレの掃除に来た清掃員だった。

〈それもまた、病院が嫌いな理由のひとつだよ〉とCBがいった。〈必要なときには来ないくせに、ひとりにしてほしいときにかぎってぞろぞろやってきて、針を刺したり、血を採ったり、揺り起こして睡眠薬をのませたり――〉

「消えて」ブリディはいった。「トレントと接続しようとしてるんだから」

〈ということは、まだ成功してない？　「ナイト・ファイターよりレッド・バロンへ」作戦はうまくいかなかった？〉

「まだね」硬い声でいった。「でも、もうすぐうまくいく。あなたが話しかけてくるのをやめてくれれば」

〈このテレパシー現象についてぼくがつきとめたことも聞きたくない？　ひと晩じゅうリサーチしてたのに〉

「なにをつきとめたの？」

〈きみが正しかった、テレパシーなんてものは存在しないってこと。すくなくとも、いつも正確なウィキペディアさまによればね。精神と精神のダイレクトなコミュニケーションが可能だとする科学的証拠は存在しないそうだ〉

　まったくもう。そんなことだと思った。わたしはいつになったら学習するんだろう。

「消えて」

〈しかし、頭の中で声が聞こえるという現象はある〉とＣＢが話をつづけた。〈その原因は、側頭葉の損傷、脳腫瘍、睡眠剥奪、幻覚剤、耳鳴り、狂気などが考えられる。狂気といえば、精神病の既往歴がない患者が医師に対して、頭の中に声が聞こえると訴えた場合——それ以外の症状がなかった場合——その全員がただちに統合失調症と診断されて入院させられるという傾向についても研究されている。まあ、驚くことじゃないけどね。聴覚性幻覚——ウィキペディアの命名で、ぼくがいったんじゃないよ——の主な原因は統合失調症だから〉

〈でも、これは幻覚じゃない〉

〈統合失調症患者はみんなそういうんだよ。ジャンヌ・ダルクも含めて。現代の精神科医の複数が、歴史的事実から推定して、彼女は統合失調症だったと診断している〉

「でも、統合失調症の人は、おそろしい声を聞くんじゃないの？　自分を傷つけろとか他人を殺せとか命令してくるような」

〈ふつうはね。でもジャンヌ・ダルクの場合は違った。頭の中の声は、フランスを救えと彼女に命令した。彼女はその声とかなり友好的な関係を築いていたみたいだ〉

「でも、それは話が違う。ジャンヌ・ダルクは、神と話をしていると思っていたのよ」

〈いや、神とじゃない。天使とだよ〉

「わたしがいいたいのは、ジャンヌ・ダルクの聞いた声は現実じゃなかったってこと」

〈彼女はそれが現実だと思っていた。その声についてしごく冷静に語り、看守の証言によれば、独房でも、完璧に正気の口調で、だれかがそこにいるみたいに会話していたそうだ。だからといって、精神科医が彼女を狂人だと診断するのを控えたわけじゃない。だから、きみがゆうべヴェリックになにもいわなかったのは正解だった。ぼくならトレントにもなにもいわないね。恋人が施設に収容されたという事実は、この会社での昇進に役立たないだろうから〉

「消えて。二度と話しかけないで」

〈きみの力になろうとしているだけだよ。ぼくなら――〉

あやうくかんしゃくを起こすところだったが、さいわいその時点で、病院スタッフが車椅子を押してやってきて、ブリディをレントゲン撮影に連れていった。それから一時間は、胸部と頭部のレントゲン撮影でつぶれた。ゆうべ階段で転んで頭を打ったわけじゃないといったのに、病院側はそれを信じず、頭の状態を心配しているらしい。だとすれば、ＣＢの声のことをドクター・ヴェリックに話さなくて正解だった。ＣＢの説に賛同するのは癪《しゃく》に障るが、だからといってＣＢが力になろうとしてくれているということにはならない。あるいは、彼がリサーチと称するものがでっちあげじゃないということにもならない。

早くここを出て、自分で調べてみないと。ブリディはじりじりしながら退院許可を待った。しかしそれには、Ｘ線写真の画像診断結果が出るのと、そのあと検査技師が脳波を記録し、べつのだれかに診てもらうのを待たなければならなかった。「それと、ドクター・ヴェリックはＣＴスキャンも撮っておきたいと」と担当看護師がいった。

「わたしの脳の？」ブリディは声にパニックの響きが混じるのを抑えられなかった。

「標準的な検査手続きです」と看護師はいったが、ブリディは説明を聞いていなかった。テレパシーのことがバレてしまう。ここから逃げなきゃ。

「ＣＢ！」看護師が病室を出ていくなり、ささやき声で呼びかけた。「ＣＴスキャンを撮るって」

〈聞いたよ〉ＣＢはむかつくほど冷静な口調でいった。〈心配ない。考えていることは画像には映らないから。ＣＴに映るのは、血腫とか腫瘍とか、そういう異常だけで――〉

「テレパシーは異常じゃないの？」

〈ＣＴスキャンに映るような異常じゃないよ。脳機能を見るためには、ｆＣＡＴかｉｍＣＡＴが必要だ。ＣＴに映るのは、脳そのもの。頭蓋内出血とか血栓とか、そういう異常があるかどうかしかわからない。テレパシーのことなんか、わかりようがないよ〉

「わたしたちのあいだの神経のルートが映らないのは確か？」とたずねたとき、トレントがはっきりと、「ぼくらのあいだの神経のルート？」というのが聞こえた。

　ああ、助かった！　接続したんだ！

〈いや、それも違う〉とＣＢがいった。戸口に目をやると、トレントが立っていた――手術したばかりの患者にはぜんぜん見えない。カーキ色のパンツにアイロンのかかったシャツ、ブロンドの髪はきっちり整えられている。うなじの絆創膏さえきっちりしていた。

「トレント！」と叫び、寝乱れてくしゃくしゃの自分の髪に手をやった。

「邪魔したかな？」といいながら入ってくると、もうひとつの無人のベッドと無人のトイレに好奇の視線を投げ、「だれと話してたんだい？」

「だれとも」といいながら、患者用ガウンを整えた。「ただ、その……」いつから戸口に立ってたんだろう？ 「わたしたちのあいだの神経のルートが映らないのは確か？」というのを聞かれていたら、どう説明しよう。

〈説明しなくていい〉CBがいった。〈いっただろ、説明は――〉

〈消えて〉と心の中でいう。「声に出して考えごとをしてたの」とトレントにいった。「わたしたちの――」

「ちょっと待って」トレントがスマートフォンを耳に当てて、「もしもし？……どなた？」電話を耳から離して画面に目をやり、「もしもし？」

「だれだったの？」ブリディがたずねた。

「さあね」トレントはシャツのポケットに携帯をしまった。「どうしてだれもいない部屋に――」また電話が鳴った。「ごめん。もしもし。ああ、エセル。なんだい？ いつ会いたいって？」間。「ああ、十時ならだいじょうぶだ。それまでには戻る。ありがとう」

トレントは電話を切った。「ぼくの秘書だ。ハミルトンがまた会いたいといってきてる」ベッド脇にもどってきて、「話の腰を折って悪かったね。どうしてだれもいない部屋に向かってしゃべってたのか、っていう話だった」

「そうじゃなくて、わたしは――」

〈どうするつもりだ？〉CBが頭の中で怒鳴った。〈やめろ――〉

〈消えて〉それからトレントに向かって、「――あなたに向かって話してたの。ドクター・ヴェリックの話だと、声に出して呼びかけることが神経のルートを確立する役に立つかもしれないって」

「で、どう？」トレントが熱心にいった。「役に立った？　なにか感じてる？」

「いいえ」

トレントはがっくり肩を落とした。「ほんとに？　ぼくらのうちどっちか片方は、いまごろもう、なにか感じてるんじゃないかと期待してたんだけど」

「ドクター・ヴェリックの話では、すくなくとも二十四時間かかるって――」

「知ってるよ」トレントがじれったげにいった。「でもぼくは――」無念そうな表情で口をつぐみ、「ごめん。ただ、接続することはぼくにとってすごく大きな意味があるもんだから」

「わたしにとってもよ」ブリディはいった。どんなに大きな意味があるか、あなたには想像できないくらい。

「ドクター・ヴェリックの看護師の話だと、ぼくらは一連のテストですごく点数が高かったから、平均的なカップルよりも早く接続するかもしれないって。たいていのカップルよりも深くて密なコミュニケーション・レベルに到達できると期待されてるらしい」トレントは、ブリディの患者用ガウンにいまはじめて気づいたみたいに顔をしかめた。「どうして着替えてないんだい？　まだ退院許可が出てないなんていわないでくれよ。どうしてこんなに時間がかかってるのか訊いてくる」

「いいえ」ブリディはトレントをとめようと手を伸ばした。いちばん望ましくないのは、彼が看護師と話をして、ゆうべの件が耳に入ること。「退院の前に、まだいくつか受けないといけない検査があるって」

「どうして？」トレントはたちまち険しい表情になった。「きみのＥＥＤになにか問題でも？　合併症とか？」

〈そういえなくもないね〉とＣＢ。

〈消えて〉「いいえ。すべて順調。贈ってくれた薔薇、素敵だった。ほんとにきれい」

だが、矛先《ほこさき》をそらせようとする試みは通じなかった。「すべて順調なら、どうして検査が必要なんだい？　どういう検査？」

　ＣＴスキャンだといったら、なにかあったに違いないと思われる。でも、おだやかに聞こえる検査をひとつも思いつかない。「知らない」

〈悪手だね〉とＣＢ。

「知らない？」トレントがポケットから携帯をとりだした。「ドクター・ヴェリックに電話してみるよ」

〈ほら〉とＣＢ。

「だめよ」といったものの、なぜだめなのか、どうしても理由が浮かばない。

〈午前中いっぱい手術だから〉とＣＢが助け船を出してくれた。

「午前中いっぱい手術だっていってたから」とブリディはそのままくりかえした。

〈それに、検査は通常の手順だって〉

「それに、検査は、ＥＥＤを受けた患者にとってごく標準的な、通常の手順だって」

〈だめだめ。いっただろ。必要最低限のことしかいわないほうがいいって〉

「ぼくはなんの検査も受けてないぞ」トレントは鋭い視線をブリディに向けた。「なにか隠してることがあるんじゃないかい？」

　ええ。と心の中でいったが、顔に出てしまったらしい。「なんだい、スイートハート？

いいから、話してみて」

〈やめたほうがいい〉とCBがいった。〈女房を射殺した男の話、覚えてるかい？　しかもあれは、接続に失敗したというだけの理由だった。他人と接続したからじゃない。しかもそれは、きみが狂人だと思われなかった場合の話だ。頭の中に声が聞こえる症例に関する研究を思い出してくれ〉

「隠してることなんか、なんにもないわ」ブリディはきっぱりいった。「すべて順調よ、トレント。診察に来たとき、ドクター・ヴェリックがそういってた」

「じゃあどうして検査を？」

〈万が一に備えて〉

「万が一に備えてよ。だから彼、外科医として、あんなに引く手あまたなのよ。すごく良心的だから」

「確かに」トレントが認めた。「それでもやっぱり、きみが検査を受けているあいだ、ここで待ってたほうがよさそうだ」

〈だめ！〉ブリディは思わず心の中で叫んだ。「だめよ……検査は……昼までかかるかもしれないし」とつっかえつっかえいう。「病院って、どこもそうでしょ。なにもかも時間がかかる。ミーティングはどうするの？」

トレントはすでに電話をとりだして画面をスワイプしていた。「どんなミーティングよりきみのほうがだいじだ」と顔を上げずにいう。「もしなにかまずいことが起きたら、そもそもこんな――」途中で口をつぐみ、もっとおだやかな口調で、「つまり、きみがだいじょうぶかどうか心配してたら、まともなプレゼンなんかとてもできないってこと」

「わたしはだいじょうぶ。なんの問題もないから」必死に脳みそを絞って、トレントが納得しそうな理屈を考えた。「あなたがここで待ってる必要はないわ。それに、もしミーティングをキャンセルしたら、ハミルトンは――」

「なにかまずいことが起きたと思うかもしれない」考え込むようにそういってから、ふと我に返った口調で、「プロジェクトに、ってことだよ、つまり。しかし、きみのいうとおりだ。そんなふうに思われるとまずい。ハミルトンとのミーティングはキャンセルしないほうがいいな。ほんとにひとりでだいじょうぶ？」

ひとりじゃないのよ、とブリディは思った。残念ながら。「ええ。だいじょうぶ。行って」

「オーケイ。ミーティングが終わりしだいもどってきて、家まで送るよ」トレントは歩き出した。「もしそれより前に退院の準備ができたら、メッセージしてくれ」

「そうする。あ、待って。無理。電話がないの。返してほしいって頼んだんだけど――」

「出がけにナースステーションに寄って、訊いてみるよ」とトレント。「どんな検査をするのかわかったらメッセージして。それと、接続の予兆みたいなものを感じたら、すぐに電話して。ぼくがミーティング中でもかまわないから」

「そうする」と約束した。「でも、看護師の話だと、手術の腫れが引いて、麻酔が――」

「うん、わかってる。それに、術後すくなくとも二十四時間はかかることも。でも、ぼくらの場合は、もうすぐつながりそうな気がするんだ」トレントは戸口で立ち止まり、「ほんとに付き添ってなくてだいじょうぶなんだね？　百パーセント確実？」

「ええ。さあ、早く行って。ミーティングに遅れちゃう」いまにも検査技師がやってきて、ＣＴスキャンに連れていかれるかもしれない。トレントがその場に居合わせて、なんの検査を受けるのか知ったら……

「約束だよ。もし接続の――」といいかけたとき、また電話が鳴った。「ごめん。でも、この電話はとらないと」といって、廊下を歩き出しながら、「ワースだ。なにがわかった？」

「わたしのスマホ、忘れないで」ブリディはうしろから声をかけたが、もうトレントは姿を消していた。

〈きっと聞こえてないね〉とＣＢがいった。

〈あなたも行って〉
〈ラジャー、ナイト・ファイター。通信終了《オーバー・アンド・アウト》〉そういって、CBは去った。もしくは、すくなくともしばらくのあいだ黙り込んだ。もっとも、いまもまだ心の声を聞いてるんじゃないかという気がした。それに、トレントに聞こえていないというCBのいまの発言が正しいような気もした。

しかし数分後、スタッフのひとりが、ブリディの携帯電話とすみれの花束を持ってきた。ブーケに添えられたカードには、シャンパングラスを触れ合わせるふたりの人物のシルエットと、『ぼくらの接続に――二人の愛が本物だという証拠に乾杯！』

うわ、やめて。ブリディは心の中で顔をしかめながら、スマートフォンのロックを解除した。

トレントからのメッセージが早くも二件――『検査受けた？』と『接続はまだ？』――と、親族から五十一件。

ブリディはトレントに、『きれいなスミレをありがとう！』と返信してから、キャスリーンのメッセージをチェックした。そのうち半分は、『チャドのことで話があるの。至急！』で、残りの半分は、EEDが失敗した事例に関するウェブ記事だった。中のひとつはTMZの暴露記事――デンバー・ブロンコスの選手とEEDを受けたのにうまくいかなかった、「理想のカップル《マッチ・メイド・イン・ヘヴン》」の元出演者がこう語っている。「彼と接続しなかった瞬間に、浮気されてると気づくべきだった。EEDは嘘をつかないのよ」

　トレントになにもいわなかったのは正解だった。ブリディはそう思いながら「CTスキャン」をググった。

　CBの言葉は正しかった。CTスキャンは脳の柔組織の写真を撮るだけで、脳の活動は映らない。数分後、CTスキャンのために検査室に連れていかれたとき、技師も基本的には同じ説明をしてくれた。「見たところ、どこも異常はありませんね」と技師はブリディにいった。

　助かった。これでもう、晴れて退院できる。

　しかし、病室に戻ると、ドクター・ヴェリックが検査結果を確認してからでないと退院できないと看護師にいわれた。「だったら、朝食をもらえる？」とブリディはたずねた。「訊いてきます」と看護師はいった。ブリディはリクライニングベッドの角度を上げて、すわった姿勢でトレントへの呼びかけを再開した。しかし、トレントの感情なり存在なりを感じとろうとどんなに耳をすましても、なにも聞こえなかった。

　もっとも、CBの声も聞こえなかった。ということは、この努力が一定の効果をあげて、CBとのあいだのフィードバック・ループが弱まっている——もしくは、運がよければ、そっくり抹消されている——のかもしれない。

あとはトレントとのあいだに新しいフィードバック・ループを確立すればいいだけ。そう思ってさらに熱を込めて呼びかけたが、やはりなにも感じなかった。空腹感以外は。わたしの朝食はどこに行ったの？

点滴のチェックにやってきた看護師と、ベッドメイクにやってきたスタッフにたずねたが、朝食はゆうべの毛布と同じ運命に陥っているらしい。さらにトレントに呼びかけて——成果なし——それからスマートフォンをとりだし、親族からのメッセージの残りに目を通した。まちがいだった。メアリ・クレアは、メイヴがまちがいなくテロリストとネット上で会話していると決めつけていた。『それで全部説明が付く。ずっと部屋にこもりきりだし、携帯の暗証番号も変えたのよ。なにをやってるか聞いても教えてくれないし』

無理もない。そのたびに誤解されて大騒ぎになるんだから。かわいそうなメイヴ。こんな事態を引き起こしたことでうしろめたい気分になった。しかし、メアリ・クレアがテロリストという妄想にとりつかれてくれたおかげで、このだいじな二日間、注意をそらせておくことができた。それに、暗証番号の件から見て、メイヴがこの問題に自分で対処できるのは明らかだ。

それでも、メイヴにはなんの落ち度もない。メアリ・クレアとできるだけ早く話をしよう。うまくトレントと接続したら。そして、ここを出られたら。

しかし、ここを出るときは永遠に来ないような気がしてきた。十時になり、十時半になっても、朝食のトレイもドクター・ヴェリックの退院許可も届かない。十一時近くになってから、新顔の看護師が現れた。「もう帰っていいですよ。いま退院書類を準備してます。フィアンセの方は迎えにこられます？」

いいえ、まだ婚約してないの、といいかけてから、そんなことはどうでもいいと思い直した。肝心なのは、ここを出て、トレントと接続すること。

「ええ」とかわりにいった。「いま電話したほうがいいかしら」

看護師はうなずいた。「あと三十分で退院できると伝えてください」

ブリディはトレントに電話したが、留守録にまわされた。たぶん、まだミーティング中だろう。『電話して』とメッセージしてから、心の中で呼びかけた。〈もう退院できるみたい。来られる？〉

どちらのメッセージにも返信はなかったが、さいわいだった。三十分が四十五分になり、一時間になった。昼食が配膳されたが、ブリディの分はやはりなかった。そして十二時十五分、知らない看護実習生が病室に顔をのぞかせて、「予備の毛布を頼みました？」とたずねた。

ええ、ゆうべね。「いいえ。退院する予定なんだけど。どうなってるか、調べてもらえる？」

「訊いてきますね」看護実習生はいった。「すぐ戻ります」

看護実習生は戻らず、十分後、ブリディはトレントにまた電話をかけた。やはり出ない。

『電話して』とメッセージして、それにも返事がないと、オフィスに電話をかけた。

秘書が出た。「もしもし、エセルさん？　ブリディ・フラニガンです。トレントはまだミーティング中？」エセルがはいと答えたので、「彼に伝言を届けてほしいんですけど。うっかり携帯の電源を切ってるみたいで」

「携帯は持っていませんよ」とエセル。

「どういう意味？　いつでも肌身離さず持ってるでしょ」

「機密レベルの高いミーティングなんです。ラップトップもスマートフォンも禁止」

「じゃあ、伝言を届けるのは？」

「あいにく、それも認められていません」

今度の新機種に関して、会社側は情報洩れをずいぶん心配しているらしい。

「なにかほかにお役に立てることは？」とエセル。

だれか迎えによこしてと頼もうか。でも、そんなことをしたら、コムスパンの全社員に知れ渡ってしまう。エセル自身に来てもらうことも考えた。彼女なら、噂を広める心配はない。じっさいエセルは、コムスパン全社員の中でただひとりの噂を広めない人間だし、トレントのためならなんでもしてくれる。しかし、エセルが勤務時間中に会社を出ていくのを見た社員は、いったいどこへ行くんだろうと不審に思うだろう。とりわけ、トレントのミーティングの機密性に鑑《かんが》みると。ということは、やっぱりスーキの耳に入ってしまう。

「いえ、いいんです。ミーティングが終わったら電話してほしいとだけ伝えてください」

ブリディはそういって通話を切った。

看護師がブリディの服と、サインする書類の束を持って病室に入ってきた。「フィアンセのかたとは連絡つきました？」

「ええ。でも、用事が長引いてるみたいで。だいじょうぶ。自分で運転して帰るから」

看護師は首を振った。「術後二十四時間は運転禁止です。ドクター・ヴェリックの指示で」

でも、トレントは運転を許されてたのに。「じゃあ、タクシーを呼ぶわ」

「ほかにだれか、迎えにきてくれる人はいないんですか？」

いないといったら、退院させてもらえないってこと？「妹に電話してみる」とブリディはいった。妹が迎えにきてくれるからロビーで落ち合うことになったと看護師に伝えて、階下から電話でタクシーを呼ぼう。

「正面玄関に車をつけてから、受付に電話するように伝えてください」と看護師がいった。

「そしたら車椅子を押してロビーまで行きますから」

「いえ、べつにわざわざそんなことをしてもらわなくても――」

「病院の規則です。ロビーまでは車椅子でお連れします」

じゃあ、タクシー計画はバツだ。だれなら迎えに呼べるだろう。コムスパンの人間はだめ。キャスリーンもメアリ・クレアもウーナ伯母もだめ。〈アイルランドの娘たち〉も。メイヴが運転できる年齢じゃないのが残念だ。そう思いながら、電話できる相手を求めて頭を絞った。トレント、ミーティングを抜けて秘書と話をするならいまが最高のタイミングよ。

電話が鳴った。助かった。ブリディは電話をひっつかんだ。

「どうして電話に出ないの？」キャスリーンが詰問した。「きのうからずっとかけてるのに」

「カンファレンスだったのよ」

「ひと晩じゅう？」とたずねたものの、さいわいキャスリーンは返事を待たずに先をつづけた。「話があるの。姉さんのアドバイスどおり、チャドとは別れた。そしたら今度はウーナ伯母さんがショーン・オライリーとくっつけようとしてるの。どうすればいいと思う？　夢にも思わなかった、まさかあんな――」

「ねえ、キャスリーン」とブリディは口をはさんだ。「ひとつ頼みがあるんだけど。わたし――」

「さあ」看護師が車椅子を押して戻ってきた。「準備はいいですか？」

「ちょっと待って、キャスリーン」ブリディは、音が聞こえないようにスマートフォンを胸に押しつけて、「家まで送ってくれる人がまだ見つからなくて」

看護師はけげんな顔になり、「フィアンセのかたから電話ありませんでした？　下にいらしてますよ」

ああ、助かった。

「正面玄関までお連れするから、車をそちらをまわすようにと伝えました。準備はいいですか？」

「ええ」ブリディは電話を耳に当てて、「キャスリーン、ごめん、切らないと。会議」

「待って」とキャスリーン。「さっきいってた頼みって？」

「その話はあとで。じゃあね」ブリディはキャスリーンにこれ以上質問されないうちに通話を切り、バッグとジャケットをひっつかんだ。

看護師が手を貸して車椅子にブリディをすわらせると、金属製のフットレストを下げ、それから手術後の注意事項を記した書類と、膿盆と、トートバッグと、ボックスティッシュと、すみれの花束をブリディのひざに置いた。トレントの薔薇と水差しを持ってついてくるようスタッフのひとりに指示してから、車椅子を押して廊下を歩き、そのあいだじゅうずっと指示をしつづけながらエレベーターに乗った。「きょうの午後と夜は休んでください。四十八時間は激しい運動禁止。屈伸も、重いものを持ち上げるのもだめ」エレベーターがロビーに到着し、ドアが開いた。「それにストレスも。フィアンセとの接続については心配しないで。かかる時間は人によってかなりの差があります。ストレスや疲れがあると、とくにそうですね。その場合、接続に時間がかかるかもしれません」

あるいは、かからないかもしれない。ブリディは、思いがけないタイミングで到着したトレントのことを思った。トレントから電話があったと聞いて、てっきりミーティングが終わってエセル・ゴドウィンから伝言を聞いたんだろうと思ったけれど、もし電話じゃなくて、ブリディの心の呼びかけを聞いたんだとしたら？

「さあ、どうぞ」

ロビーに到着すると、看護師は車椅子を押してガラスの自動ドアを抜け、外に出た。

トレントの車はまだ来ていない。「彼はきっと――」といいかけてブリディは口をつぐみ、車寄せにとまっているぼろぼろのホンダ車に目を向けた。あの車、なんだか見覚えが——

CBが降りてきた。〈マイ・レイディ〉とCBはいった。〈馬車がまいりました〉

7

「おじいさんが呼ぶと、いつも飛んでくるの？」

メアリはささやくような小さな声でたずねた。

「ああ、来るとも」

——フランシス・ホジスン・バーネット

『秘密の花園』

〈なにしに来たの、CB？〉ブリディは車椅子の肘かけをつかんで問いただした。

CBの外見は、ゆうべよりは多少ましだったが、見違えるほどではない。ひげは剃っているものの、ロンドン地下鉄のマークがついたキャップをかぶり、褪せた茶色のTシャツも、その上に着たストライプのシャツも、裾を出している。ワークブーツの靴紐はきちんと結ばれずに垂れていた。

〈きみを窮地から救いにきたのさ〉といいながら、ぶらぶら歩いてくる。「もうこのまま帰れるんですか？」と看護師にたずねる。

〈いいえ〉とブリディはいった。看護師がとなりに立っていなかったら、にらみつけていたところだ。〈病院は嫌いなんじゃなかったの〉

〈嫌いだよ。だから、早く退散しよう〉「車をもっと近くにとめたほうが？」とＣＢが看護師にたずねた。

「いいえ」とブリディ。看護師は、噛みつくようなその口調を、そのくらいの距離、歩けるに決まってるという意味だと誤解したらしく、車椅子のストッパーをかけてから、かがみこんでフットレストを上げ、ブリディが立てるようにした。

　看護師が車椅子を操作するあいだ、ブリディは険しい表情でＣＢを見ていた。〈このまま帰るつもりなんかない〉とブリディはいった。〈それに、ここでなにしてるのか、まだ聞いてないわよ〉

〈きみが呼びかけてきて、帰りの車が必要だといったんだよ〉

〈あなたに呼びかけたんじゃない。トレントに呼びかけてたの〉

〈うん。まあ、どうやら今度も彼には聞こえなかったみたいだね。それに、彼がミーティングを終えてきみのメッセージを読むのがいつになるかわかったもんじゃないし〉ＣＢはブリディのひざの上のトートバッグに手を伸ばした。〈ぼくの車でも、ないよりはましかと思って。妹さんに電話したいっていうならべつだけど。それともスーキか。きっとスーキなら喜んで迎えにきてくれるよ――ブログに書いて、二つ三つツイートしたらすぐに〉

確かに。

〈プラス、この看護師はぼくがきみの婚約者だと思ってる〉CBは、まっすぐ背すじをのばした看護師のほうを目顔で示した。

〈婚約者だって名乗ったの?〉

〈いや、向こうが勝手にそう思ったんだよ。で、ぼくといっしょに帰りたくないとしたら、彼女にそれをどう説明する? とりわけ、ゆうべのきみの奇妙な行動のあとで? 経過観察のために帰さないほうがいいと判断するかもしれない〉

看護師は好奇の目でこちらを見ながら、「気分はどうですか? だいじょうぶ?」とブリディにたずねた。

「ええ」ブリディは明るくいった。「ひざにいろいろ載せてるから立てないでいるだけ」

「ごめんごめん」CBはトートバッグとすみれの花束をとり、それから膿盆と薔薇をとって、すべて車の後部座席に入れた。戻ってきて、ブリディの体に片腕をまわし、車椅子から立ち上がるのに手を貸した。「いいかい、スイートハート?」

〈わたしはあなたのスイートハートじゃない〉とブリディはいった。彼の腕を振り払いたいところだが、となりに看護師が立っている。

誘拐も同然だ、とブリディは思った。助けを呼びたいのに、脇腹に銃を突きつけられていて叫べない。

〈いわせてもられば、その銃は自分で自分に突きつけたんじゃないかな〉ＣＢはブリディが車に乗り込むのに手を貸しながらいった。〈ＥＥＤを受けることを望んだのはきみだ。さあ、ぼくといっしょに早く家に帰りたくてしょうがないっていう顔をして。そうしないと、あの看護師が帰してくれないよ。帰りたいんだろ〉

〈ええ〉トレントと接続できるように、コムスパンに行く必要がある。

〈だったら、うれしそうな顔をすることだね〉

「よかった、これでやっと家に帰れる」ブリディはそういってから、看護師に笑顔を向けて、「いろいろありがとう」

〈えらいえらい〉といいながら、ＣＢはホンダのドアを開けた。

ＣＢの車の中は、髪の毛と同じくらいぐちゃぐちゃだった。紙切れやファストフードの袋がシートやフロアに散乱している。「ごめん、かたづけるひまがなくて」ＣＢは急いでゴミを拾って後部座席に放り投げた。

ブリディを助手席にすわらせてシートベルトを留めると、ドアを閉め、自分は運転席に乗り込んだ。ギアを入れ、車を発進させて、駐車場の出口へと向かう。〈それに、誘拐犯呼ばわりは心外だな〉と車の流れが途切れるのを待ちながらいった。〈力になろうとしただけなのに〉

「いいわ」ブリディはバッグからキーを出しながらいった。「じゃあ、マリオットまで送って。そこの駐車場に車を駐めてあるから。ほんの二、三ブロックよ。左に曲がって」

〈悪いけど、それはできない。術後二十四時間は運転しちゃだめだって、看護師がいってただろ〉

「いいえ、そんなこといわれてない」と嘘をついてから、ＣＢが心を読めることを思い出した。「とにかく、医者が過剰にうるさくいうのは知ってるでしょ。見てのとおり、わたしはもう完璧に健康――」

〈ぼくが見るかぎり、いや、聞くかぎりというべきかもしれないけど、すでにひとつ、手術の意図せざる結果《UIC》が生じている。ほかにどんなＵＩＣがあるかわかったもんじゃない。失神？　発作？　ユニオン・ブールヴァードを走ってる最中にとつぜん気を失うかもしれない。そんなことに責任とれないよ〉

「いいわ」コムスパンまで送ってもらってから、タクシーを呼んで、マリオット・ホテルで車をピックアップしよう。そこまで考えたところで、これも聞かれたかもしれないと不安になった。

　しかし、聞いていなかったらしい。というのも、CBは、〈よし。じゃあ出発だ〉といって、前に身を乗り出し、前方の道路状況に目を凝らした。

「いいえ、待って」とブリディはいった。「その前に、声に出して話しかけると約束して」

〈どうして？　こんなふうにしゃべることが、ぼくらのあいだの〝神経のルートを増強する〟から？　そういう仕組みじゃないよ〉

「どうしてわかるの？」

〈ネットでもうちょっと調べてみたから〉

〈いったいなにが――〉と息せき切って質問しかけてから自制して、「いったいなにがわかったの？」と声に出して訊き直した。

〈道々、話すよ〉

「いいえ。どこにも行かない」シートベルトのバックルをはずすと、後部座席のトートバッグに手を伸ばした。「車をとめて。声に出して話をしないなら、いますぐ車を降りてタクシーを呼ぶ」

〈入院患者用のリストバンドをつけて膿盆を持った女を乗せてくれるタクシー運転手がいると思う？〉

「だったら歩く」

「わかった、わかったよ。声に出してしゃべろう。もう車を出していい？」

「ええ」といって、シートベルトを締めた。

ＣＢは通りに車を出してから、方向指示器を入れた。

「どこへ行くつもり？」とブリディはいった。「コムスパンは道が違う」

「コムスパンへは行かない」

なんてこと。ほんとに誘拐されちゃう。

「おいおい、頼むよ……誘拐なんかするもんか。家まで送る。医師の指示。きみを迎えにきたといったら、まっすぐ自宅に送り届けて休ませるようにと看護師にいわれたんだ。きみは脳外科手術を受けたばかりなんだよ、ね？」

「でも、正午までに戻るとアシスタントにいってあるのに」

「じゃあ、ミーティングが長引いてるといえばいい」

でも、コムスパンを離れている時間が長ければ長いほど、疑問の声がたくさん上がるようになって――

「じゃあ、会社に戻ったけど、ぼくのラボに直行するといえばいい。ぼくが開発した新しいアプリを検討するから、もしかしたらきょうはずっと下にいるかもしれない、と」

「でも、だれかが携帯に電話してきたら？」

「できないよ。電波が入らないから、ね？」

「いつもそんなことしてるの？　ラボにいるとみんなにいっておいて、休暇をとる？」

「病院から自宅までこっそり送り届けなきゃいけない相手がいるときだけだよ」といって、ブリディのほうを向き、にやっと笑った。

　でも、トレントと接続しなきゃいけないのに。

「だったら、ぜったい家に帰らなきゃいけない」とＣＢ。「会社にいたら、自分だけの時間なんか一分もとれないからね。ええっと、きみが留守にしていたのはきのうの午前十時から。ということは――ざっと一万九千通のメールに返事しなきゃいけない。それにメモの山。電話の伝言。それに、いっしょに会社に戻るところをだれかに見られて、その話がスーキに伝わってもかまわないとでも？」

「スーキは留守よ。陪審員の義務で裁判所」

「いや、もう戻ってる。被告が保釈中に逃げ、裁判は中止」

「うちはサウス・シャーマン」とブリディ。「ユニオン・ブールヴァードからリンデンに入って。ここを左折」

「わかってるよ。心が読めるんだから、ね？」といって、ＣＢはすみやかに右折した。

「左折だって！」

「わかってる。マクドナルドに寄るよ。それとも、とうとう病院の朝食にありついた？」

「いいえ」と答えてから、自分がどんなに空腹かに気がついた。「ほんとに心が読めるのね。ありがとう」

「どういたしまして」ＣＢは車をドライブスルーに乗り入れた。車をとめてから、運転席の背もたれに背中をぴったりつけて、助手席のブリディが身を乗り出してオーダーできるようにした。ブリディはビッグマック一個とフライドポテトを注文した。

「ぼくとつながったのがどんなに幸運だったか、わかってないね」受け渡し窓口に車を進めながらいう。「まかりまちがえば――」

「本物の誘拐犯とつながっていたかもしれない」とブリディ。「ええ、わかってる」

「そのとおり。それとも、顔をしかめて、『ビッグマックの中身がなんなのか知ってるのかい？』と講釈しはじめるようなタイプとか。もしかしたら、車を持っていない人間だったかもしれない。その場合、どうやって家に帰る？　それで思い出したけど、トレントにメッセージを送って、迎えにこなくていいって伝えないと。いまから病院に来られても困るだろ」

病院にやってきたトレントは、ブリディが婚約者だと名乗る男とすでに帰ってしまったと聞かされる……。ブリディはあわてて携帯電話をとりだし、トレントにショートメッセージを送ろうとして手をとめた。だれに迎えにきてもらったといえばいいだろう。名前を出さなきゃいけない。

「いや、必要ないね。ルールその2をまた忘れてる。どうしても必要なこと以外はいわない。『やっぱり迎えにきてくれなくても大丈夫』とだけ書けばいい」

「でも、もし訊かれたら――」

「訊かないよ」とＣＢが請け合った。「自分で車を運転して帰ったと思うだけさ。運転するなと看護師にいわれたのを知らないんだから」

「ご注文の商品です」受け渡し窓口の店員がいった。

ＣＢが代金を払い、紙袋を受けとった。ブリディはそれに手を伸ばした。

「メッセージを送るのが先」とＣＢ。「トレントのミーティングがいつ終わるかわからないんだから」

そのとおりだ。ブリディは電話を見つめたまま、文面を考えた。『送ってくれる人がいて』？　いや、それだと、だれなのか質問されることになる。

「まったくもう——貸して」ＣＢが電話を奪いとり、マクドナルドの紙袋を手渡した。

「食べてて」

「なんて書くの？」

「『病院に来てくれなくて大丈夫。帰りの足が見つかったから』シャーラの番号はなんて名前で登録してる？」

ブリディが教えると、ＣＢは声に出しながらメッセージをタイプした。『社に戻ったけど、新しいアプリの件でＣ・Ｂ・シュウォーツと打ち合わせ中。午後の予定は全部、明日の午前中に回して』送信ボタンを押し、電源を切ってから携帯をさしだした。「ほら。さあ、食べて」

ブリディが袋から食べものをとりだすあいだに、ＣＢは車を道路に出して、ブリディのアパートメントに向かって走らせた。

「ネットで調べてなにがわかったかを話す約束よ」とブリディ。

「ええと、ひとつわかったことは、インターネットはごたくであふれてるってこと」

「まじめに答えて」

「まじめに答えてるとも。信じられないようないかれた話が山ほどある——有名人の声が聞こえると主張するのも珍しくない。ナポレオンとか、ジョン・レノンとか」

「それにヒトラーでしょ、たぶん」

　CBはうれしそうな笑みを浮かべて、「そのとおり。ペットの声が聞こえるという人もいる。あと、観葉植物の声も。みんなで同時に『平和を我等に《ギブ・ピース・ア・チャンス》』と考えることで世界に平和をもたらすとか。そういう連中や、火星人とかラムサの霊とかと交信していると考えている狂人たちがこれだけあふれていると、テレパシーが悪名高いのも無理はないね」

「じゃあ、だれかがじっさいにテレパシーで交信しているという証拠はひとつも見つからなかった?」

「そうはいってない。本物っぽく見える事例もいくつかあるけど……」

「で?」ブリディはつづきを促した。

「で、残念ながら、それらのほとんどはドクター・ヴェリックの絆理論を補強している。検証可能な事例のほとんどすべては、感情的なつながりがあることが明らかな人間同士が含まれている。親子、配偶者、恋人」

　CBは運転しながらそうした事例について語った。一八六二年四月六日の真夜中、ペイシャンス・ラヴレイスは婚約者に名前を呼ばれているのを聞いた。一カ月後、所属部隊の部隊長から手紙が届き、まさにその時刻、婚約者がシャイローの戦いで銃弾に倒れ、数分後に死亡したことを知らされた。一八九七年、トバイアス・マーシャルは列車で旅行中、妻の声がはっきりと「すぐに来て」というのを聞いた。二日後、予定より六週間早く妻の陣痛がはじまったという電報を受けとった。

「みんな、だいたい似たような感じだよ」CBが横目でこちらを見て、「ある母親が、暗いよ冷たいよと叫ぶ息子の声を聞き、その後、息子は井戸に落ちていたことが判明する。ある男が、愛し合っている女性の声が『ああ、わたしたち、もう二度と会えないのね』というのを聞いたあと、彼女が突然死したことを知る。息子が自分の名を呼ぶ母親の声を聞いたとき、母親は大陸を半分横断した土地で死にかけていた」

　そういう話なら、ブリディ自身、何十も聞いたことがある。ウーナ伯母によれば、彼女の曾々祖母は、知り合いの青年がバリーナヒンチの戦いで戦死したとき、「もうおしまいだ」と叫ぶのを聞いたという。

「で、そのふたりのあいだには感情的な絆があったんだろ？」

「ええ」ブリディはしぶしぶ認めた。「でも、さっき、〝事例のほとんどすべて〟といったでしょ。つまり、感情的な絆が結ばれていなかった事例もいくつかあるってこと？」

「うん。でもそれは――」途中で口をつぐみ、「どこで曲がるんだっけ？」

「ジャクスン・アヴェニュー」とブリディ。「それはなに？　あかの他人同士の事例もあるの？」

「うん。タイタニック号が沈没するのと同時に、助けを求めて叫ぶ声を聞いた人がランダムにたくさんいる。ルシタニア号やエンプレス・オブ・アイルランド号の場合も同様」

「やっぱりね。じゃあ、それよ。わたしたちのつながりも、きっとそれ」

「どうかな。そういう人たちのほとんどは、沈没事故のニュースが新聞で報じられたあとになって、叫び声を聞いたと報告している。そのうちの数人はプロの霊能者で、いわば、よからぬ動機がある。そういえば、タイタニック号に霊能者がひとり乗船していたのを知ってる？　もっとも、たいして優秀な霊能者じゃなかっただろうけどね。優秀だったらそもそもタイタニック号には乗らないから」

「でも、中には本物の海難事故事例もある？」とブリディは食い下がった。

　ＣＢはフロントガラス越しに前方の道路を凝視している。「どこで曲がる？　この信号？」

　わたしの心が読めるんじゃなかったの？　と思いながら、「いいえ、次の次の信号を左折」

　ブリディはＣＢが話の続きをはじめるのを待ったが、相手は黙ったままだった。一ブロック過ぎたところで、たまりかねて催促した。「でも、本物の海難事故事例には、どういうのがあったの？」

　それでもまだ答えない。

「ＣＢ？」

「はあ？　なに？　ごめん、考えごとをしてた。きみを送り届けたあとにやらなきゃいけないことがあって。なんていった？」

「本物のタイタニック号事例にはどういうものがあるのかって訊いたのよ」

「ひとつだけだけどね。それにその一件も……曲がるのはここ？」

「ええ」とブリディが答え、ＣＢはすみやかに右折した。「違う違う、右じゃない。左」

ブリディは指さして、「わたしのアパートメントはあっち」

「ごめん」とＣＢ。「次の通りまで行ってから引き返すよ」

　ブリディは首を振った。「それだと、一方通行を逆走することになる。どこかの家の車回しに入ってＵターンして」

「無理だ」ＣＢがバックミラーを見ながら、「後続車が来てる」

　二ブロック先まで行ってからひきかえし、ようやくブリディのアパートメントの通りに入った。「きみのアパートメントはどこ？」

「その角から二軒目――わっ、だめ！」

「なに？」

「妹のキャスリーン。いまアパートメントのビルに入ってった。急いで！」ブリディは頭を低くした。「行って！　あなたの顔を知ってるのよ。早く！」

「はいはい、わかったよ」CBはそのままアパートメントを通過してリンデン・ストリートに戻った。ブリディは頭を上げてうしろをふりかえった。

「スパイ映画じゃないんだから、追ってきたりしないよ。それに、気づかれてない。通過するとき、こちらを振り向きもしなかったから。ところで、どこへ行く？」

「さあ。キャスリーンがあきらめて引き上げるまで待てる場所」

「ぼくのアパートメントは？」

「あなたのアパートメントに行くつもりはありません。二ブロック先まで行って駐車して」

「駐車。もっといいね」CBは次の脇道に入って、空き地の前に車をとめた。「で、次は？」

「ポケットナイフ持ってる？」ブリディは後部座席のトートバッグに手を伸ばした。

「持ってない。なんのために？　いっただろ、彼女は追ってきてない。たとえ追ってきたとしても、身を守るのにナイフなんか必要ないよ」

「リストバンドを切るのに必要なのよ」ブリディはバッグの中をかきまわしながらいった。

「どうして？　彼女がいなくなるまでここで待つんなら――」

「アパートメントに入るとき、だれかと出くわすかもしれない」さらにバッグをかきまわす。「リストバンドは、入院していた動かぬ証拠になる」

「それをいうなら、手の甲の、点滴の針を抜いたあとのあざもだよ。それはどうする？　手袋でもする？」

「たぶんね」といいながら、はさみの捜索をつづける。

　CBは、ブリディのむなしい発掘作業をしばらく見守っていたが、やがていった。「ところで、あとどのくらいここにすわってる必要があるのかな。待つのがいやだっていうわけじゃないよ。すばらしい景色が楽しめるし――」と、雑草がぼうぼうに生えた空き地を指さし、「ロマンチックな音楽もあるから……」手を伸ばしてカーラジオの電源を入れ、古風なチューニングダイヤルをまわしはじめた。雑音のあいだを針が動き、カントリー・アンド・ウェスタン、右翼トーク番組、ラップが順番に流れた。「一日じゅうだってすわっていられる。でも、妹さんがドアをノックして、きみが留守だとわかるまでにどのくらいかかる？」

「うちの親族のことを知らないでしょ。みんなうちの鍵を持ってて、プライバシーなんか一顧だにしない。ある意味、あなたに似てるわね。キャスリーンはうちの中に入って、ぜんぶの部屋をチェックしてわたしがいないことを確認し、それから電話をかける。わたしがつかまらないと、シャーラにかけて、わたしの居場所を知らないかたずねる。引き上げるまでにすくなくとも三十分はかかる。腰をすえてわたしの帰りを待つことにする可能性もある」

　そのあいだにも貴重な時間がチクタク過ぎてゆく……神経のルートを確立するために必要な時間。術後二十四時間の里程標までにトレントと接続するためには、一秒も無駄にできない。ＣＢの声が聞こえるみたいに、キャスリーンの声が聞こえたらいいのに。そうすれば、キャスリーンがどうするつもりなのか、帰宅しても安全なのかどうかがわかる。

「冗談だろ」ＣＢが信じられないという口調でいった。「妹の考えを聞きたいと本気で思うのかい？」首を振り、「テレパシー能力を持つことは、世間ではキュートなロマコメの題材みたいに思われてる。他人の秘密を知り、それを使って望みをかなえるとか、敵がなにを企んでいるかつきとめるとか。でも、テレパシーがじっさいはどんなものか、きみは知ってるだろ？」

「どんなもの？」どのみちＣＢはいうつもりだ。止めるすべはない。

「まさにそれだ」ＣＢは勝ち誇ったようにいった。「水道の蛇口を開けたり閉めたりするようにテレパシー能力をオンオフして、聞きたいことだけを聞けると思っている。でもじっさいは――」

「そういう仕組みじゃない」

「そのとおり。聞くものを自分で選べるとはかぎらない。妹さんの心とはつながらないかもしれない。それと同じくらい簡単に、だれかべつの――」

「ええ。誘拐犯とか、マクドナルド嫌いとかとつながる」

「それとも、人を殺せという声を聞くような統合失調症患者とか。それに、なにを聞くかも選べない。相手について知りたくないと思うようなことを知ってしまうかもしれない。相手がきみのことを本心ではどう思っているかとか。中学校のころ、学校のトイレに入っているとき、たまたま親友がきみのひどい悪口をいうのを聞いてしまったことはないかい？　テレパシー能力があるというのは、そういうことだ。逃れようもなく、聞きたくない他人の心の声を聞きつづけて――」

　いま、あなたの心の声から逃れようがないみたいに。でも、しかたない。キャスリーンに見つかったら、どうしてＣＢに送ってもらうことになったのかを説明するのに、さらに長い時間を費やす羽目になる。キャスリーンが帰るまで、ここにすわってＣＢの演説を聴くしかない。

「よかった」ＣＢはラジオのチューナーをいじり、もうしばらく雑音を鳴らしてから、電源を切った。「きみにいわなきゃいけないことがあるから」

「タイタニック号の事例について？」

「いや。タイタニック号じゃない。第二次世界大戦の駆逐艦だよ。でも、ぼくが話したいのはそのことじゃない」

「感情的な絆が結ばれていない者同士がつながれるという証明になるから、そういう事例については話したくないのね」

「そういうことじゃない」

「だったら話して」

「いいだろう。一九四二年、ネブラスカ州マクック在住の十七歳の少女が、既婚者の姉ベティとその友だちのミセス・ラウズといっしょにラジオを聴いていたとき、いきなり立ち上がって叫んだ。『ああ、船が沈む！　だれか、彼を助けて！』ミセス・ラウズは、その子がうたた寝して夢を見てるんだと思って、『船なんかないのよ。ここはネブラスカ州マクック』といった。すると彼女は、『わかってる、でも彼の声が聞こえるの！　海の中にいる！　彼を助けなきゃ、ベティ！　ミセス・ラウズ！　ああ、がんばって！　あきらめないで！』そして、ふたりがどうにか落ち着かせたとき、彼女は、ひとりの水兵が呼びかけてきたんだと説明した。『助けて！　Uボートの魚雷にやられた！』って。

ふたりはその水兵がだれなのかたずねたけれど、わからない、声に聞き覚えはないという返事だった。心当たりはまったくない、そもそも海軍に知り合いはひとりもいない、と。彼女はこの出来事の一部始終を日記に書き留めた。姉も、陸軍にいる夫に宛てた手紙に同じように書き記した。ふたりとも、時刻を記録していた」

「それが、その水兵の乗った船の沈んだ時刻だった、と」

「うん。北大西洋でね。しかし、彼らにそれを知るすべはなかった。海軍の損失に関するニュースは検閲の対象で、沈没の件は新聞に載らなかったから」

「じゃあ、彼は溺れ死ぬ間際に助けを求めて呼びかけて、彼女はたまたまその声を聞いた。あなたがたまたまわたしの声を聞いたみたいに」

「状況はかなり違うけどね」とCB。「それに、水兵は溺れなかった。ひどい火傷を負ったものの、残骸の破片につかまって十四時間にわたって漂流した挙げ句、巡洋艦に救助されて、船医にこう語った。持ちこたえられたのは、見ず知らずの少女の声が、がんばれというのを聞いたからだって。マクックに住んでいる少女で、その子はベティという人とミセス・ラウズという人に言及した、と」

「そして彼は、マクックにだれも知り合いがいなかった」

「彼は、マクックにだれも知り合いがいなかった。ネブラスカ州にもね。戦争が始まるまで、オレゴン州を一歩も出たことがなかった」

「ということは、感情的な絆が一切ない人同士でのコミュニケーションね」ブリディはうれしそうな口調でいった。トレントにその話ができる。

「まだ続きがある」CBがいった。「水兵が海軍病院を退院したあと、感謝を伝えるためにその女の子を探した。そしてようやく探し当てたとき、じつは前に彼女と会ったことがあったのに気づいた。列車で配属先に向かう途中に立ち寄ったノース・プラットの酒保で、兵士にキャンディと煙草を配っていた彼女と出会い、ふたりは二、三分、言葉を交わしていたんだ」

「だからといって――」

「ああ。でもふたりは、再会して三日後に結婚した。だから、ある種の感情的な絆はあったんじゃないかと思うね」

「わたしたちのあいだにも感情的な絆があるってにおわせたいわけ？　まさか。そんなもの、あるわけない。わたしはあなたと恋なんか――」

「なにもにおわせたくなんかないよ。きみがトレントに打ち明けて、トレントがネットで情報収集したら、こういう種類の事例を見つけ出すことになるし、ぼくらが接続していることが、ニューロンのもつれや混線の一例だと納得させる役には立ちそうにないってことがいいたいだけ」

「じゃあ、どうすればいいっていうの？」

「引き延ばす。ぼくに時間をくれたら――」

「どうするの？　水兵や霊能者や井戸に落ちた人の話をもっとたくさん集める？」

「いや。なにが起きているのか、なにが原因なのかをつきとめる」

「なにが原因なのか？　原因はわかってる。ＥＥＤが――」

「ほんとうに？　いま話した人たちは、だれも――ペイシャンス・ラヴレイスもトバイアス・マーシャルもネブラスカ州マクックの少女と水兵も――ＥＥＤ処置なんか受けてないし、頭部に傷を負ったことさえない。それはぼくも同じだ。それに、ＥＥＤを受けたほかの人間は、だれも頭の中で他人の声が聞こえるようになっていない」

「それはわからない。もしかしたら、聞こえてるけどなにもいわないのかもしれない」

「ジェイ・Ｚやビヨンセが、そんなビッグニュースを自分の胸にだけしまっておくと本気で思うかい？　キム・カーダシアンなら、みんなにいいふらすどころか、そのネタで新しいリアリティ番組をはじめるよ」

「テレパシー能力があると広言なんかしたら狂人扱いされるんじゃなかったの」

「セレブにはあてはまらない。どうせ、クレージーだと思われてるからね。それに、いままでにＥＥＤを受けた人の中で、こういう事態に見舞われたのはきみひとりだ。ということは、原因はたぶんＥＥＤじゃない。だから、なにが原因かをぼくらがつきとめるまで――」

「〝ぼくら〟とかないから」

「ああ、恋人にそういえばいいさ」とＣＢ。「とにかく、ぼくがいいたいのは、彼氏やヴェリックには、しばらくなにもいわないでくれってこと。そのあいだに、これの原因と、ほかになにが起きるかを――」

「どういう意味、ほかになにが起きるかって？」

しかし、ＣＢは聞いていなかった。通りの先を見つめている。

「なに？」キャスリーンの姿が見えたんだろうか。「うちの妹？」

返事がない。

「ＣＢ？」

「いや」唐突にいって、エンジンをかけた。

「なにしてるの？」

「家まで送るよ」道路に車を出し、「心配ない、妹さんが帰ったかどうか、先に確かめるから」まっすぐブリディのアパートメントのある通りに向かい、角を曲がってすぐのところで停車した。「妹さんの車は？」

「白のキア」

「中で待ってて」ＣＢは車を降り、駆け足で角を曲がった。

ほとんどすぐに戻ってきて、「もういないよ」といって、運転席にすわり、エンジンをかけた。

「確か？」

「うん」角を曲がって、アパートメント・ビルの前に車をとめると、ドアを開けた。

「あなたは降りなくてもいいのに」

「これだけの荷物、ひとりじゃ運べないだろ」すみれと膿盆をブリディに渡すと、トレントの薔薇の花束も含めて、残りぜんぶを後部座席からとって、両手に抱えて階段を駆け上がり、それからまた戻ってきて、ブリディに手を貸した。

アパートメントの中に入ると、薔薇の花束をコーヒーテーブルに置き、ほかのすべてを寝室に運んだ。「ベッドにこれが」と、一枚のメモを手に戻ってきて、ブリディにさしだした。

キャスリーンの書き置きだった。『会えなくて残念。頼みって何？ 電話して』

「ぼくなら電話はしないね」とＣＢ。「看護師に休めといわれただろ。もう帰るけど、なにか用事はある？　紅茶を淹れるとか？」

「ううん、だいじょうぶ」ブリディが答えると、ＣＢはそくざに玄関に歩き出した。大急ぎで帰ろうとしている。どうして？　どこへ行く気なんだろう。

「もうちょっとリサーチしてみるよ」ドアを開けながらＣＢがいった。「なにかあったら――トレントにつながるとか、ドクター・ヴェリックがいう〝うずき〟を感じるとか、意識を失うとかしたら――連絡して」そしてドタドタとやかましく階段を降りていった。

　ブリディはドアを閉め、時計に目をやった。一時十五分。どうしてまだつながらないのかとトレントが不審に思いはじめるまでに、まだ四十五分ある。スマートフォンの電源を入れ、トレントからメッセージが入っていないか確かめてから、キャスリーンが電話してこられないようにまた電源を切り、キッチンに行った。

　椅子を引いて、テーブルの前に腰を下ろし、両手を組み合わせて、ぎゅっと目をつぶった。〈トレント〉と呼びかける。〈トレント、応えて〉

〈さっき言い忘れてたけど〉とＣＢがいった。〈話してたアプリの件――〉

〈なんのアプリ？〉

〈きょうの午後、だれとも連絡がつかずにいたあいだ、きみがぼくのラボで見ていたはずのアプリ。万一、だれかに訊かれたときのために、話を合わせておかないと。嘘をつくと

きのルールその3、質問されたときのために、アリバイを用意しておくこと〉

〈必要ないっていってなかった？〉

　ＣＢはそれを無視して、〈ツイッター用のアプリなんだ。やめとけばよかったと思うツイートを投稿したときのため。入力すると、十分間、自動的に投稿を止めておく。「やれやれ、なに考えてたんだろう。こんなことツイートできない！」と思ったら、それが全世界に公開されてキャリアが台なしになる前に削除できる。思い直しアプリって名づけてる。トレントやドクター・ヴェリックに話すことをまだ考えているなら、きみがインストールしておくべきアプリじゃないかと――〉

〈リサーチするんじゃなかったの？〉とブリディはいった。それから、ＣＢが戻ってきたときのために、玄関に行って内鍵をかけた。ＣＢの声を閉め出せる錠があればいいのに。

〈いや、それはどうかな〉とＣＢがいった。〈また車で送ってほしくなったら？〉

〈そんなことにはならない〉

〈なるかもしれないだろ。先のことはわからない。もしそうなったら、ぼくに連絡をとる方法はわかってるよね〉

〈うるさい〉ブリディはキッチンに行ってまた椅子に腰を下ろした。〈聞こえる、トレント？　どこなの？〉

ドアにノックの音がした。〈CB、帰って〉

「ブリディ?」メアリ・クレアの声と、またノックの音。「ドアを開けて。話があるの! 緊急事態!」

8

「まさかのときのスペイン宗教裁判」

――『空飛ぶモンティ・パイソン』

「聞こえる、ブリディ？」メアリ・クレアがドアの外から叫んだ。「メイヴのことで話があるの。留守のふりをしても無駄よ。いるのはわかってるんだから。内鍵をかけてるでしょ」

ええ。じゃなきゃ、とっくに上がり込まれてる。そう思いながら、リビングルームを横切って玄関に歩いていった。

〈ぼくならまだ開けないね。病院のリストバンド。ね？〉

「ちょっと待って。すぐ開けるから、メアリ・クレア」と声をかけてからキッチンに飛び込み、包丁を探した。

〈それと、点滴針のあざもなんとかしたほうがいい〉

ブリディはステーキ・ナイフをひっつかんでリストバンドを切断し、ゴミ箱のいちばん下のほうに突っ込んでから、バスルームに駆け込んでバンドエイドを探した。

どれもサイズが小さすぎる。〈伸縮包帯を使うといい〉とCBがアドバイスした。〈そうすれば腱鞘炎のふりができる〉でも、伸縮包帯もなかった。しかたなく、ガーゼを手首に巻いて縛ることにしたが、これでは注意を引くだけかもしれない。

そのとおりになった。ブリディがドアを開けるなり、メアリ・クレアがいった。「なんでそんな時間がかかるのよ。わっ、その手、どうしたの？」

「なんでもない」とブリディ。「ちょっと切り傷が……」といったものの、手の甲に切り傷ができる原因をただのひとつも思いつかない。

〈なにもいわなくていい。ルールその2、説明不要。下手な説明はトラブルのもと〉

〈消えて〉ブリディは叱りつけた。「会議の帰りに、タイヤがパンクして――」

「いったいどうしてタイヤで切り傷ができるわけ？」

「タイヤじゃない。ジャッキで切ったの」

「ジャッキ？　いったいどうして自分でタイヤを交換したの？　自動車協会《トリプルA》を電話で呼べばよかったのに。それかトレントを」

「携帯が圏外で――」

「冗談でしょ！　どこにいたのよ？」

〈ほらね〉とCBがいった。

〈うるさい〉「メイヴのことで話があるっていってたわよね。なにがあったの？　また部屋に立てこもってるの？」

「ええ。傷は深いの？　見せて」メアリ・クレアがガーゼに手を伸ばした。

　メイヴが部屋に閉じこもるのも無理はない。ブリディはさっと手をひっこめて、「だいじょうぶよ。メイヴのことを話して」

「部屋に入れてくれないの。フェイスブックでようすを確かめようとしたら友達リストから削除されてたのよ。フェイスブックなんか許可するんじゃなかった！　あなたは友達になってるでしょ？」

「ええ――」

「よかった。だったらあの子のページを見せて」メアリ・クレアはブリディのコンピュータに歩み寄り、「パスワードは？」

　ブリディは時計に目をやった。二時過ぎ。もうほとんど時間がない。パスワードを教えなかったら、メアリ・クレアはいつまでも居座るだろう。

〈冗談だろ？〉とCB。〈そんなふうに子どものプライバシーを侵害させちゃいけない！〉

〈あなたがわたしのプライバシーを侵害してるみたいに？〉と切り返したが、CBのいうとおりだ。そんなことをしたら、メイヴは一生許してくれないだろう。「メアリ・クレア、わたしのコンピュータでメイヴをスパイさせるわけにはいかないわ。それに、姉さんが友達解除されてるなら、わたしも友達解除される」

「確かに。ねえ、ピッキングのやりかた知ってたりしない？」

「知らない。ナニー・カメラをつけるっていってなかった？」

「つけた。でも、メイヴがカメラになにかしたらしくて、かわりにYouTubeの動画が流れてくるの」とメアリ・クレア。ブリディは唇を噛んで笑みをこらえた。

「錠前屋を呼ばなきゃ」とメアリ・クレアがいった。「知ってる店ある？」

「知らない。たとえ知ってても、メイヴの部屋に押し入るのに手を貸すつもりはないわよ」

「でも、こうやって話してるあいだにも、あの子がテロリストと会う約束をしてたら？」

「メイヴはテロリストと会ったりなんか——」

「わかるもんですか。表面上なにごともないように見えるからといって、ほんとにそうだとはかぎらないのよ」

　確かに。

「わたしたちが知らないうちにどんなことが起きてるかわからない。しじゅうそんな記事が載ってる。子どもがトラブルに巻き込まれて、親はそれをぜんぜん知らなかったっていう。ついさっき読んだばかりだけど、十八歳の子どもが自分の部屋のパソコンを使って国際的なマネーロンダリングに手を染めてたって。両親はちっとも知らなかった」

「メイヴはマネーロンダリングなんかやってない。九歳なのよ」

「じゃあなにをやってるの？　どうして部屋に入れてくれないの？　それに、とつぜん読書にとり憑かれたみたいになってるのはどうして？」

「いったでしょ。三年生の女の子はみんな『ダークヴォイス・クロニクル』を読んでるんだって」

「ううん。それはもう読み終えて、いまは『秘密の花園』とかいう本を読んでる。知ってる？　なんの本？」

　自由はふんだんにあるけど母親がいない九歳の女の子の話よ。

「ゾンビが出てくるような話じゃないでしょうね」メアリ・クレアがたずねている。

「いいえ。ヴィクトリア朝時代の児童文学の古典。まったく束縛されないヒロインの話。

ねえ、メアリ・クレア、あの子がなにを読んでるかそんなに心配なら、自分で読んでみたら？」読書に時間をとられれば、かわいそうなメイヴを悩ます時間がなくなるかもしれない。

「名案ね」メアリ・クレアが考え込むようにいった。「でも、どうしてわたしを友達解除したのかは説明がつかない。部屋に入れてくれない理由も」

メアリ・クレアを追い出さないと。時間切れになってしまう。「ねえ、わたしから電話して、話してみようか？」

「だったらスカイプしてくれたほうがもっといいわ」とメアリ・クレアが熱っぽくいった。「そうすれば、あの子が部屋になにか隠してないかわかるから」

なにを？　マネーロンダリングした札束？　「姉さんがいたら電話できない。姉さんにいわれて連絡したんだと勘づかれるから」

「見えないように、フレームの外にいる」

「だめ。帰って。そしたら、もうちょっとしてからメイヴに電話するから」無事にトレントと接続したあとで。「そのかわり、いかれた過保護の母親みたいに娘のことで大騒ぎするのはやめるって約束して」

「わたしは過保護なんかじゃ――ねえ、その手、ほんとに病院で診てもらったほうがいいわよ。縫う必要があるかもしれないし」

「わたしのことで大騒ぎするのもやめて」ブリディは姉を玄関から押し出し、閉めたドアによりかかって、やれやれと息をついた。やっと帰ってくれた。トレント、おねがい。はやくコンタクトして。これ以上なにかが――

ドアにノックの音がした。

〈ぼくのアパートメントに来るべきだといっただろ〉CBがいった。〈うちならはるかに邪魔がすくない〉

〈行って〉ブリディはドアを開けた。

メアリ・クレアだった。「携帯がどうかしたみたいよ。いまかけたけど、通じなかった」

「なんの用で？」

「さっき言い忘れたけど、メイヴと話して、なにも聞き出せなかった場合は、カーニヴァル・ピザで食事をしてから映画に行こうって誘ってもいいから」

ただし、プリンセスが出てこない映画ってことだろうな、とブリディは思った。それから、玄関ドアを閉めようとした。

「ジャッキが錆びてたら破傷風になるかも。予防注射してもらったほうが――」

「さよなら、メアリ・クレア」ブリディはドアを閉めた。

「忘れずに携帯を確かめて」メアリ・クレアが外から声をかけてきた。

「了解」と返事をしてから、やっぱり通じないんだけど、とメアリ・クレアが戻ってこないように、スマートフォンの電源を入れた。

たちまち呼び出し音が鳴った。

「もうひとつ言い忘れたんだけど」とメアリ・クレア。「例のＥＥＤ、まだ受けるつもりでいるんじゃないでしょうね？　ひどい副作用が生じる場合があるっていう記事を読んだもんだから」

着信を陸運局に自動転送する例のアプリをＣＢにインストールしてもらっておけばよかった。「じゃあね、メアリ・クレア」といって通話を切り、カウチに腰かけた。

〈トレント、応答して〉と呼びかける。おねがい。メアリ・クレアがまた電話してくる前に。

電話が鳴った。

メイヴだった。「ママに聞いたけど、なんか話があるんだって？」

「ええ。来週、いっしょにランチしない？」

「どうせママの差し金でしょ」メイヴが疑り深げに目を細くするのが見えるようだった。

「いいえ」ブリディはそう答えてから、思った。これでもう自分をごまかせない。わたしはみんなに嘘をついている。

「ママの差し金に決まってる。なにかあると思ってるんだけど、あたしが話そうとしないから、叔母さんにだったら話すだろうと思ってるのよ」

「なにかあるの？」

　メイヴはうんざりしたような声を出した。「ママとおんなじ！　テロリストと話してると思ってるんでしょ！　テロリストは人間の頭を切り落とすのよ！　あたしがそんな人と話をすると思うこと自体、信じられない！」

「そんなふうに思ってるわけじゃないのよ」ブリディはなだめるようにいった。「テロリストは自分がテロリストだと名乗らないこともあるから、それで心配してるだけ。ほんとは悪い人なのにいい人に見せてるって場合もあるでしょ」

「そうね。たとえば――」といいかけて、メイヴは急に口をつぐんだ。これがスカイプだったら、メイヴの表情を読めるのに。「うーん……ママにいわないって約束する？」うわ。メイヴはテロリストとオンラインで話してるんだ。「約束する。たとえばどんな人？」

「デイヴィッドスン警部。『ゾンビ・デス・フォース』に出てくる警官で、最初は善玉に見えるんだけど、そうじゃないことがあとでわかるの。そもそもゾンビ軍団を生み出した人物だ、って」それから、まるでブリディの質問を予期したように、「ゾンビ映画を見るのはママに禁止されてる。悪夢を見るからって」

「そうなの？」

「うちのクラスの子たちはみんなゾンビ映画を見てる」

答えになってない。とはいえ、ブリディ自身、とても「クラスのみんなが橋から飛び下りたら、自分も飛び下りるの？」とたずねられる立場にはない。

「『ゾンビ・デス・フォース』はどこで見たの？」と、かわりにたずねた。

「ダニカの家。親がNetflixに入ってるから。ママにはいわないで。かんかんになる」

じっさいは、メイヴがＩＳＩＳに入るわけでも、オンラインでマネーロンダリングしているわけでもないと知って、ほっとするかもしれない。しかし、ブリディはいった。「ママには黙ってる。でも約束して。なにか面倒なことや心配なことがあったら、わたしたちが助けられるように打ち明けてくれるって」

「でも、もし無理だったら？」とメイヴがたずね、ブリディはまた、姪の顔が見えたらいいのにと思いながら、

「なにが無理？」と用心深くたずねた。

「助けること。つまり、ゾンビに嚙まれたりとかしたら、だれに話しても意味ないでしょ。助けようとしたってなんにもできないから。どっちみちゾンビになっちゃう。黙ってるほうがましなのよ。もし助けを求めたりしたら、たぶん助けようとした人までゾンビに嚙まれちゃうから」

「そういうことが起きたの、メイヴ？　わたしたちでは助けになれないと思うようなことが？」

「なに？　ああもう、ママといっしょ。なにをどういっても、頭のネジが飛んじゃうのね。映画の話をしてただけ！　なんともない！」

　それでもブリディは、電話を切ったあと、万一の場合を考えて、メイヴのフェイスブック・ページを見にいったが、危なそうなエントリは見当たらなかった。ただし、『ママのせいで頭がおかしくなりそう。どうしたのかってしじゅうたずねてきて、そのたびになんでもないって答えつづけてるのに信じてくれない。シンデレラみたいにみなしごだったほうがよかったって思うこともある』という書き込みがあって、メアリ・クレアならきっと、娘に潜在的な母殺し傾向がある証拠だと解釈するだろう。もっともこの場合、その傾向には完璧にもっともな理由がある。

　メアリ・クレアとメイヴのおかげで三十分が無駄になり、術後二十四時間のリミットまでにトレントと接続しようと思ったら、きっかり十分しか残っていない。神経のルートを確立するのにその時間で足りるとは思えないが、とにかくやってみた。

　成果なし。三時になり、四時になっても、頭の中にはトレントの気配もなく、ショートメッセージも届かなかった。きっとまだミーティングが――

　電話が鳴った。

　またメアリ・クレアだった。「で？　メイヴと話した？　なにがわかった？」

「メイヴは元気よ。いまはちょっと都合が――」

「どうして部屋に閉じこもってるかくらいは話したの？」

「ええ。宿題が山ほどあって、気が散らないようにドアに鍵をかけてるんだって」と答えて、メアリ・クレアが含意を汲みとってくれることを祈った。

　無駄だった。「ああ、やっぱり！　宿題に追いつけないのよ。このあいだ記事で読んだけど、学校が出す宿題の量が多すぎて、生徒が不安神経症や抑鬱症を患うケースが――」

「じゃあね、メアリ・クレ――」

「待って。ランチにはいつ行くの？」

「日にちはまだ決めてない」

「土曜日なら空いてる」

「だめよ、それだと――」といいかけたが、メアリ・クレアは聞いていなかった。

「アイリッシュ・ダンスのレッスンが十一時に終わるから、十一時半に迎えにきてやって。いまキャスリーンがいるの。話したいって」と、ブリディが切る間もなく電話を替わった。

「昼からずっと電話してたのよ」とキャスリーンがいった。「携帯が壊れてるんじゃない？　頼みがあるっていってたでしょ？」

その件をすっかり忘れていた。「ううん。あったんだけど、もうだいじょうぶになったから」

「あら」とキャスリーン。「なんだか切羽詰まった口ぶりだったから、姉さんが理性をとりもどしてＥＥＤを受けるのをやめたらトレントがかんかんになって、あたしがチャドにされたみたいに車から放り出されて、それで迎えにきてほしいっていってるのかと思った」

「ううん、ぜんぜん」とブリディ。

「へえ。頼みってなんだったの？」

「なんでもない。いいのよ、もう。ショーン・オライリーとのデートを断る方法は決まった？」

「ううん。だから、トレントと別れたんだったらいいなと期待してたの。そしたら、あたしのかわりに彼とデートしてもらえるでしょ」

「トレントとは別れません」もっとも、このまま接続できないと――もしくは、CBの件がバレたら――向こうから別れを告げられるかもしれない。

「ウーナ伯母さんはノーって返事を受けつけないから。知ってるでしょ。交際相手を早く調達しないと。マッチングサイトを見てるんだけど――ほら、Match.com とか OKCupid とか。Flame（炎）っていうサイトがあるのよ。どう思う？」

「あんたがジャンヌ・ダルクだったらぴったりかもね」

「それか、RolltheDice（サイコロ振って）っていうサイト。そこは、紹介サイトでよくある登録者プロフィールとか適合性診断アルゴリズムとかはぜんぜん役に立たないっていうポリシーなのよ。恋に落ちる確率は、ランダムに籤《くじ》を引いた場合と変わらない、って。確かにそうよね。たとえばケン。ほら、eHarmony で知り合った人。彼とは山ほど共通点があったけど、それでも別れたもの」

「プロフィールを使わないなら、どうやってマッチングするの？」

「しないのよ。登録者の男性をランダムに選んで女性に割り当ててるだけ。どう思う？」

いままで聞いた中で最低の方式だと思う。ブリディはそう考えて、そのとおりのことをいった。

「ほんとに？　どうして？　おもしろそうだと思ったのに」

いいえ。信じて。そう思いながら、ブリディは口を開き、「もしめんどくさい男とくっつけられて、つきまとわれる羽目になったら？」もっとひどい男とつながる羽目になったかもしれないとしつこくくりかえすような男とか。「それとも、もしショーン・オライリーが登録してたら？」

「うわ、それは考えなかった。ティンダーにしたほうがよさそうね。それともHit'n'Ms（運まかせ）か」

それがなんなのか、たずねる気もなかったが、どのみちキャスリーンは自分から説明をはじめた。

「ねえ、もう切らないと」とブリディはいった。「トレントが——」

「待って、ウーナ伯母さんがいま来たの。電話をかわってほしいって」

もちろんそうでしょうとも。「もしもし、ウーナ伯母さん？」

「だいじょうぶなのかい、チャイルディーン？　朝からずっとしてたんだよ、心配を。なにかおそろしいことがおまえの身に起きたという虫の知らせがあって」

起きたのよ。伯母さんが考えてるようなことじゃないけど。「なんにも起きてないわ、ウーナ伯母さん。元気よ」

「あのＶＥＤとやらをまだ受ける気でいるんじゃないだろうね。ペギー・ボイラン――ほら、覚えてるだろ、〈アイルランドの娘たち〉の？――彼女の話だと、近所の知り合いの娘さんが、それを受けたあと、難聴になったそうだよ。いまじゃまるっきり耳が聞こえないって、その娘さんは」

そっちのほうがまだ幸運かも。「ウーナ伯母さん、もう切らなきゃ。トレントが来たから」といって電話を切った。時間を確かめ――うわ、もう四時四十五分――携帯の電源を切り、キッチンテーブルの前に腰を下ろすと、目を閉じ、両手を組んで呼びかけはじめた。

〈トレント、聞こえる？　こちらブリディ。トレント、応答して〉

それから一時間、思念のメッセージを送り、心の耳をすまし、またメッセージを送ることをくりかえしたが、なんの反応もなかった。ふたりが麻酔から醒めて、ゆうに二十四時間以上が経過しているのに。トレントがその事実を指摘するために電話してこないことのほうが驚きだった。

スマホを切ってるからよ。そう思い出して電源を入れ、ＳＭＳをチェックしたが、届いていたのはメイヴからの悲痛な叫び――『ママになに言ったの？　家庭教師つけるとか言い出してるんだけど！』――一通だけだった。ということは、トレントはブリディの思念をひとつも受けとっていない。もしくは、まだ例のミーティングがつづいていて、ＳＭＳ

を送ってくる手段がないか。もっとも、もし彼がなにか感じていたら、機密保持会議だろうがなんだろうが、なんらかの方法を見つけて知らせてくるはずだ。

　午後六時半に秘書が電話してきて、トレントはまだ会議中で、だからＳＭＳに返信できないと教えてくれた。

「いつごろ終わるかわかる？」ブリディはたずねた。

「いいえ。でも、さっきディナーを運ばせたので、すくなくとも八時まではつづくかと」

よかった。それならもうちょっと時間がある。ブリディはそう思って、思念を送る作業を再開した。しかし、それから二時間、関節が白くなるほどきつく両手を組み合わせてじっと精神を集中しつづけても、トレントの声はなにも聞こえず、なにも感じなかった。

　ＣＢの声も聞こえない。考えてみると、ＣＢの声を聞いたのは、自分のアパートメントなら邪魔がすくないという発言が最後だ。あれは——ええと、六時間前？　それからいままで、ずっと〝リサーチ〟をつづけているとは思えない。だから、例の神経のルートを首尾よく抹消できたか、もしくは混線の原因になっていた腫れがついに引いたのか——それともその両方。

　元気が出て、また呼びかけを再開したが、なにも起こらない。さらに一時間つづけてから、もしかしたらやりかたがまちがっているのかもしれないと思った。だれか教えてくれる人がいたらいいのに。ドクター・ヴェリックはもちろんだめだし、EEDを受けている唯一の知り合いは、ラフール・デシュネフのアシスタント。もし彼女にたずねたら、あしたにはコムスパンの全社員に知れ渡っているだろう。インターネットでなにが見つかるか、検索してみるしかない。

『EED　接続失敗』で検索したが、出てきたのは、「理想のカップル《マッチ・イン・ヘブン》」元出演者の破局と、接続失敗による殺人がさらに二件。

なんて有益な情報。心の中でぼやきながら『EED　接続』で試し、やはりだめだったので、『EED　接続　ブログ』と入力した。

検索結果にたくさんのブログが並んだが、接続に苦労した人もいなければ、どうやって接続したかを理解している人もいない。ひとりは、『自然とつながった』と書いている。もうひとりは、『ちょっと神経質になっていたけれど、簡単だった。あるとき突然、体に両腕を回されて抱きしめられたみたいに、ジャックの愛がわたしを包み込んで、すごく安心な感じがした』

全員が、『思ったより早く』つながったと書いているし、会話に言及しているブログはひとつもない。ブリディは『EED　テレパシー』とタイプした。

『次の検索結果を表示しています：OED　テレパシー』と検索エンジンが回答し、オックスフォード英語辞典《イングリッシュ・ディクショナリー》によるテレパシーの定義を表示した。いわく、『ある人間の心からべつの人間の心に、通常の五感とは関係なく、なんらかのイメージが伝達されること』

　五感に関係ないというのはそのとおりね、とブリディは思った。「でも、ＯＥＤじゃないの」とつぶやきながら、元の検索キーワードとして表示されている『ＥＥＤ　テレパシー』をクリックし、それから『テレパシー』だけで再検索してみた。

　ＣＢのいうとおりだった。インターネットはごたくの山だ。キャスリーンが送ってきた『セドナのライザンドラ』の広告も出てきた。ライザンドラの〝サイキック・スピリット・ギフト〟について解説し、彼女はあなたのチャクラを開き、コミュニケーションの性質に関する認識を一変させ、あなたを宇宙と接続させると謳《うた》っている。

　似たような広告多数と、ＣＢが話していた〝心の声〟に関する研究も見つかった。全員が統合失調症と診断されたという話だったが、それは事実ではなかった。統合失調症と診断されなかったふたりは、極端な躁鬱病と診断されている。

　もっとも、〝感情的な絆〟要素に関するかぎり、ＣＢの話は誇張ではなかった。テレパシー的なコミュニケーションのうち、耐えがたい相手はもちろん、あかの他人とつながった例さえ、ただのひとつも見つからなかった。どの例にも、家族、友人、恋人、婚約者のいずれかが含まれている。

　じゃあどうしてわたしはトレントと接続できないの？　そう思いながら、手がかりを求めてまたブログを渉猟《しょうりょう》した。恋愛関係および性生活の向上に関する多幸症めいたエントリをいくつか読んだあと、ようやく役に立つ記事にぶつかった。『友人のアダナは恋人とすぐにつながったという話だったのですが、私達は違いました。ポールに愛されていない証拠ではないかと不安だったのですが、先生は、私がちゃんと集中していないことが問題だと仰いました。ポールのことだけに集中して、他のことはなにも考えないようにと言われたので、その通りにやってみると、すぐに接続しました』

「ほかのことはなにも考えないように、か」ブリディは口の中でつぶやき、きょうの頭痛のタネすべてを思い返した。ＣＢとＣＴスキャンとキャスリーンのマッチングサイト登録とマネーロンダリングと霊能者とＵボートとゾンビ。トレントとつながらなかったのも無理はない。

　トレントだけに集中し、ほかの思考はすべて決然とシャットアウトして、もう一度トライしたが、やはりなにも感じない――時間の経過とともに募ってくる恐怖感以外は。トレントの会議は、もうとっくに終わっているはず。連絡してこないのは、ブリディが彼を愛していないせいで接続できないんだという結論に達したからだとしたら？

午後十一時、とうとうトレントから電話があったときは、安堵のあまりろくにしゃべれなかった。「ほんとにごめん」とトレントはいった。「ミーティングがやっと終わったんだ。会議中は連絡できなくて。会社が機密保持のために――」

「知ってる。遅くなるってわかったときに、エセルが電話してきてくれたから」

「そうなのか。よかった。じゃあ、どうして連絡がないのかやきもきしながらずっと待たずに済んだんだね。きみを病院にほっぽらかしてるのが心配で心配で、どうにかなりそうだったよ」

うわ、やめて。どうやって家に帰ったのか訊かれる。

だが、トレントはそれを質問するかわりに、「検査の結果はどうだった？」

「異常なし。どの検査も、結果は正常だった。それに、わたしたちがまだつながってないからといって、かならずしも――」

「じゃあきみもまだなにも感じてないんだね？」

「ええ」

「くそっ。最初のうちはどちらか片方だけが感じる場合もあるってドクター・ヴェリックがいってたから、ぼくらの場合もそれかもしれないと期待してたんだ。きみだけが感じて、ぼくは感じてないんだとね。でも、きみも感じてないとしたら……八時間前につながってていいはずだ。ドクター・ヴェリックに電話しないと」

やめて！　「術後二十四時間っていうのは、接続のデッドラインじゃないのよ。いちばん早くてそれぐらいに接続できるっていう目安。でも、それよりずっと長くかかる場合もある。あなたはいつ麻酔から醒めたの？」

「さあ。午後三時か四時くらい？」

「じゃあ、わたしたちがまだなにも感じなくても不思議はない。接続できる平均的な時間は手術から四十八時間。看護師の話だと、それより長くかかる場合もあるって」

「どのくらい長く？」

不自然に思われずに済む上限はどのぐらいだろう。「七十二時間」

「七十二時間？　まる三日間じゃないか！　そんなに待てるわけが――」どんなにせっかちに聞こえるか自分で気がついたらしく、「ごめん。とにかくきみと早く接続したいと思ってて。それに、ぼくらのスコアはすごく高いとドクター・ヴェリックがいってたし。平均よりも早くつながっていいはずだ」

「そうとも限らないわ。看護師の話と、ほかにもいろいろ要因があるって――傷が治る時間とか、脳が神経の通り道を形成する時間とか、双方がどのくらい集中しているかとか――」

「集中か」とトレント。「それが問題だ。会議と、きみのことを心配するのとで、ずっと集中できなかった。そっちに行って――」

だめ。トレントに疑われないようにするのは、電話越しの会話でもたいへんだ。じっさいに彼がここに来たら、とても隠し通せない。トレントがブリディの不安と心配を感じとるのに、接続している必要はないだろう。「あんまりいい考えじゃないと思う。看護師の話だと、手術後二日間は、わたしたちふたりともゆっくり休む必要があるってドクター・ヴェリックがいってたそうよ。そのほうが治りが早くなるからって」

「ぼくの治りを早くするのは、きみと会うことだよ。きみを抱きしめて、ひとつに――」

だめ！　もし万一、ＣＢが去っていなかったら、悲惨な事態になりかねない。「だめ。ドクター・ヴェリックが、接続するまでセックスは禁止だって」

「冗談だろ！　肉体的につながれば、精神的な接続も早くなるはずだよ」

「そういう仕組みじゃないの。ドクター・ヴェリックの話だと、離れているほうがカップルの接続は早くなる、いっしょにいることは精神の集中にとってマイナスだって。カップルが同じ部屋にいると、コミュニケーションの手段として、言葉を交わしたり肉体的に触れ合ったりに頼ってしまうから、神経のルートが発達しないんだって。一方、離れ離れになっている場合、コミュニケートしようと思ったら、接続しようと精神を集中するしかない。だから接続の確立が早くなる」おねがい。おねがいだからこれで納得して。

「なるほど、筋は通ってるね」とトレント。「それに、接続することが優先順位の一番だ。離れていることが接続を早くする役に立つのなら……わかった、今夜は行かないよ」

助かった。

「あしたの朝そっちに寄るから、会社に行く前にいっしょに朝食を食べよう。会社といえば、ぼくらがきのうEEDを受けたこと、シャーラに話した？」

「いいえ。カンファレンスに出席するといってある」

「病院に行くとはいってない？」

「ええ」

「ほかのだれにも？」

「ええ」トレントの次の質問がこわかった。「病院に迎えにきてくれた人は？　そういえば、だれに送ってもらったんだい？」と訊かれるかもしれない。

だが、トレントはただ、「よかった」といっただけだった。それから、「ねえ、この件はしばらくふたりだけの秘密にしておく必要がある。だから、会社ではひとことも洩らさないでくれ。いいかい？」

「いいわ」ブリディはほっとした。すでにコムスパンじゅうの噂になって、フェイスブックに書かれて一族のだれかの目に触れているという心配はないらしい。

しかしトレントは、もっと説明する義務があると思ったらしく、「会社側は、新型iPhone 発表の件ですごくぴりぴりしてて、ぼくらがいまＥＤを受けたとわかったら、ぼくがプロジェクトに百パーセント集中してないしるしだととられるかもしれない。わかってくれるよね、スイートハート？」

「ええ、もちろん。でも、ほんとに秘密にしておけると思う？　だって、うなじの絆創膏を会社の人に見られたんでしょ？」

「ミーティングに出席していたメンバーだけだし、そこでは、きのう出勤前に髪を切りにいったとき、理容師が手を滑らせたと説明してある。入院していたことを知ってるのはぼくの秘書だけで、彼女にはだれにもいわないようにいっておいた」

秘書が黙っていたからといってバレないとはかぎらない。スーキは二と二を足して答えを出す天才だ。わたしの手の包帯を見られたら……。

「まわりの人間に話すのは、ぼくらが接続してからでいい」とトレントが話している。

「じゃあ、あしたの朝。七時半に。もしそれまでに接続してたら、お祝いをしよう。まだだったら、ドクター・ヴェリックに電話して、どうして時間がかかってるのか訊いてみよう」

じゃあ、なんとか今夜中に接続できるようにがんばらないと。トレントが電話を切ると、そくざに携帯の電源を落とし、せいいっぱい強く思念を送りはじめた。トレントも同じくらい強く集中していれば、なにか反応があるかも。

なにもなかった。疲れはてて、集中することはおろか、目を開けていることもできない。もしかしたらそれが問題かも。休息が必要だ、疲労のせいで接続が遅れることもあると看護師は話していた。二、三時間でも眠れたら……。

しかし、睡眠も不可能だと判明した。気がかりなことが多すぎる。たとえば、朝になってもまだ接続できずにいた場合、トレントがドクター・ヴェリックに電話するのをやめさせるためにどう説得するか。そして、もしトレントとコンタクトできた場合、ＣＢと接続していたことを彼に知られたとしたら、感情的な絆とは無関係だということをどう納得させるか。

はてしなく輾転反側《てんてんはんそく》した挙げ句、ブリディはベッドを出て、カップにココアを入れ、またトレントと精神的にコンタクトしようとした。やはり成果なし。ベッドに――それと心配ごとに――戻った。あしたになればトレントに訊かれる。「病院にいることをだれにも話してないなら、どうやって家に帰ったんだい？」

いいえ、訊かれない。ブリディはきっぱり自分にいい聞かせた。ＣＢのいうとおり。トレントはわたしが自分の車で――

うわっ、そうだ！　車！　ベッドにがばと身を起こした。マリオットの駐車場に置いたままだ！

車のことを完璧に忘れていた。朝になったらとりにいかないと。いや、だめだ。トレントが朝食を食べにに来たとき、車がないのを見たら、どこにあるのかと訊かれる。いますぐとってこないと。デジタル時計に目をやった。3：46AM。こんな時間でもタクシーを呼べるだろうか？　呼べたとして、駐車場は開いてるだろうか？

〈うん〉とCBがいった。〈さっき調べた。終夜営業だよ〉

9

「ナイト・ファイターからドーン・パトロールへ。
ナイト・ファイターからドーン・パトロールへ」

――「おしゃれ泥棒」

〈また車で送ってもらう必要が出てくるかもしれないっていったよね〉とCBがいった。

暗闇からいきなり聞こえてきたCBの声は、病院ではじめて聞いたときと同じようにブリディをびくっとさせた。電気をつけて部屋の中を見まわしたいという衝動を必死に押さえつけ、〈いったいなにしてるの？〉と詰問した。

〈なにしてるのって、きみが呼んだんだろ〉CBが憤然といった。〈トレントに呼びかけてたんだなんて言い訳は通じないよ。彼に見つかる前に車をとってこなきゃいけないっていうのを聞いたんだから〉

〈あなたにもトレントにも呼びかけてない〉ベッドにすわって、サイドテーブルのライトをつけた。〈ひとりごとよ〉

〈なるほど。まあ、現状、ひとりごとっていうのがありうるかどうかよくわからないけどね。でも、とにかくきみのいうとおりだ。車なしで病院からどうやって帰宅したのかトレントが疑問に思う前に、車をとってくる必要がある。ただし、いまきみをマリオットまで送っていって、ふたりでいるところをコムスパンのだれかに目撃されたら、午前四時にホテルでなにをしてるんだろうと思われる〉

〈じゃあ、どうすればいいっていうの？〉とたずねてから、こうやって彼と話をするたびに神経のルートを増強することになるのを思い出し、質問を声に出してくりかえした。

〈六時まで待つ。こんな真夜中じゃ、言い訳がきかないけど、午前六時なら、早朝ミーティングに向かうところだといえる。だから、きみは睡眠に戻って、ぼくが五時半に迎えにいくっていうのは？〉

「でも――」

〈遅くても六時四十五分には帰ってこられる〉

そして、トレントが来るのは七時半。「でも、それまでに彼と接続したら？」

〈ということは、いまのところまだ成功してない？〉

「ええ」

〈気配もなし？〉

「ない。でも、いつコンタクトしてもおかしくない」

〈まあ、もしそうなったら、彼は有頂天になって、きみの車がないことになんか気がつかないだろう。もしくは、車の問題は、きみの心配ごとリストでもいちばん下になる〉

「どういう意味？」

〈彼にきみの考えが聞こえるとしたら、ぼくと接続していることも知られてしまうという意味だよ。もし聞こえなくて、ＥＥＤが伝えるとされている感情だけだった場合は、きみはさらに大きな問題を抱えることになる。なぜならトレントは、二級品の接続を好意的には受けとめないだろうって気がするから〉

〈でも、もしトレントにわたしの感情しか伝わらないなら、あなたと心で話せることを打ち明ける必要はないでしょ〉

〈冗談だろ。感情が伝わるなら、なぜきみが喜びじゃなくて心配や罪悪感を抱いているのか、知りたがるに決まってる。それと、ちゃんと認めたほうがいい。きみは嘘つきとしては優秀じゃない〉

「消えて」

〈ラジャー。五時半に迎えにいって、マリオットまで送るよ。その道中で、見つけたことを話す。あれからもう少しリサーチしたから〉

「これの原因がわかったの？」

〈かもしれない。そっちに行ってから説明する。それまでは、眠ったほうがいい。看護師に休息しろっていわれただろ、ね？〉

〈ええ〉そう答えてベッドに横たわった。だが、眠るのは不可能だった。考えることが多すぎる。トレントと感情だけでしかつながらなかったら？　彼がまちがいなく感じとるだろう不安——そして、彼に隠しごとをしている感じ——をどう説明する？

　でもトレントは、彼に対するわたしの愛情を感じるはず。それに、わたしがＣＢのことなんか好きでもなんでもないという事実を。

　もしトレントとつながったら。手術のあと麻酔から醒めて、その時点から三十八時間が経過しているのに、あいかわらずトレントからはなにも感じない。ＣＢはなにを発見したんだろう。これが混線だということ？　それとも、もっと悪いこと？　もし仮に、彼が発見したのが、いったん確立した神経のルートは二度と抹消できないという事実だとしたら？　ドクター・ヴェリックはフィードバック・ループだといった。いったんルートができてしまったら、ループをつづけてどんどん強くなり、止めようがなくなるんだとしたら？

考えがぐるぐる渦を巻き、もう耐えられなくなると、ブリディは寝返りを打って横を向き、時計を見た。４：18ＡＭ。

「ＣＢ？」と呼びかけた。「なにを発見したの？　リサーチの結果は？」

〈休息するはずじゃなかったのか〉とＣＢがとがめるようにいった。

「あなたが発見したことを先に教えてもらわないと眠れない」

〈ああ、なるほど。自分が眠れないから、ぼくにも眠らせないようにしようと〉

〈眠る？〉ＣＢはラボにいるんだと思ってたのに。

〈いや。きみと同じく、ベッドにいるよ〉

ベッドに横たわるＣＢの姿と枕に広がるくしゃくしゃの黒髪がとつぜん目に浮かんだ。

ブリディはまっすぐ体を起こし、毛布をつかんで胸に引き寄せた。

〈おいおい〉ＣＢはうんざりしたようにいった。〈なにも、そこまでしなくても〉

ブリディは片手で毛布をつかんだまま、ベッドの足もとに置いたローブを手探りした。

〈Ｘ線透視じゃないんだよ。テレパシーだ〉

「どうでもいい」といってブリディはローブを羽織った。

〈いかれた人間みたいな行動だぞ〉とＣＢがいった。はだしでリビングルームに歩いていくブリディに向かって、〈そんな必要は……どこへ行くつもりだ？　また階段室に救出に行くような事態にはならないといってくれ。だって――〉

「キッチンに行って紅茶を入れるのよ」ブリディはきっぱりそういって、食器棚からマグカップをとりだし、水を注いでから電子レンジに入れると、あたたまるのを待った。早く熱くなって。はだしの足がタイル張りの床の上で凍るように冷たい。

〈だれのせいだい？　あたたかいベッドの中にいれば、こんなことには……だいたい、ぼくがなにをすると思ってるんだ？　この街を半分横断したところにいるんだぞ〉

「なにを発見したの？　リサーチの結果」

〈いかれた人間みたいに行動するのはよくないってこと。拘禁されかねない。あるいは、火《ひ》焙《あぶ》りの刑とか〉

「まじめにいってるのよ」

〈まじめだよ。ジャンヌ・ダルクが声を聞いた件について考えて、ほかにも声を聞いた聖人がいないか調べてみることにしたんだ。いたよ――聖アウグスティヌス、航海者聖ブレンダン、それにほかならぬアイルランドの聖ブリギッドと聖パトリック〉

「でも彼らは――」

〈神や天使や聖母マリアと話しているつもりだった。わかってる。でも、もしそうじゃなかったら？　ふつうの人間と話をしていて、彼らが経験していたのは宗教的な幻覚じゃなくてテレパシーだったとしたら？　ただ彼らが自分たちの経験を理解する唯一の方法として、聖なる存在の声だと解釈しただけだとしたら？　それとも、魔女として火焙りにされることから免れる唯一の方法として〉

「でも、ジャンヌ・ダルクは――」

〈うん、そうだね。思いどおりにいかないこともある〉

　電子レンジがチンと鳴った。ブリディはレンジからマグカップを出してティーバッグを入れ、それを持ってリビングルームに行った。「もしテレパシーだったとしても」カウチの端に腰を下ろし、「そうだとわかってなんの役に立つの？」

〈ひとつには、テレパシーが本物で、ぼくらが一種の集団妄想に悩まされているわけじゃないという証拠になる。それと、もうひとつは、これがはるかむかしから続いていたことを教えてくれる。聖パトリックは五世紀の人だからね。ところで、彼が聞いた声は、アイルランドに戻って木を植えなさいと告げた。彼はそれを教会を建てなさいという命令だと解釈したけど、ただたんに庭師と話をしていただけだということだってありうる。そしてジャンヌ・ダルクは、とにかくイングランドを倒したいと望んでいるだれかと話をしていたのかもしれない〉

「中世よりもっと最近のテレパスは見つからなかったの？」

〈見つかってるとも。ペイシャンス・ラヴレイスにトバイアス・マーシャル。それにネブラスカ州マクックのあの少女と水兵〉

「いまの時代のテレパスは？」

〈いや。もしいま本物のテレパスがいるとしても、正体を隠して目立たないようにしている。不思議はないね。もしテレパシーが本物だとわかったら、たいへんな騒ぎになる。政府、ウォール・ストリート、メディア……考えてみればいい。もう電話をハックする必要も、望遠レンズでセレブを狙う意味もない。相手の心を読んで、どこへ行くのかがわかる。それに政敵の心も読めるし、検察官の心も読める。それに陪審員の心も。いうまでもなく、国家安全保障局《NSA》や軍はテレパシーを活用できる。だれもがテレパシーをほしがる。だからテレパスは、だれにもいわない〉

「でも、霊能者《サイキック》は？」セドナのライザンドラについてキャスリーンが送ってきたメールのことを考えながらたずねた。「テレパスだって自称してなかった？」

「〝自称〟っていうのがポイント。詐欺師か、でなければ無意識にコールドリーディングしている」

〝コールド〟なんていわないでくれたらよかったのに。その言葉を聞いたせいで、足が氷のように冷たいのを思い出した。「コールドリーディング？」床から足を上げて椅子の上で正座し、「なにそれ？」

〈顔の表情やボディ・ランゲージを読むことと誘導尋問を組み合わせた、推測のテクニックだよ。「親族の方からメッセージが……女性？……名前の頭文字はB……かMか……C」そのあいだじゅう、向こうはじっときみの反応を観察して、当たっているかどうかを見極め、きみが「妹のキャスリーンだわ！」と叫んで、そんなふうに心が読めることに驚嘆するまで待つ〉

ブリディが紅茶を飲み、シリアルをボウルに入れて食べているあいだに、CBはプロのマインドリーダーやメンタリストが使う他のテクニックを解説した。秘密の暗号や、しるしをつけたカード、客のふりをして席にすわっているサクラ。ステージ上のマインドリーダーは、サクラが客席で集めた情報を、隠しマイクやイヤピース経由で受けとる。〈ぼくがやってるんじゃないかとゆうべのきみが疑っていたようなことだよ〉

「でも、全員が詐欺師だなんてありえない」とブリディ。「警察捜査に協力しているサイキックは？」

〈彼らもいかさま師だよ。百歩譲って、もし仮に本物だったとしても、テレパスじゃない。彼らが発見できると主張しているのは殺人事件の被害者、もの言わぬ遺体だからね。占い

師もテレパスじゃない。それに、未来になにが起こるかを予言できると主張する連中も〉

〈虫の知らせで、電話が鳴る前にだれがかけてくるのかわかると主張するウーナ伯母さんみたいに〉

〈そういうのは千里眼というカテゴリーに入るけど、やっぱりインチキだよ。テレパシー以外のあらゆる超常能力――テレキネシスとか、アストラル投射とか、前世療法とか――と同じく。そういえば、ヴェリックに打ち明けるべきじゃない理由をもうひとつ見つけた。きみの名前〉

「わたしの名前？　フラニガンのこと？」

〈いや。ファーストネームのほう。ブライディ・マーフィって聞いたことない？〉

「ない。だれ？」

〈きみが着替えてるあいだに話すよ〉

「着替え？　どうして？」

〈ぼくが迎えにいくからだよ、ね？　それから、車でマリオットに送る〉

「でも、出かけるのは五時半だと思ったけど」

〈そのとおり。でも、もう五時十五分で、ぼくはいま、きみのアパートメントまで十ブロックのところにいる〉

「まあ」ブリディはあわててシリアルのボウルをテーブルに置いてカウチから立ち上がった。時間の感覚をすっかりなくしていた。寝室に飛び込み、ローブの帯をほどいたところで急に手をとめた。

〈おいおい。見たりしないよ。どのみちなにも見えないけどね。いっただろ、Ｘ線透視じゃないんだから。きみにだって、ぼくが見えないだろ〉

「ええ」でもＣＢはわたしがベッドに寝ているのを知っていたし、病院の階段室にいることも知っていた。そしていまさっきは、ローブを脱ぎかけて手をとめたことを知っていた。

〈どうして？〉

〈きみが考えていることが聞こえるからさ〉

どうしてだろう。ブリディが聞こえるのは、彼が話したことだけなのに、彼にはブリディの思考すべてが聞こえるらしい。

〈服を脱いだりシャワーを浴びたりしているのを知られたくなかったら、それについて考えないこと。それだけでいい〉

「わかった。考えない」といって、ＣＢとの接続が解消されたらどんなにうれしいかということに精神を集中しながらローブを脱ぎ、頭から寝巻を脱いだ。ブラに手を伸ばす。

〈ただし、これはいっといたほうがいいと思うけど〉とＣＢが気さくな口調でいった。

〈服を脱いでるところを想像するのにテレパシーは必要ないよ〉

ブリディは脱いだ服をひっつかんでバスルームに入り、無駄だとわかっていてもバタンとドアを閉めた。最低最悪のむかつく男だとCBを罵倒するのも無駄。

〈そこに汚水溜めがあるときみに警告しようとしたんだよ〉

「消えて」といったが、これまた無駄。「いますぐ」

〈まずブライディ・マーフィの話をしないと。一九五〇年代の主婦で、名前はヴァージニア・タイ〉

「ブライディ・マーフィじゃなかったの？」ブリディはそういいながら、考えることなくブラをつけようとした。言うは易く行うは難し。

〈それが自分の名前だと彼女がいったんだよ。催眠状態で。自分はアイルランドに住んでいたとセラピストに話した。一八〇〇年代のね〉

「一八〇〇年代？」ブリディはセーターに袖を通し、ジーンズに手を伸ばした。

〈うん。しかも、あらゆる種類の証拠があった。ヴァージニア・タイが知っていた可能性の低い、当時のアイルランドの生活のディテールとか。彼女はきついアイルランド訛《なま》りでしゃべり――〉

そんなの、なんの証拠にもならない。ウーナ伯母がいい例よ。

〈――アイルランドの昔話や民謡を山ほど知っていた。セラピストの前で「ダニー・ボーイ」を歌い、コークですんでいた家のことや通っていた教会、自分自身の葬式のことまで細かく語った〉

　CBが話しているあいだに、ブリディはなんとかジーンズを穿き、靴を履いて、髪の毛をシュシュで留めた。

「自分の葬式？」

〈うん。セラピストは、ヴァージニアに前世があったこと、ブライディ・マーフィの生まれ変わりだということを信じた〉CBはそういってから黙り込んだ。

「で？」ブリディはしばらくしていった。「どうなったの？　彼女は詐欺師だったんでしょ」

　返事がない。

「CB？」

　やはり返事なし。

〈CB？　聞いてる？〉

〈うん。出かける準備はできた？〉

「ええ」ブリディはジャケットとバッグをつかんだ。「どこ？」

〈ここ〉

ブリディは玄関ドアを開けた。CBは脇柱によりかかって立っていた。パーカにバギーパンツ姿で、髪の毛はくしゃくしゃだ。

〈どうもありがとう。きみも素敵だよ〉CBは平べったい紙包みをさしだした。〈ほら〉

「なにこれ？」

「絆創膏の特大サイズ。点滴のあざを隠す用」

「エースの伸縮包帯を使えっていってなかった？」

「それは、きみが妹さんにジャッキで手を切ったと言い訳する前の話だよ」

「でも、妹はマリオットにもコムスパンにも来ないし――」

CBはしかめ面をして、「フェイスブックだよ、ね？　プラス、インスタグラムにVine、Snapchat に iChat に youChat に weAllChat、それから FaceTime に Tumblr にWhisper。妹さんがまだSNSにポストしてなくても、いずれだれかがそうする。もしきみが腱鞘炎だと説明したら……」CBは肩をすくめた。「嘘をつくときのルールその4、ストーリーに筋を通すこと」

「わかった」ブリディはパッケージを破って開けた。

CBは首を振り、「もう行かないと。それは車の中で。パーキングチケットは持ってる?」

「ええ」

「じゃあ、行こう」

「しいっ」ブリディはささやいた。「近所の人が起きちゃう」

〈声に出してしゃべれといったのはきみだよ〉そういいながら、CBはブリディのあとについて階段を降り、外に出た。

外は暗く、通りは無人だったが、それでもブリディは、CBのホンダに乗り込むと、なるべく音がしないようにドアを閉めた。CBがイグニションをまわし、エンジンがかかったとたん、カーラジオから大音量の歌が流れ出した。

ブリディはあわてて消そうとして、うっかりチューナーにさわってしまい、大きな雑音につづいてアナウンサーの大声が「……今週末は雨」、それから「……今週、議会は休会となります」とがなり、そこでようやくスイッチが切れた。

「心配ないよ、だれも聞いてないから」CBが縁石から車を出した。「みんなぐっすり寝てる。ボーイフレンドに嘘をついている人間以外は。そういえば、もしかしたらきみは、ルールその5、うしろめたい顔をするな、に留意したほうがいいかもしれない。嘘つきでキャリアを積むつもりなら、表情を変えずに嘘をつくことを学ばないと。セラピストを完全にだましたブライディ・マーフィみたいにね」

「そうなの？」

「うん。セラピストは、彼女の語ることが真実だと確信して、彼女の前世に関する本を書き、雑誌のインタビューを受け、彼女といっしょにテレビに出た。催眠セッションのテープまで公開して、ブライディの声を視聴者に聞かせた。たいへんな反響だったよ。でも、それから記者たちが取材をはじめて、さまざまな事実が判明した。その当時のコークにブライディ・マーフィなる人物の出生記録がないこと、そういう教会が存在しないこと、『ダニー・ボーイ』の歌詞が書かれたのは一九一〇年になってからだということ。そして、ヴァージニア・タイの過去を調べたら、アイルランド系の伯母とアイルランド系の隣人がいて、彼女が幼いころに、お話を聞かせたり、歌を――それにたぶん、アイルランド訛りを――教えたりしていたことがわかった。彼女はインチキだと宣告され、セラピストの評判は地に落ちた。超常現象にかかわったほかの医師や科学者の評判も右に同じ。ジョゼフ・ラインもそのひとりだ」

「ジョゼフ・ライン？　だれ？」

「デューク大学の高名な科学者――だった、一九三〇年代に一連のテレパシー実験を行うまではね。被験者を部屋に入れて、ＥＳＰ《ジーナー》カード――ほら、星とか四角とか波線とかが描いてあるやつ――を見せてから、そのカードのイメージを頭に浮かべるようにいって、べつの部屋にいる第二の被験者にそれを当てさせた。実験の条件はきわめて科学的なものだったけど、ライン博士も、ブライディ・マーフィのセラピストと同じ末路をたどった。彼の研究は信頼性がないとされ、奇人のレッテルを貼られた。それ以来、まともな科学者はテレパシーに関わりたがらない」

「ドクター・ヴェリックも同じだといいたいのね。たとえわたしが語っていることが真実だと彼を説得できたとしても」

「当然だろう。彼には楽な仕事があり、おおぜいのセレブの患者がいる。それをリスクにさらしたがらないよ。たとえそのためにきみをインチキだと責めることになったとしても」

もしくは精神的に病んでいると診断することになったとしても。そう考えて、ブリディは絶望的な気分になった。CBがいまいったことはすべて正しい。わたしにはテレパシー能力があるといっても、だれも信じてくれないだろう。無理もない。もしシャーラが、頭の中に声が聞こえるといったら、冗談か幻覚だと思うだろう。もしくは、深刻な病気を疑うか。だから、ドクター・ヴェリックには話せない。それに、トレントにも打ち明けられない。CBとのあいだに感情的な絆があると思われるから。いったいどうすればいいんだろう。

「引き延ばすんだ」とＣＢがいった。「四十八時間のタイムリミットが来るのは、きょうの午後三時。いまから三時までのあいだには、いろんなことが起こりうる。それまでのあいだに、この混線の件をもっと調べて、感情的な絆がない人同士のあいだでテレパシーが成立した事例を探してみるよ。きみがトレントに話せるようなやつを。ヒトラーは超常現象に興味を持っていた。もし彼がテレパシーを持っていたら、大当たりだ。彼を好きな人間なんかいなかったわけだから」

もう、マリオットのすぐ近くまで来ていた。すでに太陽は昇っているが、道路はまだがらんとしている。午前六時というのは、やっぱり、車をピックアップする時刻としては早すぎただろうか。

「いや、早朝の飛行機に乗る人がたくさんいるはずだ。問題ない」とＣＢ。ブリディはまた不思議に思った。彼が考えていることは聞こえないのに、どうしてＣＢは、開いた本みたいに楽々とわたしの心が読めるんだろう。ＣＢがしゃべっている途中で口をつぐむことは珍しくないが、ブリディには、彼がいいかけたことのつづきさえ聞きとれない。どうして？　そしていまも、彼にはわたしがそう考えていることが聞こえた？

だとしても、気配を見せなかった。ＣＢは車をスターバックスのドライブスルーに乗り入れた。「なんにする？」

「いらない。トレントが朝食を食べにくるのよ、ね？」

「だそうだね」といってから、「なんにする？」とくりかえした。そして心の声で、〈朝食の話じゃない。もし朝食だったら、最高にうまいスモークサーモンのベーグルを出すデリに連れていったよ。これはカモフラージュ用。ほら〉

　通りの反対側で、スターバックスのカップを持って、近くのオフィスビルに向かって歩いている男を指さした。〈スタバのカップがあれば、ホテルに入っていくところをだれかに見られても、ミーティングに出る途中でコーヒーを買ったんだと思ってもらえる。だから、なんにする？〉

「トール・ラテ」とブリディはいった。

　CBはそれを注文してから、心の声で、〈マリオットの正面玄関じゃなくて、角を曲がってすぐのところで下ろすよ。ぼくといっしょのところをだれかに見られないように。いいかい？〉

　いいえ。ブリディは自分に向かっていった。ぜんぜんよくない。まるで情事のカップルがこそこそしているみたいだ。

〈いや、違うね。大きな違いが、すくなくともふたつある。ひとつずつ挙げてみよう

か？〉

「トール・ラテの方？」というバリスタの声にブリディは救われた。

　ＣＢがカップをとってブリディに渡してから、車を出し、ホテルのほうに向かった。

「ネットでロビーのフロアマップを調べてきた。駐車したとき、きみがまわりを気にしていなかった場合に備えて。フロントデスクの前を通って左に曲がると、すぐ先にエレベーターがある。車に乗って動き出したら教えてくれ。それと、もしトレントとつながるか、なにかふつうじゃないことを経験したときも」

「どうして？」ブリディは疑り深げにたずねた。

「これの原因を調べる手がかりになるかもしれないから。情報があればあるほど、解明の役に立つ」

　ＣＢはマリオットのすぐ手前で車を右折させた。「だから、なにか感じたら教えてほしい。感情でも、音でも、ドクター・ヴェリックがいってたうずきでも。どんなことでもいい。なんでもないように思えることでも」

「わかった」ブリディはうなずいた。「でも、どうしていちいちいわなきゃいけないの？わたしの心が読めるんでしょ」

「うん。でも、一日じゅうずっときみの心に聞き耳をたてる時間はない。やることがあるんだよ。携帯電話を開発したり、運転手をしたり」縁石に寄せて車をとめた。ブリディはラテのカップをドリンクホルダーに置いてからバッグを手にとり、ドアを開けようと手を伸ばした。

〈待って〉CBがいった。

ブリディはドアハンドルをつかんだところで手をとめた。CBはバックミラーをじっと見つめている。「だれか、コムスパンの人がいた？」ブリディは神経質にたずねた。

CBはしばらく黙っていたが、やがて、「いや、だいじょうぶだ。これを忘れないように」といってラテをさしだした。それから、〈もしトレントが現れなくて、朝食の件を――それとも情事の件を――考え直したら、連絡して〉

「まさか」ブリディは叩きつけるように車のドアを閉めて歩き出した。急ぎ足で角まで行ってから、そこでためらった。スターバックスのカップがあろうがなかろうが、午前六時にホテルに徒歩で入っていって、車で出てくることになる。もしコムスパンのだれかに見られたら？

〈見られないよ〉

〈どうしてわかるの？　ほかの人間の心まで読めるなんていわないでよ〉

〈そんなことしなくても、だれもきみに気づかないことはわかる。ぼくはコムスパンで働

いてるんだよ、ね？〉

〈どういう意味？〉

〈角を曲がればわかるさ〉

ブリディは角を曲がった。マリオットの正面玄関には、タクシーを待つ人々が列をつくっていた。それぞれキャリーバッグを携え――スマートフォンを見つめている。ブリディがその列のあいだを抜けて歩いていくあいだ、ただのひとりも顔を上げなかった。

〈ね？〉とCBがいった。

ブリディはロビーに入った。ロビーもチェックアウトを待つ人で混雑している。彼らも同じように携帯の画面をにらんでいた。ブリディはフロントデスクの前を通って、地下駐車場行きのエレベーターに乗り、車を駐めたフロアまで降りた。そのあいだ、だれにも顔を見られなかった――駐車場の係員を含めて。係員はチケットと料金を受けとるあいだ、スマートフォンのゲーム画面から一度も顔を上げなかった。

ブリディは駐車場から車を出し、リンデン・ストリートに向かって走らせながら、安堵の息をついた。まだ六時十五分。家に帰っても、トレントが来るまで四十五分あるから、その時間で接続に意識を集中できる。

しかし、交通状況を考えに入れていなかった。リンデン・ストリートに入って二ブロック進んだところで朝のラッシュアワーの渋滞に巻き込まれた。あわてないで、と自分にい聞かせる。運転してるあいだ、トレントと接続することに意識を集中できる。

そうは問屋が卸《おろ》さなかった。運転には細心の注意が必要だった。というのも、ほかのドライバーはみんな携帯で話をするかメッセージを見ていて、顔を上げて信号が変わったことに気づいてぎりぎりのタイミングでブレーキを踏みつける。ＣＢのいうとおりだ、とブリディは思った。どう考えても、コミュニケーション量が多すぎる。

ただし、ブリディとトレントのあいだのコミュニケーションは、そのかぎりではない。自宅までの長いのろのろ運転のあいだも、反応はゼロ。ふだんは起きたらすぐ送ってくるＳＭＳも、けさはまだ届かない。ダッシュボードの時計に目をやった。もう七時半近い。とっくに起きているはず――うわ、じゃなくて、七時半の約束だ！　わたしが帰りつく前に彼が来ちゃったら？

〈朝食の材料を買いに出かけていたといえばいい〉とＣＢがいった。

実際、それは名案だ。もっとも、買いものなんかしていたら、帰宅がさらに遅れることになる。ブリディは食料雑貨店に飛び込んで卵とジュースを大急ぎで買っているあいだに、コンピュータをつけっぱなしにしてきたことを思い出した。テレパシーに関する記事のどれかが画面に出たままになっていたら、トレントがそれを見て……。

超特急で帰りついたときは、七時四十分になっていた。トレントの車がアパートメント・ビルの前にとまっていませんようにと祈っていたが、彼のポルシェは見当たらない。よかった。食べものの紙袋を抱えて階段を駆け上がり、袋を冷蔵庫につっこんでから、ニュースサイトをコンピュータの画面に出し、ジャケットを脱いで寝室に放り投げ、キッチンでオムレツをつくる準備をはじめた。

卵をひとつ割ってから、約束に遅れるときは、トレントがいつもＳＭＳしてくるのを思い出した。届いていないのは、わたしが携帯の電源を切りっぱなしだから。

電源を入れると、確かに、トレントからのショートメッセージが二通届いていた。『まだ接続なし。離れて過ごす作戦もうまくいかないみたいだね』『朝食には行けない。ハミルトンとのミーティング』

「助かった」思わずつぶやいたが、そのつぶやきが唇を離れないうちに、彼がまたショートメッセージを送ってきた。『出勤したら電話がほしい。降りていって、オフィスまで送るよ』

『ＥＥＤの件を秘密にするつもりなら、それはやめたほうがいいと思う』と返信した。

『一緒にいるところをあんまり見られないほうがいい。わたしたちがＥＥＤを受ける予定だったのを誰かが思い出して、それをあなたの絆創膏と結びつけて、正解にたどりつくかも』

ＳＭＳを送ったと思ったら電話が鳴った。メアリ・クレアだった。「土曜日の、メイヴとのランチの約束なんだけど、時間をずらさなきゃいけなくなって」

　土曜日のメイヴとのランチ。すっかり忘れていた。

「母娘読書会の集まりが十一時から一時までなのよ」とメアリ・クレア。「あんたのアドバイスにしたがってはじめたの」

「わたしの？」

「メイヴが読んでる本を読めっていったじゃない。メイヴの頭の中でなにが起きているのか知るには、読書会がパーフェクトだと思って。どうしてこの本が好きなのか、本の中の出来事がわたしたちの問題とどう関係しているか、そんなことを議論するから。最初の本は『ダークヴォイス・クロニクル』で、来週は『秘密の花園』」

　ああ、かわいそうなメイヴ。ブリディが内心ひそかに同情を寄せているあいだも、メアリ・クレアは、だれを誘ったかについて、べらべらしゃべっている。

「とにかく、一時十五分には出られるから、その時間に迎えにきて」とメアリ・クレアはいって、もしかしたら予定が入るかもという間もなく、電話を切った。直後にトレントから返信が届いた。『確かに。離れていたほうがいいね』

助かった。そう思った自分が、自分で信じられない。そもそもＥＥＤを受ける目的はトレントとの仲を深めるためだったのに、いまわたしは、彼を遠ざけておくために最大限の努力をしている。まさに意図せざる結果。

ＣＢがいった。〈いっただろ、ＩＥＤは――〉

〈――最悪だって。わかってる。なんの用？〉

〈もうちょっとリサーチしたんだ〉

〈脳の回路が混線することがありうるかどうかわかった？〉

〈いや。でも、幻聴についてはもうちょっとわかったよ。ふつう、はじまりは声じゃない。ノックの音か、雨が降ってくる音、またはだれかがささやいているような音ではじまる。声が聞こえてくるのはもっとあと〉

〈で、その情報がなんの役に立つの？〉

〈確かめておきたかっただけだよ。きみがそういう音を聞いていて、それが接続しはじめるしるしだと気づかなかったという可能性もあると思って。どう？〉

〈いいえ。もう行って。トレントと接続しようとしてるんだから〉

〈いや、してないね。きみはお姉さんと話していた。ぼくは心が読めるんだよ、ね？〉

〈それ、やめてくれる？〉ブリディはぴしゃりといった。

〈じゃあ、お姉さんと話してたわけじゃないと？〉

〈話してたわよ。でも、これから接続をはじめるつもりなの。だから消えて〉

ＣＢは消えたが、五分後に戻ってきた。〈幻聴は、花とか焼きたてのパンとか、はっきりした特徴的なにおいではじまることもある。なにか不思議なにおいを嗅いだことは？〉

〈いいえ。消えて〉そして、今回こそはほんとうにＣＢがいなくなってくれたので、ブリディは（電話の電源を切ってから）トレントのことに意識を集中しながら、シャワーを浴び、出勤の支度を調え、車でコムスパンに向かった。しかし、はっきりした効果はまったくなかった。出勤途中、トレントからなんらかの感情を受けとることはなかったし、奇妙なにおいも雨がぽたぽた降る音も薔薇の香りもなかった。

そしていま、ジル・クインシーとフィリップとシャーラと対面して、さらに嘘をつかなければならない。トレントが正しくて、ブリディたちがＥＥＤを受けたのにだれも気づいていないことを願った。もっとも、穿鑿《せんさく》好きのスーキになにかを隠し通すのはほとんど不可能だし、シャーラには、駐車場でＣＢと話しているところを目撃されている。そしていま、片手に巨大なバンドエイドを貼って、タイヤ交換のときにジャッキで切り傷をつくったという莫迦《ばか》げた話をしなければならない。ＳＮＳのおかげで、その話はすでにほぼ確実に広まっているだろう。いっしょにＥＥＤを受けようとトレントに請われた翌朝は、オフィスまでたどりつくのがたいへんだった。けさはそれよりずっとずっと悪い。ＣＢがいう、テレパシーの弊害なんかどうだっていい――みんながどこにいて、なにを考えているかがわかるなら、かわりになんでもさしだすだろう。

　車を駐めて、攻撃に対する覚悟を決め、社屋に入った。廊下は無人だったが、十歩も行かないうちにふたりの秘書がコピー室から出てきた。ひとりがもう片方に、「ねえねえ、聞いた……？」と話しかけている。

　トレントの理髪店話をスーキが信じるわけがないのはわかってた。そう思いながらきびすを返して退却しようとしたが、反対の方向からはアート・サンプスンがやってきた。

「ああ、戻ったんだね。よかった。きのうはどこに？」

「社外に」必要最小限のこと以外は説明するなというＣＢのアドバイスを思い出して答えた。

「じゃあ、もしかしたらきみも知らないかな。なにか起きてるんだけど、それがなんなのか、まだつきとめられなくて」

　わっ、来たか。

「レイオフの話、なにか聞いてないよね？」

「レイオフ？」ぽかんとして訊き返した。「聞いてない」

「ならよかった。新型 iPhone の打撃が大きいという理由で、会社側がレイオフを計画してるんじゃないかと心配しててね」

いえ、ゴシップはもうちょっと個人的な内容だと思うけど。しかし、ロレインがやってきて話に加わり、「コムスパンに産業スパイが潜り込んでると上層部が疑ってるって話よ。ヘルメス・プロジェクトが進めている事業に関する情報を盗み出そうとしているって」

「ヘルメス・プロジェクト？」ブリディはたずねた。「なにそれ？」

「ハミルトンの新しいプロジェクト。ラフール・デシュネフの考えだと、うちの新型スマートフォンと関係があって、しかもなにかほんとにすごい機能があるらしい。というのも、ハミルトンは情報洩れを防ぐためにあらゆる予防措置をとってるから、って」

「でなきゃ、スパイを焙り出すための作戦かもね」とやってきたフィリップがいった。

「それとも、社員の関心をひきつけて、うちにはアップルに対抗できるものがなにひとつないと気づかせないための作戦か」アート・サンプスンがむっつりいった。「そしておれたちはみんな職を失う」

　三十分後、ようやくオフィスにたどりついたときには、以下のような話を聞いていた。①コムスパンにはまちがいなくスパイがひとり潜入しているが、まだ捕まっていない。②コムスパンは新型 iPhone のスペックを摑んでいて（たぶん、アップルに産業スパイを送り込んでいるから)、それによると、この新機種はコムスパンに引導を渡すことが確実で、③コムスパンはアップルまたはモトローラに身売りされる。④コムスパンはモトローラまたはBLUを買収する。⑤ヘルメス・プロジェクトが進めている事業はアップルに引導を渡す。

　現時点では、ブリディは事実がなんだろうとかまわなかった。みんながそれに気をとられて、ブリディとトレントのことを忘れているのが、ただただありがたかった。ブリディのバンドエイドについて質問することはおろか、気がついた人間さえひとりもいないようだ。オフィスのドアを開けたとたん、「ヘルメス・プロジェクトって知ってます？」とたずねたシャーラも例外ではなかった。

「いいえ」と答えて、ブリディはメールをチェックしはじめた。

「残念。知ってると思ったのに。トレントがミーティングに出たりとかしてるし」

「トレントはけさ電話してきた？」

「いいえ」

　よかった。

「きのう大きな会議があって、それが一日じゅう続いて、終わったのは十時過ぎだったんですけど」とシャーラが話している。「なんの会議だったかだれも知らないんです。でも、とにかくトップシークレットで、会議中は超厳重にセキュリティが保たれてて、出席した人間もそれについてひとこともしゃべらない。スーキでさえ、なんの会議だったか、まだつきとめられてないの」

だとしたら史上初の出来事だ、とブリディは思った。

「完全なパラダイム・シフトを起こして、スマートフォンが時代遅れになるようななにかを考え出したんだっていうのがスーキの説です」とシャーラ。「スマートリングみたいな」

「それともスマートティアラか」ブリディは皮肉っぽくいった。「それともタトゥー」

「タトゥー？　ほんとに？」

「いいえ」とブリディ。「冗談よ。アート・サンプスンに電話して、ミーティングのスケジュールをあしたに変更したいと伝えて」

「あしたは土曜日ですよ」

「じゃあ、月曜。ほかになにかメッセージは？」

「はい」シャーラはタブレットを見ながら、「お姉さんから電話があって、読書会の集まりでワインを出すべきかどうかについて意見が聞きたいと。読書会はワインを出すのが伝統だけど、小学生のあいだでアルコール中毒が問題になりつつあるという記事を読んだとかで」

　ブリディはぐるりと目玉をまわした。しかしすくなくとも、その伝言は、ＥＥＤの件がまだバレていない証拠だ。

「妹さんも電話がほしいそうです」とシャーラがつづける。「マッチングサイトに関することで。メイヴさんからも電話がありました。あなたにすごく怒っている、おかげでおちついて読書もできなくなったと」

「なに？」ブリディは驚いた風を装って、「ウーナ伯母からは伝言なし？」

「ありません」シャーラはいった。「ウーナ伯母さんは、執務室のほうでお待ちです」

10

「ぼくがフライパンなら、向こうにあるのは火だ」


——ＴＶドラマ「アリス」

（二〇〇九年にSyfyチャンネルで放送されたミニシリーズ）


「ウーナ伯母がわたしの部屋に？」ブリディがいった。「なんの用？」

「さあ」とシャーラ。「話があるとだけしか。まだ来ていないといったら、待つとおっしゃって」ということは、可能性はひとつ。ウーナ伯母はどうにかして、わたしがＥＥＤを受けたことをつきとめたんだ。

「伝言をどうぞといったんですが、個人的な用件だから、と」

「いいのよ」そういってブリディが執務室に入ると、ウーナ伯母がカーペットバッグをひざに置いて、のっそりすわっていた。

「いったいどうしたの？」と明るい口調でたずねた。

「メイヴよ」ウーナ伯母は悲しげに首を振った。「哀れな子ども《ベアン》。あの子のことが心配で心配で、この二週間ずっと」

「ああもう、ウーナ伯母さん、メアリ・クレアのいうことなんか、おねがいだから気にしないで。嘘ばっかりよ。メイヴは元気だし、自分の面倒は自分でみられる」

「しかり、確かにそうだね、ほとんどの状況では。心配なのは、ひとりで切り抜けるのが不可能な状況に立ち至ったときも、母親に頼ろうとはしない気がするから。なにしろメアリ・クレアは――」

「メイヴがいうことになんでもおそろしく過剰反応する？」

「しかり。悲惨なことですよ、たいへんな苦境にありながら、だれにも話せない――いちばん身近な、いちばん愛する人間にさえ打ち明けられないというのは」

そのとおりね、とブリディは思った。まったくそう。

「だからおまえに会いにきたの」ウーナ伯母がつづけた。「メアリ・クレアに聞いたけど、土曜日にメイヴとランチに行く予定だそうね。いい機会だから、哀れな仔羊とじっくり話をして、心の中にある悩みをぜんぶ吐き出させればいい。おまえはそれをだれにもしゃべらないと約束して」

「やってみるけど、でも――」

「しかり、メイヴにそう約束することはできても、納得させるのは別問題ですからね。キャスリーンについても同じことがいえる」ウーナ伯母は首を振った。「このネット愚行は、立派な男性を見つける役には立たないといい聞かせた。質問に答えて、とっかえひっかえ写真を見るだなんて！　『立派な身なりもきれいな顔もたいへんけっこうだけれど』といいました。『すんばらしいアイルランド人青年ですよ、おまえが求めるべきは』」

頭の禿げかけた、まだ実家で母親と同居しているショーン・オライリーとか？　ブリディは心の中でいった。

「しかしどうやら、やさしい心を持つ青年というだけでは、あの子には足りないようね。〝気が合う〟相手じゃなきゃいけないと。気が合う！」ウーナ伯母は鼻で笑った。「わたしはこういいました。『キャスリーン、相手の頭をかち割ってやりたいと思うことがないとしたら、それは愛ではなくて、ただのロマンチックな夢ですよ』と。若い娘は〝気が合う〟男を求めるのではなく、必要なときにそこにいてくれる相手を求めるべきです」

そりゃまあ、〝必要なときにそこにいてくれる〟という条件は、OKCupid の質問項目には入ってないでしょうね。

「〝彼は広い心を持っているか？〟それが、自分に問いかけてみるべき質問ね。〝わたしのためなら、彼は喜んで命を危険にさらしてくれるか？　わたしは彼のために喜んで同じことができるか？〟」ウーナ伯母はブリディに向かって人さし指を振って見せた。「命を危険にさらすといえば、あの莫迦げた手術、まだやる気でいるんじゃないだろうね。答えなくていい、その気なのは顔を見ればわかるから。それについてあたしがいえることはただひとつ――」

さあ来た、とブリディは思った。

「妖精《レプラコーン》が黄金の壺をさしだすとしたら、かならず罠がある」ウーナ伯母は立ち上がった。「さて、もうお暇《いとま》しなければ」

ブリディは驚きのあまり、思わず「ほんとに？」と口走ってしまい、自分を蹴飛ばしたい気分になった。

「しかり」ウーナ伯母はブリディのデスクの上にカーペットバッグをどしんと置いて、中をかきまわした。「きょう来たのは、手伝ってくれた親切な若者に、メイヴの科学のレポートを渡すため」鮮やかな緑色のフォルダーをとりだし、「ＣＤね、その若者の名は」

なに？　「ＣＢのこと？」

「しかり、さよう。さあ、彼のオフィスはどこ？」

ブリディは事態を理解しようと必死に頭を働かせた。「メイヴはＣＢを知ってるの？」

ウーナ伯母はうなずいた。「メイヴは学校の課題で彼の力を借りた。スマートフォンに関するレポート。Aの成績をもらったから、メイヴはそのレポートを彼に見せたいと」

いちばん望ましくないのは、ウーナ伯母がCBと話をすることだ。ブリディがEDの件を親族に知られたくないと思っているのはCBも承知だが、直接いわなければバレないというものではない。病院のことやブリディを車で送ったことに触れたら、ウーナ伯母はきっと勘づくだろう。それに、もしCBが、聖パトリックやジャンヌ・ダルクが声を聞いた話をはじめたら？

「メイヴのレポートはわたしが預かって、彼の手に渡るようにしておくから」とブリディはフォルダーに手を伸ばした。

「いいえ、だめ。おまえの手をわずらわせる気はないわ、忙しいだろうからね。そのCTの居場所さえ教えてくれたら」

「CBよ、ウーナ伯母さん」とブリディ。もしかしたら、すばらしいアイルランド人青年であることを期待しているかもしれないと思って、「C・B・シュウォーツ」とつけ加えた（Schwartz はドイツ語で「黒」の意。ドイツ語圏出身者に多い姓のひとつ）。「いまは会議中なの。メイヴのレポートは、それが終わったら渡しておくわ」

そして、出会いメソッドに関するキャスリーンの悲しむべき嗜好に関する愚痴と、〝そのＧＥＤの件でとりかえしのつかない決断〞をする前にオダネル神父と話をするようにというアドバイスを聞かされたあと、ブリディはようやくメイヴのレポートを預かることに成功し、ウーナ伯母はオフィスを出ていった。

　ブリディはメールをチェックしてから、シャーラのところにレポートを持っていった。

「これをミスター・シュウォーツに届けて。うちの伯母が持ってきたもので、作者はメイヴだって伝えて」

　シャーラは浮かない顔でそれを受けとった。

「嚙みついたりしないわよ、それを心配してるならだけど」

「じゃなくて」とシャーラ。「伯母さんはどうして自分で持っていかなかったのかと思って」

「伯母はＣＢに会いにいったの？」

「ええ。ＣＢはどこかというので下のラボだと答えたら、それは確かなのか、会議中じゃないのかと訊き返されたので、ＣＢは会議に出ないと答えました。それから、ラボへの道順を教えてほしいといわれて、教えました。いけなかったですか？」

　ええ。

「一応、警告はしたんですよ、彼は……ほら」シャーラは頭の横で人さし指をくるくるまわした。「とめたほうがよかったですかね」

ええ。「いいえ、もちろんだいじょうぶよ。電話があったら、伝言を聞いておいて」ブリディはシャーラの手からフォルダーをとりかえすと、ラボに向かいながらＣＢに呼びかけた。〈ＣＢ、伯母がそっちに行ってる？〉

返事なし。

〈伯母と話をしないで〉角を曲がってエレベーターに向かい、〈会議に出る用があるといって追い返して〉といったとき、管理部のフィリップと鉢合わせした。

「ちょうど会いたいと思ってたんだ」とフィリップ。「コムスパンがスマートタトゥーを発表するっていう話はなんなんだ？」

噂が空を飛ぶ対地速度の最高記録だ。わたしのＥＥＤのニュースの伝播《でんぱ》速度にほとんど匹敵する速さ。もしウーナ伯母が――

「まさか、タトゥーなんか出さないよな？」とフィリップ。「おれは電話の開発者で、タトゥー・アーティストじゃない」

「もちろん、そんなの出さないと思う」とブリディはいった。「ねえ、会議に遅れてるの」

「出さないほうがこの会社のためだね。でないと失業しちまう」ブリディの手の甲のバンドエイドをじっと見ながら、「このスマートタトゥーの件、ほんとになにも知らない？」

「まったく」ブリディは、バンドエイドの手を背中に隠したい衝動と闘いながら、「スーキに訊いてみたら？」といってフィリップから脱出し、CBに呼びかけた。〈答えて。伯母はそっちにいる？〉

〈確かにいるよ。楽しいおしゃべりをしてるところ〉

〈CB？〉と呼びかけたとき、アート・サンプスンの声がした。「おれは五十九歳だ。レイオフされたら、ほかの仕事なんかぜったい見つからない」

　まただれかと鉢合わせして時間を無駄にする余裕はない。ブリディは彼をやりすごそうと、コピー室に飛び込んだ。

　その前に、中のようすを確かめておくべきだった。ジル・クインシーがコピー機の前にいた。「ちょうど会いたいと思ってたのよ。ヘルメス・プロジェクトの噂で持ちきりなんだけど、いったいなんなの？　連中はどんなプランを思いついたの？」

「知らない」ブリディは、アート・サンプスンが通り過ぎたらわかるように、戸口に視線を向けたままで答えた。

「でも、トレントはプロジェクトに参加してるんでしょ？」

「ええ。でも、機密事項だから」

「知ってる。でも、機密だろうがなんだろうが、カップルはおたがいになんでも話し合うものでしょ」

かならずしもそうじゃないわ。

「スーキの話だと、コミュニケーションの概念を一変させるような新事業で、完全なパラダイム・シフトを引き起こすだろうって」

アート・サンプスンはまだ通らない。反対の方向に歩いていったんだろう。もうこれ以上は待てない。どこにも通じていない電話を耳にあて、「フィリップ、いえ、忘れてないって。いま行く」

それからジルに向かって、「ごめん」と断り、急ぎ足でコピー室を出てエレベーターに向かった。〈CB、答えて。伯母と話をしてほしくないの〉

返事なし。

エレベーターの前で、《下》のボタンを押す。〈CB、冗談じゃなくて〉

エレベーターのドアが開きはじめた。背後から、アート・サンプスンの声がした。「……定年までまだ六年あるのに」どこにいるのか確かめようとふりかえった。

「ブリディ！」トレントがエレベーターから出てきた。「会えてよかった！　話がある」

フライパンから飛び出したら、そこは火の中。ブリディは閉じてゆくエレベーターのドアに焦がれるような視線を投げた。「トレント！　ここでなにしてるの？　いっしょにいるところを見られないようにしようって結論になったじゃない。それに、いまさっき、アート・サンプスンの声が――」

「サンプスンよりもっと重大な問題がある。ぼくはまだなにも感じないんだ。きみはどう？」

　ええ、感じてる。心配、フラストレーション、絶望、そしていまはパニック。「いいえ」とブリディはいった。

「やっぱり。ドクター・ヴェリックに電話しなきゃ」

「でも、まだ四十八時間経ってない」とブリディ。それに、ＣＢがウーナ伯母に秘密をバラす前にラボへ行かないと。

「ネットでＥＥＤ接続が成立するまでの所要時間を調べてみたんだ」とトレント。「平均は二十八時間だった。なにかがおかしい」トレントは電話をとりだした。

「ここで電話するのはだめ」ブリディは不安な目で廊下の先を見ながら、「だれかに聞かれるかも」

「確かに」トレントはエレベーターのボタンを押した。「ぼくのオフィスからかけよう」

「でも、あなたの秘書は？」

「エセルはだれにもなにもいわないよ。口のかたさは折り紙付き」

「でも、わたしは会議があって――」

「予定を変更しろ。こっちのほうがだいじだ」

「それに、このレポートをマーケティング部のロレインに届けてこないと」と、メイヴの科学のレポートが入ったフォルダーを振って見せた。「あとまわしにできないの。これは――」


トレントがブリディの手から鮮やかにフォルダーを引き抜いて、「エセルに届けさせるよ。きみの会議の時間変更も彼女に頼んでおく」


フライパンから飛び出したら火の中どころじゃない。フライパンそのものが炎上している。「だめよ」ブリディは必死にいった。「あなたの秘書にわたしの会議をキャンセルさせたりしたら、どんなゴシップになるか」

「じゃあ、きみのアシスタントに電話してキャンセルさせるようにエセルにいっておく」

トレントがまたエレベーターのボタンを押した。

「だめよ、そのほうがもっとたいへんなことになる。シャーラはスーキの親友なの。スーキに話すに決まってる。それに、もしわたしたちがいっしょにあなたのオフィスに上がったら……先に行ってて、わたしはこのレポートをロレインに届けてから行くから」

エレベーターのドアが開いた。ブリディはトレントの手からフォルダーを奪い返し、すばやくエレベーターに乗った。「わたしが行くまで電話は待ってて。いっしょにドクター・ヴェリックと話ができるように」といって《閉》ボタンを押した。

トレントはドアの間に手を入れて、エレベーターを止めた。「どのくらいかかる？」

ウーナ伯母をCBから引き離すのに必要な時間だけ。「五分。長くて十分。もう行って。だれかに見られないうちに」

「わかった」トレントはドアから手を離した。「でも――」ありがたいことに、ドアが閉じてくれた。

ブリディはただちにボタンを押して、エレベーターが降下するのをじりじりしながら待ち、凍りつくように寒い地下でドアが開くなり、ダッシュで飛び出してCBのラボに向かった。

前よりもさらに寒くなっていた。CBは部屋の隅にひざをつき、ヒーターを分解している。〈やあ〉と顔を上げずにいった。

「伯母はどこ？」ブリディは詰問した。

〈そこだよ〉とCBが金属キャビネットを指さした。〈バラバラにして、引き出しに入れた。なにしろぼくはコレだからね〉と、頭の横で指をまわすシャーラのジェスチュアを再現した。

「まじめにいってるのよ！　それと、心でしゃべるのはやめて。声に出して」

「ああ、そうだった、忘れてたよ。神経のルートを増強するなんて、とんでもない所業だからね。きみの大伯母さんがどこへ行ったかって？　もう帰ったよ。メイヴの学校で、カウンセリングだかなんだかに出るって」ＣＢは片手にヒーターの部品を持って立ち上がった。「伯母さんにゆっくりしていく時間がなくて残念だったよ。とても楽しい会話だったのに」

　なんてこと。「なにをいったの？　わたしたちのこと、話してないでしょうね」

「ぼくが？　みんなに話したいと思いつづけてるのはきみだろ。ぼくはきみを説得してやめさせようとしつづけてるほう」

「じゃあ、〝楽しい会話〟の中身は？」

「ほとんどはメイヴのこと。ぼくが手伝ったことにメイヴがどんなに感謝しているか」

「メイヴの科学のレポートを手伝ってること、どうして黙ってたの？」

「メイヴから聞いてると思ってた。それに、覚えてると思うけど、ぼくらふたりにはほかに話し合うべきことがあったからね。たとえば、なぜきみがＥＥＤを受けるべきじゃないかとか」

ブリディはそれにかまわず、「で、ウーナ伯母と話したのはメイヴのことだけ？」

「いや、きみの話もしたよ。伯母さんは、きみがトレントを捨てて、〝ずんばらしいアイルランド人青年〟を見つけるべきだと思ってる」

最高。「で、あなたはなんて？」

「賛成したよ。それと、キャスリーンのマッチングサイトの話も。それと、ぼくにも男女交際に関するアドバイスをしてくれた」

「なんていったの？」ブリディは心配になってたずねた。

「それはぼくとウーナ伯母さんだけの秘密」

「わたしを病院に迎えにきたこととか、マリオットに送っていったこととかは話してないでしょうね？」

「話してないよ。男女交際と、きみの親族のことだけ。ほんとにいいファミリーだね。いくらか過保護気味かもしれないけど、心からきみのしあわせを考えてくれてる。あんな親族がいて幸運だよ」

〈幸運？〉

「ああ。心配してくれる親族がひとりもいない人間だっているんだから。たとえば、このぼく」

「ふうん。だったらわたしの親族をあげる。ほんとにほかになにもいってない？　わたしがEEDを受けたこととか——」

「いってない」CBは作業台に歩み寄り、ドライバーを手にとった。「ショーン・オライリーの話もちょっと出たよ。それと〈アイルランドの娘たち〉の話」ヒーターのところに戻って、しゃがみ込むと、サイドパネルのネジをはずしはじめた。「ああ、それと、虫の知らせの話も出た」

「伯母さんの虫の知らせについて質問したの？」

CBはパネルをはずしてから口を開き、「いや、伯母さんが自分から持ち出したんだ。ぼくがメイヴの課題を手伝ったことを話しているときに。メイヴが助けを必要としているんじゃないかっていう〝虫の知らせ〟があって、蓋を開けてみたらそのとおりだった、って。それでぼくが〝虫の知らせ〟ってなんですかとたずねたら、伯母さんが〝天眼〟について話してくれた。一種の予知能力だって。でも、たぶんコールドリーディングと推測の組み合わせだと思う」CBは顔を上げてこちらを見ると、「心配ないよ。伯母さんはなにも疑ってないから」

CBはネジを一個とった。「まだEEDを秘密にしてるってことは、トレントとは接続してない？」

〈よく知ってるくせに〉

「ささやきも、香りも、雨音もなし？　聖ドーホは、声を聞く前にいつも、天上から響く〝種々の美しく漂う歌〟を聞いていた。天使の歌は聞いてない？　『聞け！　天使たちの歌を』とか、『いと高き天より天使たちの甘美な歌が』とか（ともにクリスマス・キャロル。日本語タイトルはそれぞれ、「天には栄え」「荒野の果てに」）、『ティーン・エンジェル』（十代の恋人同士の悲劇的な事故を歌ったマーク・ディニングの一九五九年のヒット曲）とか」

「いいえ。でも、まだ目安の四十八時間が経過してない。そのときまでには、きっと接続する」

「もちろん」

「それ、どういう意味？　わたしたちが接続するなんてまるきり思ってないのね？」ブリディはとがめるようにいった。「どうして？　わたしたちが接続しないように、なにかしてるの？」

「たとえばどんなこと？」

「どうにかして、わたしをブロックしてる」ブリディは分解されたヒーターに目をやった。

「配線に干渉して混線させるとか」

「いっただろ、脳には配線なんかない。それに、混線はぼくときみの接続が生じた原因ってことになってて、きみとトレントの接続をさまたげるものじゃないはずだと思ったけど」

「干渉にはべつのやりかたもあるのよ。心と心で会話することに固執するとか。わたしがトレントと接続しようとするたびに邪魔して、彼とつながらないようにするとか」

〈そういう仕組みじゃない〉とCBがつぶやいた。

「ほらね？　いまもやってる。フィードバック・ループを強化して、消去できなくしようとしてるのよ！」

「やれやれ……きみの恋人をブロックしたりしてないよ。こう見えても、いろいろ忙しいんだから」CBはヒーターの作業に戻り、「凍死する前にこいつを修理するとかね。それにきみは、恋人と待ち合わせかなんかしてるんじゃないのか？」

トレントのことをすっかり忘れていた。トレントが先にドクター・ヴェリックに電話していませんようにとだめもとで祈りつつ、階段を駆け上がった。

トレントはすでにドクター・ヴェリックに電話していたものの、まだつながっていなかった。「受付に緊急の用件だといったら、きょうはオフィスに来ないので伝言を残してくれといわれたよ」とトレントはブリディに説明した。「伝言！　ぼくの秘書が、病院の彼のオフィスの番号を調べてる」

「彼女にそんなことやらせてだいじょうぶ？」ブリディは神経質にたずねた。

「いっただろ、エセルは口が堅いんだよ」

「でも、もしスーキが――」

エセル・ゴドウィンがドアをノックして、顔を覗かせた。「番号がわかりました、ミスター・ワース」

「ありがとう」トレントはそういって、ドクター・ヴェリックのオフィスに電話をかけた。「いや、来週じゃだめだ。きょう面談しないと……で、戻りはいつ？……こちらからかけられる携帯の番号は？……そう、緊急事態なんだよ！」

トレントは電話を切った。「ドクター・ヴェリックは留守だ。ＥＥＤの施術でどこかに出張してて――場所は教えてくれなかった――来週まで戻らないそうだ」

助かった。そう思いながら、ブリディは安堵が顔に出ないように表情をひきしめた。

「携帯の番号も教えてくれない」とトレント。「ドクター・ヴェリックの携帯番号を聞いてたりしない？」

聞いてる。トレントにはどうして連絡先を教えなかったんだろう。でも、教えてなくて助かった。「聞いてない」

「くそっ。連絡をとる方法がほかにないか、エセルにあたってもらおう。ＬＡオフィスか、看護師を通じて――」

トレントの携帯が鳴った。「ごめん。ハミルトンだ。いますぐ会いたいといってる。ドクター・ヴェリックと連絡がついたらメッセージするよ」と約束して出ていった。

　自分のオフィスに戻る途中、ブリディは、ウーナ伯母がいつもいう〝アイルランド人の幸運〟が味方してくれているような気がしていた。ドクター・ヴェリックはマンハッタンだかパーム・スプリングスだか、どこか害にならない場所にいる。トレントは、ドクター・ヴェリックの看護師の番号をつきとめるようにエセルに指示する間もなくすっ飛んでいった。そして、ウーナ伯母さんがなにも疑っていないというCBの言葉はどうやら正しかったらしく、怒りのSMSは一通も届いていない。キャスリーンとメアリ・クレアからはSMSが届いていた（エレベーターを待つあいだに目を通した）。キャスリーンは、スパークス、HookUp.com、Cnnect のどれか、もしくはその三つすべてに登録したほうがいいだろうかという相談。メアリ・クレアは、メイヴのコンピュータにインターネット・フィルターをかけたほうがいいかという相談。

　エレベーターが到着したのは、アート・サンプスンとの会話を避けられるギリギリのタイミングだった。「年齢による差別は法に反するはずだが、最初にレイオフされるのはどうせおれだよ」と話している彼の声が聞こえた瞬間、ドアが閉まった。

　まだ運が持ちこたえている。トレントは午後二時にメッセージをよこし、いまから機密の会議に出る、たぶん今日いっぱいかかりそうだと伝えてきた。ということは、終業時刻が過ぎるまで、トレントはドクター・ヴェリックと連絡をとる手段をあれこれ模索できない。あるいは、午後三時になって、術後四十八時間のデッドラインを過ぎたあともまだ接続がうまくいかなかった場合にも——じじつ、成功しなかった——パニックを起こして電話してくる心配はない。

いちばんよかったのは、午後三時半に、会社側から、『ヘルメス・プロジェクトに関する状況の進展に鑑みて、明日は、午前十時から午後四時まで、全社員の勤務を期待する』というメールが届いたことだった。

問題の〝進展〟とはなんのことなのか、メールには書かれていなかったが、この謎は、コムスパン全体を憶測の渦に巻き込み、その日は一日ずっと、社員全員が、ほかのことはなにも考えられない状態だったおかげで（ただし、アート・サンプスンは例外で、会議の予定をすぐさま土曜の午前中に移したばかりか、ブリディが駐車場へ車をとりにいく途中、予想されるレイオフについて彼がまた愚痴をいっているのが聞こえた）、だれにもバンドエイドに気づかれたりＥＥＤについて質問されたりすることなく社を離れることができた。

土曜も出社しなければならないということは、必然的に、メイヴをランチに連れていく約束もキャンセルすることになる。そうなれば、メイヴを迎えにいくときと送り届けたあとに親族からの尋問を受けることもない。帰宅したらすぐ、メアリ・クレアに断りの電話をしなければ。そう思ってから考え直した。メアリ・クレアは、だったら今晩うちに来て、メイヴと話してほしいというかもしれない。今夜は、トレントとの接続を試すためにまるまる空けておく必要がある。

もしCBがひとりにしておいてくれるなら。しかし、干渉していると告発したのがこたえたのか、ヒーターの修理に忙しいのか、CBはあれから一度も割り込んでこなかった。それとも、修理できないまま凍死してしまったのかも、と寝支度をしながら考えた。

〈参考までにいうと、ぼくはずっとリサーチをつづけてるよ〉とCBがいった。

〈ブライディ・マーフィについて？　それともジャンヌ・ダルクについて？〉

〈ジャンヌだ。彼女が聞いた声はひとつだけじゃなかった。聖女カタリナの声を聞くようになり、もっとあとになると、聖ミカエルと聖女マルガリタの声も聞いた〉

〈それとも、一貫してひとつのストーリーを守り抜くことができなかったか〉とブリディはいった。〈ジャンヌ・ダルクは嘘をついていたのかも――〉

〈でも彼女は、声なんか聞いてないと告白するより、火焙りにされるほうを選んだけどね。ライン博士についても調べたよ。中世の人間じゃないテレパスを知りたいときみがいってたから、ひとり見つけた〉

〈ほんとに？〉といってから思った。CBがこんなことをしてるのは、ただただ、トレントとの接続を妨害するため。「聞きたくない。消えて」

　CBはそれを無視して、〈ライン博士がやったESPテストの解説を読んだけど、彼の研究に信頼性がないとされたのにはもっともな理由があった。彼は、たいていの答えをぜんぶ正答にしていたし、ESPカードはすごく薄くて、裏側が透けて見えた……〉

　CBはうちの親族といっしょだ。べらべらまくしたてる声を聞きながら思った。しじゅう押しかけてきて、個人的な問題に口をはさみ、プライバシーを尊重しない。CBがうちの親族のことを気に入ったのも当然だ。

　それでCBを黙らせるアイディアが浮かんだ。キャスリーンに電話して、マッチングサイトでの成果がどんな具合かをたずねた。「だから、Cnnect と OKCupid とスパークスに登録することにしたの」とキャスリーンがいった。「スパークスでだれかを選ぶには、写真をタップするだけでいいのよ。それで、目についた男の写真をタップして、いっしょに呑みにいったわけ。そしたら、合流して五分もしないうちに、その男、スマホを出して他の女たちをタップしはじめたのよ！　だから、もっとまじめなサイトに登録することにしたの。食事だけ《ジャストディナー》とか。ラテ&ラヴとか」

〈ラテ&ラヴ？〉とCB。〈これ、冗談だよね？〉

〈黙って〉ブリディはぴしゃりといった。「ラテ＆ラヴ？」

「食事は重すぎると思うひと用」とキャスリーン。「でも、いっしょにディナーを食べるのも重すぎると思うような相手が、まともな恋人になると思う？　まあ、でも、ショーン・オライリーがこのサイトに登録してないのは確実ね。ラテがなんなのかも知らないんじゃないかしら。それとも、オンリー・ブランチに登録すべきかな。ジャストディナーに似てるけど、こっちはカクテルだけ」

〈まあ、アルコールが必要になるのは確実だね〉とＣＢがコメントした。

〈行って〉とブリディ。

「でも、コーヒーのデートじゃ、長つづきしないし」キャスリーンが考え込むようにいって、それから一時間、ブランチ対コーヒーで、それぞれのデートのメリットを比較した。唯一の利点は、どこかの時点でＣＢがうんざりして、いなくなってくれたことだった。

わたしもいなくなれたらいいのに。そう思いながらブリディはあくびをした。

キャスリーンがとうとう電話を切ったときには、午後十一時になっていた。トレントからメッセージが入っていないか、スマートフォンをチェックしてみたが、届いていたのは一通だけ。ドクター・ヴェリックにはまだ連絡がつかないという内容だった。ドクター・ヴェリックはどうやらモロッコにいて、ある族長とその妻のひとりにＥＥＤ処置をしているらしい。

期待以上に好都合な結果ね。そう思いながらベッドに入った。どんなに疲れているか、自分でもわかっていなかった。頭が枕に触れた瞬間、眠りに落ちた。しかし、主観的にはそれからほんの数瞬で電話が鳴り、叩き起こされた。

トレントだった。「着替えて。とうとうドクター・ヴェリックに連絡がついた。真夜中にアポイントメントをとったよ」

11

「おれの話をほんとにひとことも聞いてないんだな」

――「フレンチ・キス」

「真夜中に？」きっと聞き違いだと思ってブリディはくりかえした。「でも彼、モロッコにいるんじゃなかったの？」

「そうだよ」とトレント。

「そうか、リモート会議ね」ブリディはやっと理解した。

「ああ。でも、いくつか検査をすることになるかもしれないって。だから、彼のオフィスに行く必要がある」

検査？　それともべつの種類のスキャン？

「住所はここ」とトレントが話している。「いますぐ出ないと、真夜中までに着かない」

落ち合えない言い訳をブリディが思いつくより早く、トレントは電話を切った。でも、もしトレントがドクター・ヴェリックと話し合うなら、その場に同席したほうがいい。ふたりはなるべく離れて過ごし、セックスなどしないほうがいいとアドバイスされたというのが真っ赤な嘘だったとバレないように。でも、もしドクター・ヴェリックが新しいＣＴを求めたら？　ＣＢの話だと、ｆＣＡＴは脳の活動をマッピングするという。ＣＢとつながっていることが画像に映るだろうか？

〈ＣＢ！〉ベッドから出て服を着ながら呼びかけた。〈聞いてる、ＣＢ？〉

〈なんだい？〉ＣＢがただちに返事をした。〈どうした？　ほかの人の声が聞こえた？〉

〈トレントとつながったかってこと？　いいえ〉ブリディはさっきの電話について説明した。

〈なんだって？　真夜中にアポイントメントを入れるなんて、どんな医者だよ〉

〈たぶん、モロッコでは昼間なのよ〉靴を履きながら、〈わたしが知りたいのは――〉

〈ライン博士のこと？　ちょうどいま調べていたところだ〉

〈違う、ライン博士じゃない。ドクター・ヴェリックは検査を望むかもしれないってトレントがいってた。検査のひとつがｆＣＡＴだったら、その結果を見て、あなたとつながってることがわかる？〉

〈いや〉CBは即答した。

〈fCATだと脳の活動が見えるっていってなかった?〉

〈見えることは見えるけど、ごく一般的な意味でだよ――このあたりが記憶野で、このあたりは言語野とか。なにを考えているかはわからない〉

〈あなたがいってたほかの検査は?〉

〈imCAT? シナプスの活動をもっと詳細にマッピングできるけど、それだけだと思うよ〉

〈確かなことを調べておいてもらえる?〉ブリディはジャケットを着ながらいった。〈自分で検索したいけど、もう出ないと、約束の時間に間に合わないし――〉

〈運転中にスマホで調べていたら、事故を起こしかねないしね。わかった、調べてみる〉

そういってCBは去ったが、ブリディが車に乗るより早く戻ってきて、たずねた。〈そのアポイントメントの場所は? 病院?〉

〈どうして?〉ブリディは不安になって訊き返した。〈そういう種類の画像診断装置があって、病院にはそれが置いてあるということ?〉

〈いや、そうじゃない。ちょっと心配になっただけだよ。きみの顔を見た看護師が、「あら、こないだの夜、点滴の針を引き抜いて病室を抜け出して階段室にいた患者さん?」と

いったりしないかと〉

それは考えなかった。〈ううん。病院じゃなくて、ドクター・ヴェリックのオフィス〉

〈真夜中に。きみを昏睡させて臓器を盗む気じゃないのは確か？〉

〈確かよ〉そっちのほうがまだましかもしれない。それなら、すくなくとも、もうこれ以上、嘘をつかなくて済む。

　車に乗り、ダウンタウンに向かいながら、真夜中までに着けるだろうかと気を揉んだが、通りの交通量はほとんどゼロだった。もうそろそろ目的地に着くというとき、またＣＢが呼びかけてきた。〈ドーン・パトロールからナイト・ファイターへ。どうぞ、ナイト・ファイター〉

〈なにがわかったの？〉

〈心配ないっていうこと。ドクター・ヴェリックのオフィスには、ｆＣＡＴやｉｍＣＡＴはおろか、ＣＴ装置さえ一台もない〉

〈でも、病院に行って、どれかの検査を受けるようにいわれるかも〉

〈もしそうなったとしても、きみにテレパシー能力があることはわからない。ｉｍＣＡＴは、シナプス活動をｆＣＡＴよりもピンポイントで特定できるが、まだかなり原始的だ。一センチ四方残らずグーグル・アース的にマッピングしてるわけじゃない。患者に数学の問題を与えると前頭葉の特定のエリアが明るくなる。歌を聴かせると、聴覚野が明るくなる。でも、せいぜいそこまで。思考の中身については、やっぱりわからない〉

〈でも、最近のニュースで、思考の写真を撮れるスキャンが開発されてるとかいうのがなかった？　被験者が鷲のことを考えると、画像にそのイメージが映るみたいな〉

〈ｆＭＲＩのことだと思うけど、そのイメージというのは、写真よりインクのしみに近い。なんでも見たいものに見えるよ。でも、百歩譲って、きみの思考の完璧なスナップショットが撮れるスキャンがあるとしよう。それでも、きみがなにを考えているかはわからない〉

〈どういう意味？　もし――〉

〈鷲を例にとろう。きみは、動物園で見た鷲を思い出しているのかもしれないし、もしかしたらフィラデルフィア・イーグルスか、ボーイ・スカウトか、『鷲は舞い降りた』のことを考えているのかもしれない。そしてもちろん、スキャン画像では、ぼくが鷲についてテレパシーで伝えたということはわからない〉

〈でも、あなたの脳とわたしの脳に同じ画像があらわれたら、それがわかる。ｉｍＣＡＴでも、だれかがわたしに話していることはわかる。言語野と聴覚野と――〉

〈スキャンの最中はきみに話しかけないようにするよ。でも、たとえ話しかけたとしても、以前に交わした会話を思い出しているだけだと見なされるだろう。それとも、心の中でひとりごとをいっていると思うか。だから、ドクター・ヴェリックがとくにテレパシーの証拠を探しているのでないかぎり——彼はぜったいそんなことしないけど——なにか変わったことがあるとは気づかないよ。彼にとって、きみがぼくと話しているという事実を知る唯一の方法は、きみの口から聞くこと。なんにも心配ない。唯一気がかりなのは、真夜中に謎の住所で会いたいといってることだね〉

〈謎の住所なんかじゃないし、トレントもいっしょなのよ〉ブリディはそういいながら、駐車場に車を乗り入れた。

　しかし、駐車場にほかの車は一台もなかった。トレントはまだ着いていないらしい。それに、建物は真っ暗だった。〈いっただろ、ブラックマーケットの臓器移植だよ〉とＣＢ。

〈ぼくなら、クロロホルムを持った係員が現れる前に大急ぎで逃げ出すね〉

　ブリディ自身もそうしたくてたまらない気持ちだった。トレントには『言われた通りにしたけど、誰もいなかった』とメッセージすればいい。しかし、スマートフォンをとりだすより早く、受付エリアに光があふれ、看護師がひとり、ドアを解錠してこちらに手を振った。「ミズ・フラニガン？　どうぞお入りください。ドクターがお待ちです」

「ミスター・ワースも来るんですけど」とブリディ。

看護師はうなずき、ブリディを先導して暗い受付エリアを横切り、部屋に入った。デスクひとつ、書類が積まれた検査台、そして壁の一面には巨大な高解像度ディスプレイ。看護師が体温と脈拍を測り、縫合痕をチェックした。「傷はきれいに治ってきてますね」うなじの絆創膏を剥がし、蝶形絆創膏ととりかえた。「感染や浮腫の徴候は？」病院でも訊かれた質問リストがくりかえされた。「痛みは？　めまいは？　混乱は？」

「いいえ、なにも異常ありません」とブリディ。

「まだつながらないこと以外は、ということですね。ＥＥＤ処置を受けたのは？」

「水曜日です」

看護師がそれをメモしてから、「ドクター・ヴェリックのＣＭＴはまもなく回線接続の準備が整います」といって出ていった。すぐに手術着姿の若い男が入ってきた。

「どうも。ドクター・ヴェリックのコンピュータ医療技師《メディカル・テクニシャン》です。セットアップしますので、検査台に乗ってください」

〝セットアップ〟とは、数台のカメラの位置を調整し、ドクター・ヴェリックがブリディの顔と後頭部の両方を見られるようにすることと、手首と上腕と胸にセンサーを装着すること、あとはラップトップの画面に、どこかべつの場所にある検査室の映像を出すことだった。「こちら側の準備が整いしだい、ドクター・ヴェリックに連絡して、来てもらいますから」といいながら、技師は最後のケーブルを接続した。

「ミスター・ワースを待たなくていいの？」とブリディはたずねた。

「訊いてきます」といって技師は出ていった。病院の前例から考えると、戻ってくるのは数時間後だろう。

〈よかった〉とCBがいった。〈ライン博士の話をする時間ができた〉

〈彼の研究は信頼性がないという烙印を押されたんじゃなかったの〉

〈そうだよ。当然の報いだった。彼は明らかに、都合のいいデータだけを恣意《しい》的にピックアップしていた。被験者のテレパシー能力はウォーミングアップに時間がかかるし、疲労すると衰えると主張して。要するに、正答がつづいている期間のデータだけを採用したんだ〉

〈じゃあ、彼の被験者はほんとうは心を読めたわけじゃないと？〉

〈たぶんね。ただし、ひとりだけ例外がいる。彼は、ESPテストで、驚くほど高得点をマークしている〉

〈その彼は本物のテレパスだと？〉

〈判断がむずかしいね。彼は数週間にわたって驚異的な成績をおさめたあと、とつぜん平均以下のレベルに急落し、そのままだった。いったとおり、ライン博士はデータを恣意的

に扱っていたから、実際は彼にテレパシー能力などなかったのかもしれないし……〉

〈もしくは？〉

〈もしくは、能力があることをだれにも知られたくないと考え直して、協力をやめたのかもしれない。ぼくの推測をいわせてもらえば、彼は自分にテレパシー能力があるとラインに知られたらどうなるか見当がついて、嫌気が差したんじゃないかな。サーカスの占い師みたいに見世物になるか、実験台にされるか、それとも異端審問されるか――〉

〈火焙りの刑に処せられるか〉ブリディは皮肉っぽく口をはさんだ。

〈まさしく。その考えは正しかった。真実を――〉

〈しいっ。技師が戻ってくる〉

〈ぼくの声は聞こえないよ〉CBはそういったものの、さっきの医療技師が部屋に入ってくると、ともかく口をつぐんだ。

「ドクター・ヴェリックからの指示で、まず検査を受けてほしいとのことです」といって、いくつかのキーをタイプした。画面にドクター・ヴェリックが現れる。デスクに置かれたラップトップの前にすわっている。

「聞こえますか？」技師がドクター・ヴェリックにたずね、イエスという返事のあと、音量レベルと解像度をわずかに調整してから、「ではどうぞ、ドクター」といって部屋を出ていった。

「ミズ・フラニガン」ドクター・ヴェリックはいつものように、会えて純粋にうれしいという表情だった。「その後、気分はいかがですか？」

「上々です」ブリディは用心深く答えた。

「ミスター・ワースと、まだ接続が成立していないそうですね。珍しいことではありません。多くのカップルは、二日ないし五日を要します。場合によってそれ以上かかることも」

トレントに聞かせたい、とブリディは思った。

「すべて順調のようですね」ドクター・ヴェリックは目の前のラップトップを見ながらいった。「手術跡はきれいに治りかけている……感染も……腫れもなし」

ラップトップから目を上げて、「接続していないというのは確かですか？　病院で申し上げたとおり、初期の接続は間欠的で、ごくかすかな場合があります。ほんの一、二秒の、感覚のちらつき。そういうものをなにも感じてない？」

「はい」

「ほかの感覚はどうです？　あたたかさや冷たさを急に感じたことは？　うずきとか、香りとか？」

CBみたいな口ぶりね。「いいえ」

「音楽はどうです？　声は？」

「声？」ブリディははっとして訊き返した。

「ええ。わたしの患者のうち何人かは、感情的な絆が強すぎるあまり、パートナーが自分の名を呼ぶのを聞いた気がしたそうです」じっとブリディを見つめて、「そういうものを聞いたことは？」そしてブリディは思った。もしほかにも声を聞いた患者がいるなら、ほんとうのことを打ち明けても、統合失調症だとは思われないだろう。

〈打ち明ける？〉CBがいった。〈そんなことは――〉

〈もし自分の患者が前にも声を聞いているなら、ドクター・ヴェリックはその原因と治療法を知っているかも〉

〈パートナーの声を聞いたという話で、べつのだれかの声じゃない。そんなことをして、ドクター・ヴェリックがトレントに――〉

〈トレントに話したりはできない。医師としての守秘義務があるんだから、ね？〉

〈ブライディ・マーフィもそう思った。しかし彼女は、最終的にライフ誌のカバーを飾ることになった〉

〈ブライディ・マーフィの話はもういいから〉ぴしゃりとそういってから、声に出して、

「ドクター・ヴェリック、わたし――」

「ドクター？」看護師がドアの外から呼びかけ、部屋の中を覗いた。

「なんだね？」ドクター・ヴェリックは、自分も部屋にいるみたいに反応した。

〈彼に打ち明けるなんて本気じゃないだろうね〉ＣＢがいった。〈ジャンヌ・ダルクの末路を考えてみろ〉

〈しいっ〉ブリディは看護師の言葉に聞き耳をたてた。

「ミスター・ワースをこちらにお連れしてもいいかとブラッドが。一時までに病院に戻らなきゃいけないそうで」

ドクター・ヴェリックは不興げな表情になり、「ああ、いいだろう」

どうして看護師がトレントを案内してこないんだろう。ブリディが不思議に思ったそのとき、小型のディスプレイとラップトップを載せた金属製のカートを押して、さっきとはべつの医療技師が入ってきた。検査台の横にカートをとめると、ケーブルを接続し、キーを叩きはじめた。

〈冗談だろ〉ＣＢがいった。〈きみをベッドから叩き起こしてはるばるここまで来させておいて、自分は電話参加？〉

〈トレントはすごく忙しいのよ〉ブリディは弁解がましくいった。〈ヘルメス・プロジェ

クトはものすごく重要だから〉

〈まったくそのとおりだね〉

〈どういう意味よ？〉

　ＣＢは質問を無視して、〈これがどんなに莫迦げてるかわかってる？　ふたりとも、ここにいるわけでさえないんだよ〉

〈あなたもそうでしょ〉ブリディは切り口上でいった。〈すくなくとも、スカイプなら接続を切れるし〉

〈確かにね。なるほど、もっともだ〉ＣＢはそういって、驚いたことにブリディの皮肉を受け入れて、どこかに消えた。

「準備ＯＫです」技師が画面のドクター・ヴェリックに向かっていった。「ミスター・ワースの側も準備できてます。そちらの端末で、ALTキーとCONTROLキーと同時にVID2を押してからENTERキーを押してください。それでつながります」

　わたしとトレントの接続も、そのくらい簡単だったらいいのに。

「ありがとう、ブラッド」とドクター・ヴェリックがいった。技師は部屋を出ていったが、医師はトレントの映像を呼び出そうとはしなかった。かわりに立ち上がり、デスクの前にまわって、角のところに腰かけると、実際に同じ部屋にいる人物が内緒話をするときのようにこちらに身を乗り出した。「邪魔が入って申し訳ない。ミスター・ワースがあなたの名前を呼んだり話しかけたりするのを聞いたことがあるかという質問に答えてもらっているところでしたね」

〈秘密というのは、いったん洩らしたら、もうとりかえしがつかないんだよ〉とCBがいった。

〈しいっ〉

「患者が感情的に敏感であればあるほど」とドクター・ヴェリック。「接続と感情のかたちはより複雑になる。触感、音、言葉――」

〈ほらね〉

〈なにが〝ほらね〟だい？　そいつは適当なことをいってるだけだよ。さっきの話を聞いただろ。「初期の接続は間欠的でかすかなものとなる」だって。とんでもない。きみとぼくは、最初の瞬間から完璧につながった。それに彼は、術後、最低でも十二時間たたなければ接続は不可能だといったが、明らかにそうじゃなかった。どういう仕組みなのか、彼にはまるでわかってない〉

〈あなたよりはわかってるわよ〉それから声に出して、「ドクター・ヴェリック、いまのお話だと、感情的に敏感な――」そこで画面がブルーになった。

〈あなたがやったの？〉ブリディは詰問口調でいった。

〈なにをやったって？〉

〈わかってるくせに〉そのとき、ドアが開いて技師が入ってきた。

「すみません」急ぎ足でラップトップに歩み寄り、「きっと入力信号の問題だ」キーを叩きながら、「すぐ復帰させますんで」

数秒後、ドクター・ヴェリックの姿が画面に復活した。技師は、トレントも電話会議に参加していたと思ったらしく、もうひとつのディスプレイの彼の映像を出して、「遅れてすみません、ミスター・ワース。技術的な問題があって。聞こえますか？」

「はい」トレントの映像が答えた。自分のアパートメントのカウチに腰を下ろしている。ブリディのほうを見て、「ドクター・ヴェリックにはもう話した？　ぼくらの接続がなぜ阻害されているか確かめるために脳スキャンが必要だと？」

やめて！

トレントはドクター・ヴェリックの映像のほうを向き、「彼女のＥＥＤにはなにか問題があったんですか？　まだ接続できないのはそのせい？」

「いいえ」ドクター・ヴェリックはそういって、肉体的になんの問題もないという先ほどの説明をくりかえした。

「確かですか？」トレントが食い下がる。「彼女の退院を遅らせて、さらに検査を実施しようと判断したときは――」

〈ドクター・ヴェリックは、検査を実施したのはきみが病室を脱出したせいだとバラすぞ〉とCBがいった。〈早く。ストレスが阻害要因になるかどうかたずねろ〉

「わたしたちはどちらも、仕事で大きなストレスにさらされています」ブリディはあわてて口をはさんだ。「それが問題だということはありますか、ドクター・ヴェリック？」

「もちろん。接続に干渉する要因は無数にあります。ストレス、睡眠不足、感情的な絆の――」

「感情的な絆に関しては、なんの問題もありませんよ」トレントが口をはさんだ。「カップルが接続に失敗する主な原因が感情的な絆の欠如だということは知ってます。でも、ぼくは感情的に百パーセント、ブリディに気持ちを捧げているし、彼女も同じです。ぼくらには、ほかにはだれもいない。だよね、スイートハート？」トレントとドクター・ヴェリックがともにブリディのほうを向いた。

電話の呼び出し音が鳴り、トレントはポケットからスマートフォンをとりだした。「すみません、ドクター・ヴェリック。でも、この電話に出ないと――」

「かまいませんとも」ドクター・ヴェリックがいって、ラップトップに手を伸ばしてキーを押した。トレントの画面が空白になった。

「いま、ものすごく大きなプロジェクトの真っ最中なんです」とブリディが説明した。

「トレントは――」

ドクター・ヴェリックは手を振ってブリディの謝罪をしりぞけ、「じつのところ、ちょうどよかった。彼がいないほうが答えやすい質問もあるかもしれない。ミスター・ワースがいったとおり、カップルが接続に失敗するケースのうち九十五パーセントは、感情的な絆の不足が障害になっています。あなたがたのケースでも、それが問題だという可能性は？」

「もちろん、そんな可能性はありません」ブリディはそう答えてから、〝もちろん〟ではじまるセンテンスは自動的に嘘を意味しているというＣＢの言葉を思い出し、彼が皮肉なコメントをはさんでこないことに驚いた。

「まだ完全に清算しきれてないかもしれない過去の恋愛関係とか？」とドクター・ヴェリック。「あるいは、いま恋愛感情を抱いているかもしれないべつの相手とか」

「もちろんいません」

「確かですか？　ＥＤパートナーを心から愛していると思っている人が、実際はべつのだれかに対する恋愛感情を捨てきれずにいるというのは珍しいことではありません。患者自身、自分の気持ちに気づいていないケースもある」

ということは、CBを愛してないと主張しても無駄だ。自分でそれに気づいていないだけだと思われてしまう。ドクター・ヴェリックには話せない。

「トレント以外のだれにも恋愛感情はいっさいないですし」ブリディはきっぱりいった。「そのことに疑いの余地はまったくありません。トレントと同じく、すべての気持ちを彼に捧げています」

「その場合、接続の遅れは、ほぼまちがいなく、たんなる遅延ですね」ドクター・ヴェリックはブリディを見つめた。「接続が途切れる前、わたしになにか質問しかけていたのでは？」

いいえ、もう質問はないわ。「もう答えていただきました」とブリディ。

「そして、さっき説明したようないかなるかたちでも、感情なり感覚なりを受けとっていないと断言できるんですね」

「はい」

ドクター・ヴェリックはうなずき、ラップトップのキーを押した。トレントの映像が小さいほうのディスプレイに現れた。むっとしたような表情。「失礼」とドクター・ヴェリックがいった。「接続に問題があったようで」

「問題の原因が感情的な絆だということはありえないって説明してくれた、ブリディ？」とトレント。

「ええ」

「じゃあ、なにが問題なんでしょう、先生？　もう三日近く経っています」

「ミズ・フラニガンにいま話していたとおり、その程度の日数を要する例は珍しくありません。四日から五日、もっと長くかかることもあります」

「もっと長く？」トレントがぞっとしたようにいった。「どのくらい長くです？」

「それを判断するのは不可能です。要素が多すぎる」ドクター・ヴェリックは考え込むような表情でトレントを見ながら、「しかし、無理やりつながろうとしているかぎり、接続は生じない。緊張と不安が脳内物質に影響を与えて、ニューロンが必要な経路をかたちづくるのを不可能にしてしまい、それがさらなるストレスの原因になる。不妊治療中のカップルのあいだでしばしば起きる現象と似たようなものです。いっしょうけんめいになればなるほど、妊娠が困難になる。この負のフィードバック・ループを断ち切ることが重要です」

「どうやって？」トレントが熱っぽくたずねた。

「リラックスして、自然に接続が生じるのを待つ。抗不安薬を処方しますから、接続のことを考えるのをやめて、ほかのことに集中してください。本を読んだり、テレビを見たり、ビデオゲームをしたり。ディナーに出かけるか、バスケットボール観戦か、映画か。接続のことを忘れさせるものならなんでもいい」

「セックスは？」トレントがたずねた。ブリディが止めるまもなく、「ブリディの話では、最初の二、三日はセックスを避けるようにと先生にアドバイスされたそうですが」

「病院で看護師さんにそういわれたといったのよ」

「いや、違う」とトレント。「はっきり覚えている。きみはドクター・ヴェリックが――」

「わたしがいったのは、病院で看護師さんに、手術からちゃんと回復するまでは――」

「もっともなアドバイスですが」とドクター・ヴェリック。「いまの時点では、セックスを避ける理由はありませんね。それが自然な営みであって、ストレスを増すようなものでないかぎり」

　いったいどうしてセックスなんかできるだろう。ブリディは絶望的な気分で思った。わたしたちがセックスしてる最中、CBが聞き耳を――

〈そんな心配はないよ〉とCBがいった。〈ぼくはそこまでマゾじゃないから〉

〈まあ〉ブリディは驚き、心を動かされ――妙に持ち上げられた気分になった。頬が熱くなる。

　この感情をＣＢに拾われていませんように、と祈る。これだとまるでわたしが――

「ミズ・フラニガン？」ドクター・ヴェリックが好奇の目でこちらを見ている。

　顔が赤くなっているだろうか？　そうじゃありませんように。「はい？」声を平静に保とうとしながら、「すみません。いまなんと？」

「先生は、ほかになにか質問はないかとたずねたんだよ」トレントがいらだたしげにいった。

「ああ。いえ、おかげさまで、どうすべきかはわかりました」

「で、あなたも質問はありませんか、ミスター・ワース？」

「ありません」

「よろしい。では、おふたりにザナックス（抗不安薬）を処方しましょう。リラックスしてください。ストレスも、不安も、接続について考えるのもなし。自然にまかせてください。いずれつながりますから」といって、ドクター・ヴェリックはトレントの画面を消した。

「ありがとうございます、ドクター・ヴェリック」ブリディは検査台を降りて、ジャケットに手を伸ばした。しかし、ドクター・ヴェリックの話はまだ終わっていなかった。

「どんなにささやかな、あるいは束の間のものであっても、なんらかの接触を感じたら、ただちに連絡してください」といって、また携帯の番号を告げた。「イメージ、音、感覚。たとえ接触とは思えないようなものでも。患者のひとりは、寒いという感覚をものすごく強く感じたあまり、それを言葉として受けとめ、婚約者が『ドアを閉めてくれ。凍えそうだ』というのを聞きました。そういうことを経験しましたか？」

「いいえ」

「ついさっき、『いまなんと？』といいましたね。あのとき、なんらかの接触を経験していたのでは？」

顔を赤らめていたとき。「いいえ」ブリディはきっぱりいった。

ドクター・ヴェリックは眉間にしわを寄せた。「確かですか？　あなたは驚いたような顔になり、それから――」ふさわしい言葉を探すようにちょっと口ごもり、「心を動かされた。やわらいだ。まるでなにかを聞いて、それによって――」

画面が空白になった。

助かった。「ドクター・ヴェリック？」と試しに呼びかけてみた。「聞こえますか？こちら側は、映像も音声も途切れています。接続が切れたみたい」

返事がない。よかった。出られるうちにここを出なきゃ。ジャケットとバッグをつかみ、オフィスを抜け出した。受付エリアは無人だった。処方箋を渡されるまで待つべきだろうか。でも、看護師がドクター・ヴェリックに確認しようとして回線が途切れているのを知り、また技術者を呼ぶような事態は避けたかった。

それに、不安が問題じゃないことは明らかだ。交通量ゼロの真夜中の暗い道路に車を走らせながら、ブリディは思った。この二、三日は不安しか抱いていなかったのに、CBとの接続はまったく妨げられなかったんだから。

ドクター・ヴェリックは口からでまかせをいっている。でも、すくなくとも、接続には数日かかるかもしれないと述べてくれたことで、トレントとコンタクトを成立させるまでに、いくらか時間の余裕ができた。その時間をせいいっぱい活用しよう。

それから帰宅するまでの道中と、眠りに就くまで、さらに土曜の朝、起きてからも、うまずたゆまずトレントに呼びかけつづけたが、やはり成果はなかった。トレントとの唯一のコンタクトは、出勤途中の車の中で彼が送ってきた一連のショートメッセージだけだった。『ドロップト・コールのチケットを探し中』『ダメ。売り切れ』それから『ランチにカフェテリアで合流？』

それを見て、出社したらすぐにメアリ・クレアに電話して、きょうは出勤になったからメイヴとランチに行く予定はキャンセルすると伝えなければならないことを思い出したが、まだ駐車場にも着かないうちにメアリ・クレアのほうが電話してきた。「予定を変えてほしいの。メイヴが病気で」

「どうしたの？」ブリディはたずねた。「インフル？」

「ううん。熱はない。症状はなんにも出てない。ほんとに心配で」

心配するのはメアリ・クレアだけだろう。「症状が出てないなら、どうして病気だとわかるの？」

「本人が病気だっていうから。朝食のときに――けさ起きたときは元気だったのよ――母娘読書会の話をしてたら、とつぜんメイヴがスプーンを置いて、『気分が悪い。横になったほうがいいみたい』っていって、部屋に戻ってドアを閉めたの。おなかが痛いとか、どこか具合の悪いところはあるのってたずねたら、ないって。虫垂炎じゃないかと思って」

病原は母娘読書会だろう。「虫垂炎じゃないわよ」ブリディはいった。「だったら熱があるはずだし、右の脇腹が痛むはず」

「破裂したらべつ。ネットで調べたの。二時間待ってよくならないようなら、救急車を呼ぶわ」

かわいそうなメイヴ。心のなかでためいきをつきながら、駐車場に車を乗り入れた。

ＣＢの車はすでに来ていた。トレントの車も、スーキの車も。ブリディはぐったり疲れていて、その中のだれとも顔を合わせる気力がなかった。あるいはアート・サンプスンとも。社屋に足を踏み入れたとたん、彼の声が聞こえた。「もしいまレイオフされたら、六十五歳まではとても貯金が保たない」

　ブリディは彼の姿が見えるまで待たず、階段を駆け上がってオフィスに飛び込んだ。

「アート・サンプスンのオフィスに電話して、十一時のミーティングをキャンセルして」とシャーラにいう。「来週に変更して」

「彼のアシスタントが先に電話してきて、月曜の朝に変更しましたよ」とシャーラ。

「あら。よかった。ほかに伝言は？」

「あります。キャスリーンから何度か。それと、トレントの秘書から、今夜八時にルミネスを予約したので、彼が七時に迎えにいく、と」

「ありがとう」ブリディは、親族のだれかが中で待ちかまえていないことを祈りながら、執務室に歩き出した。背後で声がした。「ディカフェのラテひとつ」

　反射的にふりかえりながら、もしシャーラがコーヒーを買いにいくなら、ついでになにか頼もうと思ったが、シャーラはコンピュータに向かってキーボードを叩いている。

　廊下のだれかの声を聞いたんだ。そう思ってオフィスの戸口まで出てみたが、外にはだれもいなかった。

　いまの声は、頭の中で聞こえたんだ。胸の奥から興奮が湧き上がってきた。とうとう来た。トレントと接続した！　しかも、感情だけじゃない——言葉で！　ＥＥＤでは二級品の接続しか得られないというＣＢの主張はまちがいだった。トレントとも、ＣＢとのように、たがいに心で話ができる。

〈トレント、聞こえる？　こっちはあなたの声が聞こえるわよ〉そう呼びかけたが、返事はなかった。

　たぶん、こちら側だけでメッセージを受けとってるんだ。そう思って、スマートフォンをとりだしＳＭＳを送りかけたが、最後の瞬間に手をとめた。もしトレントなら、どうして「ディカフェのラテひとつ」なんていったんだろう。トレントはラテが好きじゃないし、ディカフェはぜったい頼まない。それに、さっきの声はぜんぜんトレントっぽくなかった。

〈ＣＢ、ラテを頼んだのはあなた？〉とたずねてみたが、ＣＢの声にも聞こえなかった。

「どうかしました？」とシャーラがたずね、ブリディはもうちょっとで「いまさっき、だれかがしゃべってるの聞こえた？」と訊くところだったが、そのとき、シャーラの瞳に浮かぶ好奇の色に気がついた。自分のスマホに手を伸ばしているということは、きっとスーキに、『ボスの行動が変』とメッセージを送るつもりだろう。悪くすれば、『ボスが幻聴』とか。

「いえ、なんでもないの。やらなきゃいけないことを忘れてたのにいま気がついただけ。

電話は取り次がないで」ブリディはそういうと、執務室に入ってドアを閉めた。

〈グランデひとつ〉と声がいった。まだとてもかすかに聞こえた。〈いや、泡なしで——〉。唐突に途切れた。今回は、頭の中で聞こえたことに疑問の余地はなかった。ということは、声の響きが違ったり、言葉が不自然だったりしても、トレントに違いない。たぶん、会議の出席者が飲むコーヒーをエセル・ゴドウィンに買いにいかせるところだ。心の声は、耳を通して聞くのとは違って聞こえるということだろう。


でも、CBの声は、違って聞こえない。それに最初から、かすかではなく、完璧にクリアに聞こえた。センテンスの途中で、いきなり接続が遮断されたみたいに切れることもなく——


遮断された。あれはトレントの声で、あんなふうに途切れたのは、CBが妨害しているからだ。

〈CB！〉ブリディは呼びかけた。〈返事して。聞いてるのはわかってるんだから〉

〈怒鳴らなくてもいいよ〉CBがいった。〈聞こえてるから。どうした？〉

〈どうしたもこうしたもない〉ブリディは怒りの思念を放った。〈あなたがトレントを妨害してるくせに。否定しても無駄。彼が聞こえたんだから〉

〈トレントが聞こえた？〉CBは、純粋に驚いた口調だった。〈どういう意味だ、彼が聞

こえたって？　気持ちを感じたのか？〉

〈いいえ、声が聞こえたのよ。あなたが妨害しているにもかかわらず――〉

〈いつのことだ？　いや、いい。きみに話さなきゃいけないことがある。いますぐ。ラボに来てくれ〉

〈どうしてわたしたちを妨害していたか、その理由を説明する――〉

〈どこにいる？　オフィスか？〉ブリディは意識しないままイエスという返事を思い浮かべたらしく、ＣＢはいった。〈そこにいて。すぐ行くから〉

　このオフィスだろうがどこだろうが、これ以上、ＣＢに嘘を並べさせるつもりはなかった。スマートフォンをひっつかんで、カフェテリアに行ってくるとシャーラに伝えて、トレントのオフィスへ出かけた。ＣＢを避けるために階段を使った。最初に起きたときに、テレパシーのことをトレントに打ち明けるべきだった。そう思いながら階段を駆け上がり、廊下を急ぐ。ＣＢなんかの口車に乗って――

　通りかかった会議室の戸口から手が伸びてきてブリディの手をつかんだ。「いったいなにを――」と叫び、相手がＣＢだと気づいた。

「しいっ」とＣＢがささやく。「最初は病院、今度はこれ。『そこにいて』という言葉のいったいどの部分が理解できないんだい？」

「放して」ブリディは手をもぎ離そうとしながらいった。

「きみに話すべきことを話してからだ」ＣＢは会議室の中へブリディをひっぱった。

「誘拐なんかされるもんですか！」と叫び、だれでもいいから助けてくれそうな人を求めて必死にあたりを見まわした。

「また誘拐か」とＣＢ。「どうかしてるんじゃないか？」

「わたしが？」ブリディは、手首を摑んでいる指をひきはがそうとしながら、憤然といった。向こう脛を蹴りつける。「オペラ座の怪人みたいな真似をしてるのはあなたのほうでしょ！」

「ノートルダムの鐘つき男だよ」と訂正し、ＣＢはひっぱるのをやめた。「いいとも」と声高にいう。「じゃあここで、みんなの前で話そう。それが望みかい？　いまさっきスーキがこっちのほうに歩いてくるのが――」

「しいっ」ブリディはそういって、ＣＢのあとについて会議室に入った。中に入るなり、ＣＢは手を放し、『会議中――入室禁止』の札をドアノブの内側からはずすと、ドアを細めに開けて、外側のノブに札を吊るした。それから会議テーブルに歩み寄り、一枚の紙とスコッチテープを手にとった。ブリディはドアに目を向け、ＣＢにつかまる前に飛び出してトレントのオフィスに――

〈無理だね〉CBがいって、ドアの前にすばやく移動する。〈心が読めるんだよ、ね？〉

ドアの窓にテープで紙を貼って目隠しすると、椅子のひとつを引いた。「すわって」

「立ったままでいい」ブリディは腕組みした。

「いいだろう。トレントの声を聞いたのは、正確にいつ？」

「二、三分前」

「彼の声を聞いたのはそれがはじめて？」

「ええ」

「まちがいなくトレント？　なんといってた？」

「そんなこと、あなたにはなんの――」

「なんといってた？」CBが怒鳴る。「知る必要があるんだ、ブリディ」

「彼を妨害するために」

「妨害なんかしてない！」

「じゃあどうして彼の声があんなふうに途切れたの？　あなたが妨害してたからよ。なんとかそれをすり抜けて届いたけど、だからあんなに声がかすかだったし、声もトレントらしくなくて――」

CBはその言葉に飛びついた。「どういう意味だ、声がトレントらしくないって？　最初に聞いたときは、トレントの声だと思わなかった？」

「ええ。あなたが歪めたりとかしてるおかげでね」

ＣＢはそれを無視して、「彼がなんといったか教えてくれ」

「どうして？」ブリディは噛みつくようにいった。「わたしの心が読めるんでしょ」

ＣＢはそれも無視して、「教えてくれ。正確に」その口調のなにかがブリディに返事をさせた。

「最初のときは、『ディカフェのラテひとつ』だった。それで、廊下にいるだれかの声だと思った」

「そうじゃなかったのは確か？」

「ええ。その何分かあと、ドアを閉めた執務室の中にいるとき、同じ声が『グランデひとつ。いや、泡なしで』というのが聞こえたから」

「スターバックスで注文しているみたいに」とＣＢがいい、ブリディはうなずいた。「きみに話しかけているみたいに聞こえた？」

「いいえ」とブリディは認めた。トレントはスターバックスのバリスタと感情的に結ばれてるとかいわないでよ。

「で、それだけ？　ほかにはなにも聞こえてない？」

「ええ。あなた以外はね」ブリディがそういうと、CBは目に見えてほっとしたようすだった。なぜなら、彼がトレントを妨害しているから。

「いや、そんなことはしてないって！　さっき声が歪んでいたといったのはどういう意味？　トレントの声とは違っていた？　もっと深みがあった？　鼻声だった？　訛りがあった？」

「いいえ」ブリディは眉間にしわを寄せて思い出そうとしたが、これといえるような特徴はなにもなかった。ほかの声と区別できるような要素はなにも――

〈くそっ。これが心配だったんだ〉「こんなことならもっと早く――」CBは途中で口をつぐみ、さっき引いた椅子を身振りで示した。「すわってくれ。頼む。話さなきゃいけないことがある」ものすごく真剣な口調だったので、ブリディはその言葉にしたがった。

「なんなの？　どういうこと？」

CBはもうひとつ椅子を出して、ブリディの向かいにすわった。開いたひざのあいだで両手の指をかたく組み合わせ、身を乗り出す。「こんなことならもっと早くきみに話しておくべきだった。でも、もしかしたらと……つまり、きみにはぼくの声が聞こえるだけだったから、もしかしたらずっとそのままかもしれないと思ったんだ。とくに、これだけ長い時間が経ってもなにも起きなかったから。ぼくは――」

〈どうしてこんなに長くかかってる？〉いらいらしたような声が割って入り、ブリディは反射的に、紙で目隠ししたドアに目をやった。外の廊下にいるだれかが中に入りたがっているんじゃないかと思ったが、それからＣＢがドアのほうを見ていないことに気がついた。それどころか、なにか聞いたそぶりも見せていない。

トレントだ。やっぱり彼の声には聞こえないけれど、すくなくとも今度は、トレントが口にしてもおかしくない言葉だった。

〈ここよ〉と呼びかけた。〈あなたの声が聞こえる〉

「だれの声が聞こえるって？」ＣＢが手を伸ばし、ブリディの手をつかんだ。「ブリディ、いまだれかが話しているのを聞いたのか？」

「ええ。トレントよ。わたしたちふたりの接続に、どうしてこんなに長くかかってるのかとたずねた」

「ほんとに？　〝接続〟という言葉を使ってた？」

「いいえ」ブリディは認めた。「でも、いまのは彼が――」

「正確になんといったか教えてくれ。重要なことなんだ」

「彼はこういった。『どうしてこんなに長くかかってる？』」

「彼の声は、前のときと同じ声に聞こえた？」

同じ声には聞こえなかった。でも、ふたつの声がどう違うのか指摘できない。違うという気がしただけ。「いいえ。でもそれはあなたが妨害して——」

ブリディは口をつぐんだ。ＣＢはこちらを見ているが、その顔は弁解するような表情ではなかった。これから悪い知らせを伝えなければならないとでもいうような、同情の色を浮かべている。「なんなの？」とブリディはたずねた。

「トレントじゃない」

「どういう意味、トレントじゃないって？　空耳だとでも？」

「いや。あいにくだけど」

「それはどういう意味？　トレントのはずよ。ほかにだれだという可能性が？」

ＣＢの顔がさらに同情的になった。「だれであってもおかしくない」

「だれであっても？　どういう意味、だれであってもって？」

「コンピュータの起動を待っているコムスパン社員のだれかかもしれないし、妻の出産がどうして長引いているのかとやきもきしている夫かもしれない。それとも、信号が変わるのを待っている男かも」

「なのに、トレントじゃないと断言するわけ？　わたしたちがどうしてまだ接続しないのかと思っているトレントかもしれないのに」ブリディは怒りを込めてたずねた。「どうしてなの？」

「なぜなら、きみが声を聞いて、トレントだとわからなかったから。それはつまり、知らない人の声だということを意味している。ラテを注文しているのを聞いた人物もそう」

「つまりわたしは、見ず知らずのふたりの声を別々に聞いたと？」

「ああ。そのふたりはただの振り出しだ。これから二、三日で、もっとたくさん聞くことに――」

「どうしてそんなにはっきりわかるの？」とたずねたが、答えは明らかだった。「あなたも聞いたことがあるのね。そういう他人の声を」

「ああ。気持ちのいいもんじゃない。だから、なんとかしてそれを――」

「あなたは他人の声をいくつも聞いている」ブリディは声に出していいながら、その意味を噛みしめた。「見ず知らずの人間の声を聞いたことがあるから、わたしとのあいだでおたがいの声が聞こえたとき、それが感情的な絆とは無関係だとすぐにわかった。ほかのなにかが原因だと知っていたのに、そんなこと、これまでおくびにも出さなかった」

「オーケイ。確かに、いまになってみれば、もっと早く話すべきだったと――」

「もっと早く？　すぐに話すべきだったのよ。最初に起きたときに。それはいつ？」

「ブリディ――」

「あなたはそういうほかの声を前から聞いていた。だから、いろんなことを調べてつきとめるだけの時間があった。相当長い時間、聞いていたはずよ。いつから？」

わたしを病院から連れ帰ったあの日からだ。ブリディは心の中で自答した。だからわたしのアパートメントに着いたとき、キャスリーンに姿を見られなかったことを知っていた。だから、戻ってもだいじょうぶだといったのも、キャスリーンの考えを読んで、帰ろうとしていることを知ったから。

「それとも、それよりもっと前から聞こえてたの？　わたしがまだ病院にいるときから？　もちろんそうよね。だから、あの看護師が当直を終えて帰宅したことがわかった。わたしが逃げ出したのをドクター・ヴェリックに伝えるかどうかで看護師たちが迷っているのがわかった」ナースステーションで盗み聞きしたといっていたけれど、そうじゃない。心を読んだんだ。だから、ジャンヌ・ダルクが複数の声を聞いていたという話を持ち出した——わたしにも同じことが起きていないか確かめるために。「あの最初の夜から、ほかの声が聞こえはじめてたんでしょ。わたしの声を聞いた直後から？　違う？」

CBはまたあの哀れむような表情を浮かべた。「違うよ」

ああ、なんてことだろう。CBがほかの人たちの声を——それにわたしの声を——聞いていたのは、わたしがEED処置を受けるよりもっと前からなんだ。だからわたしが病院に出かけようとしているところを捕まえられた。そもそもの最初に、わたしがＥＥＤを受けようとしていることを知ったのもそのためだ。「いつから頭の中で声を聞いているの？」ブリディは詰問した。

「ブリディ――」

「質問に答えて。いつから？」

ＣＢは大きく深呼吸した。「十三歳のときからだ」

12

「十三歳のとき、神の声を聞きました……最初はとても怖かった」

――ジャンヌ・ダルク

「十三歳？」ブリディは、言葉の意味を理解しかねて、おうむ返しにいった。

CBはうなずいた。「誕生日の三週間後だった。思春期の訪れの二カ月後だったから、なにが原因だと当時のぼくが思ったかは想像がつくだろう――もっとも、学校の授業で『分裂病の少女　デボラの世界』を読まされていたから、もしかしたらぼくも同じ病気かもしれないとも思った。当時は、ジャンヌ・ダルクとか、ほかの聖人たちが、同じくらいの年齢で声を聞きはじめたことなんか知らなかったから」

「十代のころからずっと声を聞いてたのね」とブリディはいった。もちろんそうだ。なにもかも、それで説明がつく。CBがあんなに一匹狼なのも、ひとりごとをいってるのを聞いたというシャーラの話も、どこにもつながっていないイヤピースも。病院でのあの最初の夜、なぜ彼が驚かなかったのかも、それで腑に落ちた。テレパシーで交信しているという考えを、どうしてそくざに受け入れたのかも。十三歳のときから、自分がずっとそうしていたからだ。

「違うよ。ぼくは十三歳から声を聞いていたけど、話をしていたわけじゃない。そっちはもっと最近のことだ」

「どのくらい最近？」

「ごく最近だよ」

「話しかけることができた相手はわたしが最初だってこと？　それと、声が聞こえるっていうのは何人の声？　コムスパンの全社員の声が聞こえるの？」もちろんそうだろう。たぶん、ヘルメス・プロジェクトの会議を盗み聞きしながら、アップルに情報が洩れないように機密を保持するための措置を笑いものに——

「そういう仕組みじゃないんだよ」ＣＢがさえぎった。「だれのどんな声を聞くかはコントロールできない。ただ、聞こえるんだ。ついさっき、きみが、『どうしてこんなに時間がかかるんだ？』という男の声を聞いたみたいに。声はただ聞こえてくる。そして、聞こえつづける。だから、なんとかしてそれをブロックする方法をきみに教えないと——」

「やっぱり」とブリディはいった。「あなたがトレントをブロックしてたのね！」

「ああもう、勘弁してくれよ」CBは片手で髪の毛をかきむしった。「何度もいうけど、ぼくはきみのまぬけな恋人をブロックしたりしてない！　きみが声をブロックするのに手を貸そうとしてるんだ。きみは声に対する防壁を築かなきゃいけない。それもいますぐ。これ以上、声が聞こえはじめる前に。きみはきょうはじめて声を聞いた。ということは、ひどくなるまでにまだ一日か二日ある。でも、防御をかためるには時間がかかるし、最初の一歩をきみに教えるには――」

「もし仮に、トレントとわたしの接続をあなたが妨害していないと信じたとしても――信じてないけど」ブリディはそっけなくいった。「あなたに彼の声が聞こえることは明らかよ。ということは、彼がどんなにわたしを愛しているか、どんなにいっしょうけんめいわたしと接続しようとしているかもわかっている。なのにあなたは、そんなこと、ひとこともいわなかった。それに、なぜわたしにあなたの声が聞こえるかも、ひとことも説明しなかった。その答えもわかっていたくせに。わたしとあなたのあいだに感情的な絆があるからだと思わせて――」

「そんなことはいってない。トレントなら、きっとそう思うだろうといったんだ。それに、そんな状況じゃなかった。最初の夜に話さなかったのは、きみがパニックを起こして自分を失うんじゃないかと心配だったからだ。ぼくの声を聞いたショックだけで、きみはすでに、点滴のチューブを引き抜いて病室を飛び出していた。なにもかも話したら、エレベーターシャフトに身を投げるとか、そんな真似をしかねないと思ったんだ」

「じゃあ、そのあとは？」

「病院から自宅まで送っていったとき、話そうとしたんだけど――」

「それは二日も前よ」

「うん。たぶん、もっと早く話しておいたほうがよかったと――」

「たぶん？」

「オーケイ、じゃあわかった、ぼくはぜったいに、もっと早く話すべきだった。でも、その必要が生じないことを願ってたんだよ。きみは、ぼく以外はだれの声も聞いていなかったから、もしかしたらＥＥＤはきみに部分的なテレパシー能力を与えただけで、ほかの人間の声は聞こえないのかもしれないと――」

「で、ふたりのあいだに感情的な絆があると首尾よく思い込ませて、わたしがあなたの胸に飛び込むかもしれないと期待した」

「いや、もちろんそんなことは――」

「もしくは、その感情的な絆とやらを使うことで、最低限、わたしがトレントに打ち明けるのを阻止することはできた。もちろんね。だからあなたは、愛する相手の死を感じとった人や、魚雷で攻撃された水兵たちや、ネブラスカ州のマクックの話をした。そして、ブライディ・マーフィと〝心の声を聞く〟研究の話をして、ドクター・ヴェリックに打ち明けたら頭がおかしいと思われると信じ込ませた。わたしがほんとうのことを話すのをとめるためにできることをぜんぶやった」

「ああ、そのとおり。ぼくはそのとおりのことをした。それもこれも――」

「それもこれも、あなたがテレパシー能力を持っていることを知られたくなかったから。なにもかもそのためね――あたたかい毛布も、家まで送ってくれたのも、ホテルまで車をとりにいくのにつきあってくれたのも――わたしが口を閉じていることを確かめるため。わたしや、わたしとトレントの関係がどうなろうと、どうでもよかったのよ。彼と接続しないことが、わたしが彼を愛していない証拠だとトレントに思われようが、彼との仲が壊れようが、そんなことはどうでもよかった。あなたが気にかけていたのは、だいじな秘密を守ることだけ」

「だいじな秘密、か」とＣＢはつぶやいた。「ぼくならぜったい使わない言葉だな。ブリディ、聞いてくれ」ＣＢは彼女に一歩近づいた。

ブリディは彼を押しとどめるように片手を挙げて、「いいえ、聞かない」ＣＢの嘘をもうちょっとで信じるところだった。じっさい、彼のことが好きになりかけていた。「あんなことをしたなんて信じられない。殺してやりたいくらいよ！」と叫んで、戸口に突進した。

「ブリディ――」CBが彼女をとめようと手を伸ばした。

「さわらないで、この嘘つき、この変態……こ、この……」じゅうぶんな罵倒の言葉が思い浮かばず口ごもった。「この鐘つき男《ハンチバック》！」乱暴にドアを開けると、「ついてこないで！」

足音も荒く会議室を飛び出し、大股に廊下を歩きながらポケットの中の電話を手探りする。トレントを見つけて、話さなければ――

〈ブリディ、だめだ――〉CBの声がして、ブリディは憤然とふりかえった。

背後の廊下は無人だった。〈消えて〉と荒々しくいう。

〈だめだよ、ただ背を向けて行ってしまうわけにはいかないんだ、ブリディ。どうやって自分を守るか、ぼくが教える。声がほんとうに無差別に聞こえはじめたら、防御をかためるのがずっとむずかしくなる〉

〈どんなことだろうと、あなたに教えさせる気はないから〉といったものの、彼を止める方法がないのはよくわかっていた。〈テレパシーなんか大嫌い〉

〈ああ。そして、これから二日間でもっとずっと嫌いになる。そうならないうちに、ぼくに——〉

〈なにをさせろって？　もっと嘘をつかせる？〉

〈嘘なんかじゃ——〉

〈じゃあなんだったの？　なにがテレパシーの原因なのかつきとめるためにリサーチしたっていう話は？〉

〈リサーチはほんとにやったんだよ。ただ……もっと前だけど。それに、心の声について話したことはぜんぶほんとうで——〉

〈どうして信じられる？〉ブリディは憤然といった。〈なにもかも嘘だったくせに。防御だの防壁だのっていう話も、きっとトレントとの接続《クロストーク》を妨害するためのでまかせね〉

〈そういう——〉

〈仕組みじゃない？〉ブリディは嘲《あざけ》るようにいった。〈ずっとそういいつづけてたわね。それも嘘じゃないってどうしてわかる？〉

〈なぜなら——〉

〈聞きたくない。もう消えて〉そういって携帯電話をとりだした。〈でないと警察に電話して、あなたにストーキングされてるって訴えるから！　接近禁止命令をだしてもらうか

ら！〉

〈この状況を考えると、たいして役に立たないと思うけどね〉

〈本気でいってるのよ〉アドレス帳をスクロールしながらいった。〈警察に電話するから〉

〈いや、しないね。ぼくは心が読めるんだよ、ね？　きみはトレントに電話しようとしている。それはやめたほうがいい〉

〈いいえ。そもそも彼に話すのを思いとどまったのがまちがいだったのよ〉ブリディはトレントの番号に発信した。

着信はそのまま留守録にまわった。オフィスのほうにかけてみた。秘書が出た。「ああ、ブリディさん。あいにく、彼はいま、機密保持会議中で」

あなたがそう思ってるだけよ。テレパシーの前では、機密なんてないんだから。トレントにそのことを教えなきゃ。

「なにかわたしにできることはありますか？」エセルがたずねた。

いいえ。「会議が終わりしだい連絡するように伝えてください」

「もちろん。ディナーを予約したので、彼が午後七時に迎えにいくというメッセージは伝わってます？」

「ええ」

〈ディナーに出かけるのか？〉CBがぞっとしたようにいった。〈レストランに？　無理だよ。そういう場所には近づかないようにしないと〉

〈トレントに近づかないようにしろっていうんでしょ。もしわたしたちがいっしょになったら、接続するかもしれない。そうしたら、わたしたちを別れさせようという、あなたのだいじな計画がだいなしになるから〉

〈いや、人がおおぜい集まる場所に近づくのは最悪の行動だからだよ。レストラン、映画館、教会、フットボールの試合、パーティー。人混みは……とにかく、声がこれ以上近づく前に、防御をかためる必要がある。防壁を築く方法をぼくから教わる必要がある〉

〈ええ、防壁は必要よ——あなたに対してね！〉声に出してそういってしまったのではないかと思ってはっとした。

　しかしエセルはおだやかな口調で、「会議が終わりしだいご連絡するよう、ミスター・ワースに伝えます」といった。

「ありがとう。会議がどのくらいかかりそうか、わかりませんよね？」

「残念ながら」エセルはブリディの声に不安の響きを聞きとったらしく、「だいじょうぶですか？」とたずねた。

「ええ、もちろん」ブリディは明るくいった。「もしかしたらと思っただけ」

電話を切り、それから茫然とスマートフォンを見つめて立ちつくし、もう一度エセルに電話して会議の場所を聞き出し、そこに押しかけていってトレントと話をさせろと談判しようかと考えた。しかし、そんなことをしても、ふたりともクビになるのがオチだ。それに、そんなことをする必要はない。ほかにもコンタクトする手段があるのだから。それに、トレントと連絡をつけるのをＣＢに邪魔させるつもりはない。

〈トレント〉とブリディは呼びかけた。〈話があるの〉

〈それもやめたほうがいい〉とＣＢがいった。〈いまいちばんやっちゃいけないのは、どんな種類のコンタクトに対してでも、自分をオープンにすることだ。心の声は――〉

〈わたしは心の声が聞きたいの。あなたの声を聞くよりはずっとましよ！〉

〈本気じゃないだろう。きみはまだ、あかの他人ふたりの声しか聞いてないけど、これからもっとたくさんの声がどんどん聞こえはじめるし、どんどん頻繁になってくる。あと一日か二日で、他人の思考すべてがしじゅう聞こえるようになる〉

〈あなたがわたしの考えを聞いてたみたいに？〉行ってしまったと思っていたあいだじゅう、実際は心の中にＣＢがひそんで、ピーピング・トムみたいに覗いていた。〈シャワーを浴びているときもわたしを聞いていたのね〉と責めるようにいった。〈この変態！〉

〈いいとも。好きなように罵倒すればいい。でも、ぼくの話を聞いてくれ――〉

〈いいえ、聞かない。なにを警告しようとしているのか知らないけど、あなたより悪いものなんかありえない！　消えて。もう二度と近づかないで！〉

〈人がたくさん集まる場所に近づいちゃいけないし、アルコールとか鎮静剤とか、弛緩効果のあるものはすべて禁止――ヴェリックからなにか処方されたかい、ザナックスかヴァリアムかなにか？〉

〈あなたの知ったことじゃないわ〉と答えたものの、CBが心を読めることをいつも忘れてしまう。

〈よくやった〉とCBがいった。〈あっさり病院から立ち去ったのは正解だった。もし彼が処方箋をファックスしてきても、薬局に行っちゃいけない〉

〈聞こえない〉そういってブリディは歌い出した。〈ラララララ――〉

〈心の声に対しては利かないよ。耳に指を突っ込んでも無駄。唯一の対策は――くそっ！〉

〈なに？〉ブリディは疑り深げにいった。〈トレントがまたわたしに連絡しようとしてるの？〉

〈いや〉とCBはいったが、ブリディの言葉にちゃんと耳を傾けていないふうだった。

〈くそっ。降るときはいつも土砂降りってやつか〉とつぶやく。〈いいかい、ブリディ。この件についてぼくと話し合うまで、なにもしないと約束してくれ。だいじなことなんだ〉そういって、CBは去った。

〈よかった〉ブリディは、彼がまだ聞いている場合に備えて——その場合は、どのみちごまかせないだろうが——そういうと、オフィスに向かって歩き出した。CBが去ったのが見せかけで、コピー室か休憩室で待ち伏せしてる場合に備えて、廊下の真ん中を歩いた。

　CBは現れず、さいわい、だれかほかの人間に出くわすこともなかった。もっとも、オフィスに着く直前、アート・サンプスンが「……貯金だけじゃ食っていけない」というのが聞こえた。

　かわいそうなアート・サンプスンは、どうやら廊下を四六時中うろつきまわって、聞いてくれる相手ならだれかれかまわずレイオフの愚痴をいっているらしい。わたしはその相手にはならないから。そう思いながら、ブリディはオフィスに飛び込んだ。いまでさえすでに、対処しきれないくらいたくさんの問題を抱えている。

　そのうちのひとつが、ブリディの姿を見るなり、はっとしたように立ち上がったシャーラだった。「だいじょうぶですか？」

「ええ、もちろん」といって、ブリディはシャーラの前を通って奥の執務室に向かった。

「顔色が……だれかと口論でもしたんですか？」

心の中の怒りが顔に出ているらしい。トレントと別れたらしいという噂をシャーラからスーキに伝えられるのがいやなら、なにかいったほうがいい。「ええ、したわ。アート・サンプスンと。土曜に出社しないといけないっていうのでぷんぷんしてて」

シャーラはいぶかしげな表情になり、「アート・サンプスンと？　でも、出社してませんよ」

「出社してない？」ブリディはぽかんとして訊き返した。

「ええ。だから、彼のアシスタントがキャンセルの電話をしてきたんです。病気で、きょうは来られないからって」

でも、彼の声を聞いたのに。

シャーラが心配そうにこちらを見ている。「だいじょうぶですか？」

「ええ、もちろん。きっと、なにか用があって来てたのね。ファイルをとりにくるとか」

「でも、病気で休むのなら、どうして会社に？　必要なファイルはアシスタントにメールさせればいいじゃないですか」

「さあね」CBが提唱する〝嘘をつくときのルール〟を遅まきながら思い出してそう答えると、それ以上の面倒に巻き込まれないうちに、執務室に入ってドアを閉めた。いまさっき聞いたのは、廊下を歩いてくるアート・サンプスンの声じゃなかった。あれは頭の中の声だった。ということは、きのう聞いたのもそうだったんだろうか。

ほかの人の声が聞こえはじめたのはきょうになってからだとＣＢにいったけれど、もしアート・サンプスンの声がそうだったとすると、話が違ってくる。きのうの朝から聞こえていたことになる。ＣＢは、あと一日か二日で処理できないほどたくさんの声が聞こえるようになると警告したけれど、そうなるのはきょうかもしれない。もしＣＢの話がほんとうなら。それもまた、わたしをトレントから引き離すための嘘じゃないとしたら。でも、やっぱりＣＢに相談すべきだろうか。

それは、アート・サンプスンがほんとうにきょう出社してないことを確かめてからにしよう。そう思って彼のオフィスに電話した。

アート・サンプスンは不在だった。けさ、病欠すると電話してきたという。そして五分後、ブリディは彼の声を聞いた。〈最初はレイオフ、今度はインフル。こんなのフェアじゃない！〉そしてその数秒後には、〈まったく、アスピリンはどこへ行ったんだ？　薬戸棚に入ってると女房はいってたのに〉という言葉で、彼が自宅にいることはほぼ確実になった。

しかし、ディカフェのラテ男も、どうしてこんなに時間がかかる？　といった男も、聞こえなかった。すくなくとも、アート・サンプスンの声を聞いたことで、ＣＢの声を聞いたことがトレントに話しやすくなる。アート・サンプスンと感情的な絆が結ばれることなどありえないから。

あるいは、マーケティング部のロレインとも。彼女の声はだしぬけにポンと出てきた。〈まちがいなくコムスパンにはスパイがいる。だれなんだろう。うちのボスかも。だったらいいけど。そしたら捕まってクビになる。人事のジェレマイアにメッセージして、だれだと思うか聞いてみよう。彼、すごくキュートだから〉

トレントもそうやってポンと出てきてくれれば。だが、トレントは出てこず、さいわいなことにＣＢも出てこなかった。たぶん、わたしが彼の嘘にはもう耳を貸さないということがやっとわかったんだろう。

でも、ぜんぶがぜんぶ嘘というわけではなかった。ＣＢのいうとおり、前よりもっとたくさんの声が聞こえるようになったし、聞こえかたは確かにランダムに思える。ロレインが考えていることをもっと聞こう、アート・サンプスンの愚痴は聞かずにいよう、そう思っても、彼らの声を拾い上げる自分の受信感度にはなんの影響もない。そのことがすこし気にかかった。もしＣＢがそれについていったことがほんとうだとしたら、人が集まる場所に近づくべきじゃないという警告もほんとうなのかもしれない。

でも、彼がそういったのは、わたしがトレントとレストランで会うのを邪魔したいからだというのは明白だ――それにアート・サンプスンとロレインは、およそ防御が必要な相手じゃない。頭の中に彼らの声が聞こえるというのは、毎日、自分のオフィスに歩いていく途中に経験することとなにも変わらない。むしろ、頭の中の声のほうがまだましだ。逃げるために言い訳をこしらえる必要がないし、ロレインが人事のだれかに熱を上げているとか、上司を嫌っているとかいうことを知るのはちょっとおもしろい。

シャーラがやってきて、ジル・クインシーがブリディと会いたいといっていること、トレントからメールが入っていることを伝えた。デスクのパソコンでメールを開くと、ティファニーのエンゲージ・リングの広告だった。『ディナーまでのあいだに考える材料をあげる』

ということは、もう会議が終わったのかもしれない。そう思ったが、携帯に電話してみると、返事はなかった。メールのタイムスタンプを見ると、もっと早い時刻に送られたものだった。

ブリディはジルに会うためにオフィスを出て、廊下を歩きながら、ジルの声も聞こえるだろうか、彼女がひそかに熱を上げている相手はだれだろうと想像をめぐらした。気をつけなさい、スーキみたいな口ぶりになりかけてるわよ、と自分にいい聞かせる。もしスーキがみんなの心の声を聞けたら、会社にどれほどのダメージを与えられることか。わたしたちのだれひとり安全じゃなくなる。テレパシーが危険だというCBの主張は正しいと認めざるを得ない。それに、人騒がせだ。会社にいないアート・サンプスンをべつにして、聞いた声が本物か、それとも頭の中のものかを判断するのは不可能だ。フィリップの声が「ブリディ・フラニガン」というのが聞こえて、それを無視したが、本人が追いかけてきて、「呼んだのに、聞こえなかったのかい？　訊きたいことがあるんだよ。ヘルメス・プロジェクトがなにを開発してるのか知ってる？　スマートベースボールキャップだって聞いたんだけど」

　まあ、スマートタトゥーよりはましかもしれない。「知らない」とブリディはいった。「ありとあらゆる噂を聞いたけど。ごめん、これから会議なの」と、フィリップを置いて歩き出した。

「ああ、いや、いいんだ。いいたくないんだろ」とフィリップがいった。しかし、彼がじっさいに声に出してそういったのか、それとも頭の中でいっただけなのか、判断するすべがなく、だから返事すべきかどうかもわからなかった。

　もしかしたら、統合失調症は狂気の始まりじゃないのかもしれない。聞こえる声が本物かどうかわからないというストレスから、あんな状態に陥るのかもしれない。

ジルのオフィスに入り、しゃべっているかどうかが目で見てわかる相手と一対一で話をするのは、心からほっとする体験だった。もっとも、目で見る必要はなかった。打ち合わせのあいだじゅう、ジルの思考はまったく聞こえなかった――あるいは、ほかのだれかの思考も。

「オーケイ」打ち合わせが終わると、ジルがいった。「じゃあ、この件に関する分析をあとで送ってくれる?」

「ええ」と答えてブリディは立ち上がった。

「で、きょうは仕事のあと、トレントと刺激的な夜を過ごす予定?」

じゃないといいけど。「いいえ、ディナーに連れてってもらうだけ。ルミネスへ」

「ラッキーじゃない!　いいなあ。前からずっとルミネスに行きたいと思ってたのよ。きっと最高の時間を過ごせるわね」

最高の時間か。自分のオフィスに戻りながら、ブリディはむっつり思った。どうだか。心の声が聞こえているのをトレントに打ち明けなきゃいけないとしたら。でも、せめてもの慰めは、とうとう嘘をつくのをやめて――

「ブリディ――」というジルの声を聞いて、なにかいい忘れたことがあったんだろうと思ってふりかえったが、廊下は無人だった。

いまのはジルの心の声だったんだ。ということは、ぜんぶで五人の声を聞いたことになる。違う、六人だ。もしフィリップの疑問――ヘルメス・プロジェクトについてわたしがなにを知っているか――が頭の中の考えだったとしたら。CBの話のその部分に限っては、嘘じゃなかった。聞こえる声がどんどん増えている。

〈「いいえ、刺激的な夜を過ごす計画なんかじゃないわ」〉ジルがブリディの口調を皮肉っぽく真似していった。〈「トレントにルミネスへ連れていってもらうだけ。この街でいちばんの高級レストランにね」ああもう、あの自慢そうな顔をひっぱたいてやりたい！〉

自慢なんかしてない。ブリディは思わずいい返した。なにをする予定か訊かれたから答えただけなのに。

〈あの女のくだらない理想の恋人の話も、あの女のくだらない理想の生活の話ももううんざり！〉

でも、あなたから持ち出した話でしょ。ブリディは屈辱に震えながらそう思い、ジルが自分についてそんなふうに感じているのだと知ってぞっとした。アート・サンプスンの思考が割り込み、健康保険のことで愚痴をいいはじめたときはほっとした。しかし、オフィスに戻って、シャーラが快活な笑みで迎えるのを見ながら、ブリディは思った。あなたもわたしのことが嫌いなの？

「伝言がいくつも入ってます」シャーラがいった。「メアリ・クレアからは、娘さんの具合はよくなったけれど、まだ心配している、と。キャスリーンは、『ラテ＆ラヴ』に決めたと。なんのことだかわかりませんけど」

「マッチングサイトよ。コーヒーならつきあってもいいけど、ランチまではちょっとという人向けの」

「ネイトがどこまでつきあいたいと思ってるのか、わかればいいのに」シャーラは悲しげにつぶやき、ブリディはさっと彼女の顔を見た。シャーラは口を開いてそういったのか、それとも頭の中で考えただけなのか。

「トレント・ワースの秘書から電話があって、会議が長引きそうなので、帰宅していてくれれば七時に迎えにいくとのことです。ああ、それと、これが届いてます」といって、薄ピンク色の椿の花束を指さした。カードには短く、『今夜ね。トレント』とある。

「ありがとう」ブリディは花束をとって執務室に入り、シャーラの内心の意地悪なコメントに備えて身構えた。

〈早く帰ればいいのに〉とシャーラが考えるのが聞こえた。〈すごく疲れてるみたい〉シャーラが冷たいことをいわなかったのに感謝するあまり、ブリディは執務室のドアを開けていった。「もう帰っていいわよ、シャーラ。きょうの仕事は切り上げるから」

仕事を切り上げて駐車場に向かうあいだ、シャーラからも、ほかのだれからも、それ以上、声は聞こえなかった。CBからの接触もなかったが、それは幸運だった。というのも、駐車場から車を出すとき、エセル・ゴドウィンが電話してきて、予定が変わったのでトレントは迎えにいけない、劇場で合流するという伝言を告げたからだ。

「劇場？」とブリディ。

「はい。『ドロップト・コール』のチケットがけっきょく手に入ったので、まず芝居を観て、それから夕食ということに」エセルは、劇場の名前と住所を告げた。「開演は八時です」

レストランに行くなというくらいだから、CBにとって、劇場などもってのほかだろう。CBがポンと現れてまたがみがみいいはじめるんじゃないかと思ったが、そうならなくて心からほっとした。とりわけ、会社帰りのひどい渋滞に悩まされているいまは。シャワーを浴びて着替える時間を考えたらとても間に合いそうにない。それに、CBがスパイしてるかもしれないとわかっていて、どうしてシャワーなんか浴びられるだろう。

やっぱり、声を締め出すためのCBの指示に耳を傾けるべきだったかもしれない。それを使ってCBをシャットアウトできたかも。なんていってたっけ、防壁を築く？　ぜったいそうしよう。鉛製のバリケードだ。X線透視ができないという話も嘘だった場合に備えて。

渋滞がどんどんひどくなり、車線の前方でいくつもブレーキランプが点滅しはじめた。

ブリディは車線を変えようと、方向指示器を出した。

「おいおい、いったいなんのつもりだよ」知らない声が耳もとでいった。

パニックを起こし、だれがいるんだろうと後部座席をふりかえった。ホーンが鳴り響き、車が車線をはずれているのに気がついた。心臓をどきどきさせながらあわててもとの車線に車を戻し、あやうく接触しかけた車のドライバーに反射的に「ごめんなさい」と口だけ動かして謝罪した。運転手は下品なしぐさをして、アクセルを踏み、スピードを上げた。

〈運転のしかたも知らないのか？〉と声が怒鳴った。

後部座席にはだれもいない。ブリディは動悸のおさまらない心臓に向かっていった。ただの声。ディカフェのラテ男といっしょ。

しかし、前方に視線を固定しておくにはありったけの意志の力が必要だった。スマートフォンに手を伸ばし、ぎゅっと握ったまま、フリーウェイから降りる車線に入り、下りランプに車を走らせた。

〈ウィンカー出せよ。はっきりしろ！　この車線に入るのか、どうするんだ？〉

この男はわたしにしゃべってるんじゃない。ブリディは自分に向かってきっぱりそういいながら、ランプを降りたところで右折して、一般道に出た。

最初に目についた縁石に車をとめ、スマートフォンのロックを解除し、連絡先リストをタップして911までスクロールし――もし銃を頭に突きつける男がいたら、すぐさまタップする用意をしてから――ふりかえって後部座席を見た。

だれもいなかった。だれかが、ほかの運転手に怒鳴っているだけなんだ。ブリディはほっとして車をハイウェイに戻したが、たとえ自分に向けられたものでなくても、男の怒りに触れたショックはまだ醒めなかった。

〈くそっ、なんてやつだ！〉一キロ後、男はまた怒鳴った。〈見ろよ、あれ！　運転を覚えろ！〉その直後、今度はべつの声が、〈ちくしょう、この調子じゃ、八時までに配達が終わらないぞ！〉

この渋滞につかまっているだれかだ、とブリディは思った。そのとき、また声が聞こえた。〈あの椿をコムスパンに届ける仕事が入らなきゃ、こんな渋滞にハマらずに済んだのに……〉最後の部分は聞こえなかったが、声の主がだれなのかは明らかだった――トレントの花束を届けてくれた人物だ。

〈ここで高速を降りたら、薔薇を配達してから、あの葬儀用の花飾りを届けられる〉その二、三秒後、アート・サンプスンがまた割り込んで、ブリディが帰宅するまでずっと、レイオフに関する愚痴を独白しつづけた。ときおりそこに、例の怒れるドライバーとジルの毒舌が混じった。その結果、家に帰りついたときには、劇場まで自分で車を運転していくのはやめようと決心した。

　アパートメントに入るなりタクシーを呼んで、CBが盗み聞きしている場合に備えてバリケードを想像しながらシャワーを浴びた。こんなに長いあいだCBが干渉してこないことに驚いた。いったいなにをしているんだろう。くそっ、と叫んだのはどうしてだろう。降るときはいつも土砂降り。それはいったい――

〈見ろよ、これ！〉と声がいい、ブリディは反射的にタオルをつかんだ。

「出てって！」と叫び、片手にタオルを持ったまま反対の手でシャンプーのボトルを武器がわりにつかんだ。

　しかしそれは、花屋の配達の男だった。〈花束の半分は茎が折れてる！　はるばる店まで戻らなきゃ〉

　こんなのひどすぎる。ほかにだれの声も聞こえないことに感謝しつつ、髪の毛を乾かし、短いフレアスカートがついたエメラルド・グリーンのタフタドレスを着て、トレントからプレゼントされたダイヤのイヤリングをつけた。髪を巻いてアップにまとめ、マスカラとリップをつけ、シルバーのイブニングバッグを探しにいった。

携帯が鳴った。親族のだれかじゃありませんように、と思いながら電話をとった。もうこれ以上は無理。

親族ではなかった。タクシーだった。すぐに行くと返事をして、最後の引き出しを開けると、探していたイブニングバッグがさいわい見つかった。リップとコーム、クレジットカード、キー、スマートフォンをバッグに放り込み、階段を駆け下りた。タクシーに乗り込んで半ブロック進んだところで、なにも食べていないことを思い出した。ディナーは観劇のあとになる。まあ、早めに着いたら、近くのスターバックスでなにか食べられるだろう。

しかし、とても早く着けそうになかった。リンデン・ストリートに入ったとたん、渋滞に巻き込まれてのろのろ運転になった。もちろんね。土曜の夜だもの。ブリディは自分で運転するのをやめようと判断したことを二重に感謝した。

「なんてこった！」一ブロック後に運転手が叫んだ。「見ろよ、この渋滞。悪夢だ！」

「まったくね」ブリディは遠方のブレーキランプの海を見ながら答えた。

「いまなんと？」運転手がバックミラーでこちらを見ながらたずねた。

ブリディは前に身を乗り出し、フロントシートの背に両手を置いた。『まったくね』といったの」

「なにが『まったく』？」

しまった。運転手は声に出していったわけじゃなかったんだ。「なんでもないの。ごめんなさい」

「だいじょうぶかね？」運転手はバックミラーの中でこちらに向かって顔をしかめた。

「ええ」ブリディは笑みをつくった。「ひとりごとをいってただけ」そして、車がまた動き出すなり、後部座席の反対側の、運転手の唇が見える位置に移動して、次にだれかの声が聞こえた場合に備えたが、その必要はなかった。ほかの声は識別できた。

〈コムスパンが社員をレイオフするなら、モトローラだってきっと同じだ〉と、アート・サンプスンがぼやく。ロレインの声が、〈あと一日でもあの上司に我慢しなきゃいけないとしたら……〉そして花屋の男が、〈もう二度と、あの会社に配達しなくて済むことを祈りたいね〉

二ブロック後、ジルがいった。〈あたしの晩ごはんはラーメンなのに、彼女はルミネス！　こんなの不公平よ！　赤毛だからっていうだけで、いい女気どり！　賭けてもいいけど、あんなの染めてるだけよ！〉

この点についても、ＣＢの話は嘘じゃなかった。確かに中学校でトイレに閉じ込められているような気分だ。

〈あのワースって男の注文で花束を届けるのは、今週もう四回目だ〉と花屋の男がいった。〈あいつ、きっと隠れて浮気でもしてるんだろう。でなきゃ、女がやらせてくれなくて、なんとかして落とそうとしてるのか〉

〈「トレントはルミネスに連れてってくれるのよ！」〉ジルが莫迦《ばか》にしたようにわざとらしく口真似した。〈「トレントがイリディアムに連れてってくれる！」「トレントとわたしはEEDを受けるの！」〉

「すいませんね、渋滞がひどくて」とタクシーの運転手がいった。「抜け道がないか探してみますよ」タクシーはリンカーン・アヴェニューに入り、数ブロックはまずまず順調に進んだが、そこからぴたりと動かなくなった。「開演は何時です？」

「八時よ」でも、もうどうでもいい。トレントとわたしは芝居には行かない。これだけの声が頭の中で叫んでいたら、観劇なんて無理。しかも、それを痛感させるように、フィリップの声が聞こえた。〈……あの車の赤毛、ブリディ・フラニガンに似てるな。ワースがEEDを受けるのがあの女の心と〝接続〟するためだなんて信じるもんか。セックスのために決まってる……なんならおれが自分で押し倒して……〉

　テレパシーは最低だ、とブリディは思った。このことをトレントに打ち明けるのは、早ければ早いほどいい。彼を説得して、『ドロップト・コール』を観るのはやめて、一部始終を説明できる場所へ行くことを承知させないと。

　そして、トレントが信じてくれることを祈る。わたしは信じなかった。自分の身に起きたあとも。ブリディは、病室に盗聴器を仕掛けたとか、残酷ないかさまを仕組んだとかいってＣＢを糾弾したことを思い出した。

　ＣＢは確かにいかさまを仕組んでたのよ。そう思うと、また怒りがこみあげた。でも、トレントもわたしと同じことをするだろうか。自分たちが接続しない理由を説明するためにいかれた作り話をでっちあげたとわたしを非難するだろうか。それとも、なお悪いことに、気が狂ったと思うだろうか。

　いいえ。もちろん信じてくれる。自分にそういい聞かせた。彼はあなたを愛してるんだから。頭の中に声が聞こえる人は自動的に統合失調症と診断されるというＣＢの話は、わたしがトレントに打ち明けるのを防ぐための作り話よ。

　ブリディは前に身を乗り出し、あとどのくらいなのか見定めようとした。まだ劇場にはぜんぜん近づいていない。スマートフォンに目をやった。七時半。「これでもせいいっぱい急いでるんだが」と運転手がつぶやいた。

「ええ」と相槌を打ってから、しまったと思った。これも心の声だったらどうしよう。

　しかし、どうやら声に出した言葉だったらしく、「心配ないよ。時間までには着くから」といって、警笛を鳴らし、左側の車線に空いたわずかな隙間に無理やり車をつっこんだ。

　ブリディはシートに身を縮めた。ここで降りて歩くことも考えたが、そのためには車を縁石に寄せて停めてもらう必要があるし、その途中で事故を起こしかねない。それに、むしろ遅刻するほうがいいかもしれない。開演に間に合わなければ、舞台はあきらめてどこかで話をしようとトレントを説得するのが簡単になる。もしあと三十分、渋滞が味方してくれれば……。

　しかし、さらに一ブロックの渋滞と警笛、接触事故すれすれの運転のあと、モーゼの前の紅海のようにとつぜん道路が開け、タクシーは劇場のドアの前で急停車して、ブリディを下ろした。「いったでしょ、時間までに着くって」

　確かにそうね、残念ながら。そう思いながら、芝居を観にきた人々でごった返す歩道に目を向けた。みんな入場を急ぐようすはない。数人ずつかたまって佇《たたず》み、煙草を吸ったり、気楽におしゃべりしたり、知人と挨拶したりしている。ブリディは電話に目をやった。まだ七時四十五分。

　トレントの姿はどこにも見えない。彼も渋滞につかまって、まだ着いてないのかも。期待を込めてそう思った。もし彼が遅刻するなら、もっと好都合だ。ブリディは運転手に料金を払い、劇場の中に入った。

そして、その場で立ち止まった。広々としたロビーはぎっしり満員だった。人混みには近づくなとCBはいったけれど、それが声のひきがねを引くことになるという意味だとしたら、そうはならなかった。聞こえる声は、まわりの人々が渋滞や芝居の内容についてしゃべっている実際の声だった。「どんな舞台か知ってる?」「いや。でもトニー賞とってるよ」「そのジャケット、すてき!」「……来る途中の道が激混みで死ぬかと思ったよ」

トレントを捜してロビーを歩き出した。ドレスアップした女性やスーツ姿の男性たちのあいだを縫い、クロークにコートを預ける列やTシャツやマグカップなどのグッズ購入列を迂回し、案内係にチケットを渡してホールの中に入っていく階段の上の人々を見渡したが、やはりトレントは見当たらない。よかった。

「彼女はどこ?」すぐうしろで女性の声がしてふりかえると、毛皮のコートを着たふたりの中年女性が立っていた。「もう入る時間なのに。もし彼女のせいで第一幕を見逃す羽目になったら――」

「だいじょうぶよ」と連れの女性。「着いたときロビーにいなかったら、窓口にチケットを預けて先に入ってるっていってあるから」

トレントがチケットを預けて先に入っているかもしれないという可能性は考えていなか

った。人混みを縫ってチケットとりおき窓口に歩み寄り、名前を告げた。係の男は、箱の中にアルファベット順に入れてある封筒の名前をチェックしてから、「チケットの名義はフラニガンとおっしゃいましたか？」

「はい」とブリディ。「もしかしたらワースかも」

係はWのところを見て、きちょうめんにまた箱の中をチェックしはじめた。そのあいだに、ブリディのうしろに列ができる。

「もう、いいかげんにしてよ」ブリディの耳の中で女の声がいった。「これ以上いらいらさせないで」

ブリディはふりかえって謝罪しようとしたが、すぐうしろの男は年配の男性で、そのうしろは若い女性のふたり連れで、来週いっしょに観にいくらしい『ハミルトン』の話に夢中になっている。それをべつにすると、近くにいる唯一の女性は美人のブロンドだが、彼女は、となりにいるがっちりした体つきの若い男がこの劇場の歴史を語るのを満面の笑顔で聞いているから、彼女のはずはない。「ジェインの紹介をあてにするのはこれが最後ね」同じ声がいった。「会ってみると、相手はいつも、どうしようもないオタクなんだから」

新しい声だ。そう思いながら、窓口のいらついた表情をしている係員に向き直った。いま、なにかいったらしい。「すみません」とブリディは謝った。「いまなんと?」

〈この劇場ができてから何年経とうが、だれが出演していようがどうでもいいわ〉ブラインドデートの女性がいった。〈やっぱり最初のデートはコーヒーがいいと言い張るんだった〉

「ミス」とチケット窓口の男はいった。「ミス!」

「すみません」とブリディ。

「どちらの名前でもチケットのとりおきはありませんね、といったんです」ブリディのうしろに並んでいる客のほうに目を向けて、「次の方は――」

〈コーヒーショップで会っていたら、ひと晩まるまるこんな男といっしょに過ごす羽目にならずに済んだのに。もしかしたら、幕間《まくあい》にこっそり抜け出せるかも〉

「頼むよ、まったく」年配の男がいった。「あんたのチケットはないっていわれただろ」

不作法な台詞にショックを受けてふりかえったが、うしろの男は礼儀正しくこちらを見ている。列に並ぶほかの人々も同じ。「おいおい、ひと晩じゅうそこに突っ立ってるつもりか?」

これも、心の声が聞こえてるんだ。

「次の方」窓口の男がいらだたしげにいい、ブリディは自分が場所をふさいでいることに気づいた。

「すみません」といって、脇に寄った。

〈どうしようもないな〉さっきの男の声がとがめるようにいった。〈あの女、いったいぜんたいなにをやってたんだ？〉

心の声だ。こういう場所には近づくなとCBは警告した。その理由がいまわかった。そして、客席にはもっとおおぜいの人間がいる。ということは、トレントを説き伏せて、どこか静かな場所に行かなければ。

〈幕間までなんか待てない〉ブラインドデートの女性がいった。〈この劇場オタクにプログラムを買ってきてと頼んで、そのあいだに横のドアから抜け出すか〉

名案ね、とブリディは思った。横の出入り口から劇場を抜け出して、幕が開くまで待ってから入ろう。トレントには、渋滞につかまって間に合わなかったといえばいい。ブリディは人混みを抜け、タクシーを降りた出入り口のほうに歩き出した。

〈どこ見て歩いてるのよ〉と女の声がした。それにつづいて、まごうことなきトレントの声が、〈ブリディ！　ブリディ！　ブリディ！〉

うわ、やめて。こんなときにコンタクトが成立するなんて。よりによって――

「ブリディ！」とトレントが叫び、彼が目の前にいることに気づいた。にこにこしている。

「聞こえなかったのかい？　五分前からずっと呼んでたのに」

「ご、ごめんなさい……ま、まわりがうるさすぎて」と口ごもる。「どこか静かなところに行けない？　話したいことがあって――」

「聞いてくれ、予定が変更になったんだ」

ああ、助かった。やっぱりチケットが手に入らなかったんだ。

「なにがあったと思う、スイートハート？」トレントはブリディを導いて人混みを抜け階段のほうに向かった。「ハミルトンとのミーティングの席で、たまたま今夜のデートの話になって、この芝居のチケットが手に入らないといったら、彼も奥さんと行く予定だから、ぜひいっしょにといわれたんだ。すごくない？」

13

今度は口に出して言わなかったので、声はそろいませんでした。でも、驚いたことに、みんな、コーラスで考えたのです。

――ルイス・キャロル『鏡の国のアリス』

「なんだ、黒のドレスで来るかと思ったのに」トレントは顔をしかめていった。「あっちのほうがずっとエレガントでシックだよ。まあ、そんなことはどうでもいい」ブリディの腕をとり、案内係にチケットを閃かせ、「ハミルトン夫妻が中二階《メザニン》のバーで待ってる」

「でも、てっきりわたしたちふたりだけだと――」とブリディは口を開いた。

「ぼくもそう思ってた」ブリディを急きたてるようにしてホール内のロビーを歩きながら、

「でも、ボスにノーなんていえないだろ？　ヘルメス・プロジェクトがどんなに重要かはきみも知ってのとおりだし。それに、奥さんがきみに会いたがってる」

「ええ、でもわたしたちは――」

「わかってるよ、ぼくらはリラックスしなきゃいけない。接続できるように」トレントはブリディを先導して、奥の階段のほうに歩いていく。上向きの矢印は中二階とバルコニー、下向きの矢印は婦人用化粧室。「でも、ぼくらは接続を実現するのと同時に、ハミルトンにいい印象を与えることができる。そのふたつは相互排他的じゃないからね」

　いいえ、相互排他的よ。

「それに、これはまさしく、ドクター・ヴェリックのアドバイスどおりだ。ぼくらふたりだけだったら、頭に浮かぶのは接続のことばかりだからね」トレントは先に立って階段を上がりながらいった。「でも、こうなったら、ほかのことを考えざるを得なくなる。舞台とハミルトン夫妻の前だと、接続しないことを心配している余裕はとてもない」

　それに、声のことを相談するチャンスもない。いつまた声が聞こえはじめるかもしれない。なんとかトレントを説得して、ボスだろうがなんだろうが、ハミルトン夫妻と観劇するのではなく、ふたりで話ができるどこか静かな場所に行かないと。

　でも、どこに？　階段はロビー以上に混雑している。おしゃべりに夢中になっているカップル同士がたがいにすれ違い、同じように話し好きの女たちが壁に沿って婦人用化粧室に並び、その列が踊り場まで続いている。

「どうかしてる」そのうちのひとりが喧騒の中で怒鳴るのが聞こえた。「なんでもっとトイレを増やさないの！」

わたしも怒鳴らなきゃ。「トレント！」とブリディは叫んだ。

「やーめた」文字どおりブリディの耳の中で声がした。ふりかえると、ヘアスタイルを完璧にセットした白髪の婦人が列を離れて階段を降りてゆくところだった。「七十歳になって、二十分も並んでられるもんですか」

老婦人の唇は、不興げにぎゅっと結ばれたまま、動いていない。おねがい。だれかほかの人にもあの声が聞こえていますように。

一秒後、同じ声が同じくらいはっきりと、「まったくもう。こうなったら、男子トイレを使ってやる」といったが、ほかの人たちはやはりだれもそれに気づかなかった。

「ああ、やめて」ブリディはつぶやいた。

「なに？　なにかいったかい、スイートハート？」正面のトレントがいった。

「いいえ」それに、あの老婦人もなにもいってない。

「もうすぐだ」とトレント。「ごめんよ、こんなに混んでて。あと二、三分で――」

〈女性差別よ、明々白々〉とべつの声がいった。〈男はこんな列に一度も並ばなくて済むんだから〉

ブラインドデートの女がかん高い声で、〈やっぱり横のドアからこっそり抜け出せばよかった〉

声が聞こえる間隔はどんどん短くなっている。CBがいったとおりだ。中二階のバーがこんなに混んでいませんようにと祈ったが、中二階の混雑ぶりは階段以上で、人混みにまぎれてはぐれないよう、トレントはブリディの手首を握り、奥の壁ぎわにいるハミルトン夫妻のほうへずんずんひっぱっていった。

夫妻は押し合いへし合いの大混雑を意に介していないようだった。「やあ、どうも！」グレアム・ハミルトンがブリディに向かって陽気に挨拶した。「それとも、『モーッ』っていうべきかな」

「だめよ、そんなの」と妻が喧噪に負けじと声を張り上げた。「牛なんかじゃなくて……
……」口をつぐみ、ユーモラスな困り顔をつくると、「サーディンはなんて鳴くの？」

「オイルサーディンはぎゅうぎゅう詰めになりすぎて声も出ないんじゃないかな」とハミルトン。「紹介しますよ、妻のトレイシー」

「こんにちは」とトレイシーが声を張り上げた。「会えてほんとにうれしいわ。あなたのことはずいぶんいろいろ聞いてたから」

「足、踏んでるぞ！」すぐうしろで怒鳴り声がして、ブリディは反射的にふりかえった。

「どうかしたかね？」とグレアム・ハミルトンがたずねた。

「いえ、その……すみません、知り合いの声が聞こえた気がして」

〈自分が立つ場所くらいちゃんと見てろ〉さっきの声が文句をいい、それとはべつの声の〈人が多すぎ〉につづいて、三人目の声が腹立たしげに、〈グラスワイン一杯に八ドルって！〉

聞こえる声がどんどん増えてる。ここを出るようにトレントを説き伏せないと。

「知り合いの声が聞こえたのなら、わたしより耳が優秀ね」とトレイシーがいった。「わたしなんか、なにも聞こえないもの」

「彼女の耳も聞こえてませんよ」とトレント。「ブリディ、いまグレアムがきみにたずねたんだよ。なにか飲みものはいる？」

「ああ、ごめんなさい」といいながら思った。もしハミルトン夫妻がバー・カウンターに行ってくれたら、そのあいだにトレントと話ができる。「グラスワインを」

「赤、白？」とグレアム。

〈この白ワインは小便みたいな味だな〉新しい声がクリアに聞こえた。

「赤にする、白にする、ブリディ？」トレントがいらだたしげにいった。

「赤をおねがいします」

「赤ね。かならず生きて戻るよ」グレアムは群衆に向かって二、三歩進んでから、こちらをふりかえって、「一週間経っても連絡がなかったら、救援隊をよこしてくれ。こいよ、トレント」といって、グレアムとトレントは人混みの中に姿を消した。

「よかった」トレイシー・ハミルトンがそういって近寄ってきた。「男たちが行ってくれて。これでふたりだけで話ができる。あなたのＥＥＤのこと、知りたくてうずうずしてるのよ」

「わたしのＥＥＤ？」でも、トレントは秘密にしてるはずじゃなかったの？

「この件が極秘で、話をしちゃいけないことになってるのはわかっているの。でも、すごく興味があって。ドクター・ヴェリックのことは気に入った？　彼、すばらしいって聞いてるけど」

「ええ」ブリディは、〝極秘〟とはどういう意味だろうと思いながら、うわのそらで答えた。

「入院しなくても手術できるの？」トレイシーがたずねた。そのとき、ブリディのとなりで声がした。「シャリースがまだ来ない」

いまのはだれかが声に出していったんだろうか。それともやっぱり心の声？

「ジェイスンにＳＭＳで伝えないと」と声がいった。

それだったらわたしにもできる、とブリディは思った。トレントにメッセージを打って、ここを出なきゃいけないと伝えよう。ぜんぶ説明するのはもちろん無理だとしても、ある異常事態が起きていてこの場を離れなきゃいけないというくらいのことは伝えられる。彼になにか口実をつくってもらって——

「あらあら」トレイシー・ハミルトンがいった。「失礼な人だと思われちゃったわね。いきなりこんなプライベートな質問をするなんて」

「いえ、ぜんぜん」とブリディは答えたが、どんな質問をされたのかさっぱりわからない。「こちらこそ失礼な態度ですみません。いまちょっと親族のことで問題があって、それで頭がいっぱいになってて」

「まあ！　だれかご病気？」

「いえ、九歳の姪のことなんです。メイヴという名前なんですが、情緒的な問題を抱えてて。姉が心配して、つきっきりになってて」意味もなくメイヴの名前を出したことに罪悪感を覚えたが、とっさにほかの名前が浮かばなかった。「芝居が始まる前に、なんとか姪に電話しないと」

「ええ、もちろん」とトレイシー。「よくわかるわ。すぐにメッセージを送ったら？」

ここじゃだめ。文面を見られるかもしれない。「じかに話をする必要があって。どこか、電話できる静かな場所に行かないと」トレントが戻ってくれる前に。

「階段はどうかしら」とトレイシーがいった。まだ人混みは消えていないだろうと思いながらも、ブリディはありがたくその助言にしたがって、ただちに階段のほうに歩き出した。そのあいだも、トレントとグレアム・ハミルトンが戻ってこないか、油断なく目を光らせた。

ふたりはまだバー・カウンターのまわりの人混みの中にいる。よかった。ブリディは人の波を押し分けて戸口に向かい、上の踊り場に出た。そこも混んでいたが、イブニングバッグからスマートフォンをとりだすと、どう書くか考えた。『急用。二人だけで話したい』？

接続に成功したと思われるかもしれないが、それは避けられない。メッセージを入力しようとしたが、ほとんど不可能だった――前をすり抜けてゆく人々がひっきりなしにひじにぶつかってくる。それに、もしメッセージを送信できても、トレントに着信アラートが聞こえるだろうか。騒音レベルは着実に上がっているような気がした。

「こんなところでなにしてる？」人混みからとつぜん現れたトレントがいった。「トレイシーと話をしてるはずなのに」

「ええ、でも……ねえ、聞いて。話があるの」

「トレイシーに聞いたよ。メイヴのことなら心配ないって。お姉さんは娘のことになるといつもヒステリックに――」

「メイヴのことじゃないの。ＥＥＤのこと。わたし――」

「ぼくの感情が届きはじめたのか？」トレントは興奮したようにたずね、両腕でブリディを抱きしめた。「すばらしい！　しかも最高のタイミングだ！」バーのほうをふりかえって、「一刻も早くこのニュースを――」

「違う！　そうじゃないの。わたし……ねえ、ここじゃ話ができない。どこか静かな場所に――」

「ふたりだけで行く？　無理だよ。ぼくらのボスなんだ！　置いていくなんて、信じられないくらい失礼だ」

「ええ。でも――」

「お待ちどおさま」グレアム・ハミルトンが妻をともない、ワインのグラスふたつを持って、人混みの中から姿をあらわした。片方をブリディにさしだし、「あいにく、赤は売り切れでね」

「お姉さんとは連絡ついた？」トレイシー・ハミルトンがたずねた。

「いいえ」スマートフォンをイブニングバッグにしまって、グレアムからワインを受けとり、「メッセージを送りました。幕間にまた電話してみます」トレントに目をやった。こっちをにらんでいる。「それか、お芝居のあとに」

ブリディはワインをひと口すすった。だれかがいったとおりね、小便みたいな味。顔をしかめないように注意しながら、次の声に備えた。しかし、ここしばらくは声がやんでいる。あと二、三分で幕が上がるから、会話につきあわなくてもよくなる。それまでなんとか持ちこたえれば……

照明が暗くなり、また明るくなった——着席の合図。トレントは、ブリディの手とトレイシーの手からワイングラスをとって、バー・カウンターに返しにいった。グレアム・ハミルトンは妻とブリディを戸口のほうに導き、ほかの観客といっしょに階段を降りていった。

「トレントを待たなくていいでしょうか？」とブリディ。

グレアムは首を振った。「あとから来るよ」

「ブリディと化粧室に行ってくる時間はなさそうね」トレイシーが夫にたずねた。

「ないね」化粧室の列は目に見えて短くなっていたが、グレアムはきっぱりいった。「あと五分で幕が上がる」グレアムは二人を連れてメインフロアに降りた。「開演したら、入れてもらえなくなる」

「そうね」とトレイシー。「『キンキー・ブーツ』に行ったときのこと覚えてる、グレアム？」

「ああ！」

「主人が電話を受けるためにいったんロビーに出たんだけど、そしたら一幕の終わりまで入れてもらえなかったの」と通路を歩きながらトレイシーが説明した。「いらいらしたわ。けっきょく、グレアムは芝居の半分が観られなかったのよ」

「ここだ」とグレアムがいった。「六列。真ん中の空いてるところがぼくらの席だ」通路側の席にすわっている男に向かって身をかがめ、「すみません、奥の席みたいで」と空席を指さす。

「いいですとも」男は席を立って通路に出てくれた。三人は座席のあいだを通ってのろのろと進みはじめた。また声が聞こえるなら、きっといまだろう。すでに着席していた人たちがめんどくさそうに立ち上がり、すり抜けてゆく彼らを通してくれている。

しかし、ブリディに聞こえた唯一の声は、トレイシー・ハミルトンの歓声だった。「この前よりずっといい席ね！　最前列は大嫌い。役者の足しか見えないのよ！」それから、遅れてやってきて、ブリディのとなりに着席したトレントの声。信じられないほどのろまな人々のせいで足止めを食ったと愚痴っている。

助かった、声はやんでくれたんだ。ブリディはそう思いながら、ハミルトン夫妻のほうを向いて、「ほんとにいい席ですね。ご招待くださってありがとうございます」

「いやいや、とんでもない」とグレアムがいった。トレイシーが夫の体越しにこちらに身を乗り出して、「感謝するのはこっちのほうよ。あなたたちのおかげでほんとに――」タキシードの男が舞台に立ち、トレイシーは口をつぐんだ。「よかった、はじまるみたい」とささやき、舞台にまっすぐ目を向けた。

男は舞台中央に歩いてくると片手を上げ、観客が静かになった。「今宵は当劇場にお越しいただきありがとうございます。開演に先立ちまして申し上げます。お手元の携帯電話は、もしまだでしたら、電源をお切りになるか、マナーモードにセットしてください」

「ルールなんか知るかよ！」だれかがうんざりしたようにいった。すごく大きな声がすぐそばで聞こえたのでブリディは反射的にふりかえったが、遅まきながら、司会者の口上が滞《とどこお》りなく続いていることに気がついた。

ふりかえったことに気づかれたんじゃないかとトレントのほうをうかがったが、彼もハミルトン夫妻も、スマートフォンをとりだして電源を落とそうとしている。

「緊急の連絡を受ける場合には」と司会者。「恐れ入りますが、ロビーに出てお話しください」

〈ああ、それで舞台の半分を見逃す羽目になるんだよな！〉

「劇場内でのカメラ並びに録音機器の使用は禁じられております。ご協力ありがとうございます」

〈ご協力かよ、やれやれ！〉声は司会者の口上をすぱっと断ち切った。〈独裁だろ！〉

「どうした？」心配そうにブリディを見ながら、トレントがささやいた。

「なんでもない」どうにかそういって笑みをつくろうとしたが、頭の中では声が怒鳴っていた。〈二百ドルも払ったのは、どこかのホモ野郎にあれこれ指図されるためにじゃないぞ！〉

　ひと晩ずっとこんなことに耐えられるわけがない。それに、芝居の台詞だって聞こえない。司会者は喝采を浴びているから、なにかいったのだろうけれど、ブリディには聞こえなかった。

〈電源なんか切るもんか〉と不作法な男がいい、それと同時に女性の声が〈司会の彼、ほんとにすてき。あの俳優によく似てる……なんて名前だっけ？〉さらにブラインドデートの女性の声が〈この劇場ができてから何年経ってようがどうでもいい。とにかくこのデートがいますぐ終わってほしい！〉しかし、三つの声が同時にしゃべっているのに、口に出された声と違って、たがいの声をかき消すことはなかった。それぞれの声がはっきり聞きとれる。

　いくつもの声が同時にしゃべるのを聞き分けたことなんか、これまでの人生で一度もなかった。もっとたくさん声が聞こえるようになるとCBに警告されたとき、それはいくつもの声が順番に聞こえるということだと思っていたけれど、もしそれが、ぜんぶいっぺんに聞こえるという意味だとしたら？

〈ああもう、ウザすぎるんですけど〉ブラインドデートの女性がいった。〈おねがい、早く幕を開けて、この男のおしゃべりを止めて〉それと同時に最初の女性があれこれ考えている。〈あのアベンジャーズ映画に出てた……なんて名前だっけ？　アレックス？　アーロン？〉

　ほかの声が加わる。〈開演前におしっこしとけばよかった……マルシア・ブライアントは来てるかしら……いい芝居ならいいけど〉

〈なんたる無駄遣い！〉不作法な男が怒鳴り、その大声がほかの声をかき消してしまうかと思いきや、あいかわらずはっきりと、重なり合って聞こえた。〈チケット代が二百ドル、なのに時間どおりに開演もできないときた！〉〈……あれ、ヤング夫妻？〉〈……あんなところに車を駐めるんじゃなかった〉〈……この最低のデートから逃げ出さなきゃ……緊急の電話が入ったふりをしてロビーに出て……〉

「ブリディ」トレントが彼女の腕を揺さぶり、「電話の電源切らなきゃだめだっていったんだよ」

「なに?」ブリディはぽかんとして訊き返した。「ああ。ごめんなさい。忘れてた」イブニングバッグの口金をまさぐった。

「だいじょうぶ?」とトレント。「二回も同じことをいったのに、聞こえてなかったね」

「だいじょうぶよ。ごめんなさい。ほかのことを考えてて」

というのは控え目すぎるいいかただった。心の声がすべてを締め出して、トレントも、ハミルトン夫妻も、劇場の客席にいることも忘れさせた。心の声以外のすべてが意識から消え去った。怒声や罵声のように聞こえるものは、あの不作法な男の声だけだったし、それさえもブリディに向けられたものではなかったが、にもかかわらず声は彼女を脅かし、攻めたて、ぐいぐい迫ってくる。

「メイヴのことなら心配ないよ」トレントがいった。「だいじょうぶだって。きみのいかれた姉さんは、ただ――」口をつぐみ、ステージに出てきて一礼した指揮者に拍手を送りはじめた。

メイヴはだいじょうぶかもしれない。でも、わたしはだいじょうぶじゃないのよ。声がこれ以上ひどくならないうちに、ここを出なきゃ。それに、芝居が始まる前に。いまにも幕が上がる。指揮者はオーケストラピットに入っていく。もうすぐ指揮棒を振り上げ、オーバチュアが始まる。いま席を立つしかない。でも、どんな理由で？

電話だ。ブラインドデートの女性がいっていたように、緊急の連絡が入って、ロビーで電話をとらないといけないと。でも、スマートフォンの電源はもう切ってしまった。

トレントはそれを知らない。マナーモードにセットしたことにすればいい。ブリディは電話を耳に当てた。「まあ。ほんとなの？」といってイブニングバッグをつかみ、立ち上がった。

「なにをしてる？」トレントがぞっとしたようにいった。

ブリディはスマートフォンをかざして、「電話に出なきゃ。なにかあったみたい。メイヴよ」

「でも、わざわざいま席を立たなくても――幕間まで待てないのか？　きみの親族のことだ、けっきょく、なんでもなかったっていうことがわかるだけだよ。そんなことでせっかくの――」

「すぐ戻るから」とブリディはいった。「いえ、来なくていい」そのまますわってていというしぐさをして、「ひとりのほうが早く済むから」

トレントが立ち上がったり止めたりしないうちに、彼の前を通って通路に向かった。

「でも、もうすぐ幕が――」トレントが口を開いた。

「わかってる」とささやき、トレントのとなりの男性の前を無理やり押し通る。「開演までに戻れなかったら、幕間までうしろで見てるから」

トレントは神経質な視線をハミルトン夫妻に投げ、それからブリディに視線を戻した。

「どうしても――?」

「ええ。あなたはすわってて。メッセージするから」といって、トレントがそれ以上反対しないうちに、着席している客のひざと前の座席の背もたれのあいだをすり抜け、だれかの足を踏んでは「すみません」と口の中でつぶやきながら進んでいった。

「不作法にもほどがあるわ！」とだれかがいい、心臓がぎゅっと締めつけられるような一瞬、また声がはじまったのかと思ったけれど、それはいまさっき前を通ったばかりの中年女性だった。

「すみません」とささやき、同じように不機嫌なとなりの夫の前をすりぬけ、とうとう通路に出た。

照明が落ち、ブリディは暗闇の中にとり残された。ブリディははっとして、一瞬、トレントが自分を止めるためにライトを消したかのように錯覚し、思わずうしろをふりかえったが、もう舞台が始まるんだと思い当たった。はやく始まってほしい、でないとなにも見えない。そう思ったとき、ありがたいことに銀色の光が射し、拍手の波が湧き起こって、幕が開きはじめた。

　ブリディは通路を歩き出した。片手には案内係にかざしてみせるためのスマートフォン、反対の手にはイブニングバッグを持ち、火災かなにかの緊急事態だと勘違いされて客席にパニックが広がらない程度の早足で歩いていった。もっとも、ブリディ自身の心の中はまさにパニックだった。

　声がまた始まる前に外に出ないと。そして、どこかうしろのほうから、男の声が、「こら、いったいどこへ行くつもりだ？」と呼びかけてきたとき、鉤にかかった魚のようにびくんとした。

「どこでもないよ、パパ」男の子の声が答え、安堵に体の力が抜けた。ただの芝居の台詞なんだ。そう思って、舞台から聞こえる声を無視して足を速めた。

「ミリアム、もうどうしようもないよ。あの子にはまるで話が通じない」

「それはあなたがあの子の話を聞かないからでしょ、ヘンリー」

　もう最後列に近づいている。残り十列ほど。あとは中央まで歩いていって、ふたりの案内係が胸の前でプログラムを持って立っている、あの両開きの扉から外に出るだけ。

「すごくわくわくする！」と声がした。すぐ近くで聞こえたので、オープニングシーンの最中にそんな大声でしゃべる客なんかいない、心の声だとわかっていながら、思わずすぐ横の座席に目をやった。〈舞台って大好き！〉と声が続き、だれかべつの人間が叫んだ。

〈このシート、大嫌い！〉

〈あの女、いったいどこへ行く気だ？〉不作法な男の大声が轟き、新しい声が、〈なんて不作法な！〉

歩きつづけるのよ、とブリディは声の砲撃越しに自分にいい聞かせた。あとほんの二、三メートルでいちばんうしろの通路にたどりつく。

〈……駐車サービス《バレーパーキング》を使えばよかった〉〈……なにも見えない〉〈……あとで夕食に連れてってくれると〉いくつもの声がいい、ばらばらの思考の断片が増殖する。

観客がまた拍手しているが、ブリディの耳にはなにも聞こえなかった。案内係と話をするのは無理だ。扉の前に立つふたりを見ながら思った。どこへ行くのかと訊かれたら、どうしよう。

すでに案内係の片方がこちらを見ている。もうひとりのほうに頭を傾け、それから指をさした。ここから出なきゃ、とブリディは思った。脱出ルートを探して必死にあたりを見まわし、ほんの一メートルほど先に、カーテンで仕切られたアルコーブを見つけた。上に『出口』と緑色のサインが出ている。

〈……ここで見かけるなんてびっくり……離婚するって噂だったのに〉〈……足がしびれた……どうかしたんじゃないといいけど〉〈……もしかしたらルミネスに連れてってくれるかも……〉

案内係の片方がこちらにやってくる。ブリディはアルコーブに飛び込み、ぶあついカーテンを抜けた。背後でカーテンが揺れ、重いベルベットの布地にさえぎられたかのように、たちまち声が途絶えた。

助かった。あとはロビーに行くルートを見つけるだけ。いまいるのは、下に降りる階段の途中にある、照明の薄暗い踊り場だった。階段の下は婦人用化粧室だ。トイレに行くために席を立ったのだと判断して、案内係が追いかけてこないことを祈った。それに、そこからなら、ロビーに出られるはず。

カーペット敷きの階段を駆け下りた。もうだれも化粧室に残っていないといいけど。階段の行列のことを思い出して心の中でそうつぶやいたとき、劇場のトイレは入口に係員がいる場合もあることを思い出した。

でも、もしいたとしても、幕が上がったときに休憩に入ったのだろう。大理石の壁に囲まれた部屋――洗面台が並ぶ、大きな鏡がついた化粧用カウンター――にはほかにだれもいなかった。鏡に映る自分の顔は、いまにも失神しそうに見えた。案内係が気にしていたのも無理はない。

ロビーに出る前にリップを塗ったほうがよさそうだ。そう思ったけれど、イブニングバッグを開ける手がぶるぶる震えて、しばらく口紅をむなしく手探りしてからあきらめて、両手のてのひらを大理石のカウンターに押し当てて寄りかかり、なんとか落ち着こうとした。

こんなの莫迦げてる。ただの声なんだし、しゃべっていることも——あの不作法な男をべつにすれば——そんなにひどい内容じゃないのに。しかし、声の数があまりに多く、逃れようがなかった。口々に質問を投げかけ、近づいて写真を撮ろうと押し合いへし合いしているパパラッチの群れに囲まれているような感じ——小突きまわされ、フラッシュで目が眩み、もみくちゃにされる。

いままでわたしは、統合失調症の人の気持ちを本気で考えたことがなかったんだ、とブリディは思った。頭の中で聞こえるいくつもの声から逃れられず、必死に正気を保とうとするけれど、まわりじゅう騒音の渦に囲まれ、まともにものを考えられない。

人混みに近寄るなとCBがいったのも当然だ。彼の警告に耳を貸していればよかった。トレントが心配して捜しにくる前に——それに、また声が聞こえはじめる前に——劇場から脱出しなければ。いまがチャンスだ。階段にもロビーにもひとけがない。たとえ、化粧室というこの安全な避難場所を離れたくなくても。

　ポケットにスマートフォンを突っ込んでから、またとりだした。もし案内係と出くわしたら、口実にこれが必要になるかもしれない。イブニングバッグを持って、大きく深呼吸すると、化粧室のドアを細めに開けた。外にはだれもいない。足早に廊下を歩き、中二階に上がる階段を探した。あった、これだ。走り出したくなる衝動を抑えつけて階段を上がりはじめた。

　もうちょっとで踊り場に着くというとき、また声が聞こえはじめた。〈やっぱり電話がかかってきたふりをすればよかった〉とブラインドデートの女性。〈もう、あとの祭り〉

　遅かった。階段の手すりをつかみながら思った。そして他の声も襲ってきた。〈ぼったくりもいいところだ〉〈……チャンスがあるうちに逃げ出していれば〉〈……もしあそこで外に出て、オカマを掘られているのを見つけたら……〉〈プロジェクト全体が危険にさらされる……〉〈いまはこの男から逃れられない……帰りたい〉

　わたしも、とブリディは思った。おねがいだから帰らせて！　そう懇願したが、声はやかましくしゃべりつづけ、襲いかかり、耳を聾して、行く手をふさぐ。ブリディはきびすを返し、もはや見えない手すりを探りながら、声から逃れるべく、よろよろと必死に階段を降りはじめた。〈ＣＢ、あなたのいうとおりだった。こんなにおおぜい人がいるところに来ちゃいけなかったのよ〉でも、ＣＢは答えない。

　ＣＢはいないんだ。そう思いながら手すりにしがみついた。永遠に行ってしまった。

「消えてとか、放っといてとかいってごめんなさい」ブリディは声に出していった。「本気じゃなかったの」でもブリディは本気だったし、ＣＢはそのことを知っている。心が読めるんだから。

　声がどんどん大きく、しつこくなってきた。両手で両耳を押さえたが、なんの役にも立たない。〈ＣＢ、おねがい。どうしたら止められるのか教えて〉

〈とにかくこいつから脱け出さないと〉男の声がして、ほんの一瞬、ブリディはそれがＣＢだと思った。〈助かった！〉

　しかし、ＣＢに訴える間もなく、声は続けた。〈いちいちボタンをはずしてる暇はない。二分きっかりでステージに戻らなきゃいけないんだから〉

　出演者のだれかだ。聞こえる声がまた増えている。そう思ったことが、水門のようなものを開いてしまったらしい。無数の声がどっと押し寄せてきた。

〈……この小道具、だれが動かした？……紗幕《しゃまく》を上げて……離婚寸前でも驚かない……結婚したその日から妻を裏切ってた……『レインメーカー』にすればよかった……おまえのキューだろ、まぬけ！……ボウタイで窒息しそう……寿司は嫌い……腕をまわさないで

よ！……違う違う違う舞台下手《しもて》だ！〉

ブリディはもと来たほうへと逃げ出した。もう出口を探すのではなく、筋道の通ったことを考えるのでもなく、ただひたすら、本能的に隠れ場所を求めていた。吠え立てる猟犬の群れに追われる狐のように。

ただし、もっとひどい状況だった。吠え立てる猟犬の群れも、口々に大声で叫ぶ群衆も、ふつうならそれぞれの声が混じり合ってぼやけ、ひとつの咆哮、大きな騒音のかたまりと化して、個々の声は聞き分けられなくなる。しかし、いまのブリディには、何十もある声のひとつひとつがすべてはっきりと聞こえていた。それが同時に襲いかかり、重なり合ってしゃべっている。それぞれの言葉は完璧に明瞭だった。

そして、耐えがたかった。パンチのように、棍棒のように打ち据え、ブリディはすべての理性を失って、ただひたすらその攻撃をかわしたい、逃れたいというだけになった。しかし、どこにも行き場はない。背中は壁に押し当てられ、向きを変えて走り出そうとしても、べつの壁が行く手をふさいでいる。

恐怖にかられ、また向きを変えた。追いつめられた動物のように、体は壁の角の部分に押し込められている。

「どこかへ行って！」声を押しとどめるように両手を挙げて叫んだが、彼らはそこにはいない。ブリディの頭の中で、他人の悪口をいったり、不平を鳴らしたり、暴言を吐いたり、唸ったりしていて、ブリディにはそれを締め出すことも、黙らせることもできない。思考と感情の未分化な奔流が押し寄せてくる。

　助けを呼ばなきゃ！　ブリディはそう思って電話をとりだし、トレントにかけようとした。しかし、彼は携帯の電源を切っているし、声のせいで自分のスマートフォンの画面が見えず、ロックが解除できない。〈……下手《しもて》だ、莫迦！……あの女もやっぱり最低だ……トレーナーと寝てる……たった六行の台詞も覚えられないってのか、いいかげんにしろ……あたしのひざからその手をどけて！……ゴミ！……どうしようもないあばずれ……負け犬……用済みになった老害！〉

　ブリディは隅にしゃがみ込み、両手で頭を抱え、声の猛威から自分を守ろうとした。

「ＣＢ！」と叫んだが、あとの祭りだった。大波はすでに頭上で砕け、ブリディを水中に引きずり込もうとしている。

　ああ、聖パトリックさま、アイルランドのすべての聖人さま、助けて！　ＣＢ！　そしてブリディは洪水に呑まれ、息ができなくなった。

14

喧騒と叫び声が大きく響き……群衆を推し進める流れが……戻ってきて、沸き立ち、渦を巻く。

——ヴィクトル・ユゴー
『ノートルダム・ド・パリ』

〈ブリディ〉とＣＢがいった。その声は、闇を切り裂くフラッシュライトの光芒のように、無数の声がつくる不協和音を切り裂いた。〈どうした？　ブリディ、返事をしてくれ！〉

　ブリディは、救命具にすがりつくようにその声にすがりつき、水上に頭を出した。〈どこにいるの？〉と呼びかける。

〈ぼくがどこにいるかって？　きみはどこなんだ？　なにがあった？〉

〈声が……その前に出ようと思ったんだけど……出られなくて。声が……〉

　声がそれ以上いわせてくれなかった。また頭上から覆いかぶさってきて、ブリディをCBから切り離し、彼の声を――それにブリディの声を――呑み込んでしまう。これじゃ、CBにわたしの声が聞こえない。見つけてもらえない。なにがあったのか、彼にはわからない――

〈いや、わかってるよ〉CBの声はおだやかで、安心させるような響きがあった。〈心の声がすごい大軍で襲ってきたんだろ？　まいったな、ぼくが悪かった。こんなに早く進行するとは思わなかった。ぼくのときは、そこまで事態が悪化するのに二週間かかったから、そのときには――〉声が途絶えた。

〈そのときにはどうしたの？〉とブリディはたずねたが、咆哮のせいで返事が聞こえない。

〈……今度さわってきたら殺してやる……賭け金が大きすぎる……業界全体の革新に……カネ返せよ……いいから自分の台詞をいえ、莫迦っ！〉

〈CB！〉ブリディは嗚咽《おえつ》した。〈どこなの？〉

〈ここにいる。なにか飲んだりしてないよね？　鎮静剤とかヴァリアムとか〉

〈いいえ。でも、ワインを二口か三口〉

〈くそっ〉CBはそういってから、〈だいじょうぶだよ〉そして、病院のときとまったく同じように、〈いまいる場所を教えてくれ〉

〈知らない！　階段を上がって劇場のロビーに出ようとしたんだけど、でも――〉

〈劇場に行ったのか？　人混みには近づくなっていったのに〉しかしブリディはそれを聞いていなかった。声の群れがいまにも彼女を――

〈いや、だいじょうぶだ。怒鳴ったりしてごめん。階段にいるのかい？〉

〈わからない〉ブリディはすすり泣いた。〈どこにいるのか――〉

〈いいから。どの映画館？　シネマーク？　リーガル？〉

答えようとしたが、声が襲いかかってくる。声に身をすくませながら、〈いいえ。映画には行かなかったの。トレントが舞台のチケットを手に入れて――〉

〈芝居？　どこ？　シビックセンター？　ブロードハースト？〉

〈ううん……〉ブリディは、CBがほかの劇場の名前を挙げてくれるのを待ったが、CBの声は途切れた。そして声の群れが彼女の周囲でぐるぐる渦を巻き、中心に向かって引き寄せる。〈CB！〉

〈聞こえてるよ。劇場をネットでチェックしてたんだ。なんの舞台？　『サウンド・オブ・マッドネス』？　『デイムズ・アット・シー』？　『ドロップト・コール』？〉

無意識に〈それ〉と答えたらしく、CBは〈すぐ行く。そこにいてくれ〉といった。こんな状況でなければ笑ってしまったかもしれない。ブリディはどこにも行けないのだから。

〈急いで！〉と叫んだが、ＣＢは答えなかった。

もう行ってしまったんだ。パニックと戦いながら、「ＣＢ！」と声に出して叫んだ。

「行かないで！」

〈行かないよ。ここにいる。道中もずっときみのそばにいる。ぼくに集中して、ほかの声のことは考えるな。ただのノイズだ。トレントがよくきみを連れていく気どったカクテル・パーティーの客たちのおしゃべりと同じ。パーティーでぼくと話しているつもりになって、頭からほかの声を締め出せ。数分で行くよ。もうコムスパンを出たから――〉

コムスパン！　さっきまでコムスパンにいたのなら、この劇場に来るまでにすくなくとも二十分かかる。声はもう大きくなり、増殖しはじめている。ＣＢはまちがってる。ノイズなんかじゃないし、これはカクテル・パーティーなんかじゃない。カクテル・パーティーの客は、あんなひどいことはいわない。〈……こんなことされるために来たんじゃない……おまえの台詞忘れをとりつくろうのはもううんざりだ……なんてスノッブ……うちの犬でももっとまともな演技ができるぞ！〉叩きつける豪雨に打たれているみたいだった。耳を聾する喧騒。

〈いや、雨じゃない〉ＣＢの声が土砂降りを切り裂いた。〈ナイアガラの滝だ〉

〈ナイアガラの滝？〉ブリディはぽかんとして訊き返した。

〈いま聞こえてるのがナイアガラの滝だと思うんだ。きみはナイアガラの滝にいる。この騒音は、ごうごうと流れ落ちる水の咆哮だ。ナイアガラの滝に行ったことは？〉

〈いいえ――〉

〈でも、見たことはあるだろ？　いろんな映画に出てくる。「ブルース・オールマイティ」。「スーパーマンII」。「ザ・オフィス」の結婚式の回。すごい観光地だよ。新婚旅行の名所。霧の乙女号。ホースシュー滝……〉CBが話しているうちに、ナイアガラの滝が目に浮かんできた。崖を流れ落ち、はるか下方の岩にぶつかる巨大な水流、沸き立つ霧、水しぶき――

〈とんでもなくすごい音がするんだ〉CBが滝の騒音に負けじと声を張り上げた。〈滝の音がうるさすぎて、観光客の声は聞こえない。でも、それだけのこと。ただの騒音。害はないよ〉

〈いいえ、害はある〉ブリディはいった。いきなり声の群れにさらわれて体が崖の向こうに転落し、滝にもみくちゃにされながら滝壺に呑まれ、泡の中で何度も何度も回転し、水中に沈んで溺れ……

〈ブリディ！〉CBが鋭くいった。〈崖の向こうには落ちるはずがないんだよ。鉄の手すりがあるからね。見えるだろ、手すりが？〉

〈いいえ……〉

〈胸までの高さで、色は黒。隙間はせまいから、そのあいだから転落することはない。手すりは、両手の指をまわしてぎゅっと握るのにちょうどいいサイズだから、しっかり持てる。水しぶきで濡れてるけど、滑りやすくはない。手ざわりを感じる？〉

〈え、ええ〉ブリディは自分の手が手すりを握るのを想像した。冷たい。手の甲にかかる水しぶきまで感じるような気がした。

〈いい子だ。とにかくしっかりつかまってればいい。手すりが守ってくれる〉

〈もし手すりが倒れたら？〉

〈倒れないよ。地面にしっかりボルトで固定されてる〉

〈でも、もし地面が崩れたら？〉

〈崩れないよ。かたい岩盤だ。必要なのは、あと二、三分、手すりにつかまって持ちこたえることだけ。そしたらぼくが行くから。それまでのあいだ、滝がどんなに美しいかを考えてて〉

〈美しくなんかない！〉ブリディは叫ぶようにいった。〈怖い！〉

〈じゃあ、ぼくらがハネムーンでナイアガラの滝に行ったときにする最高のセックスのことを考えて〉とＣＢはいった。ブリディの心の中の、まだ徹底的に痛めつけられていない部分は、ＣＢがブリディを怒らせて気をそらせるためにわざとそんなことをいっているのだと理解していた。「ナイアガラの滝だろうとどこだろうと、あなたとセックスなんかしない。わたしの心の絆はトレントと結ばれてるのよ」でも、その作戦は奏功しなかった。声は大きすぎ、激しすぎた。

〈わかった、じゃあシュレデッド・ウィート（全粒小麦粉のシリアル食品の商品名）のことを考えて〉ＣＢがいった。

〈なに？〉心を声から引き離すという目的からかけ離れた、脈絡のない発言に驚いて訊き返した。シュレデッド・ウィートがナイアガラの滝となんの関係があるんだろう。

〈わからない。でも、昔、シュレデッド・ウィートの箱にはなぜかナイアガラの滝の絵がついていた。たぶん、その近くでつくってたんじゃないかな。と思ったら、ラッキー・チャームの箱にはレプラコーンの絵が描いてあるね。アイルランド製でもないのに。まあ、このアウトソーシング時代だから、アイルランドでつくられてる可能性もゼロじゃないけど。フルーツループはフィンランドで製造されてるし〉

　ＣＢは、シリアル食品と不思議なアウトソーシングの実例についてしゃべりつづけ、ブリディはそれをひとことも信じなかったが、濡れた黒い手すりにしがみついたのと同じように、そのおしゃべりにしがみついた。ＣＢが話しつづけているかぎり、崖の向こうへと声にさらわれてしまうことはない。

〈これは確かな筋からの情報なんだけど〉とＣＢが話している。〈キャプテン・クランチは、海賊の本拠地だったトルトゥガ島でつくられている。それといっしょに――〉

　ＣＢの声が唐突に途絶えた。〈ＣＢ？〉と呼びかける声がパニックにうわずった。

〈だいじょうぶ。ここにいるよ〉とＣＢはいったが、声の調子がさっきまでと違う。前より近いと同時に遠い。

〈どこ？　聞こえない！〉

〈劇場のすぐ外にいる。ちなみに、自力で外まで出てこられる可能性はないんだよね？〉

〈ない！〉氷のように冷たい手すりをつかみ、〈どうして？〉

〈入れてもらえるかどうか自信がなくて。あんまり劇場向けの服装じゃないし。もしきみがロビーまで来られれば――〉

　彼が声から救い出してくれる。でも、手すりから手を離し、階段を上がることを考えただけで、たちまち声の群れが襲ってきた。

〈無理みたい〉と答えたが、それは返事というより泣き声に聞こえた。

〈いいんだ〉とＣＢが安心させるようにいった。〈なにか手を考えるから。でも、いいかい、いまどこにいるかを教えてくれ〉

〈ナイアガラの滝よ〉とまどいながら答えた。あなたが――

〈じゃなくて、劇場のどこ？　まだ階段？〉

〈いいえ〉

〈階段のあと、どこへ行った？　思い出して〉

〈無理――〉

〈わかった、じゃあ目を開けて。ほんの一瞬だけ。声にさらわれる心配はない、約束する。ぼくがしっかりつかんでるから。でも、きみの居場所がわからないと、迎えにいけない。目を開けて〉

〈無理よ〉必死に手すりにしがみついたが、声といっしょにひとりだけ残されるという考えは、手すりを越えて滝に転落するかもしれないという可能性よりもさらにおそろしかった。ブリディは目を開けた。

一瞬、金属製のパイプと白黒のタイルが視界に入り、わたしは床にすわってるんだと思ってびっくりしたが、たちまち声がどっと押し寄せてきたので、またぎゅっと目を閉じた。

しかし、それだけでじゅうぶんだったらしい。〈化粧室か。わかった、すぐ行くよ〉とCBがいった。〈それまで、ナイアガラの滝のことは考えないで、ラッキー・チャームのことを考えて。覚えてるかい、ラッキー・チャームには、いろんな色とかたちの小さなマ

シュマロがいっぱい入ってた。どんなのだっけ？　ピンクのハートと、ほかには？〉

〈覚えてない――〉

〈おいおい、そんなわけないだろ〉ＣＢがなだめすかすようにいった。〈メイヴはラッキー・チャーム食べてるだろ？　きみはアイルランド系だ。ラッキー・チャームはアイルランドの国民シリアルじゃないか。どんなマシュマロが入ってるか知ってるはずだ。ピンクのハートと……〉

〈黄色い月？〉

〈いい子だ。それで二種類。ほかのはなんだった？　思い出して〉

荒れ狂う水としぶきに目をぎゅっと閉じ、濡れた鉄の手すりをかたく握りしめて考えた。四角いへりがてのひらに食い込む。「ピンクのハートと」とつぶやく。「黄色い月と、緑のシャムロック（シロツメクサ、コメツブツメクサなど、三つ葉植物の一部に対するアイルランド起源の呼び名。クローバーとほぼ重なるが、微妙に違うらしい。聖パトリックが三位一体を説明するために用いたとされる。アイルランドの国花）と」あとはなに？　星だ。でも、何色だった？　青？　紫？　ブリディはシリアルの箱を目に浮かべようと神経を集中した。

　でも、それでは足りなかった。声が押し入ってくる。手すりを越えてしぶきを浴びせ、冷たい水で体温を奪い、体を麻痺させる。ＣＢの話は嘘だ。ナイアガラはただの無害な滝でも、新婚旅行の名所でもない。怒りと怨みと憤りで荒れ狂う、危険な存在だ。〈たった六行を覚えておくのがそんなにたいへんなのか、この間抜け？……冷たい態度をとられて向こうがどう出るか確かめて……ゴミ……変態……酔っ払い……あんな女、大嫌い！〉

　声が頭上から襲いかかり、ブリディを岩盤から押し流して奔流に叩き込んだ。手すりを探るが見つからない。〈CB！〉無数の声の中にCBの声を求めて耳をすますが、やはり見つからない。声が多すぎる。流れにどんどん運びされられてゆく。息ができない。〈CB！〉心で叫び、彼に向かって必死に手を伸ばした。

　すると、そこに彼がいた。頭の中ではなく——現実のタイル張りの床の上、ブリディのすぐ横にしゃがみ込んでいる。デニムのジャケット、スター・ウォーズのTシャツにネルのシャツ、片手をブリディの腕にのせて「もうだいじょうぶ、ほら、来たよ」と何度も何度もつぶやいている。

「嘘つき」とブリディは震える声でいった。「手すりは倒れちゃったじゃない。もうちょっとで滝に呑まれるところだった」

〈わかってる。ごめん。忍び込んでタダ見するつもりじゃないと案内係を説得するのに時間がかかって。そのあと、どのトイレか探し当てなきゃいけなくて〉

「信じなくてごめんなさい。それに、もう二度と——」

〈しいっ、声に出さないで〉とCBが警告した。トイレの外にいるだれかに聞かれるのを心配している。

〈もう二度と話したくないなんていってごめ――〉

〈こっちはもっと早く来られなくてごめん。この劇場にいくつトイレがあるか知ってる？　フロアごとにひとつ。幕間には大混雑するんだろうね。その幕間はいつ？〉

〈知らない〉と心で答えたが、聞こえなかったらしく、ＣＢは声に出してたずねた。「幕間はいつ？」

「二幕のあと、いまから四十五分後です」と女の声が答え、ブリディは、化粧室の中にほかにも人がいるのに気づいてショックを受けた。

〈案内係の片方だよ〉とＣＢが説明する。〈だから、ぼくのいうとおりに話して。いいかい？〉

〈わかった〉

「だいじょうぶなんですか？」案内係がたずねている。「劇場内にお医者さんがいるか訊いてきましょうか」

〈やめて！〉とブリディ。

「いや」ＣＢがおだやかな口調で案内係にいった。「ただの不安発作だから。混雑した場所に来ると、発作が起きるんです」ＣＢはブリディのほうに向き直り、「ひとりで劇場に来たりしちゃだめだっていったじゃないか、ルーシー」

〈ひとりで？〉ブリディはとまどった。〈ルーシーって？〉

「こんなことになるんじゃないかと思ったんだ」とＣＢ。〈さあ、こういって。「そうね、チャーリー。ごめんなさい」〉

〈なんでそんな――〉

〈トレントが幕間にきみのことをたずねてまわったら、案内係に名前を知られてないほうがいいだろ。こんな状態のきみをここで見つけたと証言されたら？〉

〈ああ、トレント！　早くここを出ないと、彼が――〉

〈まさしく。だから、「そうね、チャーリー」と〉

「そうね、チャーリー」とブリディはいった。「ごめんなさい」それからＣＢに向かって、〈トレントのこと、すっかり忘れていた〉

〈声のこと、彼に話した？〉

〈いいえ！　彼は――〉

〈声に襲われたときは？　彼に助けを求めた？〉

〝襲われた〟というのはまさにそれだ。追ってくる狼の群れか、血に飢えた群衆が――

〈ブリディ！〉ＣＢが鋭くいった。〈彼に呼びかけた？〉

〈ええ。でも彼には聞こえなかった〉

〈電話は？　携帯で電話をかけなかった？〉

〈いいえ。電話を出して、かけようとしたけど、でも彼が携帯の電源を切ってるのを思い出して。開演前に、電源を切れっていわれるの〉

〈ほかにはだれかに電話した？　妹さんか、コムスパンのだれかか？〉

ブリディは首を振った。〈声が――〉

〈わかるよ。トレントにメッセージを送ったり、発信したり、履歴が残るようなことはしてない？〉

〈ええ〉

〈よし。ということは、幕間まで、時間の余裕があるわけだ。でも、もう行かないと〉

〈わかった〉

〈そのためには、パイプから手を離さなきゃいけない〉

パイプ？　なんのことだろう？　これはパイプじゃなくて手すりだし、それから手を離すわけにはいかない。じゃないと滝に呑まれてしまう。

〈いや、だいじょうぶだよ。ぼくがつかまえてるから。出てこられる？〉

〈出てくる？〉ブリディはぽかんとして訊き返してから、自分が洗面台の並ぶカウンターの下にいることに気がついた。いちばん奥の隅に潜り込んで、湾曲したクローム製の排水管を両手で握りしめている。追いつめられた動物みたいに。そう思って恥ずかしくなった。

〈気にしなくていいんだよ。声はだれに対しても同じような影響を与えるから〉ＣＢはカウンターの下にかがみこみ、ブリディのほうに手をさしのべた。〈出てこられる？〉

　ブリディはうなずいた。たぶん。でも、いざやろうとしてみると、無理だった。排水管をつかんだ両手が凍りついたように動かない。

〈いいんだ〉ＣＢは、ブリディの横に這い込んできた。洗面台の下に頭をぶつけ、「うう」と声を洩らす。

「どうかしました？」と案内係。「暴れてるんですか？」

「いや、うっかり頭をぶつけただけ」

　案内係は納得していない口調で、「ほんとに救急車とか呼ばなくていいんですか、９１１に電話して？」

「だいじょうぶ。もう、かかりつけのセラピストには連絡したので、家に連れて帰ればだいじょうぶです」ＣＢはブリディに手を伸ばした。〈滝に呑まれたりしないから。約束する。でも、行かなきゃだめだ、ダーリン。でないと、通報されちゃうから〉

〈そして、トレントにぜんぶバレてしまう〉ブリディはそう思って、パイプから手を離した。

ブリディがパイプを離すのと、その手をＣＢがつかむのとのあいだには、一ナノ秒の間隔もなかった。「保護しました」とＣＢは案内係にいい、それからブリディに向かって、

〈やれるとわかってたよ。そうだ、ダーリン。がんばれ。もうちょっと〉

ＣＢは両手でゆっくりとブリディの手を引いてうしろに下がり、それから片手でブリディの頭を下げながら、〈頭をぶつけないようにね〉といって、カウンターの下からいっしょに抜け出した。片腕をブリディの腰にまわし、立ち上がるのにぎこちなく手を貸した。

「歩ける？」

ええ、と答えようとしてＣＢのほうを向いたとき、洗面台の上の鏡に映る自分の姿が見えた。ひどいありさまだった。アップにした髪は半分崩れ、きれいな緑のドレスはしわくちゃで見る影もない。こちらを見返す白い顔はげっそりやつれ、おびえている。どう見ても、いかれた女に見える。案内係が９１１に電話しようと思ったのも当然だ。

〈まだ通報される可能性はある〉とＣＢがいった。〈だから、こういわなきゃいけない。

「ええ、歩けるわ、チャーリー。家に帰りたいだけ」〉

「ええ、歩けるわ、チャーリー」とブリディはいったが、ほんとうに歩けるかどうかぜんぜん自信はなかった。「家に帰りたいだけ」

「もうだいじょうぶです」まだ懐疑的な表情の案内係に向かって、ＣＢがいった。「いいかい？」と声に出してブリディにたずね、ブリディはうなずいた。

ＣＢは床からイブニングバッグを拾ってデニムのジャケットのポケットに押し込んだ。

〈携帯は？〉

〈ええ〉といってブリディはドレスを探ったが、携帯はなかった。〈どこかに落としたみたい〉

〈でも、ホールを出たときは持ってたはずだ。トレントに電話しようとしたっていったよね。それは、ここに来てから？〉

〈わからない〉階段にいたときだったか、化粧室に入ってからだったかを思い出そうとしながら答えた。

〈だいじょうぶ〉ＣＢはそういってから、案内係に向かって、「外にだれもいないかどうか見てきてもらえますか？　彼女をロビーに連れ出したいんですけど、ほかの人の姿を見たら、また発作を起こすかもしれないので」

案内係はうなずいて、化粧室を出ていった。そのうしろでドアが閉まるなり、ＣＢはブリディの腰から手を離して、カウンターの下に飛び込んだ。

〈だめ！　行かないで！〉ブリディは叫んだ。両手を伸ばしたまま、彼のほうに体が傾いていくのを止められない。

〈どこにも行かないよ〉ＣＢはカウンターの下を覗きながら答えた。〈電話を探してるだけ。一秒で済む〉

彼はわたしの電話を探してるだけ。どこにも行かない。ブリディは自分にそういい聞かせた。ほんの一メートル先にいる。案内係が戻ってくる前に携帯を見つけないといけない。わたしが彼の腕をつかんだりしたら、探すのが遅くなる。パニックを起こさずに、彼が電話を探すのを待たなきゃ。でも、それは不可能だった。というのも、彼女の背後、鏡の中では、滝の咆哮がすでに個々の声に分裂し、数百、数千、数万のわめきたてる断片になってこちらに飛びつき、切りつけて――

〈どれか、海賊じゃなかった？〉ＣＢが仕切りの下からトイレの個室の床を覗きながらいった。

〈なんのどれか？　声？〉

〈じゃなくて、ラッキー・チャームのマシュマロ。どれか、海賊のかたちをしてるのがなかった？〉いちばん手前の個室のドアを開けた。〈それとも、キャプテン・クランチのほうだっけ？〉

〈キャプテン・クランチはマシュマロ入ってない〉

〈そうか〉ＣＢが次の個室のドアを開けた。〈箱にオオハシの絵がついてるのは？〉

〈フルーツループ。でも、あれにもマシュマロは入ってない〉

〈でも、どれかには入ってる〉ＣＢは次の個室に移りながらいった。〈チョキュラ伯爵かフランケンベリーかゾンビか――あった！〉最後から二番めの個室に飛び込んでブリディの携帯を拾い上げ、ポケットに突っ込むと、またブリディの腰に腕をまわした。そのとき、案内係がドアを開けた。

「だれもいませんよ」と案内係がＣＢにいった。

「よかった。ドアを開けててもらえますか？　ありがとう」それから、ＣＢはブリディに向かって、〈オーケイ。さっさとずらかろう〉ふたりは戸口に歩き出した。

「ほんとにだいじょうぶですか？」案内係がブリディのほうを向き、心配そうにいった。

「ええ、だいじょうぶ」と答えて、ブリディは笑みをつくり、ＣＢに先導されて外に出た。

〈ずらかるといえば、ここにはどうやって来た？〉と階段を上がるのに手を貸しながらＣＢがたずねた。

〈タクシーで。声が押し入ってきたから――〉

〈よかった。じゃあ、面倒がひとつ減る。よくやってるよ、ダーリン〉とＣＢが励ました。

〈もうすぐ踊り場だ――〉

〈無理よ〉ブリディは握っているCBの手をひっぱりかえした。〈その上で声が――〉

〈ああ〉CBは握る手にぎゅっと力を込めた。〈滝には近づかない。マシュマロのことに意識を集中しよう。そうすれば、知らないうちにここを出て、どこか静かな場所に着いてる〉

どこか静かな場所。まるで天国みたいな響き。でもそこに行くためには、踊り場を突破しないと――

〈そのことは考えるな〉階段を昇りながらCBが命令した。〈どこか静かな場所のことを考えて。それに乾燥した土地。アリゾナ。デス・バレー。ぼくらの蜜月《ハネムーン》旅行にデス・バレーへ旅行するのはどう?〉

ブリディは答えなかった。踊り場を見ていた。そのすぐ向こうで声の群れが待ちかまえている。声はすでに階段をなだれ落ちて――

〈蜜かどうかはともかく、月《ムーン》と言えば、黄色いマシュマロが星だったのを思い出したよ。ということは、月は青だったはずだ、〝ごく稀に《ワンス・イン・ア・ブルー・ムーン》〟の月みたいに。緑はなんだったと思う?〉

〈シャムロック〉

〈ああ、そうだ、シャムロック。アイルランドのシンボル。じつにぴったりだね、この状

況を考えると〉

〈状況って——？〉

〈あとで説明するよ。ほかの色は？　オレンジは？　オレンジのカボチャ〉

〈カボチャはアイルランド産じゃない〉

〈確かに。オーケイ、じゃあなに？　ウィスキー？　ＩＲＡシンパ？〉

〈いいえ。なにか虹みたいなもののはず。でなきゃ黄金の壺〉

〈それもまた、いまのぼくらに、じつにぴったりだ。とうとう着いたからね〉その言葉にブリディが目を上げると、ふたりは無人のロビーをほとんど横断し終えていた。案内係は外の歩道に立ち、ふたりのためにドアを開けて待っている。

「ほんとにだいじょうぶなんですか、ルーシーさんは？」案内係がＣＢにたずねた。

「もちろん」ＣＢはブリディにつきそってドアに向かいながら答えた。

「本日のチケット料金は喜んで返金させていただきます。もしくは、他の公演に振り替えることもできますが」

〈訴えられてトラブルになるのが心配なんだよ〉とＣＢ。〈そんな心配はないといってやって。でないと、保身のために通報されかねない〉

「返金は必要ありません」とブリディはいった。「なにもかも、自分のせいなんです。もっとよく考えて行動するべきだった」

案内係はほっとした顔になった。〈いい子だ〉とＣＢがいって、ブリディといっしょに戸口を抜け、外に出た。

声から離れられた。安堵のあまり、体じゅうの力が抜けた。しかし、ふたりはまだ、暗い通りの歩道にいる。「車まで連れていくのに手を貸しましょうか？」案内係が気遣わしげな口調でＣＢにたずねた。

「いいえ、だいじょうぶです」とブリディはどうにか声を出した。「ほんとうに」

案内係は疑り深げな表情だったが、劇場の中に戻った。〈いい子だ、よくやった〉ＣＢがいった。〈あとは、ぼくの車がレッカー移動されてないといいけど。ああ、よかった。だいじょうぶだった〉

ＣＢはおんぼろのホンダ車を指さした。タクシーがブリディを下ろしたあたりの縁石に駐車してある。両側には大きな《駐車禁止》の標識。「きょうはついてる」とＣＢは声に出していいながら、車の助手席側にブリディを導いてドアを開けた。「緑のシャムロックのおかげだな。さあどうぞ」と助手席にブリディをすわらせた。

「オーケイ、さあ」といいながら、ＣＢの首にまわしたままのブリディの腕から体を放そうとする。「手を離してくれないと、運転席に行けないよ」

「だめ――」

「一秒で済む、約束するから」ＣＢはやさしくいった。「そしたら、きみをここから連れ出して、声の聞こえないところへ行ける。いいかい？」

　ブリディは首を振った。ＣＢが離れるなり、声が戻ってくる。

「ねえ、いつまでもここにいるわけにはいかない。トレントが現れたら、ぼくらのハネムーンの計画には深刻な障害になる」

　ＣＢは彼女を怒らせて手を離させようとしている。でも、離せなかった。離したら声が押し寄せ、呑み込んで――

「いや、だいじょうぶだ。さあ、いまのうちに運転席のドアを開けておくよ。これで、向こうにまわって運転席にすわるとき、立ち止まってドアを開ける手間がなくなるからね」

ＣＢはブリディの体越しに身を乗り出してドアハンドルを押し下げ、ドアを突いてすこしだけ開けた。「すごく速く済ませるよ、約束する。例の最後のマシュマロを思い出すのに集中してて。いいかい？」

〈いいえ〉とブリディはつぶやいたが、ＣＢはすでに車の前にまわっていた。「ＣＢ！」

〈すぐ行く〉ＣＢはそういって、車の正面を通過し、運転席側に向かった。そのあいだもしゃべりつづけている。〈五番目のマシュマロはシルクハットじゃなかった？　いや、待って、それはモノポリーの駒か。アイロン？　違う、それもモノポリーだ。それに確か、アイロンは人気がなくてリストラされたとかいうニュースを読んだ気がする〉

ＣＢは運転席のドアを開けて中に滑り込んだ。彼が中に入るなりブリディは手を伸ばし、その右腕にぎゅっとしがみついた。ヴィクトリア朝小説に出てくる頭の悪いヒロインみたい。そう思ったが、自分でもどうしようもなかった。

それに、ＣＢは気づいたふうもなく、ひたすらしゃべりつづけている。「アイロンはなにに変わったんだっけ？　なにかもっと現代的なやつ。キンドルとか。ドローンとか」

「いいえ」とブリディ。「猫よ」

「そうだ、猫だ」といってＣＢはドアをバタンと閉めた。「すごく現代的な」といって、ブリディがほほえむと、「悪いけど、また一瞬、離してもらわないと」

「どうして？」と握る手に力を込めた。

「エンジンをかけなきゃいけないから。だから、手を離すか、でなきゃぼくのジーンズのポケットから、かわりにキーを出してくれ」

「ごめんなさい！」ブリディは噛みつかれたみたいにぱっと手を離し、その恥ずかしさのおかげで落ち着きをとり戻した。しかし、ＣＢがキーを出してイグニションに挿し込んだ瞬間、ブリディはまた彼の腕をつかんだ。「ごめんなさい。赤ん坊みたいだってわかってるけど、でも、声が――」

「わかるよ。ぼくもはじめてのときは、ベッドの支柱にしがみついて、引きはがされるまで離れなかった」

「ほんとに？」

「うん」ＣＢは苦労してギアを入れると、道路に車を出した。「でも、腕より脚に手を置いててもらったほうがいいかもしれない。交通量の多い道を抜けるまでは」

ブリディはうなずいて、ＣＢのひざのすぐ上をつかんだ。ロックコンサートの度を超したファンみたいに両腕で彼の脚にしがみつきたい衝動を抑えつけるには、ありったけの意志の力が必要だった。

「きみはりっぱにやってる」とＣＢ。「すぐにここから連れ出すからね」

街を離れて。そう思いながら、窓の外を過ぎてゆく街灯や建物を恐怖の目でながめた。声の届かないところ。「おねがい、急いで」とつぶやく。「追いつかれる」

ＣＢはうなずき、腕時計に目をやって、アクセルを踏んだ。よかった。ブリディはそう思って、前方の昇りランプの標識を見つめた。一分後にはハイウェイに乗れる。

しかし、そう思っている最中に、ＣＢは速度を落とした。右手の暗い脇道に入って車を停め、イグニションを切った。

15

さいわい、アイルランド人は、世界じゅうから頭がおかしいと思われている。アイルランド人自身、その説のまやかしを暴こうとは一切していない。

——オーエン・コルファー

『アルテミス・ファウル　妖精の身代金』

「なにしてるの？」暗い通りに神経質な視線を投げて、ブリディはいった。「どうして車を停めたの？」

「時間を稼ぐためだよ」ＣＢは運転席で体をずらし、ジーンズのポケットからブリディの携帯をとりだした。「パスコードは？　頭に浮かべるんじゃなくて、口に出して」

「そんな必要はないのよ。神経のルートが強化されることなんかもう心配してない。強化されればされるほどありがたいわ」ヒステリックな笑い声をあげ、「ルートがあったことにすごく感謝したい気分」

「ぼくもだよ。でも、口に出してといったのはそのためじゃない。口に出してしゃべることは、声を排除するのに役立つんだ。パスコードは？」

ブリディは数字を告げた。「でも、声から逃れたあとにしたほうがよくない？」

ＣＢは首を振った。「幕間に入る前にやっておかないと」

幕間には、トレントがブリディを探しにくる。見つからなかったら、案内係にたずねるだろう。「緑のドレスを着た赤毛の女性を見ませんでしたか？」そうなったら、ＣＢが彼女をルーシーと呼び、ひとりで劇場に来たと案内係に告げた偽装工作も、たぶん役に立たない。

「確かに」とＣＢはいった。「席を離れるとき、トレントにはどんな口実を？」

「メイヴ」

「メイヴ？」ＣＢはぞっとしたようにスマートフォンの画面から顔を上げた。「どうしてそんなことを？」

「席に着く前、バーにいたとき、声が聞こえはじめて、それでトレイシー・ハミルトンに、メイヴのことが心配だといったの。姪が問題を起こして、母親のメアリ・クレアに電話しなきゃいけない、と。ほかに口実が思いつかなかったのよ。どうしても、その場を離れなきゃいけなかった――」

「声に対処するために」とＣＢ。「彼女には――もしくはトレントには――どんな問題だか話した？」

「いいえ。トレントはその場にいなかった。トレイシー・ハミルトンにいったのは、姉が娘のことをすごく心配してるっていうことだけ。だから、客席では、メアリ・クレアが電話してきたふりをして、なにかあったみたいだから折り返し連絡しなきゃいけないとトレントに話したの」

「じゃあ、きっとだいじょうぶだな」ＣＢはいって、ショートメッセージをすばやく打ちはじめた。

「なんて書いてるの？」

「メイヴが家出したって」

「家出！　あの子はそんなことしない！」

「それにきみは、メイヴが通知表でＢをもらったからといって劇場を飛び出して姉の家に行ったりしない。トレントとハミルトン夫妻を放り出していなくなっても不思議はないくらい深刻な問題じゃなきゃいけない。となったら、メイヴが家出するか、怪我をするかくらいだろう。家出のほうがごまかしやすい。キャストが必要ないし」

「でも、もしトレントが、メアリ・クレアかだれか、うちの親族に電話したら――」

「しないよ。メイヴはウーナ伯母さんのところにいることがわかって、無事だったっていう後続のメッセージをいま送ってるから」

「でも、そう伝えたら、劇場に戻ってくるようにいわれるわ」CBの太腿をつかむ手にひとりでに力がこもる。

「心配ない。メアリ・クレアがメルトダウンを起こしたから、そばにいて落ち着かせてやらなきゃいけないと伝えてる」

「でも、トレントが幕間に電話してきて、メアリ・クレアのことなんか放っておけ、ハミルトン夫妻のほうがだいじだといったら？」

「不可能だよ。きみの電話はこのあと電源を切るから」

「ウーナ伯母さんの家に電話してきたら？」

「そっちも対策済み」と、なおもメッセージを打ちながら答える。

「どういう意味？　メイヴにメッセージしたんじゃないでしょうね？」メイヴに口裏を合わせるように頼んだら、理由を知りたがるに決まっている。そして――

「メイヴにメッセージはしてないよ」ブリディのスマートフォンをポケットにしまって車のエンジンをかけた。「それにともかく、トレントは電話なんかしない。きみが急にいなくなったのはハミルトン夫妻のせいじゃないとふたりに言い訳するのに必死だろうからね。幕間のあと、またメッセージを送って、親族を落ち着かせるのに思ったより時間がかかりそうだから、あした話をしようと伝えるよ」

　トレントはかんかんになるだろうな、とブリディは思った。

「お気の毒さま」とCBはいった。

　バックミラーに目をやって、通りに車を出した。車がまた走り出し、声から離れはじめると、ブリディは安堵の波が広がるのを感じた。

「トレントの声は聞こえなかったんだよね？」とCB。「声の中に、彼の声はなかった？」

「ええ、もちろんなかった。わたしが聞いた声はひどいものばかりだったのよ！」

「じつのところ、きみが聞いた声は、ごく平均的な観劇客たちだよ。ごく平均的な、きみのまわりのすべての人間でもある——友人、親戚、同僚——」

「でも、彼らはすごく——」

「下品だった？　悪意に満ちていた？　うらみがましい？　ずるい？　残念ながら、自分たちの頭の中でだけで考えるときは、みんなそんなふうになる」皮肉な笑みを浮かべて、「汚水溜めだといっただろ」

ＣＢは赤信号で車を停めた。「ぜんぶがぜんぶ彼らのせいというわけじゃない。考えることのうち、いいことは声に出していえるけど――『わあ、すごく素敵！』とか『なんて気持ちのいい日！』とか『わたしは人の心のやさしさに包まれている！』とかね――『くたばれ！』とか『おお、すげえおっぱい！』とかは口に出さない。頭の中は、悪いことが出てこられる唯一の場所だから、考えが不相応に不快なものになりがちだ。でも同時に、人間というのは野蛮で、いけすかなくて、さもしく、下品で、ごまかし上手で、残酷なんだ」

「でも、みんながみんなひどいなんてありえない」

「きみが心の声を聞いた期間の長さは、ぼくにおよびもつかないよ」

「いい人なんかだれもいないっていいたいの？」

「そうはいってない。でも、いいやつはほんとに莫迦《ばか》を見るんだ。いい女の子もね。嘘をつかれ、裏切られ、ほかの相手を愛しているだれかを好きになって失恋する。いいやつの心の声を聞くのは、いやなやつや怪物の心の声を聞くのよりさらに悪い。そういえば、まだ質問に答えてもらってないね。トレントの心の声は聞こえた？」

「いったでしょ、トレントの心の声が――」

「あの中に混じってるなんてありえない、か。いや、ありうるね。しかし、今朝いったとおり、もしきみが彼の心の声を聞いたら、彼の声だとわかったはずだ。ぼくの声を聞いたときと同じように」

〈ジルやアート・サンプスンの声を聞いたときのように〉

「そのとおり。前に声を聞いたことのある人間の思考なら、きみの脳は自動的にその人間の声を割り当てる。でなければ、声がしゃべる内容にもとづいて性別や年齢を割り振ることもある。どちらでもなければ、完全に無個性な声になる。だからきみは、ディカフェ・ラテ男の声がどんな声なのかいえなかった」

　だからブラインドデートの女の声が、二度めに聞いたときから女性の声に聞こえた。

「向こうにもわたしの声が聞こえるの？」

「いや」

「確かなの？」ブリディの手は痙攣《けいれん》するようにぎゅっと彼の脚をつかんだ。もし聞こえたら、こちらの居場所がわかってしまう。追いかけてくる。

「確かだ」とCB。「ぼくには十五年前から聞こえてるんだよ、ね？　きみに聞こえてるなんてこと、向こうはまったく知らない」

「でも、わたしに怒鳴ってるみたいに感じたし、それに――」

「攻撃してくるみたいに感じた？　きみを殺そうとしているみたいに？　ああ、わかるよ。

でも、そうじゃない。声はきみが存在していることも知らない。きみは彼らの思考を立ち聞きしているだけ。レストランにいて、たまたまとなりのテーブルにいる見知らぬ他人がしゃべっていることを聞いてしまうようなものだ」

いいえ、ちがう。実際の声なら、聞こえないようにシャットアウトできるけど、これは

――

「それは、聞こえたものをなんでも筋道たてて解釈するように脳が結線されているからだ。脳は声に対しても同じことをしようとする。でも、声は数が多すぎるし、同時にしゃべる。それに、耳で聞く実際の声と違って、重なり合って聞こえなくなったり、混じり合ってノイズになったりはしない。それぞれの声ははっきりと聞こえているままだ。だから心は、感覚入力の過負荷に耐えきれなくなって、パニックを起こす」

感覚入力の過負荷？　あれをそんな言葉で呼ぶの？　ブリディは、不吉な声の群れがふたたび容赦なく襲ってくるのを感じた。

「でも、向こうにわたしの声が聞こえないなら、トレントの声が聞こえたかどうかどうして気にするの？」

「ＥＥＤのせいだよ。もし彼の声が聞こえたとしたら、彼がきみの感情を感じとれはじめているという意味かもしれない。いまぼくらにとってもっとも望ましくないのは、困って

いるきみの感情を彼が受信して、どういうことか確かめるために会いにこなければと考えることだ。そうでなくても、ぼくらにはやることが山ほどあるからね。しかし、もし彼の声が聞こえないなら、ぼくらには好都合だ」

そして、あと数分でわたしたちは安全なフリーウェイに乗って、劇場や声が届かない場所に行ける。どのくらい遠くまで行かないといけないんだろう。

あんまり遠くありませんように。ブリディはそう思いながら窓の外を通過する暗闇を眺め、ＣＢがもっと速く車を走らせてくれればいいのにと思った。そうじゃないと、追いつかれてしまう。この車を押し流して……。

やめなさい。ブリディは自分に命令した。声のことは考えないで。

「いや、それはかえってよくない」とＣＢがいった。「考えないようにしようと思うと、もっと考えてしまうだけの結果になる。『なにをしてもいいが、象のことだけは考えるな』といわれたら、象のことしか考えられなくなるだろ。いや、なにかぜんぜんべつのことを考えるほうがいい。それこそ象とか。それともラッキー・チャームとか。でなきゃ、ぼくらのハネムーンでどこへ行くかとか。ホワイトノイズになることならなんでもいい」

「ぐっすり眠るのを助けてくれるっていうＣＤみたいな？　小川のせせらぎの音とか、静かな波の音が入ってるやつ」といってから、たちまち後悔した。滝の咆哮を思い出してしまう。

「だから、そういうのは使えないんだよ。プラス、役にも立たない。大音量で音楽をかけたり、オーディオブックを聴いたりするのも無駄。ノイズキャンセラーつきのヘッドフォンをつけるのも無駄。声は、音とはなんの関係もない。脳の中から聞こえるんだから」

「でもさっき、ホワイトノイズをつくらなきゃいけないと――」

「精神的なホワイトノイズだよ。ある信号にフォーカスすることで、べつの信号を抑制する。報告書を書くのに集中しているとき、電話が鳴っているのが聞こえないみたいな。報告書にフォーカスすることで、脳はきみが求める信号を自動的にブーストし、ほかのすべてのボリュームを下げる」

「じゃあ、ラッキー・チャームのマシュマロを順番に挙げていくことで、声に対して同じことができると――」

ＣＢはうなずいた。「モノポリーの駒でも、映画スターでも、デザイナー・シューズのブランドでもいい。あるいは、モンティ・パイソンのギャグを暗唱するとか、歌を歌うとか。とくに、歌詞の長い歌がいいね。『ギリガン君ＳＯＳ』の主題歌とか。『ギリガン君ＳＯＳ』の主題歌、知ってるだろ？」

「『ギリガン君ＳＯＳ』の主題歌ならだれでも知ってる」

「よし、じゃあそれを歌える。ポケモンのテーマ曲でもいい。『アイルランドの瞳微笑むとき』（一九一二年発表の楽曲。ビング・クロスビーやコニー・フランシスのカバーで知られる）でも」

「そういう歌を歌えば、声がやむ？」

「いや。なにをしても声はやまない。でも歌は——」

ブリディは息を呑んだ。「どういう意味、なにをしても声はやまないって？」

「ごめん。恐がらせるつもりはなかったんだ。声を寄せつけない方法なら——」

「寄せつけない《アット・ベイ》？」ブリディは叫んだ。声がいつも追いかけてきて、周囲をぐるぐるしながらうなり声をあげ、とびかかるチャンスを待っているところが目に浮かんだ（「寄せつけない」を意味する keep at bay には、「（猟犬などに）吠えさせておく」の意味がある）。

「ごめん、言い方が悪かった。つねに声をコントロールする方法があるというべきだった。耳鳴りによく似てる——ほら、耳の中でたえまなく音が鳴りつづけてる人がいるだろ？それを消す方法はないけど——」

消す方法はない？「でも、メアリ・クレアは、ＥＥＤの効果は時間とともに薄れてしまうことがあるって」

「ああ、うん。ぼくは十五年間ずっと声を聞いてるけど、消えそうな気配はまったくないね。一生つきあっていかなきゃいけない、永続的なものだと思ってる。でも、コントロールする方法はある。これから教えるやりかたで――」

〝永続的〟という言葉から先は、話が耳に入らなかった。声はいつもそこにいて、攻撃しようと待ちかまえている。芝居に行ったり会議に出たりするたびに――

だからＣＢは会議に出ないんだ。声がそこで待ちかまえているから。十三歳のときから、彼はずっとそうだった。声はけっして消えない。でも、歌ったり、詩を暗唱したりを永遠に続けることはできない――

「いやいや、そんなことしなくていいんだ。そういうのは、永続的な防御をかためるまでの、一時的な対策だから」

「永続的な防御？」

「うん。声を締め出す防壁を築く方法をこれから教える。でも、安全な場所に行ってからじゃないと教えられない。教えるのは、早ければ早いほどいい」

安全な場所。ということは、声を止める方法はないとしても、声が届かない場所はあるということだ。声の届く範囲から出られるという考えは、たちまち彼女の心を落ち着かせた。そうやって落ち着いてみると、ＣＢの脚に死にもの狂いでしがみついていることに気がついた。

「ごめんなさい」ブリディは握る力をゆるめた。

「いいんだよ。血流が完全に止まったわけじゃないから」CBはにやっと笑って、歌詞の暗唱に関する話の続きに戻った。「詩でもいい。物語詩がいちばん効果的だね。なにを知ってる？　『タラの館で奏でられたハープ』（トマス・ムーア作詞のアイルランド歌曲）？　『湖の小島イニスフリー』（W・B・イェイツの詩）？」

「いいえ」ウーナ伯母さんにしつこく誘われていた〈アイルランドの娘たち〉の集会に出ておけばよかった、と思いながら答えた。「『追い剝ぎ《ハイウェイマン》』（アルフレッド・ノイズの物語詩）なら知ってる。ハイスクールで暗記させられたから。でも、ぜんぶ覚えてるかどうか」

「じゃあ、クリスマス・キャロルはどうだい？　それともミュージカル曲は？　ミュージカル曲は最高だよ。スティーヴン・ソンドハイム。ロジャース&ハマースタイン。『ウィキッド』。『レント』。『ザ・ミュージック・マン』。ミュージカルなら、なんだってかまわない。『キャッツ』以外なら」

「どうして？　『キャッツ』は声を締め出せないの？」

「いや、問題なく締め出せる。でも、ひどいミュージカルなんだ。それで思い出したけど、歌う歌は慎重に選ばなきゃいけないよ。いやな歌が頭にこびりついて離れなくなったら、これなら声を聞くほうがましだと思うことになりかねない」

「声のほうがましだと思うことなんてありえない」ブリディは激しくいった。

「と思うだろ。それは、『アイ・ガット・ユー・ベイブ』（ソニー&シェールの一九六五年のヒット曲）が何週間もニューロンにこびりついてた経験がないからだよ。それとも『悲しきカンガルー』（一九六〇年代に流行したオーストラリアのロルフ・ハリスの曲）。あるいは『愛のフィーリング』（ブラジルのモーリス・アルバートによる一九七五年のヒット曲。ハイ・ファイ・セットがカバーした「フィーリング」の原曲。英国ではエンゲルベルト・フンパーディンクがカバーした）」CBはぶるっと身震いした。「声を撃退するのにいい曲だと思ったのが大まちがい。二週間後には、自分とエンゲルベルト・フンパーディンクを殺してやりたいと思ってたよ。声の歌だったらもっとひどい」

「声の歌？」

「声の主の頭にこびりついている歌。声は、四六時中ぶつぶつ文句をいったり暴言を吐いたり呪ったりわめいたりしてるわけじゃない。ときに歌ってることもある――声に出して歌うときと同じく、頭の中でも鼻声だったり音程がはずれてたりする。それプラス、趣味がひどい。ボブ・ディランとかコール・ポーターとかスティーヴィー・ワンダーは歌わない。『エイキー・ブレイキー・ハート』（ビリー・レイ・サイラスの一九九二年のヒット曲）か『シェイク・ヤ・アス』（ミスティカルの二〇〇〇年のヒット曲。映画『ノット・ア・ガール』でも使われた）か、セリーヌ・ディオンのあのぞっとする『タイタニック』の歌か。で、半分は歌詞をまちがえて覚えてる。とくに、クリスマス・キャロルはひどいね――『赤鼻のトナカイ《レインディア》』は『赤鼻の他人《ストレンジャー》』だし、『ジングルベル』の『雪を蹴り　野山越えて　滑りゆく　軽いそり』は『滑りゆく　軽石に』になってる。いくら

『主は来ませり』だ、『受話器持てり』じゃないと叫んでも無駄」

CBはまたわたしの気をそらせようとしている。歌に関するこの話は、みんな、どこだか知らないけど目的地に着くまでのあいだ、声が聞こえないようにするためのホワイトノイズだ。

目的地ってどこだろう。車が走り出して十五分経つけれど、街を出るにはほど遠い。あるいは、ハイウェイに乗るにも。

「『モーリー・マローン』って歌、知ってる？」とCB。「もちろん知ってるよね、アイルランド系なんだから。モーリー・マローンが手押し車を押して貝を売り歩くところ、覚えてる？　『ザルガイ《コクルズ》にイガイ《マスルズ》』って叫びながら？　ぼくの頭に聞こえた声の主は、それが『コッカースパニエル』だと思ってた。まちがってるだけじゃなくて、韻も踏んでない！　いらいらして、気が狂いそうだったよ」CBはブリディのほうを向いて、「そういえば、きみはどのくらいアイルランド人なんだい？」

「どういう意味？」

「アイルランド人の血がどのくらいの割合で入ってるかっていう意味。フラニガンという名字と、その赤毛からして、すくなくとも祖父母の四分の三はアイルランド出身だと思ったけど。どう？」

「いいえ、全員がアイルランド人。うちの一族は純粋なアイルランド系なの。ウーナ伯母さんからその話を聞かされてないなんてびっくりね。ふつうは真っ先にその話をするのに」

「ほかに話すことがあったからね」とＣＢ。「純粋なアイルランド系。で、きみの一族の出身は――ケリー州？　コーク州」

「クレア州よ。どうして？　声が聞こえることがわたしの先祖になにか関係あるとでも？」

「関係があるどころじゃない。それがすべての原因なんだよ――もっと具体的にいうと、アイルランド人が持っているハプログループ遺伝子Ｒ１ｂ－Ｌ21が原因だ」

「だからわたしがＥＥＤ処置を受けるのを止めようとしたのね。わたしがアイルランド系で、こういうことが起きるかもしれないと心配だったから」

「まあね。それと、みずから進んで脳外科手術を受けるというのはじつに愚かな選択だから。きみが証明したとおりに」

「でも、もしアイルランド人が持つ遺伝子が原因なら、アイルランド人はみんなテレパシーを持つんじゃないの？　アイルランド系の知り合いは何十人もいるけど、心が読める人はだれもいない」

「きみが知るかぎりではね。秘密にしているだけかもしれない。ぼくみたいに。あるいは、前に話したライン博士の被験者みたいに。心の声が聞こえる人間は、ろくな目に遭わないからね」

「統合失調症と診断されたり、火焙りにされたり。知ってる。だから、そういう人たちはみんなテレパスであることを隠していると？」

「いや。彼らは部分的にアイルランド人なだけだという可能性のほうが高い。ほとんどの〝アイルランド人《アイリッシュ》〟は」CBは一瞬だけハンドルから両手を離し、空中で人さし指と中指を曲げて引用符をつくり、「じっさいには、ヴァイキングやドイツ人やアングロサクソンの遺伝子をかなりの割合で持っている。一世代か二世代、合衆国で暮らせば、ありとあらゆるほかの遺伝子も取り入れることになる」

「で、アイルランド人の血が百パーセントの人間だけが問題の遺伝子を持ってるの？」もしウーナ伯母さんがこのことを知っていたら、あそこまで頑固に、〝ずんばらしいアイルランド人青年〟と結婚しろとはいわないだろう。「でも、もしそうだとしたら、わたしの姉妹はどうしてテレパシーを持ってないの？　持ってるのに隠してるなんていわないで。もしテレパシーがあれば、メアリ・クレアはメイヴがどうしてるかしじゅう心配して過ごしたりしない。キャスリーンは、もちろん、あんな男たちとつきあわなかったはず。それに、あなた自身、ウーナ伯母の虫の知らせは本物じゃないといってたじゃない。それとも、嘘をついてたの？」

「いや、千里眼なんて存在しないよ。テレキネシスもね。存在するのはテレパシーだけ」

「そして、もし彼らがテレパスだったら、わたしがＥＤを受けたことを知ってるはず。でも、知らない。あなたの仮説が正しいとしたら、どうして彼らはテレパスじゃないの？　それに、ジャンヌ・ダルクはどうしてテレパスだったの？　彼女はアイルランド人じゃない。あなただってそうよ。あなたの名前は、マーフィでもオコンネルでもなく――」

「シュウォーツだ」

「じゃあ、あなたの仮説はなに？　ハプログループＲ１ｂ遺伝子はアイルランド人とフランス人とユダヤ人に伝わってるの？」

「いや、アイルランド人だけだ。ただし、ロマ人も持っているという可能性がちょっとだけある。ジプシー占いの伝統はそのせいかもしれない」

「あなたにはジプシーの血が混じってるの？」

　ＣＢは首を振った。「一滴もないよ」

「だったらどうしてあなたには声が聞こえるの？　どう見てもアイルランド系じゃないでしょ」

「うむ……それに関していうと」とCBはいった。「じつのところ、ぼくはアイルランド系なんだ」

16

「図書館へ。急ぎで」

――デヴィッド・フォスター・ウォレス

Infinite Jest

「あなたがアイルランド系？」とブリディは訊き返した。

「うん。父方も母方も、はるか先祖までずっと。きみと同じく」

「でも――」

「シュウォーツは義父の姓なんだ。うちの親父はオハンロン姓。母親はギャラハーだった」

「でも、あなたは……」と口を開き、通過する街灯の光を浴びてほとんど真っ黒に見える黒髪に怪訝な目を向けた。

「アイルランド人ぽくない？　じっさい、アイルランド人ぽいんだよ。黒髪はアイルランドではありふれてる。とくに、うちの母親の出身地のクレア州では」とCBがいった瞬間、ブリディは思った。どうしていままで気づかなかったんだろう。伝統的な黒髪と、黒いまつ毛に、ブラックアイリッシュ特有の〝すすで汚れた指で描いたような〟グレイの瞳。

「でも、あなたはわたしの赤毛が――」

CBは首を振った。「もしきみが、赤毛の遺伝子――これはべつの遺伝子、MC1Rの突然変異なんだけど――を持っていて、アイルランド系だとしたら、テレパシー遺伝子を持っている可能性が高い。ただし、赤毛遺伝子とテレパシー遺伝子はそれぞれ独立している」

「でもあなたは……」まだ事実を受けとめきれずに、「つまり、コムスパンの社員はみんな、あなたのことをユダヤ人だと思ってるのに」

「ユダヤ人だよ、どの点から見ても。実の父はぼくが二歳のときに死んで、四歳のときに母が再婚した。それから母も死んで、義父がぼくを育ててくれた。その義父も亡くなったけどね。でも、この姓は、保護色にもなってくれる」

「でも、アイルランド系だとしたら、どうしてファーストネームがアイルランドの名前じゃないの？」とたずねてから、彼のファーストネームがなんなのかぜんぜん知らないことに気がついた。ＣＢはなんの略であってもおかしくない――クリスチャン・ベイルでも、シャーロット・ブロンテでも。あるいは、コンピュータ帯域幅《バンドウィズ》とかＣＢ無線とかからとった略語でも。

「『ブレイカー、ブレイカー、グッド・バディ、こちらビッグ・トラッカー』みたいな？」といって、ＣＢは一瞬だけこちらを向いて笑みを浮かべた。「それはぴったりだな、考えてみると。でも実際は、ＣＢはコンラン・ブレナーの略。コンラン・ブレナー・パトリック・マイクル・オハンロン・シュウォーツだ」

「で、わたしたちがふたりともアイルランド系だから、このハプログループ遺伝子がテレパシーの原因だと」

「残念ながら」

「でも、たったふたりではとても証拠にならない。それとも、ふたりだけじゃないの？　あなたのお母さんとお父さんにもテレパシー能力があった？」

「さあ。ふたりとも、ぼくがテレパスになる前に死んだし、たとえ相手が自分の子どもだとしても、だれかに話すようなことじゃないからね。どうしても必要なとき以外は」

「じゃあ、どうしてそれが原因だと、そこまで確信してるの？　ＥＥＤが原因ってことはありえないの？」

「ぼくはＥＥＤを受けてないから。ね？」

「でも、アイルランド系の遺伝子が原因だって思う理由の説明にはまだ足りない。ほかにも同じ遺伝子を持つテレパスを見つけたっていうならべつだけど。見つけたの？」

ＣＢはさっとこちらを向いてブリディを見た。「なに？」

「そうなのね？　ほかにだれか、テレパシー能力を持つ人を見つけた。そしてその人もアイルランド系だった。だれ？　前に話してたプロの霊能者《サイキック》のだれか？」

「まさか。いっただろ。彼らはいかさま師だ」

「彼らのほとんどがいかさま師だ、っていったのよ。だから、もしかしたらそうじゃないサイキックをひとり見つけて、彼が――または彼女が――アイルランド系だったのかもしれないと思ったんだけど」

「いや。いっただろ、いわゆるマインドリーディングは、みんなただのトリックだ」

「だったらどうして――？」

「なぜなら、文書に残っている歴史的なテレパシー通信の事例は、すべてアイルランド系の人間を含んでいるからだよ。ライン博士のＥＳＰ被験者、タイタニック号からのメッセージ――タイタニック号の三等船室にはクレア州からの移民がおおぜいいた――プラス、魚雷攻撃された水兵の声を聞いたネブラスカの少女の事例。彼女の姓はドナヒュー、水兵のほうはサリヴァンだった。そしてアイルランドは、心の声を聞く住人について、長年にわたる歴史がある。聖パトリック、聖キーランから――」

「信用のあるブライディ・マーフィまで」とブリディは皮肉っぽくいった。「レプラコーンを見たというアイルランド系の人たちはいうまでもなく」

「レプラコーンには触れないでくれ。ともかく、そういう事例を細かく検討してみると、圧倒的大多数が、ほかの人間には見えない相手と話していることがわかる」

真剣にいってるわけがない。これもまた、車が無事に街を出るまで声を寄せ付けないためのホワイトノイズ――状況を考えると〝無駄口《ブラーニー》〟のほうが適切かもしれない（アイルランドのコーク州にある城のブラーニー石にキスするとしゃべりがうまくなるとの言い伝えから、blarney は「お世辞」「甘言」「たわごと」などを意味する）。車は、街を出るにはまだほど遠い。いま走っている暗い通りの両側は、店やオフィスビルがぎっしり建ち並び、まばらになる気配もない。

「もうちょっとだよ」CBが請け合った。「それに、ぼくの仮説は無駄口《ブラーニー》じゃない。この件のリサーチにずいぶん時間をかけたんだ」

「で、このリサーチによれば、初期のアイルランド人はある種の遺伝子を発現させて、それが彼らに――彼らだけに――テレパシー能力を与えた？」

「いや、その反対。かつては人類だれもが――すくなくとも、ぼくらの祖先のかなり大きな割合が——テレパシー能力を持っていたんだけど、いまはアイルランド系だけにそれが残されている。ジュリアン・ジェインズの二心論って、聞いたことない？」

「ない」

「人類史の大部分を通じて、心の声を聞くことはありふれた現象だったっていう説なんだ。人々はそれが神の声だと思ったけれど、じっさいには、脳の左右の半球同士がたがいに話をしていた。そして、脳が発達してひとつの存在になったとき、声は止まった。というか、人間は、それを声だと思うのをやめて、自分の思考を聞いているだけだと理解した」

「じゃあ、じっさいはあなたがわたしに話しかけてるんじゃない——わたしが自分に話しているだけだってこと？」

「明らかにそうじゃないね。声がなぜ去ってしまったかに関するジェインズの結論は根本的にまちがっている。でも、心の声を聞くことがかつてはありふれた現象であり、そののち失われてしまったという説は正しい。その当時はだれもがテレパシー能力を持っていたけれど、時が経つにつれて、自然選択を通じてその能力はおおむね消滅したんだと思う。ぼくの推測では、その当時、ある種の人々は、声を聞くことを可能にする脳内の受容システムを抑制する遺伝子を持っていた。それが、神経版の防御線《ペリメーター》、もしくは『ティーン・エンジェル』の歌詞みたいな役割を果たしていた」

「防御線？　なにそれ？」

「一種のバリケード。目的地に着いたら、それを築く方法を教えるよ。ともかく」とCBは先を続けた。「その抑制遺伝子は進化に有利に働いた。知ってのとおり、テレパシーは、かならずしも生存にとってプラスになる性質じゃない。戦いの最中、集中しなければならないとき、頭の中に咆哮する声が聞こえていたら、遺伝子を子孫に伝える前に殺されてしまう可能性が高いし、悪鬼にとり憑かれたと思われる。声が聞こえる者たちの多くが、声から逃れるために死を選んだとしても驚かないよ。崖の上から——もしくは橋の上から身を投げて。ビリー・ジョー・マカリスターみたいに」

「だれ？」

「ボビー・ジェントリーの『ビリー・ジョーの唄』に出てくる人物。ちなみにこれは声から身を守るのに最適のカントリー・ソングだよ。歌詞が何番もあるうえに、気をそらせてくれるホワイトノイズになるような言葉がたくさん入ってる——テューペロとかササゲ豆とかタラハチー橋とか」

「ビリー・ジョーはその橋から飛び下りたの？」

「うん。でも、テレパシーのせいじゃないよ。テレパシー能力を持ってたかもしれないとは思ってるけど。南部のその地域では、アイルランド人の子孫がおおぜいいたし、彼の名字はマカリスターだからね。ともかく、ぼくがいいたいのは、時が経つうちに抑制遺伝子を持つ人間がそうでない人間を淘汰して、テレパシーは消滅したということ」

「でも、アイルランド人のあいだではそうならなかった。どうして？」

「なぜなら、その数世紀のあいだ、ヨーロッパの他の地域は侵略したりされたりをくりかえして、抑制遺伝子を持つ人々と交わったけど、アイルランド人はそうじゃなかったからだ。アイルランドは交通路からはずれた辺鄙《へんぴ》な場所にあった。とりわけ、アイルランド島の西部は。つまり、もともとの遺伝子が、たとえ潜性のものであっても、生き残ることができた。赤毛とか、テレパシーとか」

「でも、アイルランド人はずっと孤立していたわけじゃない」とブリディ。「一五〇〇年代にはイングランドが侵略したし、大飢饉（十九世紀半ば、ジャガイモの枯死から起きたアイルランド島の食糧難。人口の二割以上が死亡、一～二割が国外に脱出したとされる）では何十万人もアメリカに移民して――」

「そう、そして、一種類以上の抑制遺伝子を持つ人々と結婚した。だから、現在、ほとんどのアイルランド系アメリカ人は、もしテレパシーを持っているとしても、部分的な能力しかない」

「部分的なテレパシー能力？」

「うん。感情が高ぶった状況下でのみ、呼びかけてくるだれかの声が聞こえる。あるいは、なにかがおかしいときに、ぼんやりとそれを感じる。完全なテレパシー能力を持ちうる遺伝的な性質をいまだに有しているアイルランド人はごく少数だ」

「あなたとわたしは、そのうちのふたり」

「うん。ラッキーだろ？」

「でも、その仮説が正しいとしたら、わたしは両親からその遺伝子を受け継いでる。だとしたらなぜキャスリーンとメアリ・クレアは——？」

「なぜなら、スイッチをオンにする必要がある遺伝子だからだよ。そのスイッチを入れるのは、脳化学的な変化もしくは脳神経回路の変化」

「ＥＥＤみたいな」ブリディはむっつりいった。

「まさしく。もっとも、麻酔のせいということもじゅうぶんありうるけどね。脳本来のガードを下げるとか、テレパシー信号の受信しやすさを高めるとかの効果をもたらすものならなんでも、トリガーになりうる——薬物、催眠状態、睡眠不足、身体外傷、感情的なストレス。じっさい、感情的な高まりならなんでも可能性がある。恐怖、切望、思春期の悩み」

「あなたのトリガーを引いたのがそれね」

「ジャンヌ・ダルクもね。十三歳というのは、彼女がはじめて声を聞いた年齢でもある」

「でも、彼女はアイルランド人じゃなかった」

「ああ。でも、彼女が生きていたのは、まだ問題の遺伝子がヨーロッパの他の地域でも見つかった時代だ。それに、ドンレミ＝ラ＝ピュセルはダブリンからそう遠くない。それに、彼女は接続しようとしていた。それもまた、トリガーになるらしい」

「接続？」ブリディはあっけにとられた。「ジャンヌ・ダルクが、いったいだれと――――？」

「接続しようとしていたか？　神だよ。最初に大天使ミカエルの声を聞いたとき、彼女は祈りを捧げていた。祈りはまちがいなく、接続の試みのひとつだ」CBは身を乗り出し、フロントガラスの向こうに目を凝らした。「あの通りの名前が読める？　あとどのくらいのところまで来てるか知りたいんだ」

「そんなの、スマホのナビで……」といってから、スマートフォンの電源を入れるわけにはいかないことを思い出した。闇の中でかろうじて見える標識に目を凝らし、しばらくしてからようやく、「パーマー・ブールヴァード」

「よし」

「じゃあ、もうすぐ街を抜けるってこと？」ブリディは、郊外に近づいているしるしを求めて前方を眺めた。

「いや」CBは赤信号で車を停め、「街を出るわけじゃない」

「どういう意味？　どうして？」

「街を出ても無駄だからさ。声は距離に影響されない。いや、まったく影響されないことはないけど、車で郊外に出たからといって、声が聞こえる範囲から逃れられるわけじゃない。それに、劇場で聞いた声が聞こえなくなるくらい遠くへ行ったとしても、べつの声が聞こえる範囲に入ってしまう」

声の届く範囲から出る方法はない。声を止められる方法もない。ということは、声に追いつかれる。声が車を押し流し、わたしを呑み込んで――

「ブリディ！」CBが叫んでいる。「ブリディ！　話を聞いて！」

「呑み込まれちゃう！」ブリディはヒステリックに叫んだ。「声が――」

「いや、だいじょうぶ。そうはさせない。安全な場所に連れていくから」

「そんな場所なんかない。いまさっき、自分でそう――」

「いや、そうはいってない。安全な場所はあるし、いますぐそこに連れていく。でも、そこに行くためには、運転させてくれないと」そういわれて、ブリディは自分が両手でCBの腕をつかんでいることに気づいた。信号が青に変わり、後続の車が警笛を鳴らしている。

「ごめんなさい」といって、ブリディは手を離し、けっきょくまた声に呑まれてしまう。

「だいじょうぶ、だいじょうぶだから」CBがそういってブリディの手をつかみ、ぎゅっと握った。

うしろの車がまたクラクションを鳴らした。

「ああ、うるさい」CBはおだやかにいって、つかんだ手をしばらく自分の胸にあててから、ひざの上に置いた。「ぼくにしがみついて、『アイルランドの瞳微笑むとき』かなにか、すんばらしいアイルランドの歌を歌って。そしたら、あっという間に目的地に着くから。もっとも、『アイルランドの瞳微笑むとき』は、ぜんぜんまったくアイルランドの歌じゃないけどね。祖国《オールド・ソド》の土を一度も踏んだことのないだれかがニューヨークのティンパンアリーで書いた曲だ。『アイルランドの子守歌』や『キラニーのクリスマス』も右に同じ。それに、アイルランドらしさの極致、『ダニー・ボーイ』もね。歌詞を書いたのは、嘘つきで嫌われ者のイングランド人だ」

これもまた、目的地に着くまでわたしの気をそらしておくためのブラーニーだ。ブリディはそう思って、落ち着こうとした。そして、声の届かない場所なんかどこにもないと理解した瞬間から心の中で鳴りつづけている、ぞっとするような弔鐘を無視しようとした。

「目的地に着くといえば、その前にさっぱりしたいかもしれないね。まあ、ぼくは必要ないけど。ほら、くしゃくしゃの髪が好きだから」CBはにっこり笑って、「でも、人前に出ることになるから――」

「人前？　どこに行くの？」ブリディは、いまどこだろうと窓の外を眺めた。

車は南に進路を変えて、ハイテク地区のほうに向かっていた。コムスパンのラボへ行くんだ、とブリディは思った。もちろんね。だからＣＢは地下で働いている。地下なら声が聞こえないから。

「いや、あいにくそうじゃない。残念ながら、コンクリートと断熱材は、声にはなんの影響も与えない。氷点下の気温もね。それに、コムスパンにはヘルメス・プロジェクト・チームの人間が何人か残業してるから、きみの姿を見られるリスクはおかせない。きみはメイヴといっしょにウーナ伯母さんの家にいることになってるんだから。ね？」

「じゃあ、どこへ行くの？」

返事のかわりに、ＣＢはジャケットのポケットからブリディのイブニングバッグをとりだして、こちらにさしだした。ブリディはバッグを開け、コンパクトを出した。うわ、劇場の化粧室で鏡を見たときよりさらにひどい顔になっている。マスカラは流れ、髪の毛はぐしゃぐしゃ。「ティッシュ持ってたりしない？」

ＣＢはポケットを探ると、くしゃくしゃになったティッシュのかたまりをひっぱりだし、ブリディに手渡した。ブリディはコンパクトをダッシュボードに置き、ダメージをなんとか修復すべく、流れたマスカラをティッシュに唾をつけて拭きとり、リップを引いた——左手はＣＢのひざに置いたままなので、すべて右手だけで。髪の毛に櫛を入れながら、なにか縛るものがあればいいのにと思った。

「これはどう？」ＣＢがグラブコンパートメントに手をのばし、短いＵＳＢケーブルをとりだした。

「完璧」といってから唇を噛み、ＣＢのひざから手を離さずにどうやって髪の毛をうしろにひっつめて束ねるかを考えた。

「簡単だよ。『ビリー・ジョーの唄』を歌ってあげるから」ＣＢがこちらを向かずにそういって、歌いはじめた。どうやら、ある一家が夕食のテーブルを囲んでいるとき、ビリー・ジョー・マカリスターがタラハチー橋から飛び下りたというニュースにだれかが気軽に言及し、語り手の少女がその知らせにうちのめされていることに気づかずにいるというような内容らしい。

　しかしブリディは、その歌の歌詞をちゃんと聴いているわけではなかった。ＣＢが歌い終えるまでにケーブルで髪の毛を縛り終えて、左手を彼のひざに戻そうと必死だった。

　かろうじて間に合った。「そして、彼女がビリー・ジョーを愛していたことは、ついぞだれにも知られなかった」とＣＢはいった。「というのも、一家は明らかに、アイルランド系でも、テレパスでもなかったからね。さあ、着いたよ」CBはそういうと、車を縁石に寄せて停めた。

「どこ？」車は、左右に学生寮が並ぶ通りに駐車されていた。寮の屋根の向こうに大学の校舎が見える。「どこへ行くの？　寮祭《フラット・パーティー》？」

「いや」CBはイグニションからキーを抜いてシートベルトをはずした。「劇場の客の思考が最低だと思ってるなら、酔っ払った寮生の一団の声を聞いてみるといいよ」CBはまた腕時計に目をやり、それからブリディの側に身を乗り出して、助手席のドアを五センチほど開けた。「オーケイ、向こう側にまわってきみを車から降ろすまで、ちょっとのあいだ離れるよ」

ブリディはこくりとうなずいたあと、ひざから手を離すのをCBが待っていることに気づいた。大きく息を吸い、ふーっと吐き出してから、手を離し、自分のひざの上で両手を組んだ。

「まあ、じっさいに寮祭に行ってみたいっていうなら話はべつだけど」CBはそういいながら車を降り、前をまわりながら話しつづけた。〈ほんとのところ、彼らの思考を聞くのは、寮祭に参加するのとたいして変わらない〉

気がつくと、CBは助手席側にいて、ドアを開けて腰をかがめ、ブリディの手をとって、車を降りるのに手を貸しつつも、会話を途切れさせることなく、「それに、ビールの量やゲロを吐かれる量はずっとすくなくて済む」

通りは寒かった。ノースリーブの緑のドレスを着たブリディはぶるっと身震いした。すると、つないだ手を離したことに気づくより早く、ＣＢがデニムのジャケットを脱いで肩にかけてくれた。

「あなたのジャケットを借りるわけには——」と口を開く。

「保護色だよ」とＣＢ。「あんまりミスマッチに見えないように」

「精神科病棟を逃げ出した患者とその見張りみたいに見えないように？」ブリディは、どうしようもなくしわくちゃになったドレスを見ながらいった。

「いや、プロムの女王とノートルダムの鐘つき男みたいに見えないようにってことだよ。さあ、それを着て」というと、ブリディがＣＢのジャケットに袖を通しているあいだに、後部ドアを開けて車の中をひっかきまわした。背すじを伸ばし、品さだめするようにブリディを見て、「いや」と首を振った。「ぼくみたいな人間にはまだゴージャスすぎるな。さあ、わがアイルランドの娘《カリーン》よ」

並んで通りを歩きながら、ＣＢは後部座席からとりだしたものをブリディに手渡した。ひと山の本だった。

「図書館に行くの？」

「いや、返却期限の過ぎた本が何冊かあるから、近くまで来たついでに返しにいこうかと思って」と冗談ぽくいった。「そう、ぼくらは図書館へ行く」

　よかった。ブリディは、静けさと明かりとカードファイル、それに声とのあいだを隔てる書棚の列を思い浮かべた。声に追いつかれる前に図書館にたどりつくことさえできたら……。

「こんな遠くに駐車しなきゃいけなくて申し訳ない」ＣＢはブリディを先導して足早に歩きながらいった。「キャンパスの駐車場は、一時間に一回、見まわりがあるもんだから」

「だいじょうぶよ」ブリディは、車の中でＣＢのひざをつかんでいたときと同じくらいぎゅっと本を抱えて答えた。でも、だいじょうぶじゃなかった。図書館までは何ブロックもあり、通りは暗かった。前方の街灯は消えているから、次のブロックはもっと暗い。それに、自殺した男の子を歌った歌がどうして声の突破を止めてくれるのかわからない。それに――

　ＣＢがブリディの手から本をとって小脇に抱えると、反対の手で彼女の手をつかんだ。

「ありがとう」ブリディはささやくようにいった。

「どういたしまして。ところで、べつに『ビリー・ジョーの唄』じゃなくてもいいんだよ。

歌詞がたくさんありさえすれば、どれでも、好きな歌でかまわない。カントリー・アンド・ウェスタン、フォーク、ラップ、それとも前にいったようにミュージカルの歌でも。『ハミルトン』。『キンキー・ブーツ』。『ガイズ&ドールズ』（デイモン・ラニアン原作のミュージカル。映画の邦題は「野郎どもと女たち」）にはいい歌が山ほど出てくる――『運命《ラック》よ、今夜は女神らしく《ビー・ア・レディ》』に『アデレイドの悲嘆』に『はったりのフーガ』。いや、考えてみると『はったりのフーガ』はやめたほうがいいな。声に似過ぎてるから。『アデレイドの悲嘆』一本で行こう。八番まであって、〝心身症《サイコソマティック・シンドローム》〟とか〝連鎖球菌《ストレプトコッカイ》〟とか〝後鼻漏《ポストネイザル・ドリップ》〟とか、じつにホワイトノイズっぽい、素敵な単語がいろいろ出てくる」

「後鼻漏？」

「風邪を引くことがテーマの歌なんだよ。もしそっちが気に入らないなら、『フィニアンの虹』の歌はどう？　アイルランドの若い娘とみすぼらしい男――それにレプラコーンのミュージカルだ。それで思い出したけど、例のマシュマロのこと、ずっと考えてたんだ。ひとつは黄金の壺のかたちってことないかな」

CBはぺちゃくちゃしゃべりつづけた。マシュマロと、『グロッカ・モーラの様子はいかが』（『フィニアンの虹』の劇中歌。アイルランド移民のフィニアンの娘シャロンが（架空の）故郷の村を懐かしんで歌う）と、アイルランド人が書いていないアイリッシュ・ソング。ブリディに暗い通りを歩ませるためだけにしゃべっているのはわかっていたが、気にならなかった。ＣＢは、図書館に着くまで声を寄せつけまいとしてくれている。

　ＣＢはドアのすぐ外側で止まった。「パニックを起こさないでほしいけど、中に入ったら手を離すよ」

「どうして？」

「ぼくらが来たのは勉強のためで、干し草の山《スタック》を求めてるわけじゃないと、司書に思ってほしいからさ。夜のこの時間だと、セックスしたくてたまらない学部生たちが、おおぜい乳繰り合ってる《カヌードル》からね」

「カヌードル？」

「ネッキングとかいちゃつきとかセックスとかを意味するアイルランド流の古い言いまわし。ぼくらの行動に目を配る必要があると司書に思われたくない。もっとも、きみみたいにゴージャスな女がぼくみたいな男とつきあってるとはだれも思わないだろうけどね。ともかく、手を握ってないことについては心配しないで。きみから離れるわけじゃないから。いいかい？」

　ブリディはうなずいた。ＣＢがつないでいた手を離すと、ブリディの背中にしっかりとてのひらを押し当てた。反対の手でドアを押し開けようとして、途中でとめると、「ちょっと待って」といって、ドアに貼ってある掲示に目を凝らした。『土曜10：00AM―10：30PM』とある。

〈くそっ。きっと予算がカットされたんだ。開館時間がまた短くなってる〉

「ここにはいられないってこと？」あの真っ暗な四ブロックを歩いて帰ることを考えると――

「いや」とCBがいった。「しいっ」小首を傾《かし》げ、ドアの向こうを見つめる。

掲示を読んでるんじゃない、とブリディは思った。中に何人いるか、耳をすましている。ほんのひと握りだったと見えて、しばらくするとCBは本の束を返してよこした。「ぼくがいうとおりのことをいって、目立たないようにして」といってからドアを開けた。

「うん、アイヴァースンの試験はめっちゃキツいよ」と声に出していいながら、CBはブリディのひじのあたりに手を添えて中へと導いた。〈さあ、「最低でもBはとらなきゃいけないの」といって〉

ブリディは本を胸に抱え、学生らしく見えるようにけんめいに努力した。「最低でもBはとらなきゃいけないの」

「力になるよ」とCBがいった。

貸し出しカウンターの若い女性が端末から目を上げて、ふたりに視線を向けた。こんなドレス、着てくるんじゃなかった、とブリディは思った。トレントのいうとおり。目立ちすぎる。黒のワンピースを——

〈トレントは莫迦だ〉とＣＢがいった。〈きみはきれいだよ。さあ、「わからないのは、非音声コミュニケーションに関すること」といって。それに、司書じゃなくてぼくを見るんだ〉

　ブリディは従順にＣＢのほうを向いて、「わからないのは、非音声コミュニケーションに関すること」といった。司書は端末の画面に視線を戻した。

「だったら、ぴったりの人間を見つけたわけだ」とＣＢ。「ぼくはたまたま、非音声コミュニケーション分野の天才でね」そしてブリディといっしょに貸し出しカウンターの前を通過し、その向こうの広い閲覧エリアに入った。

　しかし、利用者は多かった。数十人の学生がいる——勉強したり、ラップトップの画面を見つめたり、連れと小声で話をしたり。それに考えたり。ブリディは怯えた目でＣＢのほうを見た。〈人混みを避けろっていってたくせに〉とささやく。

〈避けてるよ〉ＣＢはそういって、ブリディをしたがえ、閲覧室を歩いていく。〈心の声でささやく必要はないんだよ。聞こえるのはぼくだけなんだから〉ブリディはＣＢに急きたてられて『書庫《スタック》→』と記された階段を過ぎ、二番めの階段のほうへ歩いていった。

〈書庫に行くんだと思ってた〉

〈いや、気が散るからね〉といいながらCBはその階段を上がりはじめた。〈セックスしたいならべつだけど。声から身を守るという観点からは、それも悪くない。セックスは最高の防御になる。ほとんどすべてを遮断するからね。べつの防御策を教えるつもりだったけど、なんなら――〉

〈セックスなんかしたくない。そんなことのためにここへ連れてきたんなら――〉といって、CBに握られていた手を振りほどき、とたんに後悔した。声の群れが突進してきたような気がした。

〈だいじょうぶだよ、ぼくはここにいるから〉CBが手をとった。

〈ありがとう〉ささやくようにいった。

〈どういたしまして〉CBはまた階段を上がりはじめた。踊り場で立ち止まり、「ちょっと待ってて。またトレントにメッセージしないと」ブリディのスマートフォンの電源を入れ、画面をスワイプしてからスクロールさせた。

「トレントからメッセージ来てる？」

「みたいだね」CBが電話をさしだした。トレントからはショートメッセージが五通と、留守録が三件。『ハミルトン夫妻には、芝居のあと、一緒にイリディアムに行くと約束したよ。きみもそこで合流すると言ってある。親族には、自分の面倒は自分で見ろって言ってやれ』プラス、『どうして電話に出ない？』のバリエーションがいくつか。最悪なのは、『接続方面の進展は？』。

ええ、ありましたとも。あなたが考えてるような進展じゃないけど。そう思いながら、いったいどんなふうに返信すべきか考えた。

「こんなふうにだよ」ＣＢがブリディの手から携帯をとって手早くメッセージを入力し、送信ボタンを押した。「合流できないって返信した。みんなを落ち着かせるのに思ったより時間がかかってるから。明朝連絡する、と」ＣＢは携帯の電源を落としてポケットに入れた。

「ほらね。問題ない」ＣＢはブリディを連れて階段を上がり、廊下を歩いて、『閲覧室』と記されたドアの前に来た。外でしばし立ち止まって耳をすまし、それから、〈よし、ラッキーだ〉

ＣＢが開いたドアの向こうは、階下と同じような、広々としたオープンスペースだった。ただし、リファレンス・デスクは無人で、閲覧テーブルは下のものより長くて幅も広く、両側に新聞ラックが並んでいる。利用者の数は下よりもすくないが、それでも無人にはほど遠い。すくなくとも二十数人がテーブルの前にすわって、ラップトップや本や新聞に目を落としている。二十数人。全員が考えている。しかも、最悪なのは、そのことではなかった。

最悪なのは、この部屋そのものだった。ＣＢから図書館に行くといわれたとき、ブリディが想像したのは、壁ぎわにずらりと並んだ本が声に対する防壁の役割を果たすことだった。しかしこの部屋は、閲覧テーブルで利用者が読んでいる分をべつにすると、どこにも本が見当たらない。壁の二面はガラス張りで、外は真っ暗。声に対してなんの防御にもならない。

〈これからどうするの？〉とＣＢにたずねた。なにか予備のプランがあって、古文書館に行くとか、なんだったらさっきの階段に戻るのでもいいから、とにかく人間のいない、窓がない場所に行けることを願っていた。しかし、かわりにＣＢは、〈ここでいいんだよ〉といって、最寄りのテーブルのほうにブリディを押しやった。〈いちばん端まで行って〉

ブリディはふりかえり、懇願するような顔でＣＢを見た。〈声が――〉

〈だいじょうぶ。行って。誘拐されかけている被害者みたいな顔をしないで。ぼくらはここに勉強に来てるんだよ。ね？〉

ブリディは、窓とその向こうの闇を見ずに済むように目を伏せたまま、本を抱えて歩き、ＣＢに指示された椅子にすわった。ＣＢはその椅子を前に押してから、〈本をテーブルに置いて、いちばん上の本の六ページを開いて〉といってからテーブルの反対側にまわって、ブリディの向かいの椅子に腰を下ろした。

六ページ。ブリディは本を開いてそのページを探すことだけに必死で集中し、それ以外のことは考えないように努力した。ＣＢが手を離したこと、窓から三十センチも離れていない場所にすわっていること、テーブルの幅が広すぎること。向かいにすわるとしたら、手を握ることはできないし、声は——

〈向かいにはすわらないよ〉ＣＢはそういうと、テーブルの端に椅子をひっぱってきて、角をはさんだとなりにすわり、テーブル越しに手を伸ばしてきたが、ブリディの手を握るのではなく、テーブルに置かれた本の山の次の本をとり、ページを開いて目を落とした。〈ぼくはここにいる。それにきみは、百パーセント安全だ。声はここには入ってこられない。聞いて〉とＣＢはいった。それは命令だった。

ブリディは、本の横に無造作に置かれたＣＢの手に焦がれるような視線を投げた。〈必要ないよ〉とＣＢはいい、まだブリディがためらっているのを見て、〈信じて。とにかく聞いてみて〉

ブリディは、いわれたとおりにした。両手でテーブルのへりをつかみ、どっと襲いかかってくるにちがいない声の波に備えて身構えながら。

声は襲ってこなかった。消え去ったわけではないが、もう轟々《ごうごう》と荒れ狂ってブリディを呑み込むことはない。前よりおだやかに、静かになっている。無害な小川のせせらぎのように。ブリディは驚いてＣＢに目をやった。〈いったいなにをしたの？〉

〈ぼくはなにもしてない〉そういって、ＣＢは閲覧テーブルにすわっている利用者たちのほうにあごをしゃくった。〈彼らがやったんだ〉

〈でも、どうやって——？〉

ＣＢはにっこりした。〈いい本の力を過小評価しちゃいけないよ〉

17

「おっほん！」ネズミはもったいぶった態度でいいました。「みんな、用意はいいか？　これは、ぼくの知るかぎりいちばん無味乾燥なものだ。『ウィリアム征服王は、その大義を教皇に支持され、ほどなくイングランド人を従えた。というのもイングランド人は指導者を求めており、そのころは王位簒奪《さんだつ》と征服に慣れっこになっていたからである。マーシアとノーサンブリアの太守たるエドウィンとモルカールは——』」

——ルイス・キャロル『不思議の国のアリス』

〈どういうこと？〉ブリディは驚きの目で閲覧室を見まわしながらいった。読書する声のつぶやきが小川のせせらぎのようだと思ったのはまちがいだった。もっとあたたかく、もっと気持ちのいい音。庭の蜜蜂の羽音のような音。〈どうして本が——？〉

〈本じゃないよ。もっとも、最初に出くわしたときは、ぼくもそう思ったけどね。本そのものじゃなくて、本を読んでいる人々の思考だ。読書は、ふつうの思考とはまったく別種のプロセスなんだよ。もっとリズミカルで、一点に集中していて、無関係なすべての思考を遮断する。それに――もしじゅうぶんな数の人間が読書していれば――ほかの全員の思考もね〉

〈でも、どうやって――？〉

〈たまたま発見したんだ。頭の中の声をなにが引き起こしているのか解き明かそうと思って、ここに調べにきたとき〉ＣＢはにっこり笑って、〈本は避難所になるってよくいうけど、まったくそのとおりだよ〉

〝避難所〟というのはぴったりの言葉だ。劇場で声が聞こえ出したとき以来はじめて、心臓がどきどきしなくなっている。

〈だからここに連れてきたんだ。いっしょにきみの防壁を築くまでのあいだ、本を読む人々が声を遮断してくれるから〉

〈本を読んでいる人たちが防壁になるのかと思った〉

〈彼らも防壁のひとつだよ。さいわいなことに、ほとんどいつでも頼りにできる防壁だ。昼でも夜でも、人間が本を読んでいない時間はまずないからね。だから、もし声に圧倒されそうになったら、ここか、公共図書館か、書店か、スターバックスか、本を読んでいる

人がいる場所に行けばいい。もしそういう場所が見つからなかったら、自分で読書する〉

〈でも、オーディオブックは役に立たないっていってたじゃない〉

〈そのとおり。声を遮断してくれるのは、本を読んでいる人間のシナプス・パターンだ。だから、自分で本を読むか、本を読んでいる人間の心の声を聞く必要がある。望ましくはヴィクトリア朝の小説だね。長くて単調な、いい文章があるもの。たとえばこれ〉といって、目の前の本を読みはじめた。

〈″しかし、それよりもはるかに神経に障るケースがある。それは、直感、感覚、記憶、類推、証明、確率、帰納法——論理学者の一覧にあるすべての証拠が一致して、自分は確かに孤立していると意識を納得させているときに、ある謎めいた交わりを見出すことだ″

ハーディだよ（一八七四年に刊行されたトマス・ハーディの長篇『遥か群衆を離れて』）。すばらしく効き目がある。ディケンズもね——それに、アントニー・トロロープやウィルキー・コリンズも。ただし、退屈すぎるやつはだめ。心が本を離れてあらぬかたにさまよいはじめると、効き目がなくなってしまう。だから、ヘンリー・ジェイムズはだめ。『サイラス・マーナー』も。必要なのは、『バーチェスターの塔』とか、『互いの友』とか（順に、ジョージ・エリオット、トロロープ、ディケンズの長篇）。携帯にダウンロードしておけば、つねに持ち歩ける。それと、「追い剝ぎ」をちゃんと覚えておくこと〉

〈それと、あなたが教えてくれた歌も〉

〈そのとおり。でも、そういうものはぜんぶ一時しのぎだ。ほんとうに必要なのは、恒久的な防壁〉CBは腕時計に目をやった。ブリディも時間を見ようと、反射的にスマートフォンに手を伸ばしかけたが、まだCBが持ったままだと思い出し、リファレンス・デスクのうしろにある掛け時計に目をやった。九時四十五分。図書館は十時半に閉館する。ということは、あと一時間もない。

〈じゃあ、急いで進めないと〉とCB。〈第一段階は防御線《ペリメター》の構築。読み手の声がいまやっていることを、恒久的に引き受けてくれる。ハイウェイの防音壁を知ってる？　幹線道路の近くにうっかり家を建ててしまった人たちのために、走行車両の騒音レベルを下げて、低いうなり程度にする。それと同じようなものを、頭の中につくるんだ〉CBは閲覧室にいるさまざまな利用者に目をやった。〈ところで、きみも本を読んでいるふりをする必要があるね。ぼくらは勉強してるはずなんだから〉

〈ごめんなさい〉ブリディは急いで本に目を向けた。

〈いいんだ。いまはだれもこっちを見てない。でも、司書はすぐ戻ってくるし、彼女の注意を引きたくない〉CBは頬づえをついて、目の前の本の上に頭を突き出し、いかにも熱心に読書しているような姿勢になった。〈最初にやらなきゃいけないのは、フェンスを思い描くこと〉

〈ハイウェイの防音壁みたいな〉

〈かならずしもそうじゃなくていい。どんな種類のフェンスでもかまわない。コンピュータのファイアウォールとか、犬用の見えない電流フェンスとか、万里の長城とか——声を締め出せるときみが信じられるものなら、なんでもかまわない〉

〈わたしが信じられるもの？〉ブリディはＣＢを見た。〈声は実在する、わたしが想像したものじゃない！　声は——〉

〈フェンスも実在するんだよ〉ＣＢが本から視線を動かさずにいった。〈きみが劇場でしがみついていたあの手すりも実在した。それに、ドクター・ヴェリックが神経のルートを確立することについて話していたときにきみが思い描いた森の小道も〉

〈でも——〉

〈声は、脳が受けとるテレパシー信号だ。音声信号とまったく同様に、シナプスの発火を促す。で、フェンスもまた、シナプスに発火を促す信号だ。ただしこの場合、信号の受容を抑制する〉

〈わたしたちは抑制遺伝子を持ってないんじゃなかったの〉

〈そのとおり。ぼくらは持ってない。だから、自分で抑制因子をつくりださなきゃいけない。本物の抑制遺伝子と同じように働くわけじゃないし、維持するのにもっとエネルギー

と集中力が必要だけど、それでも自分を守ることはできる〉

〈じゃあ、レセプターの働きを抑制するものを思い描く必要があると？〉

〈うん。でも、きみにとって意味のあるイメージとして思い描かなきゃいけない。具体的な、見慣れたイメージ。劇場できみが思い描いた手すりみたいな〉

ブリディは、自分がしがみついていた、濡れた黒い鉄の手すりを思い出した。でもあれは、強度が足りなかった。もしＣＢが助けにきてくれなかったら、水が手すりごしに襲ってきてわたしを押し流し——

〈だから、じゅうぶん強度のあるなにかを築かなきゃいけない。土手はどう？　それとも堤防とか〉

堤防。オランダにあるみたいな。でも、オランダの堤防は穴が空いた。オランダの少年は、穴から水が噴き出してこないように指を突っ込んで守らなきゃいけなかった——

〈ごめん。最初にいっとくべきだったね。思い浮かべるのは、崩壊とか破壊とかを連想しないものにかぎる。ぼくも最初のときは同じまちがいをした。城壁を思い描いたんだ〉

〈城壁？〉

〈うん〉ＣＢは照れくさそうにいった。〈ぼくは十三歳だったんだよ。とにかく、城には塁壁と吊り上げ橋と煮え立つ油の樽があった。百パーセント安全だ——ただし、当時のぼ

くは山ほど映画を観ていた。破城槌《はじようつい》や弩弓《いしゆみ》が出てくるやつ。それに、たいまつを持った農民の大群衆〉

〈それで、なにに切り換えたの？〉

〈白い囲い柵。あれが破城槌で壊される場面なんか観たことないだろ？〉

〈ええ、確かに。でも、いまはなにがあなたの防壁なの？〉

　ＣＢは答えなかった。

〈ＣＢ？〉

　まだ返事がない。ちらっと盗み見ると、ＣＢは本から顔を上げて、ブリディの背後の窓を茫然と凝視している。

〈ＣＢ？〉また呼びかけると、彼はわれにかえったように見えた。

〈ごめん。本のせいで気が散って。質問はなんだっけ？〉

〈いまはなにがあなたの防壁なの？〉

〈ああ。城のあとは、警戒厳重な監獄がベストだと判断した。脱獄映画さえ観ないようにしてればね。ほら、金網フェンス、有刺鉄線、サーチライト、犬〉

〈でも、金網フェンスも水は防げない〉

〈確かに。たぶん、きみの場合は――〉

ＣＢはまた黙り込み、ブリディが盗み見ると、入口のドアのほうを見ていた。司書が戻ってきたんだろうか。

〈いや、たぶん違う。待ってて。ちょっと確かめることがある。本を読んでて〉

ブリディはおとなしく本に視線を落とした。『彼女が風を聴いていると思われたとしても無理はないかもしれない』（トマス・ハーディ『帰郷』より）と黙読する。ＣＢはなにを聞いてるんだろう。声だ、明らかに。でも、どうして耐えられるんだろう。溺れてしまうくらい大きくてうるさいのに。吹き荒れる嵐の中にみずから進んで向かっていくようなもの。ただし、ＣＢが築けといっている防御線がなんらかの方法で声を抑えるのだとすれば話はべつ。じっさい、ＣＢは怯えた顔をするどころか、声の攻撃に対して身構える気配さえない。前と同じように、ただ茫然と前方を見ているだけ。

それに、なにを確かめる必要があるんだろう。〈ＣＢ？〉と呼びかけたが、返事がない——なにかいわれたことに気づくそぶりもない。

ＣＢはどこかぜんぜんべつの場所にいる。でなければ、声に呑み込まれないように必死に精神を集中しているか。だとしたら、彼の気を散らしたくない。静かにして、本を読みつづけなければ。

『確かにこの風は、この場所がこの刻に合わせて用意されたかに思えるのと同じく、この場所に合わせて吹いているかに思えた……』とブリディは読んだ。『そこで聞かれたものは、他のどんな場所でも聞かれ得なかった』

〈だから彼女は、外の荒野じゃなくて、図書館にいるべきだった〉ＣＢは本から顔を上げてブリディに笑みを向けた。〈ごめん。一瞬、司書がこっちに来るのが聞こえた気がしたんだけど、そうじゃなかった〉

そんなことがわかるのは、ＣＢが司書の個々の思考を聞くことができるからだ。キャスリーンの思考を聞いたように。それにあの看護師の思考も。でも、どうやって？　声は言葉と感情の大渦巻きだ。その中からたったひとつの声をピックアップすることがどうしてできるんだろう。

〈訓練して身につけた技術だよ〉とＣＢがいった。

〈やりかたを教えてくれる？〉

〈ああ。ただし、基本的な防御をちゃんとかためてからだ。もうあんまり時間がない〉

ブリディは壁の時計に目をやった。十時。閉館まであと三十分。

〈そのとおり。よし、じゃあ、きみに必要なのは水を止められる防壁だ。フーヴァー・ダムは？〉

〈どんな外見なのか知らない。つまり、すごく大きくて、コンクリートでできてるのは知

ってるけど、それだけ〉

〈それじゃあだめだな。隅々まで思い描ける必要がある。防潮壁は？〉

〈そっちもやっぱり、外見をよく知らない。煉瓦の壁でもだいじょうぶ？〉

〈テニスンの「ひび割れた壁に咲く花」に出てくるやつだね。ポーの「アモンティリャードの酒樽」で、悪玉の主人公が煉瓦を積んでつくるようなやつ〉ＣＢは悲しげな笑みを浮かべ、〈ごめん。図書館で長い時間を過ごしてるもんでね。煉瓦の壁で問題ないよ〉といってから、その壁の外見を細部まで――煉瓦の正確な色から、煉瓦と煉瓦のあいだに塗られたモルタルの厚さまで――ブリディに思い描かせた。

〈ディテールが細かければ細かいほど、きみにとってリアルなものになる。そうなれば、それだけ声に対して強――〉ＣＢは単語の途中で話をやめて、また一瞬、耳をそばだてた。

〈司書が来る〉

ブリディは顔を上げたい衝動を抑えつけた。ドアが開く音が聞こえた。〈オーケイ〉ＣＢがいった。〈なにげなく顔を上げてドアのほうを見てから、また読書に戻って〉

ブリディは、ほんとうに勉強しているならどんなふうにふるまうだろうと考えながら、いわれたとおりにした。これで司書の目をごまかせるだろうか。

〈うん〉ＣＢがいった。〈もっとも、土曜の夜にぼくみたいなオタクとここに来てるとい

うことは、よっぽど差し迫った落第の危険があるに違いないと思ってるけどね。ちょっと時間を置こう。読みつづけて〉

〈わかった〉ブリディはそう答えて、ページに集中した。『これらが発する個々の音はあまりにも小さいので、数百の音の組み合わせはただ沈黙から生じて――』

わたしが壁を築いたあとは、声もそのぐらい静かになってくれるといいんだけど、とブリディは思った。もっとも、想像上の壁が、声はもちろん、なにかを遮断することがどうしてできるのか、いまだにわからない。

〈ぼくに対する信頼はどこに行ったんだい、ダーリン？〉CBが、ウーナ伯母に迫るくらいきついアイルランド訛りでいった。ブリディはつい顔を上げてしまい、唐突にまた目を伏せた。

〈ごめんなさい。見ちゃいけないこと、すぐ忘れちゃう〉

〈いいんだ。司書もぼくらのことを忘れてるから。きょうは、同僚の司書の誕生日で、仕事のあとのパーティーのことを考えるのに忙しい。買ったバースデーケーキのサイズが小さすぎたんじゃないかって心配してる〉CBは本のページをめくった。〈さあ、煉瓦の壁の外見をくわしく説明して〉

ブリディは、煉瓦壁が具体的にどんな見た目なのか思い出すことに集中し、いまいるこの閲覧室やすわっているテーブルと同じくらいリアルなものにしようとつとめた。しかし、ＣＢは何度も心配そうに腕時計を見ている。

図書館は十時半に閉館する。閉館したら、わたしたちはまた外の暗闇に戻らなければならない。ＣＢの車までは四ブロック。それまでに防御線を築けなかったら、あるいは、築けたとしてもそれが機能しなかったら……この安全な閲覧室で煉瓦の壁を思い描くことは可能かもしれない。しかし、本を読む人たちの安全なつぶやきの向こうに、ほかの声が待っているのが聞こえる。小川の向こう側にある滝の音のように。ブリディはわれ知らず、窓とその向こうの暗闇に目を向けた。

〈左手をテーブルの下に入れて〉とＣＢがいった。いわれたとおりにすると、ＣＢがその手をとってぎゅっと握り、自分のひざの上に置いた。〈ましになった？〉

〈ええ〉感謝の気持ちを込めて答えた。〈でも、いつまでもあなたにつかまってはいられない〉

〈いられるさ、もちろん。さあ、もう一回、話して。きみの壁はどんなふうに見える？〉

ブリディは自分の目の前にある壁を思い浮かべ、細かく描写した。声とのあいだを隔てる、貫通不能の壁。頼もしいくらいどっしりして、耐水性がある。

〈もうぜんぶ説明したと思う〉ブリディは話し終えるとそういったが、ＣＢは首を振った。

〈ぜんぶ説明することがだいじなんじゃない。なにも考えなくても、視覚的にぱっと思い浮かべられる必要がある。タッチタイピングとか車の運転とかを覚えるようなもんだよ。自動的にできるようにならないと〉

壁の外見の説明をさらに三回、ブリディにおさらいさせてから、ＣＢはいった。〈オーケイ、いまから手を離す。そしたら、声が聞こえるようになる。声が聞こえたらすぐ、きみの壁を思い浮かべてほしい。いいかい？〉

〈だめ〉

〈だいじょうぶだ。読み手たちがいるし、ぼくもすぐここにいる。それに、きみの煉瓦壁がある。なにもその壁を突破できない。いいかい？　それと、うなずかないこと。きみは本を読んでいることになってる。視線はページに固定したまま。そして、壁を思い浮かべる〉

〈わかった〉ＣＢが手を離し、ブリディはその手をつかまずにいるために、テーブルの下でかたくこぶしを握った。

窓を見ちゃだめ、と自分にいい聞かせる。本を見て。そしてブーンという声のうなりがしだいに大きくふくらんで、けたたましい騒音になってくる。〈……勉強しないと……南北戦争以前の南部を支配していた思想は……もしぼくが落第したら、父さんは……Ｘがプラス無限大もしくはマイナス無限大に近づくと……仮定法の時制は……〉声は壁を越えられない。ブリディはきっぱり自分にそういって、本を見つめ、壁を見つめた。赤い粗塗りの煉瓦壁が、声とのあいだにどっしりそびえている——

〈いいぞ〉CBがそういって、ブリディの手をとった。〈オーケイ、じゃあ、もう一度。今度は、いつ手を離すかいわない〉

〈わかった〉ブリディは大きく深呼吸してから、本を読みはじめた。『突然、塚の上で、夜のこの荒々しい話術すべてと混ざり合うようにして、ある音が響いた』

いま読むのがこの本でよかったのかしら。ブリディがそう思ったとき、CBが手を離した。

声がどっと寄せてくる。〈……カロリング朝……硫酸の還元……こんなごたくをぜんぶ覚えるなんて無理……医療過誤訴訟における不法行為法改革の根本は……なんてバカな授業だ！〉

壁を思い浮かべて。歯を食いしばって自分にそういい聞かせると、たちまち目の前に壁があらわれ、声を締め出した。

その次はもっと簡単だった。四度目のトライでは、声が聞こえてくるチャンスさえ与えずに壁を出現させることができた。

〈上出来だ〉ＣＢは壁の時計に目をやり、本を閉じた。〈オーケイ、もう行こう〉

〈行く？〉ブリディも時計を見た。十時十分。〈閉館時刻は十時半じゃなかった？〉

〈そのとおり〉ＣＢは手を伸ばし、ブリディの本を閉じた。

〈でも、まだ準備ができてない〉この明るい閲覧室で煉瓦の壁を思い浮かべて声を遮断することはできるとしても、外の闇では話がべつだ……〈閉館まで中にいられない？〉懇願するようにいった。

〈いられるよ。でも、ここじゃない。本を持って、椅子をもとどおりに直して〉ＣＢはほかの本をまとめた。「スシかなにか食べてく？」と声に出していった。

　司書が顔を上げてこちらを見た。ＣＢは司書に向かって「すみません」と口だけ動かして謝り、同じ質問をささやき声でくりかえしたあと、心の声でつけ加えた。〈ボーイフレンドと約束があるから無理だといって〉

「無理よ」ブリディはささやき声で答えながら立ち上がり、椅子をもとの場所に戻した。「悪いけど、ボーイフレンドと約束があって――」

　ＣＢはブリディをともない、司書の前を通ってドアのほうに歩き出した。がっかりした口調で、「うん、そうじゃないかと思ったんだ」といいながら、両開きのドアの片方を押し開けた。「ただ、もしかしてと――」

「ほんとにごめんなさい」といいながらブリディはドアを抜けた。

「彼とはどこで落ち合うの？」ドアが背後で閉まるのと同時にＣＢがたずねた。「車で送ろうか？」

〈送ってくれるの？〉とブリディ。

〈いや〉ＣＢは、ブリディを先導して、来たのと反対方向に歩いてゆく。

〈どこに行くの？〉

〈手はじめに、トイレ〉ＣＢはそういって、『婦人用』と書かれたドアの前で立ち止まると、ブリディから本を受けとった。〈このあとしばらくトイレに行くチャンスがないかもしれないから。ここで落ち合おう〉

　ブリディは麻痺したようにドアを見つめながら、劇場の化粧室と、その中の鏡と洗面台を思い出していた。それに、カウンターの下に潜り込んで声から逃れようとしていた自分自身の姿を。〈ひとりであの中に入れと？〉

〈ひとりじゃないよ〉ＣＢがいった。〈どっしりした素敵な煉瓦壁が守ってくれる。それと『ギリガン君』。それと『ビリー・ジョー』〉

〈ええ、でも――〉

〈それに、ここはまだ、閲覧室の圏内だ。聞いて〉ＣＢのいうとおりだった。本を読む学生たちの蜂の羽音のようなうなりがまだ聞こえている。でも、いまにもやんでしまうかもしれない。彼らが本を置いて帰る支度をはじめたら。

〈いっしょに入ってほしい？〉とＣＢがたずねた。〈つまり、精神的に、ってことだけど。女性用トイレには前にも入ったことがある。寝室にも。バックシートにも。ぼくが聞かされた声の中には、きみがびっくりするようなものもある。トイレなんかなんでもない。一度は——〉

〈いいえ、だいじょうぶ。ひとりで入れる〉ブリディはあわてていった。

〈よかった。うん、きみはだいじょうぶだ。じゃ、すぐまたここで〉ＣＢは男性用トイレに消えた。

わたしはやれる、ブリディは自分にそういい聞かせ、ドアを押し開けた。やらなきゃ。でないと、ＣＢにトイレの中までつきそってもらうことになる。どのみち彼がそうしていないならだけど。

ＣＢのいうとおりだ。テレパシーは最低。ブリディは煉瓦の壁にしっかり意識を集中し、それに加えて、「黄色い月、緑のクローバー、タラハチー橋……」と唱えつづけて、無事にトイレの外に出た。

ＣＢは腕時計を見ながら外で待っていた。すぐさま本の山をブリディに手渡すと、片手をブリディのひじにそえて、メインフロアに降りる階段のほうに向かって急ぎ足でひきかえしはじめた。

〈図書館の中にとどまるんじゃなかったの〉外の闇と車までの果てしない距離を考えると、パニックが胸郭の中でふたたび脈打ちはじめた。

〈そうだよ〉階段に通じるドアを開けて、ブリディを中へ招いた。

〈じゃあどこへ？〉

〈書庫《スタック》へ〉と答えて、ＣＢは笑みを浮かべた。

18

「でも、正しきあなた、愛と礼節のために、もっと離れて寝てください」
――ウィリアム・シェイクスピア
『夏の夜の夢』（2幕2場）

〈書庫？〉ブリディがおうむ返しにいった。

〈うん。上がるところをだれにも見られないか確かめてからね〉CBは小首を傾げて耳をすまし、数秒後、「オーケイ」と声に出していった。「敵影なし。さあ、急ごう」ブリディを急きたてて階段を離れると、『書庫→』と記されたドアに戻った。

ドアの先は、ブリディが病院のベッドから逃げたときに降りた階段によく似た金属製の階段だった。〈懐かしい思い出？〉CBが階段を早足で昇りながらいった。〈がまんしなきゃいけない声がたったひとつだというのがどんなに恵まれているか、あのときのきみは

知らなかったんだよね〉

「館内のみなさん」声がどこからともなく響いた。ブリディは息を呑み、鋭い目であたりを見まわした。

〈館内放送だよ〉とＣＢが説明し、声が先を続けた。

「当館は十時三十分に閉館します。貸し出し希望の図書などがあるかたは、いますぐ貸し出しカウンターまでお持ちください」

〈ごめん。先にいっとけばよかったね〉とＣＢがいった。

「いいのよ」ブリディはそういって、ＣＢのあとについて急いだ。金属製の階段の上でヒールが信じられないほど大きな音をたてる。「脱いだほうがいい？」

〈そうだね〉ＣＢが残りの段を見上げながらいった。

　ブリディは、ＣＢによりかかって体を支えながらハイヒールのストラップをはずした。脱いだ靴をＣＢがとってブリディに手渡し、ふたりはまた階段を昇りはじめた。Ａ－ＣとＤ－ＥＭの表示があるふたつのドアが並んだ踊り場を通過した。

「当館は十五分後に閉館します」とスピーカーからアナウンスが流れた。

　閲覧室の学生たちはもう読書を切り上げるだろう。そう思うと、ブリディの体に震えが走った。ＣＢはその恐怖を感じとったらしく、ブリディの手をとって階段を上がり、ＥＮ

－Ｇのドアの前に来た。

ＣＢはしばしドアに手を当てて耳をすまし、それから、〈人が多すぎる〉といって、また階段を上がりはじめ、Ｈ－ＫとＬ－Ｎのドアの前でも同じことをくりかえした。

Ｏ－Ｒのドアの前で、ＣＢは永遠に思えるくらい長くじっと耳をすまし、それからいった。〈この階にはカップルがひと組。いちばん端。マクロ生物学の棚。ぴったりだね。さあ、行こう〉

〈だれもいない階を探したほうがいいんじゃない？〉ブリディはささやきでたずねたが、今度はその必要はないとはいわれず、〈いや〉とささやきで返事が来た。ＣＢはもうしばらく耳をすましてから、ドアを開けた。その先は、暗くて広大な空間だった。床から天井まである書棚が何列も何列も並んでいる。せまい通路の手前の端に薄暗い照明、いちばん奥にもっと明るい照明が、それぞれひとつずつあるだけで、他の通路は影に包まれ、棚も本も闇の中に消えている。

学生カップルがセックスの場所を求めてやってくるのも不思議はない。まるでカルカッタの地下牢みたいだ。ほんとうに本を探しにきた場合、いったいどうやって見つけるんだろう。

カップルがいちばん奥にいる以上、ＣＢはいちばん手前の通路を選ぶだろうと思っていたのに、そうではなかった。ＣＢはブリディの手を引いて、六列分の通路の前を通過した。

〈どこへ行くの？〉

〈『コミュニケーション』だよ。決まってるだろ〉ＣＢはそういいながら、Ｐ１４８－１６０とラベルのついた通路にブリディを導いた。通路を進んでいくと、頭上の小さなライトが次々に頭上で点灯し、通過している箇所の書棚を照らし出した。

〈省エネ設計だよ。十五分後に自動消灯する。でも、司書はその前にここに上がってくる〉

〈で、ライトがついていると、このフロアにだれかいることがわかるわけね。だからあのカップルが必要だった――ライトがついている理由になるから〉

〈そういうこと〉

〈でも、あのカップルに気づかれない？〉

〈だいじょうぶ。いまはなにかに気づくどころじゃないから〉ＣＢは、書棚と書棚のあいだに隙間がある箇所にブリディを導いた。ふたりが歩いてきた通路と直角に交差する通路が通っている。

〈でも、あのカップルが反対の端にいたら、司書はどうしてこっちにライトがついているのかと、不思議に――〉

アナウンスが割って入った。「当館はあと十分で閉館します」

〈さあ。もうあんまり時間がない〉ＣＢはブリディを急きたてて通路を横切り、次の交差箇所まで通路を歩いていった。

　ＣＢは交差する通路のすぐ手前で立ち止まり、ブリディから本を受けとると、床にしゃがんで、一番下の棚に並んでいる『ベイシック・コミュニケーション』と『ボディ・ランゲージの解釈』のあいだにそれを押し込んだ。

〈あなたの本だと思ってた〉とブリディ。

〈そうだよ。でも、もし司書に見つかったとき、貸し出しカウンターまで連れていかれるのは願い下げだからね〉ＣＢは体を起こし、しばし耳をすましてから、身を乗り出して交差する通路の左右を見渡した。〈敵影なし。さあ〉

　ブリディはＣＢのあとについて足早に通路を横切り、次の区画と、そのまた次の区画を歩いていった。ライトが点灯しないようになるべく片側に体を寄せてセンサーを避けたつもりだったが、無駄だった。次々に明るくなる。

〈ライトを見れば、わたしたちが通った道は一目瞭然。それに、監視カメラがないってどうしてわかるの？〉

〈前はあったけど、撤去された〉ＣＢは次の交差通路までついてこいと手招きしながら、

〈予算削減でね〉

〈どうして知ってるの？〉

〈ぼくは心が読めるんだよ。ね？〉ＣＢはつきあたりの壁に向かって通路を歩きつづけた。

〈つきあたりまで行ったら袋の鼠。そしてスポットライトに照らされる〉

〈ぼくが信じられないのかい、マヴァニーン？〉ＣＢが前に進みながらいった。棚の端に近づいてみると、壁とのあいだにせまい隙間があるのがわかった。書棚のどの列も同じように隙間があり、せまい通路になっている。ＣＢは耳をすましてから左右をうかがう作業をくりかえし、壁沿いのそのせまい通路を、もと来たほうに向かって歩き出した。

　ひとりが歩くのもやっとという幅だったが、すくなくとも、頭上でライトが点灯することはなかった。ＣＢは入ってきたドアから数えて二列めにあたる暗い通路の端で立ち止まった。しかし、闇の中にいるというのに、ＣＢは壁にぺったり背中をつけ、ブリディに手で合図して、自分と向かい合うかっこうで、書棚のへりに背中をつけて立つように指示した。

〈ほらね。なんにも心配はない。書庫の正面からだと、ぼくらの姿は見えない〉ＣＢは左右を見渡して、〈きみのそのドレス以外は〉

　そのとおりだった。緑のドレスのフレアスカートの端が、書棚の横から出ている。ブリディは裾を引き寄せ、広がらないように片手でまとめると、反対の手で靴を胸の前に抱えた。

〈よし。これで司書からは見えない〉

〈でも、こっちまでチェックに来るんじゃない？〉

〈それはないね。司書がチェックしてるのは、アナウンスを聞き逃すとか、ぐずぐずしている利用者で、自分から閉じ込められようとしている人間じゃないから〉

〈そんなことわからないでしょ〉といってから、たぶんＣＢにはわかるんだと気がついた。

「当館は五分後に閉館します」と館内放送が流れた。

ブリディはアナウンスが終わるのを待って、〈でも、あのカップルが、見まわりにくる司書の足音を聞きつけて、このスペースに隠れにくる可能性は？〉

〈それもない。ふたりはまず、服を着なきゃいけないからね。もし見まわりの司書の足音を聞きつけたらだけど〉ＣＢは頭を片方に傾げて耳をすまし、〈どうかな〉

〈セックスしてるところを聞いてるの？〉

ＣＢは顔をしかめた。〈だったらいいけどね。ちょっとは楽しいかもしれない。いや、ぼくが聞いてるのは、ふたりがセックスしてるときに考えていること。セックスそのものとはぜんぜんべつ〉

〈セックスはなにもかも締め出すっていわなかった？　あ、いや、なにもかもじゃないけど〉ブリディは口ごもり、〈すくなくとも、声を締め出すって〉

〈自分がセックスすることについてはそういったけど、だれかがセックスしているのを聞くことについては話が違う。しかも、ぼくがいったのは、自分がすごく熱をあげてる相手とセックスする場合の話だよ〉ブリディはとつぜん、このせまい空間で、CBとどんなに接近しているかを意識した。いつのまにか、CBは両のてのひらを、ブリディの頭の両側、書棚の端にぴったり押しつけて、こちらにのしかかるようなかっこうになっている。CBの顔はブリディの顔と数センチしか離れていない。それにCBには、わたしが考えることがぜんぶ聞こえる。

〈じゃあ、マクロ生物学の棚にいるふたりは、おたがいのことが好きじゃないの？〉ブリディはあわててたずねた。

〈ぜんぜんだね〉CBがいった。〈男のほうは、友だちになんて自慢しようか考えているし、女のほうは、フェイスブックのステータスを変えたほうがいいかどうか考えている。ふたりとも、図書館の床がかたくて体が痛いと思ってて、もっと痩せた、見てくれのいい相手とだったらよかったのにと思ってる〉

〈ひどい〉

〈じつをいうと、そうひどいわけでもないよ。すくなくとも彼女は、経済学のノートを見せてもらうかわりになにをしなきゃいけないだろうとか考えてないし、彼は盗撮カメラがちゃんと作動してるかどうか考えてない。どちらも、殺したあとの死体をどう始末するか考えてないし〉

〈でも、もちろん中には――〉

〈真剣に愛し合ってるカップルもいる？　もちろんだ。でも、そういう人たちの中にも、配偶者に疑われないうちに帰宅するには相手をどういいくるめればいいか、同時に考えている人がおおぜいいる。いっただろ、頭の中は汚水溜めだって〉

〈それでも、セックスしてるカップルに聞き耳をたてる言い訳にはならない。気色悪い覗き魔みたい〉とブリディはとがめるようにいった。

　ＣＢは首を振った。〈覗き魔は覗きたくて覗くんだよ。ぼくの場合、自分の意志とは関係ない。声なんか聞かずにすんだらどんなにいいかと思ってるよ〉

〈わたしも〉ブリディは熱を込めて思った。

〈じゃあ、だれもいなくなったらはじめよう〉

　なにを？　そう思うと、われ知らず、脈が速くなった。それをＣＢに知られている。

〈心配ないよ。はじめるというのは、きみが身を守る方法を教えること。防御線は、防護

策の第一段階にすぎない。ほかにもある〉

そのうちのひとつは、開いた本みたいに簡単に心を読まれるのを防ぐ壁だったらいいけど、とブリディは思った。テレパシーってほんとに最低。

〈だからそういっただろ〉それから、CBは真剣な口調で、〈いままでのところはどんな感じ？〉

早足で歩いたり、隠れたり、音をたてないようにしたりするのに忙しくて、このフロアに来てから、声のことを考えていなかった。声はまだ聞こえるけれど、閲覧室にいたときのように、小さなバックグラウンドノイズに後退している。防御線が作動しているにちがいない。さもなければ、ブリディが声に順応しつつあるか。あるいは、CBのそばにいることが、周囲にある数万冊の書物と相俟《あいま》って、一種のシールドになっているか。だからCBは、夜を過ごす場所に書庫を選んだんだ。

〈ここで一夜を過ごすわけじゃないよ。ひとつには床が堅いからね、あのセックス大好きカップルも指摘したとおり。それと、予算削減のせいで、夜間はほとんどの暖房が切れてしまう。ぼくのラボよりひどいよ。凍え死ぬ〉

ブリディはすでに凍えていた。はだしの足裏に感じるタイルの床は氷のように冷たい。これ以上ここにいたら、歯がガチガチ鳴りはじめそうだ。

〈ごめん。でも、まだ出られない。スタッフが建物全体を巡回して、施錠と帰る準備をしているからね。もうしばらく待って――〉ＣＢははっとしたように顔を上げた。〈しいっ、だれか来る〉

ふたりともいっさい物音をたてていなかったが、それでもＣＢは人さし指を唇にあて、完全に身を隠すため、ブリディのほうに半歩近寄った。ブリディはスカートの裾を体の前にさらにたぐり寄せて、ドアが開く音が聞こえないかと耳をすました。

〈司書？〉

〈いや。助手《TA》だ。男〉

ドアががちゃんと開いた。ブリディは息をつめてライトが自動点灯するのを待ったが、なにも起きない。

〈ＴＡは戸口に立ってる〉とＣＢ。〈物音に耳をすましてる〉

沈黙のあと、男の声が呼びかけた。「もうすぐ閉館ですよ」

「ああ、もう！」奥から女性の声が聞こえた。焦ったようなささやき声とガサゴソする音、押し殺した笑い声。それから、ＴＡが物音のした場所に向かってまっすぐ歩いていく足音。

「借り出したいものがあるなら、いますぐ一階の貸し出しカウンターに持っていってください」

〈女の子はブラウスのボタンを留めてる〉とＣＢが実況した。〈男の子は靴を探しながら、この件でコーチに怒鳴られるようなことにならなきゃいいけどと思ってる〉

〈ＴＡは？〉

〈今週、これで四回目だと思ってる。このふたりが、上に報告しなきゃならないようなことをしてなきゃいいけど、と。それというのも……よかった、ＴＡは仕事のあと、ホットなデートの予定がある。ということは、願わくは、なるべく早く退勤したいと思っている〉

　またひとしきりガサゴソの音とささやき声、それから数秒の沈黙。「すみません」と女の子の声が聞こえた。必死に身だしなみを整えているところが目に浮かぶ。「時間にぜんぜん気づかなくて――」

「書庫を閉めますから」とＴＡが割って入った。「ふたりとも下に降りて」

「いまそうしようとしてたんです」と男子学生。

「ほかにだれかここに？」ＴＡがたずね、ＣＢはブリディの肩に手を置いて、必要なら角の向こう側の通路に押し込む用意をした。

「いえ」男子学生がいった。「あの、ぼくはバスケットボール部員なんです。この件を報告しないでもらえたらほんとに助かるんですけど」

「それはきみたちふたりがどのくらい早くここを出られるかしだいだ」とＴＡがいった。

それにつづいて、二人分の足音がすばやくドアのほうに向かってゆく。「まっすぐ下に降りて」とＴＡがそのうしろから声をかけた。

「はーい」と女子学生。

「ありがとう」男子学生がつぶやき、ドアががちゃんと開いてから、また閉まった。

〈ＴＡもいっしょに出ていった？〉ブリディがささやきでたずねた。

〈いや〉

ライトがいちばん奥で点灯し、それからその手前の数個が次々に点灯する。〈こっちに向かってる〉とブリディがささやいた。

〈うん〉ＣＢがいった。〈頼むよ、ＴＡくん。もうだれもいないのは一目瞭然。それに、本命とのデートが待ってるんだろ〉その声が聞こえたみたいに、ＴＡは、「ほかにだれかいますか？　まもなく閉館です」といった。

彼が正面に歩いてくる足音。「最終アナウンスですよ」という声につづいて、ドアが開き、また閉まる音がした。

〈行った？〉ブリディがささやいた。

ＣＢがうなずく。

「当館は閉館します」ほとんど耳もとで声がして、ブリディは飛び上がった。

〈また館内放送だよ〉とＣＢが安心させるようにいう。

「館内に残っている利用者のみなさんは一階に降りてください。当館は明朝午前十一時に開館します」

　声は沈黙したが、ＣＢは動く気配を見せなかった。ブリディは驚かなかった。スタッフが仕事をかたづけ、巡回を終えて退勤するまで、わたしたちが書庫から出られないのは明白だ。しかしＣＢは、ブリディの前から離れようともしない。おおいかぶさるような同じ体勢のまま、じっと立っている。ブリディの脈がまた速くなってきた。

〈ＣＢ、わたし――〉といいかけたところで、自分の声がＣＢに聞こえていないのに気がついた。

　ＣＢは頭を上げて、だれかほかの人の心に耳をすましている。だれ？　ＴＡ？　それとも、最後の見まわりのためにこちらへ向かってくる司書のひとり？　さっぱりわからなかった。こんなに近くにいるのに、ＣＢの考えの気配さえ感じとれない。

　きっと、心を読まれないようにする防御手段をなにか持ってるんだ。そう思ったが、ＣＢにはそれも聞こえていない。

　だれの声を聞いてるんだろう？　書棚の端に固定されたＣＢの視線は、はるか遠くを一心に見つめている。ただの司書じゃない。トレント？　舞台はもう終わっているはず。どうなっているか訊くためにトレントがわたしに電話しようと考えているとか？　メイヴにメッセージを送らないと――

〈心配ない〉どこかから戻ってきたCBがいった。〈そっちの手配はもう済んでる。きみがトイレにいるあいだに、メイヴにメッセージを送って状況を説明した。もしトレントから電話があったら、うまく返事してもらうことになってる。ブリディ叔母さんはうちに来てるけど、いま電話に出られないから、折り返し連絡するように伝える、って〉

〈メアリ・クレアかウーナ伯母さんが電話に出たら？　ふたりがいったいなんていうか、わかったもんじゃないわ〉

〈家に電話がかかってきたら、真っ先にとるようにメイヴにいってある。メイヴは、ほかの親族みんなの携帯の電源を切るといってたよ〉

〈でも、どうしたらそんなことができるの？　ウーナ伯母さんは――〉

　CBは「冗談だろ？」といいたげな顔をこちらに向けた。〈もしかして気づいてないかもしれないけど、きみの姪はすごく頭がいい――それにコンピュータの天才だ。ぼくのラボに来たとき、母親がラップトップに仕掛けたVチップとスパイウェアをどうやって無効にしたか見せてくれたんだけど、感心したよ。ウーナ伯母さんの携帯の電源を遠隔操作で落とすことくらい、彼女にとっては児戯にひとしい——文字どおりにね。心配ない。メイヴはまちがいなく状況をコントロールしてる〉

　CBなら簡単にそういって片づけられるだろうが、でも、トレントがメアリ・クレアやウーナ伯母と話すのをそれで防げたとしても、どうして嘘をついてもらう必要があるのかメイヴに説明するという問題が残っている。メイヴはきっと、何十も質問を抱えているだろうし——

〈行かなきゃ〉CBがだしぬけにいった。ブリディの手をつかみ、まだライトが点灯したままのもと来た通路を壁沿いに急ぎ足で引き返す。

〈でも、あのTAは？〉CBのあとについて、ドアに向かって通路を歩きながらたずねる。

〈彼は上のW‐Z階だ〉CBはドアを開けると、階段を降りはじめた。〈デートを控えてると、十フロア分の書庫のチェックも驚くほど早く済むんだね〉

〈あなたの本は？〉

〈あとでとりにくるよ〉CBは足早に階段を降り、最後の踊り場まで来て足を止めた。こちらに向き直り、〈外に出る前に靴を履いて〉

〈でも、TAは——？〉ブリディは神経質に階段の上に目をやった。

〈だいじょうぶ。上には、追い立てなきゃいけないカップルがまだ五組いる〉しかし、C

Ｂが焦っていることは明白だった。ブリディが靴のストラップを留めるのに苦労していると、ＣＢがひざまずいてかわりに留めてくれた。

〈でも、スタッフがいなくなるまで書庫で待ってるほうが安全なんじゃない？〉

　ＣＢは首を振った。〈閉館後は、自動点灯システムまで含めて、館内の照明がすべて消灯になる。ということは、ぼくらが移動するには懐中電灯《フラッシュライト》を使うしかない。そうなると、外のだれかに見られるリスクをおかすことになる。だいじょうぶだよ。いま、スタッフは全員、バースデー・パーティーに出てるから〉

〈でも、守衛は？〉

〈土曜の夜は休みだ〉ＣＢはブリディを急きたてて階段を降り、三階に出た。ドアのハンドルに手をかけたまま、じっと耳をすます。まるまる一分間が経過したころ、ようやく満足したらしく、人さし指を唇にあてて、〈忍び足で〉といってからドアを開けた。

　見るからに、職員専用のエリアだった。廊下はコムスパン本社の廊下とそっくりで、オフィスのドアがずらりと並んでいる。そのうちのひとつに隠れるんだろうと思ったが、

〈いや〉とＣＢが首を振った。〈鍵がかかってる〉足早に廊下を歩いて、コピー室と書かれたドアのところへ行った。

　もちろんね。ブリディはコムスパンのコピー室でＣＢに待ち伏せされたときのことを思

い出した。しかし、部屋の中をさっと一瞥してから、ＣＢは首を振り、ドアを閉めて、また廊下を歩き出した。

〈どうしてコピー室で待てないの？〉あとについて歩きながらブリディはたずねた。

〈テーブルにスマホが一台置いてあった。ということは、だれかがとりに戻ってくるか、どこに置き忘れたか確かめるために他人の携帯を借りてその番号にかけてくるだろう。どっちにしても、ぼくたちには具合が悪い〉廊下が直角に曲がるところまで足早に歩いていくと、そこで立ち止まってまた耳をすました。

〈みんなパーティーに出てるっていわなかった？〉

〈そう思ってるよ。でも、思考にはＧＰＳがないからね。「ぼくはいまこうしてブロードウェイを四十二丁目に向かって歩いてる」とか、具体的に考えてくれないかぎり、思考の主がいまどこにいて、なにをしているかは知る由《よし》もない。はじめてこの力に気づいたとき、テレパシーはすごい能力で、それを使って犯罪と戦えるんじゃないかと思った。ほら、スパイダーマンになって犯罪を防ぎ、悪いやつらを捕まえろ、ってね。でも、残念ながら——〉

〈そういう仕組みじゃなかった〉ブリディは声の匿名性を——それにすべてを押し流すさまじい力を——思い出しながらいった。

〈うん。それもある。あと、心の声だけでは、ほんとにだれかを刺し殺そうとしているのか、やたら買いものに手間どっている客のうしろに並んでいらついているだけなのか、区別できないっていう事情もある〉

　CBはさらに一分ほど耳をすましてから、〈みんなまだバースデー・パーティーの会場にいる。例外はあのTAだけ。デートの相手に、いま向かってるとメッセージしている〉

〈もしかしたらここに降りてくるってこともかも〉

〈まさしく〉CBはそういうと、角を曲がって、べつの無人の廊下に出ると、ブリディを急きたてて、備品室と書かれたドアの前まで行って、ドアを開け、ブリディを先に中へ押し込んだ。

　中は、積み重ねた椅子と段ボール箱の壁――それにファイル・キャビネット。その上には年代物のコンピュータ・ディスプレイと旧式のプリンター。〈せますぎる。ここじゃとても……〉といいかけたが、CBはもう中に入ってきて、ドアを四分の三まで閉めたところでブリディにぶつかった。

〈もうちょっと奥に入れない？〉

〈無理〉ブリディはぐらぐらするなにかにぶつかった。〈場所がない。もっと快適な場所に行くっていわなかった？〉

〈行くよ。すぐにでも……くそっ。このドアはロックできない〉

〈ほかの場所を探さなきゃいけないってこと？〉

〈たぶんね〉ＣＢは、ブリディの肩越しに、廊下の明かりでかろうじてぼんやり浮かび上がる備品類の山を見ながらいった。〈その一方、ここは完璧な隠れ場所かもしれない。何年も、だれも足を踏み入れてないみたいだし。もしなんとかここで……〉ＣＢは首を伸ばし、ファイル・キャビネットと段ボール箱の向こうになにがあるかを見ようとした。

〈場所をかわって。これのうしろになにがあるか見たい〉ＣＢはブリディの横を苦労してすりぬけ、部屋の奥側に行くと、椅子を動かしはじめた。

〈奥になにがあるの？〉

「ごちゃごちゃがもっとたくさん」ＣＢが声に出していった。「やれやれ、こいつはテレビのゴミ屋敷レポート番組に出てきてもおかしくないね。たぶん、ここならチェックもされないだろう。ものを詰め込みすぎてて、隠れる場所もないから」

〈声に出してしゃべる必要があるの？〉ブリディは、まだ少し開いたままのドアを見ながら、神経質にたずねた。

「だいじょうぶだよ。ＴＡはまだ書庫にいるし、マリアンは『ハッピー・バースデー』を歌っている」

「マリアン？」

「例の司書。ほら、『ザ・ミュージック・マン』のヒロインが司書のマリアンだから、それにちなんで、あの司書にマリアンってあだ名をつけたんだ。ぼくがずっと心の声を聞いてた、きょうの戸締まり担当だった図書館員の女性。ちなみに『ザ・ミュージック・マン』もいいミュージカルだよ、歌詞が長い曲が多くて。奥のほうにもうちょっとスペースがあるかも」ＣＢは言葉を切り、それから、「前に出て、ドアを閉めて」

　ブリディはその言葉にしたがった。うわ、闇の中でひとりぼっちだ。そして声が――

「いや、ひとりぼっちじゃないよ」ＣＢがいった。「ぼくがすぐここにいるし、きみにはあの煉瓦の壁がある。それに、ぼくはフラッシュライトを持ってる」

　ＣＢはライトを点灯したが、どのみちドアの下の細い隙間から外の廊下の光が洩れてくるので、備品室の中は真っ暗闇ではなかった。それに、ブリディの防御線が機能しているらしく、声はつぶやきのままだった。

　ＣＢは積み上げられた備品類の山をフラッシュライトで照らし、その向こう側にまわるルートを探している。フラッシュライトをブリディに渡すと、両手を使ってファイル・キャビネットを奥へ押し込み、それから椅子の山をずらして横に動かした。椅子の脚が床をこする耳障りな音が響く。音が聞こえる範囲にまだだれも職員がいないというＣＢの説が正しいといいんだけど。

〈ぼくもそう願うよ〉ＣＢは体を横にして、段ボールの山ふたつのあいだをすり抜けた。手を伸ばしてブリディからライトを受けとると、ついてこいと手招きした。「来て。こっちにはたっぷりスペースがある」

　とてもたっぷりには見えないけど、と思いながら、ブリディは使われていないテーブルと椅子、頭の高さまであるコンピュータの山のあいだをすり抜けた。フラッシュライトの光を浴びて、コンピュータの電源ケーブルが蔓植物《つるしょくぶつ》のように見える。

　ＣＢはそのあいだを縫って奥の壁までたどりついた。図書カード用の引き出しがずらりと並ぶ古風な木製キャビネットがあり、そのまわりには箱の山。それに、骨董ものの謄写《とうしゃ》版《ばん》印刷機一台と、黒い百科事典ワンセットを載せた閲覧テーブルがひとつ。そのテーブルと箱の山とキャビネットが小さな閉ざされた空間をつくりだし、その中に入ってしまうと戸口が見えない。ということは、だれかがドアを開けたとしても、向こうからもこちらが見えない。

〈そのとおり〉ＣＢはフラッシュライトであたりを照らしながらいった。地球儀、ぼろぼろになった『読書は人生を豊かにします』のポスター、プラスチック製のパームツリーの鉢にこちらをにらみつけているジョージ・ワシントンの肖像画。〈どうして図書館にはき

まってワシントンの絵が飾ってあるんだろうな。いつも本を読んでたのはリンカーンのほうなのに〉

ＣＢは図書カード・キャビネットの上にフラッシュライトを置くと、引き出しのひとつをでたらめに開けて、ぱらぱらカードをめくった。〈思ったとおりだ。失われた聖櫃《ロスト・アーク》はここに隠されてる〉

ＣＢは小首を傾げ、しばらく耳を傾けたあと、声に出していった。「いまケーキを切ったところ。ということは、まだしばらくここに隠れていることになる。楽にしてて」

「無理だと思うけど」とブリディはいった。「ここにはふたりが立つだけのスペースもろくにないんだから」

それに、ふたりの距離も、まだ近すぎる。ＣＢは、書庫にいたときよりさらに近くに立っている。ＣＢから距離をとろうとすると、カード引き出しの真鍮《しんちゅう》の把手《とって》が背中にぶつかった。顔と顔の距離は、ほんの十センチほど。

「よし、じゃあ、こうしよう」ＣＢはテーブルの百科事典の山を端のほうに寄せると、両手でブリディのウェストをつかみ、体を持ち上げて、オーク製の閲覧テーブルの上にすわらせた。「ましになった？」

いいえ。腰にまわされたままのＣＢの手の感触をなおも感じながら思った。「ええ」と声に出していう。「ＴＡはどこ？」

「まだ書庫」とＣＢ。「例のガールフレンドにセクスティングしてる」ちょっと耳をすまし、「いや、違った。セクスティングの相手はべつのガールフレンドだ。いっただろ、頭の中は――」

「汚水溜めだって」とブリディ。「わかってる。置き忘れた携帯は？」

「だれの携帯だとしても、持ち主はまだ気づいてない。だからぼくたちは――」はっと顔を上げ、耳をすました。

「なに？」ブリディはささやき声でたずねた。「誕生パーティーが終わった？」

ＣＢは答えない。

「ＣＢ？」

「なに？」ＣＢがもどってきた。「ごめん。いまなんて？」

「パーティーは終わったの、って訊いたの」

「まあ、そういえなくもないね」とつぶやき、フラッシュライトに手を伸ばす。「みんなまだ下にいるけど、『ほんとにもうそろそろ帰らなきゃ』みたいなことを考えはじめてる」それから、フラッシュライトの光が洩れて気づかれるんじゃないかというブリディの不安が聞こえたらしく、「ドアの下の隙間をなにかでふさがないと」

「わかった」ブリディはそういってテーブルから降りた。

「いや、きみはここにいて。ふたりよりひとりのほうが、なにかにぶつかって倒す確率が低い」

「ジャケット返す？」

「いや、これを脱ぐよ」ＣＢは、Ｔシャツの上に着ているチェックのネルシャツを指さした。「すぐ戻る」といってから、〈どのみち、すぐそばにいるからね〉と心の声でつけ加えた。

〈ありがとう〉そして今度は、闇の中にひとりぼっちで置き去りにされた感じはしなかった。戸口に向かうＣＢが手にしたフラッシュライトの光が揺れているし、椅子や箱やジョージ・ワシントンの不興げな顔も見える。

〈きみに見えるってことは、司書にも見えるってことだ〉とＣＢ。そして、ＣＢがネルシャツを脱いでドアの下の隙間に押し込むかすかな音が聞こえた。

〈パーティーが解散になったかどうかわかる？〉

ＣＢは長いあいだ答えなかった。それから、〈うん。何人かがコートとハンドバッグをとりにこっちに上がってくる〉

〈マリアンは？〉

〈いや、彼女は残ってあとかたづけをしてる——そのことが不満みたいだけど〉

よかった、とブリディは思った。ということは、ドアの隙間をシャツでふさいだあと、ＣＢはここに戻ってきてくれる。だが、彼は戻ってこなかった。司書のマリアンがあとかたづけを終えて、いまＣＢは彼女の居場所をつきとめようとしてるんじゃないか。そう思うと、ＣＢに呼びかけることもできなかった。

さっきＣＢがいったとおりだ。人間は、自分の居場所や行き先を思い浮かべるとはかぎらない。なじみの場所にいるときはとくに、いちいち意識しないで行動する。防御線が自動的に構築されるようにならなきゃいけないとＣＢはいったけれど、じっさい、人間のふだんの行動の多くは自動的で、なにも考えない。ＣＢはたぶん、司書の居場所の手がかりをつかもうと、けんめいに耳をすましているんだろう。

しかし、数分が過ぎても、ＣＢはなにもいわず、フラッシュライトの光線も動かなかった。〈ＣＢ？〉ブリディはしびれを切らして呼びかけた。〈マリアンがどこにいるか聞こえる？〉

〈なに？〉ＣＢがぽかんとしたように訊き返した。〈ああ。いや、彼女は——ああ、くそ。まっすぐこっちにくる〉そして、光が消えた。

瞬時に完全な暗闇が訪れた。洞窟の奥のような、炭坑のような真の闇。そしてブリディは、完全に不意をつかれた。息を呑み、ＣＢを求めて反射的に手を伸ばしたが、息苦しい暗闇の中で、どちらの方角に彼がいるのか――戸口があるのか――さえわからない。

　そして、ブリディの心は、声に対する用意がなかった。防御線も、図書館の本も、ヴィクトリア朝小説やロスト・アークやセックスに関するＣＢの無駄話も、ブリディを声から守ってくれていたわけではなかった。声は、ただたんに時機を待っていただけだった。ブリディがガードを下げて、ＣＢから離れ、闇の中でまたひとりきりになるチャンスを。

本書は二〇一八年十二月に早川書房より新☆ハヤカワ・SF・シリーズ『クロストーク』として刊行された作品を二分冊して文庫化したものです。

ブラックアウト（上・下）

Blackout

コニー・ウィリス
大森　望訳

〔ヒューゴー賞／ネビュラ賞／ローカス賞受賞〕時間遡行技術を使って、二〇六〇年、オックスフォード大学の史学生三人は、第二次大戦の大空襲で灯火管制《ブラックアウト》下にあるロンドンの現地調査に送りだされた。だが、現地に到着した三人はそれぞれ思いもよらぬ事態にまきこまれてしまう……。主要ＳＦ賞を総なめにした大作

オール・クリア（上・下）

All Clear

コニー・ウィリス
大森　望訳

〔ヒューゴー賞／ネビュラ賞／ローカス賞受賞〕二〇六〇年から、第二次大戦中の英国での現地調査に送り出されたオックスフォード大学史学生、マイク、ポリー、アイリーンの三人は、大空襲下のロンドンで奇跡的に再会を果たし、未来へ戻る方法を探すが……。『ブラックアウト』とともに主要ＳＦ賞を独占した大作

訳者略歴　1961年生，京都大学文学部卒，翻訳家・書評家　訳書『フロリクス8から来た友人』ディック，『息吹』チャン，『航路』ウィリス，『三体』劉慈欣（共訳）編訳書『人間以前』ディック　著書『21世紀SF1000　PART2』（以上早川書房刊）他多数

HM=Hayakawa Mystery
SF=Science Fiction
JA=Japanese Author
NV=Novel
NF=Nonfiction
FT=Fantasy

クロストーク
〔上〕

〈SF2345〉

二〇二二年十一月二十日　印刷
二〇二二年十一月二十五日　発行
（定価はカバーに表示してあります）

著　者　コニー・ウィリス
訳　者　大《おお》森《もり》望《のぞみ》
発行者　早川浩
発行所　株式会社　早川書房

郵便番号　一〇一 - 〇〇四六
東京都千代田区神田多町二ノ二
電話　〇三 - 三二五二 - 三一一一
振替　〇〇一六〇 - 三 - 四七七九九
https://www.hayakawa-online.co.jp

印刷・精文堂印刷株式会社　製本・株式会社川島製本所
Printed and bound in Japan
ISBN978-4-15-012345-1 C0197

本書は活字が大きく読みやすい〈トールサイズ〉です。